Zu diesem Buch Geocaching? Was ist das denn? Ich versuche es mal allgemein zu formulieren: Irgendjemand bewegt sich irgendwohin und versteckt irgendwo irgendwie irgendwas. Er notiert sich das irgendwo in Form von GPS-Koordinaten und setzt diese dann ins Internet. Ein Geocacher versucht nun die diversen Fragepronomen hinter den jeweiligen «irgend…» zu ersetzen. Wo genau an den angegebenen Koordinaten liegt das versteckte Irgendwas? Unter der Erde? Auf einem Baum? Hinter einem Stein? Neben einer Mauer? Über einem Vordach? In einer Höhle? Vor einer Wurzel? Mitten auf dem Feld? An einer Stange? Auf einer Wegkreuzung?
Und wie ist es versteckt – vergraben, festgebunden, angenagelt, aufgehängt, mit Laub bedeckt oder so offensichtlich platziert, dass man es einfach nicht sieht?
Und zum Schluss das Was: Ist es eine große Box, eine kleine Filmdose, eine Tüte, eine Kiste, ein Haus oder nur ein Stuhlprobenröhrchen?
Kurz gesagt: Beim Geocachen rennen irgendwelche Bekloppten mit dem GPS-Gerät durch die Gegend und suchen Tupperdosen – und dazu gehöre ich.

Der Autor Bernhard Hoëcker wurde 1970 in Neustadt a. d. Weinstraße geboren. Bereits während seines Studiums der Volkswirtschaft machte er seine ersten Comedy-Erfahrungen auf der Bühne. Seit vielen Jahren tritt er mit seinen Solo-Programmen in ganz Deutschland auf und gehört zu den bekanntesten Comedians des deutschen Fernsehens. Neben vielen anderen Auszeichnungen gewann er den Deutschen Fernsehpreis und den Deutschen Comedypreis.

BERNHARD HOËCKER

AUFZEICHNUNGEN EINES SCHNITZELJÄGERS

MIT GËOCACHING ZURÜCK ZUR NATUR

Rowohlt Taschenbuch Verlag

5. Auflage Januar 2012

Originalausgabe
Veröffentlicht im Rowohlt Taschenbuch Verlag,
Reinbek bei Hamburg, Mai 2007

Lektorat Angela Troni, München
Die Fotos im Innenteil wurden freundlicherweise
von Tobias Zimmermann und
Michael B. Keller zur Verfügung gestellt.
Umschlaggestaltung ZERO Werbeagentur, München
(Foto: FinePic, München)
Satz Minion und ITC Officina, PostScript (InDesign)
bei KCS GmbH, Buchholz bei Hamburg
Druck und Bindung CPI – Clausen & Bosse, Leck
Printed in Germany
ISBN 978 3 499 62252 6

VORWORT

Lieber Leser,

du hältst hier ein Buch in der Hand, das von einer ganz anderen Seite meines Lebens berichtet. Nein, nicht das Leben im Rampenlicht, in der Öffentlichkeit, umgeben von schreienden Menschen und sich die Kleider vom Leib reißenden Fanblöcken. Ja, ich war mal auf einer Veranstaltung mit Tokio Hotel.

Es geht vielmehr um eine stille Seite von mir. Eine Seite, die ich auslebe, wenn ich allein oder höchstens zu dritt oder viert bin.

Große Lust, ein Buch zu schreiben, hatte ich eigentlich nie. Wie konnte es also dazu kommen? Irgendwann hat mich dann eine Verlagsagentin gefragt, ob ich das nicht mal machen wolle. Ich wehrte mich, weigerte mich, blieb tapfer und standhaft, sagte letztendlich «Ja».

Nur wovon sollte es handeln? Zunächst dachte ich an irgendetwas, was mit Wissen zu tun hat, denn ich liebe solche Bücher. Aber sie werden meist von Fachleuten geschrieben, die sehr viel Wissen haben und mehr oder weniger gut schreiben können. Ich selbst dagegen weiß von zu vielen Dingen viel zu wenig und von nichts wirklich viel, sodass ich meinem eigenen Anspruch niemals hätte gerecht werden können.

Irgendwann sah mein Manager mich auf einer Feier jemand anderem voller Begeisterung vom Geocachen erzählen und schlug vor, genau darüber ein Buch zu schreiben. Ich sagte natürlich nein, das geht nicht. Das ist ein Hobby, das kennt kaum einer. Wie soll jemand das interessant finden, wenn er es selbst nicht erlebt hat? Doch nach der Lektüre von *Feuersteins Reisen* wusste ich: Es geht. Auch wenn Cachen nicht – oder noch nicht – ganz so bekannt ist wie Weltreisen.

Ich habe mich dann hingesetzt und einfach angefangen. Ein Dreivierteljahr später war ich fertig, und das Ergebnis hältst du gerade in der Hand.

Leider konnte ich in diesem Buch nicht die gesamte Bandbreite meines Hobbys darstellen, einerseits weil das Geocachen so vielfältig ist, dass es den Rahmen dieses Buches sprengen würde, andererseits weil es so umfangreich ist, dass es meinen privaten Cacherzeitrahmen sprengen würde. Deshalb können hier nicht alle Fragen geklärt werden, und ich empfehle einem jeden weiterführende Literatur oder, noch viel besser: einfach machen!

Da dieses Hobby in die Kategorie «Rätsel und wie ich sie löse» fällt, habe ich versucht, möglichst keine Hinweise zu geben, die bei der Suche nach den Caches wichtig sein könnten. Auch habe ich in den Geschichten nicht alles erzählt oder Dinge hinzuerfunden und manchmal sogar richtig gelogen, um nichts zu verraten, was ein jeder selbst herausfinden soll.

Sollten eingefleischte Cacher mit Hilfe dieses Buches etwas leichter zum Ziel gelangen, weil am Ende doch etwas so war, wie ich es beschrieben habe, dann war das purer Zufall. Jedenfalls hoffe ich, dass es weder das Abenteuer schmälern noch den betroffenen Owner in wütender Raserei auf die Palme bringen wird. Allerdings möchte ich an dieser Stelle eine grundsätzliche «Spoilerwarnung» aussprechen, also darauf aufmerksam machen, dass in diesem Buch durchaus der ein oder andere Hinweis zum Lösen eines Caches zu finden ist. Wen es stört, der sollte unbedingt ERST suchen und DANN lesen.

EINLEITUNG

[1]Ein Gespenst geht um in der Welt, das Gespenst des Geocaching …

Dabei handelt es sich um ein Hobby, dem ich mich seit knapp zwei Jahren widme. Wie das leider bei allen meinen Hobbys ist, weiß die weitaus größte Zahl der Menschen gar nicht, dass ich es überhaupt habe. Teilweise wissen die Leute nicht einmal, dass es mich gibt, was bei einer Bevölkerungszahl von rund sechs Milliarden auf dieser Erde auch nicht sonderlich verwunderlich ist.

Aber es gibt durchaus eine beachtliche Anzahl Menschen, die Kenntnis davon haben, dass es mich gibt, allerdings wissen die wiederum nicht, dass ich dieses Hobby habe. Das soll sich im Laufe dieses Buches ändern, und wenn man die Sache mal logisch betrachtet, hat es sich schon geändert, denn im ersten Absatz habe ich es bereits gesagt oder besser geschrieben.

Dann gibt es noch Menschen, die sehr wohl wissen, dass ich dieses Hobby habe, und welche, die nicht mehr hören wollen, dass ich dieses Hobby habe. Letztere gehören zu meinem engen Freundeskreis. Das mag daran liegen, dass ich offenbar dazu neige, den ein oder anderen Sachverhalt mehrfach, häufig, wiederholt und manchmal auch alles zusammen nochmal von vorne zu erläutern. Daher neigen diese Menschen gelegentlich dazu, mich alleine zu lassen. Leider merke ich das oft erst sehr spät …

1 Diese Fußnote hat eigentlich gar keinen Sinn, aber ich fand es bei der Kontrolldurchsicht irgendwie völlig abgefahren, ein Buch mit einer Fußnote zu beginnen. Das geht. Und nichts passiert. Toll. Ich liebe Fußnoten. Meinetwegen müssten Bücher gar keinen Text haben, Hauptsache interessante Fußnoten.

Das Ganze nimmt teilweise groteske Züge an. Letztens fragt mich auf einer Hochzeitsfeier ein unerfahrener Gast so ganz nebenbei, um ein eigentlich längst erstorbenes Gespräch wiederzubeleben, was ich denn so für Hobbys hätte.

Sofort fangen meine Augen an zu funkeln, mein Herzschlag setzt für einen Moment aus, und ich lasse das bereits erhobene Glas Cola, das nur noch dazu da war, geleert zu werden, um einen Grund zu haben, endlich den Gesprächspartner zu wechseln, kurz vor meinem Mund, etwa auf Höhe des zweiten Doppelkinns von unten, verharren. Ich mustere mein Gegenüber eingehend, dann blicke ich mich langsam und vorsichtig um.

Die Gespräche im Raum verstummen, sämtliche Menschen, die mich kennen, legen schützend ihre Arme um Freund oder Freundin. Oder beides. Dabei flüstern sie: «Oh Gott!», und: «Da hat schon wieder einer diese Frage gestellt!», und: «Wie kommen wir hier wieder raus?», und: «Verdammt, ich habe Frau und Kind … muss das alles hier so enden?» Teilweise werden hektisch Sachen zusammengerafft, und über alle verfügbaren Rettungswege versuchen die Eingeweihten mit den ihnen Anvertrauten die Räumlichkeiten zu verlassen.

Ich setze in aller Seelenruhe das Glas ab, lehne mich an die Wand und sorge dafür, dass mein Opfer keinen Grund hat zu gehen. Mit geübtem Handgriff fülle ich sein Glas bis zum Rand auf. Jetzt kann er nämlich auch nicht trinken, ohne etwas auf sein schickes Hemd zu schütten. Folglich wird er das Glas in der nächsten Zeit nicht leeren und kann somit nicht fliehen. Er versteift sich quasi vor mir und stellt sich tot: wehrlos, hilflos, hoffnungslos. Mein Opossum[2] des heutigen Abends.

---

2 Das Opossum zeichnet sich dadurch aus, dass es sich bei herannahender Gefahr kurzerhand tot stellt, damit sein Jäger es als unverdaulich betrachtet. Die Taktik funktioniert recht gut, denn

Dann beginne ich ganz harmlos: «Geocachen …»

Aus dem Augenwinkel sehe ich einen Freund heranschleichen, der verzweifelt versucht, mein Gegenüber irgendwie von mir wegzulocken. Während er ihm zuwinkt, formt er wild mit den Lippen Worte. Er wendet dabei den Trick an, nur eine Seite seines Mundes zu bewegen, damit die mir zugewandte Lippenhälfte ruhig bleibt und ich denke, er würde nicht reden. Leider verwechselt er dabei gerne mal die Seiten, und der Geheimhaltungsgrad sinkt ganz weit nach unten …

Deshalb sagt mein naiver Gesprächspartner, obwohl er mein siegessicheres Lächeln unmöglich übersehen haben kann: «Geocachen, was ist denn das?»

Ein Raunen geht durch die Reihen der verbliebenen Gäste, vielerorts ist ein entsetztes «NEIN!» zu hören. Zwei meiner Freunde stürzen sich aus dem Fenster. Bei einer Kellerparty schürft man sich dabei zwar nur die Stirn auf, aber ich verstehe, dass sie es wenigstens versuchen mussten.

Ich setze an: «Also. Das ist eine moderne Schnitzeljagd. Jemand versteckt eine Tupperdose im Wald …»

Auch die Braut verlässt nun den Raum mit den Worten: «Es ist meine Hochzeit! Es hätte so ein schöner Tag werden können! Davon träumt man als Frau ein ganzes Leben! Ich hab dir gesagt, ich will den nicht einladen!»

Darauf der Bräutigam: «Ich kann doch nichts dafür, dass er gefragt hat.»

«Aber du kennst den, DEN er gefragt hat …»

---

so lassen Fuchs, Kojote und Eule häufig von ihm ab. In Amerika ist dieses Verhalten sogar zu einem geflügelten Wort geworden: «playing opossum». Das ist in meinem Fall natürlich völliger Unsinn, weil ich ja nicht des Opfers, sondern meinetwegen diese Geschichten erzähle.

Ich lasse mich von so etwas natürlich nicht stören, immerhin bemerke ich einen Hauch von Neugierde im Gesicht meines Gegenübers und fahre fort: «… und merkt sich die GPS-Koordinaten.»

«GP… Was für Koordinaten?»

JA! Er ist tatsächlich ahnungslos, und ich kann, nein DARF ganz von vorne anfangen. «GP**S**. Das ist ein System zur Ortsbestimmung, satellitenbasiert. Damit weiß man immer, wo man sich auf der Erde befindet. Es funktioniert folgendermaßen …»

So geht das jetzt lange. Sehr lange. Sehr, sehr lange.

Irgendwann verliert mein Gesprächspartner das Bewusstsein und bricht zusammen. Dabei entleert sich das volle Glas Cola über ihm, und er kommt mit einem «Er war so schön, dieser kurze Moment» wieder zu sich. Sofort frage ich ihn, wo ich denn stehengeblieben sei. Da er zwischendurch geschlafen haben muss, liegt dieser Punkt weit, weit vorne im Gespräch, und ich darf wieder bei Adam und Eva beginnen. Irgendwann bin ich fertig, und der Gast wird aus dem Zimmer getragen. Wiederbelebungsversuche werden in der Regel unterlassen. Es ist besser für ihn, er könnte aufwachen und sich an jedes Detail erinnern. Das wäre zwar nicht das Schlimmste, aber würde auch nur die kleinste Lücke auftauchen, ich würde sie füllen. Mit Vergnügen!

Der Sektenbeauftragte der Landeskirche kommt vorbei und sagt: «Ich habe Sie schon lange unter Beobachtung. Alle, die sich mit Ihren wirren Gedanken beschäftigen, verlieren ihre Selbstkontrolle.»

«Guter Mann, es geht nicht um Religion, es geht um Geocachen.»

«Geocachen? Was ist denn das?»

Knapp zwei Stunden später liegt er neben dem anderen Gast auf der Straße und bekommt Frischluft zugefächelt.

Viel schöner ist es da, wenn es sich um meine eigene Geburtstagsfeier handelt. Dann kann ich reden, erzählen, aufbauen. Auf Details und Fakten, die die anderen schon kennen. Und falls es wider Erwarten nichts zum Aufbauen gibt, lege ich gerne noch einmal das ein oder andere Fundament. Und keiner kann sich wehren! Schließlich ist mein Geburtstag! Jeder muss zuhören!

Gut, inzwischen kommt natürlich so gut wie keiner mehr zu meinen Feiern, weil sie alle wissen, was sie erwartet. Nur andere Geocacher und Menschen mit starkem Charakter, die Herausforderungen suchen und sicher sind, dass sie diesmal als Sieger hervorgehen. Einem von ihnen bin ich sehr dankbar, denn der sagte auf der letzten Feier kurz vor dem Zusammenbruch: «Warum schreibst du eigentlich kein Buch? Dann haben wir alle Ruhe.»

Jetzt haben alle Ruhe …

Dennoch, die Frage bleibt: Geocachen? Was ist denn das?

Im Prinzip ist es ganz einfach: Jemand versteckt eine Tupperdose, notiert sich die Koordinaten, jemand anders nutzt diese und sucht die Dose.

Leider ergeben sich aus diesem Satz mit 16 Wörtern insgesamt neun Fragen. Macht einen Unklarheitsquotienten[3] von ~ 56 Prozent.

---

3 Ich liebe Statistik. Nur um diese Information an mein ehrenwertes lesendes Publikum weiterzugeben, hätte es der Fußnote nicht bedurft, da reicht durchaus die oben angegebene Zahl. Aber ich möchte dich als Leser etwas tiefer in meine Seele blicken lassen. Ich habe sogar mal mit dem Gedanken gespielt, Statistik zu studieren. Hätte ich dafür nicht meinen Wohnort und damit meine Hobby-Comedy-Gruppe, die «Comedy Crocodiles» (herzliche Grüße an alle), verlassen müssen, hätte ich das sogar getan. Jetzt bleibt mir nur noch das Lesen von Artikeln und populärwissenschaftlichen Büchern wie *Mit an Wahrscheinlichkeit grenzender Sicherheit*. Darin werden alltägliche Situationen statistisch aufgearbeitet, und nebenbei lernt man noch ein wenig

1. Wer ist dieser **Jemand**?
2. Wie **versteckt** man denn da?
3. **Tupperdose**?
4. **Wo** wird da was notiert?
5. Was sind denn das für **Koordinaten**?
6. Wer ist der zweite **Jemand**?
7. Wie **nutzt** man?
8. Wieso **sucht** man?
9. Wenn man die Dose hat, **was dann**?

Deshalb erkläre ich das Ganze lieber etwas genauer: Ich verstecke also zum Beispiel eine Tupperdose, in die ich einen kleinen Notizblock stecke, im Schwarzwald in einem hohlen Baumstamm. Mit Hilfe eines GPS-Gerätes[4] notiere ich mir die Koordinaten, die die genaue Lage dieses Baumes beschreiben. Anschließend hinterlege ich diese Daten unter dem Namen «Schwarzwalds hohle Eiche» auf einer Internetplattform[5]. Ein anderer Geocacher, der sich in Schwarzwaldnähe befindet, sucht nun unter dem Stichwort «Schwarzwald» auf derselben Internetplattform nach versteckten Caches, stößt dabei auf meine Daten, gibt sie in sein GPS-Gerät ein und macht sich auf die Suche nach diesem

mathematisches Denken. Schade nur, dass man nach der Lektüre schon mal das ein oder andere Wochenende in der geschlossenen Psychiatrie verbringen muss, um von ausgebildeten Fachkräften wieder auf null resettet zu werden.

4 Keine Angst, das erkläre ich später. Nur so viel vorweg: Hightech, total klasse.

5 Das Wort Internetplattform klingt cool. Es steht eben «irgendwo im Netz». Wo genau, werde ich ebenfalls an anderer Stelle erklären. Während man allerdings im Internet kurzerhand auf den Link klicken kann, muss man hier suchen, blättern und lesen. Tja, dafür kann man mit einem Buch besser auf dem Klo sitzen.

Baum. Er entdeckt die Dose und schreibt «Ich war da» auf den Notizblock. Wieder zu Hause angekommen, trägt er sich außerdem auf der Website ein, auf der er den Hinweis gefunden hat. So weiß ich dann, dass jemand meinen Cache gefunden hat.

Um das mal maximal allgemein zu formulieren: Irgendjemand bewegt sich irgendwohin und versteckt irgendwo irgendwas irgendwie. Er notiert sich das irgendwo, also das erste Irgendwo, in Form von GPS-Koordinaten und stellt diese dann ins Internet. Ein anderer Geocacher versucht nun, die diversen Fragepronomen hinter den jeweiligen «irgend» zu ersetzen.

Das Irgendjemand ist relativ einfach zu benennen, denn das steht in der Beschreibung drin, das erste Irgendwo ist da schon schwieriger, man muss es entweder durch Lösen eines Rätsels herausfinden, oder man hat es schon, weil der Ort des Versteckes in Koordinaten angegeben ist. Ab jetzt wird es richtig spannend:

Wo genau an den angegebenen Koordinaten liegt das versteckte Irgendetwas? Unter der Erde? Auf einem Baum? Hinter einem Stein? Neben einer Mauer? Über einem Vordach? In einer Höhle? Vor einer Wurzel? Mitten auf dem Feld? An einer Stange? Bei einer Wegkreuzung? Außerhalb einer Burgmauer? Oben im Baum? Unter einer Parkbank? Unweit eines Verkehrsschildes? In einem Metallrohr? Unten im Wasser? Entlang einer Reihe Straßenlaternen? Über einer Türverkleidung? Jenseits des Flusses? Inmitten von Laub? Diesseits der Straße? Gegenüber der Kirche? Zwischen Betonplatten?

Natürlich fehlt noch das Irgendwie: Hat der Versteckende den Cache vergraben, festgebunden, angenagelt, aufgehängt, abgeseilt, mit einem Magneten befestigt, hingelegt, unter Wasser versteckt, mit Laub bedeckt, der Umgebung angepasst oder so offensichtlich platziert, dass man ihn einfach nicht sieht?

Und – nicht zu vergessen – das Was: Ist es eine große Box

oder eine kleine Filmdose[6], eine Tüte, eine Kiste, ein Haus oder nur ein Stuhlprobenröhrchen[7]?

Was ist darin? Mal nur ein kleiner Zettel, auf dem man dann notiert, wer man ist und wann man da war. Oder aber es liegen

ganz viele kleine Schätze («Trades») zum Tauschen drin, von denen man sich einen nimmt und dafür etwas Gleichwertiges hineinlegt. Doch das kommt später noch ausführlicher.

Am Ende setzt man sich vor den Computer und gibt einen so genannten Log ein, in dem man beschreibt, wie viel Spaß das alles gemacht hat. Auch wenn man es absolut furchtbar fand. Nein, Ehrlichkeit hat keinen Platz in diesem Geschäft. (Ich weiß das, schließlich komme ich gerade von einer erfolglosen Suche zurück ...) Außerdem schreiben hier die erfolgreichen Sucher, was sie so für Erfahrungen gemacht haben. Diejenigen, die nicht ganz so erfolgreich waren, erklären dagegen, warum sie es nicht geschafft haben. Dabei betonen sie meist, dass es aber definitiv nicht an ihnen, sondern an der Aufgabe, den Mitcachern, dem Wetter oder irgendwelchen Außerirdischen gelegen habe.

6 Ja, das gibt es. Früher musste man zwischen Foto und Bild ein oder zwei Tage warten, und zum Transport des noch nicht entwickelten Films benutzte man kleine Döschen. Die Dialogsequenz «Lächeln!» – «Zeig mal!» gab es damals noch nicht.

7 Puh. Ich habe lange überlegt, ob ich das überhaupt erwähnen soll, aber die Dinger eignen sich hervorragend. Sie sind klein, dezent und absolut wasserdicht. Was von extremem Vorteil ist, wenn sie ihrer eigentlichen Bestimmung entsprechend genutzt werden. Normalerweise halten sie ja den Inhalt von Wind und Wetter fern. Beim Cachen halten sie Wind und Wetter vom Inhalt fern. Außerdem gibt es sie in verschiedenen Größen. Wenn Sie wissen wollen, warum, so fragen Sie bitte Ihren Arzt oder Apotheker.

Wann ich zum ersten Mal von dieser Art Sport hörte, weiß ich nicht mehr so genau. Im Zweifelsfall war es ein Artikel im *Spiegel* oder im *Focus*, vielleicht auch in *Schöner Wohnen*. Doch im Grunde spielt es gar keine Rolle.

Ich weiß nur noch, wie mir vor ein oder zwei Jahren ein Freund ganz stolz sein GPS-Gerät gezeigt hat. Ich fand es total spannend und begeidete[8] ihn sehr darum. «Toll, jetzt kannst du damit dieses Geocaching machen», sagte ich begeistert.

«Dieses was?»

Keine Angst, ich wollte und konnte damals noch gar nicht erklären, was das genau war, deshalb hielt ich meine Antwort recht allgemein. So verfing ich mich wenigstens nicht in Widersprüchen, die später womöglich gegen mich verwendet werden konnten. Ich sagte daher nur: «Irgendwelche bekloppten Typen rennen damit durch die Gegend und suchen Tupperdosen. Frag mich bitte nicht, ich habe echt Besseres zu tun. Keine Ahnung, wer so bescheuert ist.»

Jetzt weiß ich es: ICH, ich bin so bescheuert. Aber egal, es fühlt sich gut an.

Zum Glück bin ich nicht der Einzige. Es gibt sehr viele, die das machen, und sie kommen aus allen Gesellschaftsschichten: Männer, Frauen, Alte, Junge, Große, Kleine, Dicke, Dünne, Arme, Reiche, Blonde, Schwarzhaarige und gar nicht Haarige.

---

8 Ich möchte diese Gelegenheit nutzen und ein neues Wort einführen, das meiner Meinung nach in der deutschen Sprache noch fehlt: «begeiden». Oft kommt es vor, dass man jemanden ganz klar um etwas beneidet, es ihm jedoch gleichzeitig gönnt. Dieses Dilemma lässt sich nur uneindeutig ausdrücken, und deshalb halte ich die Kombination aus gönnen und beneiden in dem Wort begeiden für genau richtig, heißt sie doch: Er oder sie kann das gerne haben, aber ich will's auch, ich will's auch, ich will's auch.

Am besten beschreibe ich das kurz mit einem Zitat. Ich habe mal ein Buch über skurrile Tode von Wissenschaftlern gelesen.[9] Darin zitiert der Autor den Zoologen Edward O. Wilson, der sich über Wissenschaftler auslässt, und dieses Zitat lässt sich getrost auch hier anwenden, wenn man das Wort «Wissenschaftler» gegen «Geocacher» austauscht: «*Charakterlich ist unter ihnen [den Geocachern] alles vertreten, was die Gesellschaft hergibt. Unter einer zufälligen Auswahl von tausend Geocachern wird man das gesamte menschliche Spektrum finden – gutmütig bis hinterhältig, angepasst bis psychopathisch, zwanglos bis zwangsneurotisch, ernst bis leichtfertig, gesellig bis eremitisch. Manche sind so teilnahmslos wie amerikanische Steuereintreiber im April, andere sind klinische Fälle von manischer Depression.*»

Prinzipiell ist bei diesem Hobby Spaß an Technik von Vorteil. Leider gibt es noch keine gestrickten GPS-Geräte, deshalb sind die Waldorfschüler unter den passionierten Geocachern leicht unterrepräsentiert. Außerdem braucht man einen Internetzugang, da die Koordinaten der Caches nur im Netz gesammelt zu finden sind.

Jeder Cacher betreibt diese Hobby natürlich aus anderen Motiven. Ich persönlich bin zum Beispiel oft unterwegs. Deshalb weile ich oft an irgendwelchen Orten, weit, weit weg von jeder Zivilisation. Zum Beispiel in Berlin. Da ich kein großer Shopping-Fan bin und die örtlichen Outdoor-Läden für maximal 17 Stunden Unterhaltung sorgen, versuche ich bei diesen Gelegenheiten ein wenig das Umland kennenzulernen. Das heißt:

9 Unter anderem ging es darin um Francis Bacon, der herausfinden wollte, ob sich ein ausgenommenes Huhn länger hält, wenn man es mit Eis ausstopft. Er starb bei diesem Versuch übrigens an einer Erkältung. Franz M. Wuketits, *Der Tod der Madame Curie*, C. H. Beck, München 2003, S. 16f.

spazieren gehen, frische Luft schnappen und mich wundern, was es alles so gibt. Mit Hilfe der versteckten «Schätze» komme ich auf diese Art und Weise an Orte und Stellen, die ich sonst nie entdeckt hätte – und manchmal leider auch nicht hätte entdecken wollen. Das kann ein Wald sein, eine alte Industrielandschaft, ein schönes Feld, ein kleiner, ruhiger Fleck, aber auch ein Höhlensystem, eine architektonische Besonderheit oder einfach nur ein Ort mit schönem Ausblick.

Außerdem bin ich ein klassischer «Techi»: Sobald irgendwo etwas herumsteht, an dem eine Diode blinkt, ein Knopf zum Verstellen einlädt, ein Bildschirm leuchtet oder sich sogar etwas programmieren lässt, verfallen meine Muskeln augenblicklich in unkontrolliertes Zucken. Meine Wahrnehmung wird eingeschränkt, und ich will nur noch eins: da hin. Egal ob Handys, Laptops, Fernseher, Funkgeräte, MP3-Player, Spielekonsolen oder Kaffeevollautomaten.[10] An allen diesen Geräten kann man mindestens die Standardeinstellungen verändern. Lassen sich die einzelnen Geräte dann auch noch miteinander vernetzen, setzt es bei mir völlig aus.

Genau das passiert beim Cachen. Mit UMTS online Cachebeschreibungen laden und die Koordinaten via USB aufs GPS spielen, dabei über Bluetooth Leute anrufen, deren Nummer ich mir kurz vorher über IrdA von woanders besorgt habe … Da braucht es keinen Regenbogen, um mich glücklich zu machen, keinen Sonnenstrahl, um mich zum Lächeln zu bringen, keinen Kaffeevollautomaten, um mich wach zu halten.

Sollte man als ausgeprägter Techi einmal auf jemanden tref-

---

10 Ja, es gibt wirklich einen Kaffeevollautomaten, den man über USB mit dem Computer vernetzen kann. So lassen sich unter anderem neue Brühprogramme aus dem Internet herunterladen. Totaler Schwachsinn. Aber der Kaffee ist echt lecker.

fen, der einem voller Stolz seine neueste, mit Strom betriebene Errungenschaft präsentiert, ist es extrem wichtig, das richtige Verhalten an den Tag zu legen: Man spricht in leicht abwertendem Tonfall. Selbst die neueste Errungenschaft ist stets als veraltet zu bezeichnen. Grundsätzlich sind sämtliche Marken, die man nicht besitzt, für Anfänger sehr gut, für einen selbst natürlich überhaupt nicht zu gebrauchen. Spätestens wenn der Kaufpreis fällt, kommt dann der todbringende Satz: «Ach, das hab ich bei eBay aber billiger gesehen.»

Natürlich kann man auch subtiler vorgehen. Ich zum Beispiel lasse mir gerne das neue Gerät zeigen und sage anschließend: «Ach, ist das dieses Modell, bei dem man …» Nun spule ich eine Anzahl den Rahmen dieses Buches sprengende Eigenschaften ab. Wenn mein Gegenüber dann sagt: «Nein, das ist das kleinere», gebe ich das Gerät mit einem verächtlichen «Ach so» leicht angewidert zurück und drehe mich wortlos weg, um mit jemand anderem weiterzureden.

So ähnlich muss man sich auch verhalten, wenn man auf andere Cacher trifft. Erzählen sie einem von ihrer letzten Suche, hat man natürlich eine mindestens ebenso spannende, wenn nicht bessere Geschichte auf Lager. Alle Caches, die man selbst gefunden hat, sind immer «besonders» gewesen, egal wie langweilig man sie tatsächlich fand.

Doch nicht nur Freunde von leuchtenden Displays und digitalen Handgeräten sind engagierte Cacher, die Begeisterung für dieses Hobby hat längst auch Normalsterbliche erfasst. Zum Beispiel Familien mit Kindern. Wer erinnert sich nicht an die sonntäglichen Ausflüge und den irgendwann durch die Wohnung schallenden Satz: «So, dann mal Schuhe an. Wir gehen jetzt spazieren»? Das macht natürlich keiner freiwillig mit, wenn er gerade diese kurze Phase zwischen Junge und Mann, zwischen Mädchen und Frau durchlebt, also die Zeit zwischen fünf und 18 Jahren.

Die eigentliche Aufgabe der Pubertät ist nicht, dass sich die Kinder von ihren Eltern lösen, sondern dass sich die Eltern von ihren Kindern lösen. Deshalb hat die Natur auch dieses penetrante Gemecker und das Ich-finde-irgendwie-alles-doof-außer-mir-natürlich-aber-das-eigentlich-auch-bloß-nicht-immer-das-andere-ist-dafür-echt-cool-außer-ein-paar-Sachen-aber-welche-sag-ich-nicht-kann-gleich-schon-wieder-anders-sein-Gefühl erfunden.

In dieser Zeit, da wird Revolution geprobt, die Pubertätswaffe voll ausgefahren. Meist ist man als Teenager absolut chancenlos und muss zur Strafe anschließend auch noch bei Tante Tilli Kaffee trinken. Deshalb nutzen manche Eltern das Cachen, um ihre Kinder auszutricksen, weil «Sonntagsspaziergang» natürlich nicht annähernd so toll klingt wie «Schatzsuche». Nun gut, im Nachhinein betrachtet ist der Unterschied zwischen «Ich fand den Spaziergang doof» und «Ich fand die Schatzsuche doof» eher marginal. Das liegt aber vor allem daran, dass man am Ende doch wieder bei Tante Tilli rumsitzen und den anderen beim Kaffeetrinken zugucken muss.

Natürlich gibt es auch unter Cachern besondere Menschen, quasi die Spezialisten unter den Spezialisten, die nur eine bestimmte Art von Caches suchen. Welche Art, wäre jetzt müßig zu beschreiben, weil ich die einzelnen Arten noch gar nicht erklärt habe, das kommt später, und zwar in aller Ausführlichkeit. Wenn du, lieber Leser, die verschiedenen Caches schon kennst, dann bist du entweder selbst Cacher und hast deine eigenen Gründe dafür, wie und wo du welche Caches suchst. Oder du bist kein Cacher und hast das Buch von hinten nach vorn oder durcheinander gelesen, und dieses unorganisierte Verhalten will ich nicht auch noch belohnen.

Bei vielen bleibt allerdings spätestens jetzt die Frage im Raume stehen: Warum? Was motiviert einen erwachsenen Menschen, so etwas zu tun? Meiner Meinung nach ist dieses Verhalten ganz tief in unserem Inneren angelegt. Schließlich kennt jeder von uns die Faszination der klassischen Schnitzeljagd. Wo geht es lang? Wie sieht der nächste Hinweis aus? Auch in der Vor-

weihnachtszeit hat ein jeder schon mal das prickelnde Gefühl empfunden, als er das lange gesuchte, von den Eltern versteckte Geschenk endlich unter dem Stapel Pullover im Kleiderschrank fand und vorab in der Hand hielt.

Schon die alten Ägypter haben ihre Pharaonen nicht einfach nur in der Erde verscharrt, sondern ihnen große Pyramiden gebaut[11] und mit vielen Gängen und Fallstricken den Weg dorthin zu einem wahren Abenteuer gemacht.

Auch Indiana Jones hat Millionen Menschen auf seine persönliche «Geocaching-Tour» mitgenommen, natürlich nicht mit GPS-Gerät und Tupperdose, sondern mit verschlüsselten Botschaften und einer langen Peitsche. Beim Cachen kann man genau dieses Gefühl am eigenen Leib erleben. Das Finden, nicht das mit der Peitsche.

Doch auch im Großen wurde das Geocachen schon angewendet. Lieber Leser, du erlaubst mir doch sicher einen kleinen Ausflug in die Geschichte dieser Freizeitbeschäftigung:

Schon 1980 hat ein Finne um Helsinki herum einige kleine Schätze versteckt, die mit Hilfe einer Landkarte zu finden waren. Erst später hat man dann GPS-Geräte dazu benutzt.

Doch was ist das eigentlich, wovon da die ganze Zeit die Rede ist? Was genau ist GPS? Zuerst einmal ist es eine Abkürzung. Nicht

---

11 Das klingt jetzt wieder so, als hätten die Ägypter nichts anderes zu tun gehabt, als dreieckige kubische Gebäude in den Sand zu setzen. Es gab drei große Pyramiden, und das auch nur ganz am Anfang der ägyptischen Geschichte. Danach wurden sie kleiner und bei weitem nicht mehr so spektakulär.

für «**G**eocacher **p**acken **S**achen» oder «**G**eh ruhig, aber **p**ass auf, die **S**ocken könnten nass werden» oder «**G**ehst du cachen, **p**lane ich **S**cheidung» oder «**G**anz **p**ersönliches **S**chicksal» oder «**G**roße **P**akete sind **s**auteuer» oder «**G**emütlich **P**ilze **s**uchen». Nein, es heißt «Global Positioning System» (sprich: gloubel posischening süstem). Also ein globales (weltweites) Positionierungs-(wo ist was?)System (Gebilde, dessen wesentliche Teile so aufeinander bezogen sind und in einer Weise wechselwirken, dass sie aus einer übergeordneten Sicht heraus als aufgaben-, sinn- bzw. zweckgebundene Einheit angesehen werden können).

Die Amerikaner haben seit 1978 rund 24 Satelliten ins All befördert. Diese senden Signale aus, mit deren Hilfe passende Empfänger jederzeit feststellen können, wo sie sich auf dem Erdball gerade befinden. Geschickterweise schweben die Satelliten aber nicht einfach so in der Atmosphäre herum und freuen sich der schönen Aussicht … Nein, die Amerikaner sind ja schlau und haben die entsprechenden Empfänger in die verschiedensten Dinge eingebaut, etwa in Flugzeuge oder Schiffe oder auch Raketen. Mit Hilfe der Satelliten können sie diese dann ganz genau über den Erdball navigieren.

Im Grunde war das so eine Art Geocachen der 80er: Der Gegner (damals war es noch DER RUSSE, später hat dann irgendwer gemerkt, dass mehrere Menschen in diesem Land leben) hat eine Fabrik oder eine wichtige Eisenbahnlinie im Land versteckt, und die Raketen von den Guten (selbstverständlich die Amerikaner) haben diese mit Hilfe der GPS-Koordinaten zu finden versucht. Im Prinzip haben die Guten sich damals auch schon vor Ort eingetragen, allerdings mit sehr viel größeren Zeichen als heute üblich, und wenn man es sich mal genau überlegt, wollte das im Grunde niemand lesen.

Natürlich waren die von den Satelliten ausgesendeten Daten verschlüsselt, und den richtigen Code hatten nur das amerikanische Militär und seine Verbündeten. Erst Bill Clinton hat diese Signale am 01. Mai 2000 freigegeben. Jetzt kann sie jeder mit dem entsprechenden Gerät empfangen und seine Position überall auf der Erde bestimmen.[12]

Schon zwei Tage, nachdem die Signale freigegeben waren, ist ein gewisser Dave Ulmer losgezogen und hat mit Hilfe dieser Signale den ersten dokumentierten Cache der Welt versteckt und im Internet mit den Koordinaten N 45 ° 17.460, W 122 ° 24.800 veröffentlicht. Wieder drei Tage später ist ein Typ namens Mike Teague durch die Gegend gerannt und hat genau diesen Cache gefunden. Und zack, war das Hobby geboren. Der erste deutsche Geocache wurde übrigens angeblich am 10. Februar 2000 gelegt, und zwar genau hier: N 52 ° 13.534, O 013 ° 40.686, das ist südlich von Berlin.[13]

12 Zur allgemeinen Beruhigung muss ich an dieser Stelle mit einer Legende aufräumen, die das GPS-Signal betrifft: Die Amerikaner sind nicht in der Lage, GPS-Geräte zu lokalisieren. Es handelt sich bei den Geräten nämlich um reine Empfänger, die man genauso wenig orten kann wie ein Radio, das einen bestimmten Sender spielt. Somit wäre dann auch gleich mit der Legende aufgeräumt, Angestellte der GEZ führen auf der Suche nach Schwarzsehern in mit riesigen Antennen bestückten Autos durch die Gegend. Das geht gar nicht, denn dafür müssten die Seher senden, und dazu haben sie meist keine Zeit. Manchmal werden die Signale allerdings noch einmal besonders verschlüsselt, etwa wenn eine Rakete auf der Suche nach einem neuen Versteck ist. So kam es auch, dass einige Leute auf ihrem Weg durch Hückeswagen plötzlich von einer netten Stimme im Navigationssystem aufgefordert wurden: «Bitte verlassen Sie Moskau, und fahren Sie wieder zurück nach Deutschland. Ich lege mich so lange hin und ruhe mich aus.»

13 Wenn du, lieber Leser, ein aufmerksamer Leser bist, hast du

Seitdem gibt es immer mehr Menschen auf der Erde («Geo»), die diese Dosen in irgendwelchen Verstecken («Caches») suchen und meist sogar finden. So auch ich.

Spätestens wenn ich mit meinem Bericht an dieser Stelle angekommen bin, werde ich gefragt: «Wo liegen die Dinger denn überall?» Und genau das ist schon die Antwort: «Überall.» Weltweit lagen Mitte des Jahres 2006 rund 323 000 Geocaches herum, davon allein 38 000[13a] in Deutschland.

Neulich habe ich einem Freund in der Schweiz nebenbei von meiner neuen Freizeitbeschäftigung erzählt. Natürlich wollte er sofort wissen, wo man Geocaching machen kann. Ich sagte kurz «Moment», sah mir bei Google Earth[14] seine Gegend an, ließ mir die dort liegenden Caches anzeigen und erklärte ihm:

---

es vielleicht schon bemerkt: An dieser Stelle gibt es ein kleines, den nicht beeinflussbaren Ablauf der Zeit betreffendes Problem. Laut Cachebeschreibung von «First Germany», dem ersten deutschen Cache, wurde er genau am 10.02.2000 versteckt, während die Signalfreigabe und das Verstecken des ersten Caches weltweit aber mit Mai desselben Jahres angegeben werden. Hier gibt es nun drei mögliche Lösungen: 1.) Das richtige Datum ist nicht der 10.02., sondern der 02.10. Oder 2.) Wir haben es hier mit einer Raum-Zeit-Krümmung zu tun. Oder 3.) Wir sollten grundsätzlich die Frage stellen: Wer hat's erfunden?

13a «Stand: 31.05.2007, ~ 13.30h; Quelle: Lesung Darmstadt, Klugscheißer erste Reihe, 4ter von links»

14 Ein Programm, mit dem man sich Satelliten- und Luftbildaufnahmen der ganzen Welt auf den heimischen PC holen kann, soweit vorhanden. Nicht die Welt, die Satelliten. Dabei ist es möglich, sich eine begrenzte Anzahl der im Bildausschnitt vorhandenen Caches anzeigen zu lassen. Wie das geht, würde hier zu weit führen. Fragt einfach in der Cachergemeinde nach, da lernt ihr auch gleich ein paar nette Leute kennen.

«Es gibt genau fünf Stück im Umkreis von vier Kilometern.» Er stutzte, fühlte sich verfolgt und wechselte den Wohnort.

Ebenso erging es meiner Lektorin. Auf ihr skeptisches «Ach, und wo sind die?» setzte ich mich rasch an ihren Computer und konnte ihr sofort zehn Caches in unmittelbarer Nähe des Verlages nennen. Einer lag sogar unter dem Gebäude, das auf Stelzen gebaut ist und somit eine ideale Voraussetzung zum Verstecken bietet. Während sie noch staunte, sah ich mir das Firmennetzwerk an, kopierte schnell ein paar Personaldaten und besserte meinen Vertrag nach.

WIE ALLES BEGANN

Mein alleralleralleralleererster Cache war gleich ein so genannter «Multicache», bei dem man über mehrere Stationen zum Ziel gelangt. Im Gegensatz dazu führen einen die Koordinaten bei einem «Traditional» direkt zum Versteck, ohne jede Zwischenstation und sonstige Umwege.

Ich bin durch meinen Freund Micha tiefer in die Materie eingedrungen. Micha ist der Mensch, der mir damals stolz sein GPS-Gerät gezeigt hat. Ich habe ihn, wie sich das für einen echten Techi gehört, natürlich begeidet und mich nicht weiter dafür interessiert. Ein paar Monate später waren wir dann zusammen am Niederrhein unterwegs, und im Vorfeld der Reise erzählte er mir ganz begeistert, dass er dieses tolle Gerät mitnehmen wolle und damit super navigieren könne und außerdem immer genau wisse, wo er sich gerade befinde. Ich war ein wenig überrascht, dass er dafür ein technisches Gerät braucht, denn ich weiß meistens, wo ich mich gerade befinde. Schließlich falle ich eher selten aus dem Himmel herab und lande irgendwo auf der Erde, da meine Reiseplanung dann doch einen Hauch mehr Vorbereitung beinhaltet.

Im Laufe seiner Ausführungen erinnerte ich ihn nochmal an dieses «Geodingsirgendwas», wovon ich schon mal gehört hatte, und machte ihm einen Vorschlag: «He, lass uns das doch mal ausprobieren.»

«Oh ja», kam es begeistert zurück.

«Wir sehen einfach im Internet nach. Bestimmt gibt es etwas in unserer Nähe, was wir suchen können.»

Wir wollten es also unbedingt wagen.

An dieser Stelle muss ich eines zugeben: Wenn ich mit anderen Leuten etwas «unbedingt» machen will, endet das schon mal gerne damit, dass die anderen es tun und ich später sage: «Ach ja, stimmt. Toll, dass du dich darum gekümmert hast.»

Genau so war es auch in diesem Fall. Wir saßen in der Nähe von Xanten auf einem Campingplatz vor unseren Zelten. Dass meines technisch ausgereifter war, muss ich wohl nicht eigens erwähnen. Da zückte Micha auf einmal ein paar Bogen Papier. Es waren die Cache-Beschreibungen, die er auf einer Webseite herausgesucht und dann ausgedruckt hatte.

Er fragte: «Na, hast du auch was mit?»

Mit einem lockeren «Ja, aber lass erst mal deine sehen» lenkte ich ihn ab, und er gab mir tatsächlich die Zettel. Ich verstand gar nichts. Was waren das für komische Zahlen? Irgendwelche Sterne, Smileys und Logos waren auch abgebildet, die mir ebenfalls nichts sagten.

«Ah, die sind viel besser als meine, viel klarer. Lass uns ruhig die nehmen», war alles, was ich herausbrachte. «Sag mir nur kurz, was sind das für Zahlen?»

«Das sind die Koordinaten, da sollen wir parken. Von dort aus geht es dann zu dieser Stelle hier», er zeigte wieder auf eine lange Reihe von Zahlen, «wo wir einen weiteren Hinweis finden sollten.»

«Warum geben die keine Adresse an?»

«Weil das nicht Sinn der Sache ist.»

«Aber das wäre doch viel einfacher …»

Er schaute mich an, ich schaute zurück. Er schaute noch etwas länger, ich hielt dem Blick stand. Schließlich schloss er die Augen, atmete tief durch und fing an zu erklären: «Hör zu, die Erde ist mit Linien überzogen.» Er malte mir ein schönes Bild auf den Zettel.

«Ähm …», setzte ich an.

«Theoretisch», unterbrach er mich. «Die Linien sind qua-

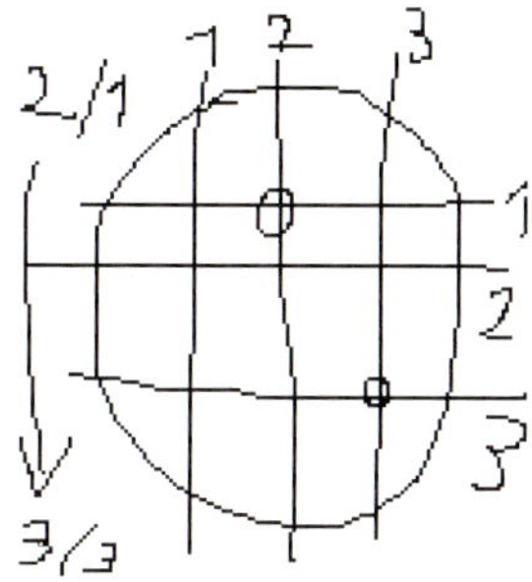

si nummeriert, und an den Schnittpunkten kann man dann anhand der beiden Nummern genau bestimmen, wo man sich befindet. Wir sind hier an Punkt (2/1) und sollen nach (3/3). Da die Erde ein kleines Stück größer ist als dieser Zettel, gibt es nicht bloß drei Linien von Nord nach Süd und Ost nach West, sondern bis zu 360, die dann nochmal unterteilt sind.

Ich verstand. Nachdem wir uns durch den großen Aktenstapel Papier gewühlt hatten, entschieden wir uns für den Cache «NORDSEEKÜSTE». Wie gesagt, ein Multicache.

Auf meine Frage, ob wir uns bei unserem allerersten Cache vielleicht nicht gleich einen Mehrstationenschatz vornehmen sollten, sondern eher einen, der ganz traditionell genau da liegt, wo uns die Koordinaten hinführen, ging Micha gar nicht ein, sondern verschwand nur mit einem «Ts, ts, ts» im Zelt.

Na gut, dachte ich, der Mutige wird belohnt. Wir gaben die Werte in sein GPS-Gerät ein.

«Mit Hilfe von Satelliten, deren Signale dieses Gerät empfangen kann, wissen wir immer relativ genau, wo wir uns befinden und wie weit es bis zum nächsten Punkt der Schnitzeljagd ist», fuhr Micha auf einmal ungefragt fort.

Was muss der Kerl so oberlehrerhaft mit mir reden?, fragte ich mich. Ich weiß genau, wovon der spricht. Na ja – heute.

Wir fuhren los und fanden den Parkplatz, besser gesagt ich fuhr, und ER fand den Parkplatz. In der Zwischenzeit hatte ich gelernt, dass dieses Gerät auf dem Display drei für uns relevante Seiten anzeigen konnte. Erstens eine Karte, auf der auch Straßennamen und Ortschaften angegeben waren. Hatte ich schon mal gehört. Dann eine Übersicht über die Anzahl der empfangenen Satelliten und deren Sendestärke. Je mehr Satelliten und je stärker der Empfang, desto besser. Hatte ich auch schon mal gehört – zwar bei einem Handy und es ging um irgendwelche Balken, aber das Prinzip war dasselbe: Mehr ist besser. Und schließlich noch ein Kompass, der allerdings kein richtiger Kompass war … also eigentlich schon, aber nur, wenn man sich bewegte.

«Was?»

«Also …»

Sofort bekam Micha wieder diesen väterlichen Blick, den ich so hasse, weil er mir unmissverständlich klarmacht, dass er gerade seine gesamte Zufriedenheit aus der Tatsache zieht, mehr zu wissen als ich. Eine Rolle, die ich selbst nur zu gut kenne.

«Hier siehst du die vier Himmelsrichtungen und einen Pfeil. Ich habe das Gerät so eingestellt, dass der Pfeil immer in Richtung unseres nächsten Zieles zeigt. Das Gerät weiß, wie wir uns bewegen, weil es regelmäßig unseren aktuellen Standort mit dem von vor ein paar Sekunden vergleicht. Wenn man diese beiden Punkte miteinander verbindet, ergeben sie eine Linie, die … AUA!»

Ich musste ihm versehentlich den Autoschlüssel in die Hand bohren, denn er wollte gerade wieder anfangen, ein Bild zu malen.

Kurz darauf stiegen wir aus und liefen von dem Parkplatz aus munter am Ufer eines kleinen Sees entlang. Da wir mitten in der Woche unterwegs waren, war es recht leer, es herrschten also ideale Bedingungen. Wir waren unbeobachtet und konnten uns daher eigentlich nicht blamieren. Der asphaltierte Weg, gesäumt von einzelnen Bäumen, führte an einem Spielplatz und einer Bootsanlegestelle vorbei. Wenig später ließen wir einen Kiosk rechts liegen und gingen weiter. Wir waren schon mindestens 200 Meter gegangen, und ich fing an innerlich zu fluchen. Noch war ich Anfänger, noch wusste ich nicht, was ich sehr viel später auf ganz anderen Touren zu erleiden hatte. Heute fange ich schon wesentlich früher an zu fluchen.

Auf einmal sagte Micha: «Wir sind da!»

«Woher weißt du das?», fragte ich.

«Weil das hier steht.»

«Wo?»

«Auf dem Display. Entfernung zum Ziel: 0 Meter.»

Die Technik überzeugte mich. Wir waren also an dem Ort angekommen, wo meine allererste Suche beginnen sollte. Ich sah auf den Boden und sagte: «Hier ist nichts.»

«Ja, wir müssen den Cache auch suchen», erklärte Micha mir.

«Wieso suchen? Wir sind doch laut modernster Technik genau an der Stelle, an der wir sein müssen. Okay, ich bin durchaus bereit, einen Schritt nach links oder rechts zu gehen, falls ich direkt auf dem Hinweis stehen sollte.»

«Pass auf ...»

Noch so ein Satz, und mein ganzes Gefühlszentrum würde anfangen zu schreien: «Nein, nein, nein, nein!», stattdessen sagte ich: «Ja?»

«Die Signale können ein bisschen ungenau sein, Empfangsstörungen und so, deshalb gibt es eine gewisse Ungenauigkeit bei der Berechnung der aktuellen Position. Hier, sieh mal», er drückte mir das Gerät mitten ins Gesicht, «da steht 15 Meter. Das heißt, wir müssen in einem Umkreis von 15 Metern suchen.»

Ich konnte ihm mühelos folgen. So langsam setzte sich ein

kleines Samenkorn Verständnis für die Schwierigkeit dieses Noch-nicht-Hobbys in mir fest.

Aufmerksam blickte ich mich um: Hinter uns war der Weg, rechts und links waren Wiesen, vorne beschrieb der Weg eine Rechtskurve. Etwas weiter entfernt war ein schmaler Gebüschstreifen mit einem Maschendrahtzaun, auf der anderen Seite Richtung See kam erst ein vollgeschmierter Container, dann ging es zwei Meter leicht bergab Richtung Wasser.

Wir fingen an zu suchen. Nach etwa zehn Minuten erfolglosem Hin-und-her-Streifen rief ich: «Wonach eigentlich?»

«Wonach was?», fragte Micha verwirrt.

«Wonach suchen wir?», wiederholte ich, schon leicht genervt.

«Nach irgendeinem Hinweis.»

Für einen kurzen Moment ging ich jede Form von Folter durch, die mir in den letzten Jahren bei der intensiven Lektüre von Mittelalterromanen untergekommen war. Schließlich entspannte ich mich und sagte frohlockend: «Nach WAS für einem Hinweis?»

«Keine Ahnung, Zahlen oder so.»

Micha lugte hinter dem Container hervor, lächelte wissend und fing wieder an zu dozieren: «Vielleicht eine dreistellige Zahl. Vielleicht stehen auch noch zwei Buchstaben dabei. Ein ‹N› für Norden und ein ‹O› für Osten oder ein ‹E› für *East*. Das dürfte von Vorteil sein.» Damit zog er den Kopf zurück. Gerade noch rechtzeitig, bevor der Ast seine Stirn getroffen hätte, der mir versehentlich aus der Hand gefallen war. Dass die Sturzbahn des Astes erst nach oben und anschließend nach unten ging, musste eine spontane Laune der Natur gewesen sein.

Wir suchten weiter nach dem ersten Hinweis. Streiften durchs Gebüsch, beugten uns über den See, verbogen den Maschendrahtzaun. Ich hatte in der Zwischenzeit so ziemlich jedes Zeichen auf dem Container entdeckt, in mehrere Sprachen übersetzt und interpretiert. Ohne Erfolg. Es waren wohl alles Telefonnummern und Geburtsdaten. Ziemlich viele Menschen hatten sich in ziemlich vielen Farbvariationen verewigt, sodass mir bald klar wurde: Ja, «they were here». Bald hatte ich die Finger in so ziemlich jede Baumöffnung gesteckt, die ich aufstöbern konnte, und fand darin so manches Mal mehr, als ich finden wollte.

Irgendwann fragte ich Micha: «Wie verstecken diese komischen Cacher denn ihre Hinweise?»

«Ich hab gelesen, sie schreiben sie mit Filzstift auf irgendwas drauf», sagte er.

«Ach ja? Du kannst lesen?», erwiderte ich. Man merkt, die Stimmung war allmählich leicht angespannt.

Nach längerem Suchen, die Sonne war inzwischen ein paar Mal auf- und untergegangen, hörte ich von der Seite ein langgezogenes «Aaahhhhhh».

Sofort reagierte ich mit einem «Nee, ne?».

«Doch!», lautete die Antwort.

«Wo?»

«Hier.»

Ich lief hin, und vor lauter Freude, dass wir endlich fündig geworden waren, konnte ich mich gar nicht richtig darüber ärgern. Der Hinweis war allen Ernstes mit wasserfestem Filzstift auf den Spannverschluss eines Maschendrahtzaunes geschrieben. Jetzt mal Spaß beiseite: Wie soll man denn bitte darauf kommen? Das ist viel zu schwer, da gehört gefälligst ein dicker Pfeil auf den Boden, der darauf zeigt. Abgesehen davon sollten mit Absperrseilen alle Wege unpassierbar gemacht werden, die einen in die falsche Richtung lenken, mehrere Fackeln die Strecke beleuchten und am Ende ein großes Feuerwerk direkt über dem Hinweis die Suche zu einem einzigartigen Erfolgserlebnis machen. Aber nein, der Owner, also derjenige, der den Cache gelegt hat, hatte all das offenbar nicht nötig.

Wenn die neu sind, können sie ruhig ein bisschen suchen, hat er sich wohl gedacht, so sieht es nämlich aus. Die Suche soll schließlich Spaß machen, da verstecken wir den ersten Hinweis ein bisschen besser, und auch wenn die armen Schweine vor Verzweiflung weinen, ist mir das völlig egal.

Grrrrrrrrrrrrr. Im Nachhinein betrachtet war es übrigens eine der leichtesten Stationen …

Wir gaben also die neuen Koordinaten in Michas GPS-Gerät ein. Genau genommen hat er das natürlich getan, denn die Regel Nummer eins bei technischen Geräten lautet: niemals aus der Hand geben. Der andere kann das Ding nachher besser bedienen als man selbst. Und wo sollen wir dann unser Selbstbewusstsein hernehmen?

Wir machten uns also auf zur zweiten Station. Es ging weiterhin den See entlang, immer schön auf dem asphaltierten Weg, verlaufen war unmöglich. So hatte ich mir das vorgestellt! Dann waren wir da. Diesmal standen wir an einer Kreuzung, rechts ein Trampelpfad zum See, links ging es Richtung Zivilisation. Dazu ein Durchfahrtverbotsschild, ein Zaun und sehr viel Gebüsch. Das war alles, was uns zur Verfügung stand.

Wieder fingen wir an zu suchen. Wonach, wissen wir bis heute nicht. Wenn ich die Aktion nun als erfolglos bezeichne, so beschreibt das nicht annähernd das, als was wir sie letztendlich empfanden. Wir waren enttäuscht, ja gedemütigt. Wir suchten überall: auf dem Weg, an dem Schild. Ich schlug mich sogar in die Büsche, woraufhin die Büsche ihre Stacheln[15] in meinen

15 In diesem Fall handelte es sich wirklich um Stacheln, denn es waren Brombeersträucher. Stacheln sind Verdickungen der Rinde, wohingegen Dornen verkümmerte Äste oder Blätter sind.

Körper schlugen. Alles erfolglos. Jedes Mal, wenn irgendwelche vereinzelten Spaziergänger oder Jogger vorbeikamen, taten wir natürlich so, als würden wir nur kurz warten, uns die Schuhe zubinden oder etwas in den Taschen suchen.

Irgendwann liefen wir frustriert zurück zum Auto und waren uns hundertprozentig sicher, dass die Sache nicht mit rechten Dingen zuging. Da fehlte irgendwas, es konnte unmöglich an uns liegen. Wir hatten so viel Erfahrung, denn auch wenn das unser erster Cache war, oder besser NICHT war, hatten wir doch immerhin die erste Station gemeistert.

Nichtsdestotrotz – wir ließen uns nicht unterkriegen. Der Reiz, zu suchen und irgendwann doch einmal zu finden, war einfach zu groß. Es hatte uns gepackt. Wie die Strömung, die einen langsam vom Land ins Meer zieht, wie der Treibsand, der einen unaufhaltsam in die Tiefe zerrt[16], so hatte uns das Cacherfieber ergriffen. Außerdem wollten wir nicht ohne jeden Erfolg zu unseren Zelten zurückkehren.

Wieder im Auto, kramten wir sofort die anderen Cachebe-

Somit ist Maria nicht durch einen Dornwald gegangen, wie es in dem Lied so schön heißt: «Maria durch ein' Dornwald ging [...] da haben die Dornen Rosen getragen [...]». Da kann man so oft «oh, oh, oho Mahariiiiiaaaaa» singen, wie man will. Allerdings bleibt die Frage, ob noch mehr Aspekte der christlichen Tradition einer Prüfung auf wissenschaftliche Korrektheit zum Opfer fallen würden.

16 Ich entschuldige mich vorab schon einmal dafür, dieses Bild benutzt zu haben. Es existiert bisher kein einziger nachgewiesener Fall, bei dem jemand tatsächlich vom Sand in die Tiefe gezogen wurde. Dafür gibt es einen im Labor erzeugten Zustand, bei dem ein solcher Effekt auftreten kann. Es handelt sich hierbei um ein granulares System: Die Sandkörner, obwohl eigentlich Festkörper, können sich wie eine Flüssigkeit verhalten.

schreibungen heraus. Irgendwas musste sich doch finden lassen. Hier, der klang gut. Angeblich auch für Kinder geeignet, das war genau das Richtige für uns. Wir machten uns also direkt auf zum nächsten Cache. «Moylands letztes Schlossgespenst» lag in einem Wald, der direkt an einen größeren Schlosspark angrenzte. Auf befestigten Wegen sollte auch dieser Cache leicht zu Fuß erreichbar sein. Es waren gerade mal zwei Stationen, das war eindeutig zu schaffen. Allerdings bestand die erste gleich aus einer ganz besonderen Aufgabe: Peilung.

«Bist du sicher, dass wir das tun sollten?», fragte ich Micha.

«Warum denn nicht?»

«Wir haben schon die einfachen Aufgaben nicht geschafft und jetzt eine schwere?»

«Die Aufgabe ist nicht schwer, sondern kinderleicht. Das geht so: Stell dich als Erstes an einen bestimmten Punkt. Entweder an die angegebenen Koordinaten oder, was viel netter von den Cachelegern ist, an eine beschriebene oder gar fotografierte Stelle, und gehe von dort aus 100 Meter in Richtung 127 Grad. Das klingt zwar sehr kompliziert, aber ich kann dir dabei helfen. Hat man ein Gerät mit Karte, geht es relativ einfach. Man muss das Fadenkreuz mit Hilfe eines Joysticks[17] (hat man nasse Hände

17 Der Joystick ist übrigens das natürlichste Hilfsmittel, um einen Computer zu bedienen. Man muss sich das so vorstellen: Steht man in einer geraden und entspannten Situation vor dem Tisch und lässt die Hände baumeln, zeigen die Handflächen automatisch nach innen. Wenn man jetzt das Ellenbogengelenk abknickt, dabei die Hand hebt und auf der Tischplatte abstützt, hat man immer noch eine sehr entspannte Grundhaltung. Jetzt könnte man einen Joystick einfach durch Schließen der Finger umfassen, und das Vergnügen kann beginnen. Aber da wir alle in der Regel mit einer Maus arbeiten, drehen wir erst mal die Handflächen nach unten und verharren für die nächs-

oder Handschuhe an, verwandelt sich das Wort «joy» allerdings sofort in «fuck») über das Display bewegen. Dann muss man bloß die Gradabweichung und die Entfernung beobachten und so lange weitermachen, bis alle Zahlen genau so aussehen wie die auf der Cachebeschreibung. Fehlt einem die Karte, dann, ja dann … habe ich auch keine Ahnung, wie das klappen soll», erklärte Micha.

«Was hast du gesagt?», erwiderte ich.

Stille kam von Micha.

Stille kam von mir.

Er griff wieder zu Zettel und Stift und fing an zu zeichnen.

«Also, wir befinden uns hier auf dem Kreuz, Norden ist oben. 127 Grad gibt die Richtung an, das ist in etwa nach schräg unten. Wenn wir jetzt das Gerät so drehen, dass der Pfeil genau auf 127 Grad zeigt, und wir der Linie 100 Meter folgen, müssten wir genau da ankommen, wo wir hinwollen.»

Jetzt verstand ich. Behauptete ich zumindest.

Ob ich da hinwollte, war mir noch nicht ganz klar, und auch nicht, wie wir auf gerader Linie an diese Stelle gelangen sollten, wenn da ein umzäuntes Gelände und ein stehendes Gewässer im Weg waren. Schließlich war da ein Schloss, und das war eingesperrt, von einem Wassergraben, einer Mauer und einem Zaun, über den ich definitiv NICHT klettern wollte. Sonnenklar war mir dagegen, dass ich es für eine Unverschämtheit von Micha hielt, mir hier kleine Kinderzeichnungen vorzulegen, als ob ich total bescheuert wäre. Das hätte er mir auch so erklären können.

ten acht Stunden in dieser viel zu unbequemen Grundhaltung. Und direkt erzeuge ich ein Beispiel für einen negativen Placeboeffekt: Während ich das hier schreibe und mit der Maus zum Korrigieren der Fehler durch den Text navigiere, melden meine Unterarmmuskeln Schmerzen.

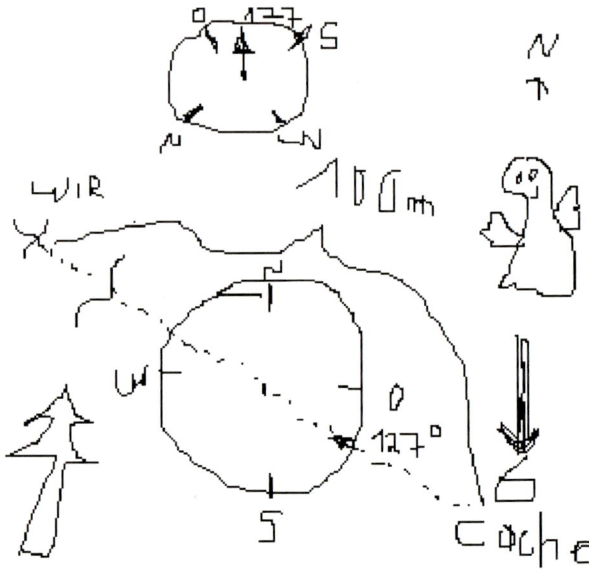

Und dann dieser alberne Baum, wirklich! Gut, das Gespenst war süß. Das hängt jetzt vergrößert bei mir an der Wand.

Diesmal lief es jedoch schon besser als beim letzten Cache. Nachdem wir geparkt hatten, betraten wir die kleine, frei zugängliche Parkanlage, die das Schloss «Moyland» umgibt. Die erste Station war relativ leicht zu finden. Zur Cachebeschreibung gehörte das Bild einer «Saugstelle», und genau da mussten wir hin. Von dort führten wir (oder besser Micha) die Peilung durch und machten uns wieder auf den Weg.

Wir hatten uns fest vorgenommen, diesmal erfolgreich zu sein und engagierter an die Sache heranzugehen. Aber das war nicht einfach, und wir mussten wirklich all unsere Kräfte einsetzen, damit wir letztendlich erfolgreich waren. Eine Familie mit einem siebenjährigen Kind war ebenfalls auf der Suche nach dem Cache unterwegs und spazierte nur zehn Meter vor uns um das Schloss herum. Und ich muss sagen: Respekt, Micha. Als er die drei sah, ließ er den Rucksack mit unseren Regensachen einfach fallen und rannte mit Blick auf sein GPS-Gerät los. Er stellte den Eltern ein Bein und beförderte das Kind mit einem gezielten Bodycheck ins Gebüsch. So waren wir die Ersten am angepeilten Punkt.

Diesmal war die Suche nach dem Cache insgesamt etwas einfacher, weil wir nicht wieder all die verschiedenen Versteckmöglichkeiten durchgehen mussten. Da rechts und links Bäume waren, mussten wir bloß die 12 332 Wurzeln und Stämme um uns herum näher in Augenschein nehmen. Wir hoben und verbogen Holz an allen möglichen Stellen, nur gestört durch eine Familie, die irgendwann ihr weinendes Kind an uns vorbeitrug. Nach ein paar Minuten war ich endlich erfolgreich: Ein kleines Zeichen, ein «G», ließ mich stutzig werden. Es war auf einen Aststumpf gemalt. Irgendwo hier am Baum musste demnach der Cache versteckt sein.

Wir wussten aus der Cachebeschreibung lediglich, dass es sich um einen so genannten «Micro» handelte, also etwa in der Größe einer Filmdose. Bald hatten wir fast den ganzen Baum geschält und das Wurzelwerk komplett von Erde befreit, da stieß Micha mich an. Ich sah ihm ins Gesicht und erschrak. Eine Träne lief ihm die Wange herunter und hinterließ einen sauberen Streifen in seinem ansonsten recht verdreckten Antlitz. Ich folgte seinem Blick, folgte der Richtung, die sein ausgestreckter Zeigefinger vorgab. Und dann sah ich ihn. Den Cache. Ein kleines weißes Etwas lugte zwischen der Borke des Stammes hervor. Es war ein winziges Gespenst.

Ganz vorsichtig lösten wir es heraus und legten es sanft auf den mit Nadeln bedeckten Waldboden. Wir öffneten die darin eingelassene Filmdose und fanden tatsächlich Notizzettel und

Es war scheu und ließ sich nur unter großen Mühen fotografieren.

Stift. Mit zitternden Fingern falteten wir den Zettel auseinander und trugen uns ein. Wie schön, zu sehen, wenn die Farbe des Stifts Linien auf dem Papier hinterlässt und man seinen eigenen Namen erkennen kann. Wir waren so stolz.

Ich muss schon sagen, den ersten Cache zu heben[18] ist wirklich ein unglaubliches Gefühl. Das ist so, wie wenn ein gigantischer Sonnenauf- und ein Sonnenuntergang gleichzeitig den morgend- und abendlichen Himmel in flammendes Rot tauchen. Man blickt auf dieses kleine Etwas und sagt zum ersten Mal: «Wie bescheuert muss jemand sein, eine Geisterfigur an einem Baum zu verstecken?» Und gleich darauf: «Wie bescheu-

18 Ja, so nennen wir das. Das klingt dann nämlich nach Schatz, nach wertvoll, nach Abenteuer, nach Indiana Jones. Und nicht nach Plastikbox.

ert sind erst diejenigen, die wegen so etwas durch die Gegend rennen?» Diese Sätze sage ich auch heute eigentlich jedes Mal und vor allem mehrmals, wenn ich wieder mal auf der Suche nach einem Cache unterwegs bin.

Wie sich das gehört, haben wir, nachdem wir zu Hause angekommen waren, unsere Erlebnisse auch geloggt und auf den Webseiten, auf denen wir die Cachebeschreibung gefunden hatten, einen Eintrag hinterlassen. Natürlich haben wir zuerst unseren Fund voller Stolz kundgetan.

«So, das war mein erster Erfolg als Cacher [...] Mann, war ich stolz, nennt mich OSKAR. Und morgen wird ein GPS-Gerät gekauft.»

Trotz aller Freude haben wir uns verantwortungsvoll verhalten und auch unseren Misserfolg nicht für uns behalten, sondern dem Owner einen Hinweis hinterlassen:

«Das war unser erster Cache, leider haben wir die zweite Station nicht gefunden. Wahrscheinlich ist sie kaputt, oder jemand hat den Hinweis vernichtet. Schade. Aber schöne Gegend, wir kommen gerne wieder!»

Die Antwort folgte prompt:

«Habe nachgesehen, alles da. Danke, dass ihr mich umsonst zur Kontrolle rausgeschickt habt.»

Ich bin mir nicht sicher, aber das Wort **«danke»** hatte einen Hauch von subtilem Unterton. Er meinte es wohl nicht so, wie er es geschrieben hatte. War mir aber egal, ich meinte die Wörter **«leider», «schade», «schön»** und «**gerne»** ja auch nicht so, wie ich sie geschrieben hatte.

SO MACHT DER URLAUB DOPPELT SPASS

Dieses Erfolgserlebnis hat mich nachhaltig geprägt. In der Zwischenzeit hat mich das Cachefieber voll gepackt. Ich habe ständig mein GPS-Gerät dabei und versuche zwischendurch immer mal wieder, eine versteckte Dose zu heben. Allerdings habe ich auch die kleinen Freuden meines neuen Hobbys kennengelernt, den einfachen «Traditional». Der ist einfach genau da versteckt, wo einen die Koordinaten hinführen. Keine Umwege, keine Aufgaben.

Man sollte jedoch nie dem Irrtum verfallen, ein «Tradi», so nenne ich den Traditional gerne, wenn ich cool sein will, sei besonders einfach. Er kann nämlich ganz spezifische Probleme aufwerfen – zum Beispiel wenn der Cache auf einem Gipfel liegt und man erst mal drei Stunden bergwandern und dabei 1500 Höhenmeter überwinden muss. Oben angekommen, empfindet man das Suchen des Caches dann als wahre Entspannung. Wie eine kühle Brise nach einem harten Tag als Dachdecker oder beim Teergießen einer Straße bei 40 Grad im Schatten. Deshalb ist es extrem wichtig, bereits im Vorfeld strategisch an die Cacheauswahl heranzugehen. Dabei ist es fast egal, WO man einen Cache suchen will, man muss sich nur VORHER entscheiden.

So habe ich es dann auch bei einem meiner letzten Österreichurlaube getan. Ich liebe Österreich, die haben dort einfach mit die schönsten Berge. Diesmal war meine Frau dabei. Wir gingen zum ersten Mal gemeinsam cachen und wollten so den einen oder anderen Spaziergang interessanter gestalten. Außerdem wollten wir in diesem Urlaub die Gelegenheit nutzen und mit Hilfe einiger Caches ein paar von Touristen nicht oft besuchte, aber doch sehr schöne Stellen finden. Die Frage war nur: welchen?

Zum Glück gibt es mehrere Möglichkeiten, die einem helfen, einen Cache auszuwählen, der sich ungefähr an dem Ort befindet, wo man seine Zeit mit Suchen verbringen möchte, und der einem dann auch noch Spaß macht.

Ich beschloss zunächst, einfach jemanden aus meinem Freundeskreis zu fragen, der sich an dem Ort auskannte, an den wir fuhren. Da sich aber niemand dort auskannte, fiel diese Möglichkeit leider aus. Das ist meistens so, deshalb wird dieses Verfahren von mir generell sehr selten genutzt.

Ich setzte mich an den Computer, denn hin und wieder findet man etwas in den einschlägigen[19] Foren, in denen wir uns austauschen, und schrieb so was wie: **«Liebe Geocacher, ich habe großes Glück und fahre demnächst nach Kärnten in Urlaub. Kann mir jemand netterweise sagen, welche ...** »

Ach nein, ich muss mich korrigieren, immerhin geht es um ein Internetforum: **«Bin untrewegs in Öreich, hat jemand ne Cacheidee, soll nicht schwehr sein wenn doch, egal. Einfach so odr per pm. Mailaddi grad off Thx.»**[20]

---

19 Das Wort «einschlägig» habe ich jetzt nur benutzt, weil es ein wenig verrucht klingt. Es macht uns zu einer eingeschworenen Gemeinschaft, die unter sich bleiben will, die keine Veröffentlichungen und dergleichen mag ... hähähä.

20 Eine in Internetforen übliche Unart kommt bei uns Geocachern zwar nur sehr selten, aber leider auch vor: die unglaubliche Überheblichkeit von Mehrwissern den Wenigwissern gegenüber. Das bedeutet in der Praxis: Stellt man als Anfänger eine ganz einfache Frage, so bekommt man unter anderem tolle Antworten wie: «Nutz doch die Suchfunktion!» – Danke, habe ich versucht, wenn ich die Suchanfrage genau so

Da auch das erfolglos war, blieb noch eine andere Möglichkeit: selbständig direkt im Internet danach zu suchen. Letztendlich landet man irgendwann auf einer Seite, auf der die Cachebeschreibung zu finden ist. Das heißt Koordinaten, Schwierigkeitsgrad, Hinweise und noch sehr viel mehr. Oft ist auch eine kleinere Beschreibung oder gar eine Geschichte beigefügt. Man findet alles, von: **«Da liegt er, viel Spaß beim Suchen»,** bis zu: **«Zunächst ein paar Informationen: Im Jahre 1874 [...] Später wurde das Gebäude [...] Als dann aber nach dem Krieg [...] zog sich der Erbauer zurück und wurde Dichter [...] so viel zum Schicksal seiner Frau. Trotzdem entstand folgendes Gedicht: [...] Jahre später wurden diese Strophen hinzugefügt [...] an der Koordinate findet ihr den Gedenkstein des Dichters.»**

Hätte der Cacheleger sich allgemein ausgedrückt und hätte er am Ende statt der Formulierung «des Dichters» die Alternative «eines Dichters» gewählt, so hätte er sich die ganzen Einzelheiten sparen und die 93 DIN-A4-Seiten Text getrost weglassen können. Dann hätte ich sehr viel weniger lesen und sehr viel

---

formulieren könnte, dass ich erfolgreich wäre, dann wüsste ich über das Problem schon so viel, dass ich nicht mehr fragen müsste. – Oder: «1000-mal beantwortet, hier der Link.» Manchmal hilft eine solche Antwort tatsächlich, und dann ist der Anfänger sehr dankbar, meist kommt man jedoch nur auf Seiten mit Links zu Links, die einen zu irgendwelchen anderen Links führen. Überall findet man eine Information, die man nicht versteht, sodass im Laufe der Zeit immer mehr Wissen auf der Strecke bleibt. Liebe Internetgemeinde, wenn ihr Fragen von Menschen entdeckt, deren Beantwortung ihr als unter eurer Würde empfindet, dann ignoriert sie doch einfach. Oder richtet einen Bereich mit «Anfängerfragen, die wir Supercracks uns nicht ansehen, weil uns sonst die Augen bluten» ein. Dann stören wir auch nicht mehr.

weniger Papier durch die Gegend schleppen müssen – aber ich hätte auch sehr viel weniger gelernt.

Für unseren Österreichurlaub hatten meine Frau und ich uns schon zu Hause für eine Reihe von Caches entschieden und deren Beschreibungen mitgenommen. Sollten wir Zeit haben, würden wir uns dann einfach einen aussuchen und uns auf den Weg machen. Genauso war es dann auch, und wir entschieden uns für einen schönen Flusslauf in der Nähe unseres Hotels.

Die erste Frage, die sich uns stellte, war folgende: Wo ist der richtige Einstiegspunkt? Wo parken wir am besten? Von welcher Seite gehen wir den Cache am geschicktesten an? Man kann sich eine Menge Stress ersparen, wenn man einen gepflegten Waldweg nutzt, oft ist man aber bedeutend schneller, wenn man einfach querfeldein läuft. Entweder man verwendet die Karten im GPS-Gerät[21], oder man setzt sich bereits zu Hause vorab an den PC und wählt eine Anwendung, in der man GPS-Koordinaten benutzen kann. Damit bestimmt man dann die Straße, den Weg oder gar einen Parkplatz in der Nähe, an dem man mit der Suche

21 Leider sind nur ganz wenige Menschen in der Lage, anhand der in Zahlenform angegebenen Position genau zu wissen, wo sie hinmüssen. Diese Menschen sind meistens tot, leben beim lieben Gott und brauchen kein Google Earth mehr. Also benötigt man ein Hilfsmittel, nur leider nützen die den Cachebeschreibungen beigefügten Karten oft gar nichts. Das Wort «oft» habe ich jetzt nur deshalb benutzt, weil es ziemlich nett ist, wenn sich jemand so viel Mühe macht und extra noch eine Karte beifügt. Aber die sind meistens so schlecht, dass es eigentlich heißen müsste: «Nur leider nützen die den Cachebeschreibungen beigefügten Karten total überhaupt völlig aber so was von gar nichts.» Oder was soll ich mit einer Karte von Sachsen, in der die Städte Dresden und Leipzig leider nicht, dafür aber Gallinchen, Vetschau und Altdöbern auftauchen?

beginnen kann. Oft sind in den Cachebeschreibungen auch schon Parkmöglichkeiten angegeben. Ich nutze sie nicht oft, mache aber immer öfter die Erfahrung, dass es besser gewesen wäre.

Meine Frau und ich entschieden uns jedenfalls für einen ganz einfachen Traditional, der irgendwo am Ufer dieses Flusses liegen musste. Jetzt brauchten wir nur noch in der Nähe zu parken, ihn zu finden und wieder zu gehen. Bevor wir loszogen, nahm ich zur besseren Planung meinen Magellan zu Hand[22], auf dem die gesamte Übersichtskarte Europas abrufbar ist. Das heißt, ich hatte alle wichtigen Straßen, Orte und Flüsse aus ganz Österreich grafisch dargestellt auf meinem Display zur Verfügung.

Voller Vorfreude gab ich die Koordinaten in das Gerät ein. Leider mussten wir feststellen, dass die grobe Übersicht mit einer topografischen Karte nicht ganz zu vergleichen war. Während bei Letzterer wirklich jede Baumwurzel eingezeichnet ist, mussten wir laut unserer Übersicht ungefähr da hin, wo die Bahn etwas oberhalb abknickte, und dann etwas unter der Stelle suchen, an der die Autobahn einen Schlenker machte. Genauer ging es nicht. Der Cache lag irgendwo im leeren Teil der Karte, und genau da mussten wir wohl auch irgendwie parken.

Auf der Straßenkarte des Autonavigationssystems bewegten wir das Zielkreuz ungefähr an die Stelle, wo wir die Parkmöglichkeit vermuteten. Wir entdeckten ein paar Straßen, die im Handgerät nicht zu finden waren, und fuhren los. Wie es sich

22 Es gibt zwei große Hersteller von Outdoor-GPS-Geräten: Magellan und Garmin, zwischen denen ein fast schon philosophischer Streit herrscht. Dieser Streit ist in etwa so wie der zwischen Apple und Microsoft: absolut unnötig. Dafür macht er allen Beteiligten riesigen Spaß! Der einzige Unterschied: Beim Cachen haben die Magellaner recht! Anmerkung des Autors: In der Zwischenzeit habe ich übrigens ein Garmin …

für Österreich gehört, hatte das zuständige Amt für Tourismusangelegenheiten dafür gesorgt, dass die Gegend auch schön mit Bergen vollgestellt war, sodass wir nach einigem Hin und Her nicht viel weiter waren als vorher. Aber ich liebe die Berge, und deshalb waren wir da genau richtig.

Jedenfalls näherten wir uns stetig dem Ziel, und auf meinem Gerät war klar zu erkennen, auf welcher Seite des Flusses wir suchen mussten. Deshalb orientierten wir uns wie die alten Indianer am Lauf des großen Wassers und stiegen, nachdem wir ordentlich auf einem Feldweg geparkt hatten, aus dem Wagen, um den Rest des Weges zu Fuß zurückzulegen. Wir freuten uns von ganzem Herzen, nun bald die versprochene Dose zu finden. Allzu schwer konnte es nicht sein, schließlich war es ein Traditional.

Aber schon bei dieser im Grunde einfachen Aufgabe gibt es wieder mal ein großes Problem: die Zielfindung. Wie oft schon haben mich die letzten 100 Meter schier in den Wahnsinn getrieben? Erst ein paar Wochen vorher ist es mir zuletzt passiert. Ich war schon etwas länger unterwegs und näherte mich dem Ziel. Erst mit Hilfe der topografischen Karte[23], dann nur noch nach dem Richtungspfeil auf dem GPS-Gerät. Konzentriert be-

23 Einige Geräte verfügen über richtige topografische Karten. Das sind diese Karten mit Linien, denen sich nicht die geringste Bedeutung zuordnen lässt. Mit deren Hilfe kann man dann die Wege direkt suchen. Keine Angst, man muss die Dinger nicht benutzen, wenn man nicht will. Am anderen Ende der Technikskala gibt es Geräte, die nur eine Pfeildarstellung haben. Da tastet man sich dem Pfeil folgend quer durchs Gebüsch oder folgt nach grober Schätzung irgendwelchen Wegen. Man kann sich übrigens auch mit einer Wanderkarte durch den Busch schlagen. Das ist zwar anstrengend, macht aber definitiv mehr Spaß und Eindruck, wenn man hinterher verdreckt und zerschunden wieder in der Zivilisation angelangt ist.

obachtete ich die Angabe «Entfernung zum Ziel», die mir, wie konnte es anders sein, die Entfernung zum Ziel anzeigte. Sie wurde immer kleiner. Ich näherte mich dem Cache auf 80 Meter, 70 Meter, ja, ich würde es diesmal schaffen, 45, 40, 35, 30, boing! Leider war eine Felswand im Weg. Der Cache war zwar nur noch 30 Meter entfernt, allerdings 120 Meter weiter oben. Also ging es nochmal von vorne los.

In Österreich fehlten meiner Frau und mir am Ende nur noch 50 Meter. Zwar war diesmal keine Felswand in der Nähe, dafür aber ein Fluss. Es waren die längsten 50 Meter meines Lebens.

Der Pfeil zeigte nach Süden, und genau in die Richtung gingen wir auch, indem wir einem Feldweg folgten. Hinter uns ein Gebirge, rechts und links Weiden. Wir waren frohen Mutes, lachten und scherzten.

«Wenn der Cache auf der anderen Seite des Flusses liegen würde, ja, ja, das wäre lustig», frohlockte ich. Ehrlich gesagt: Nur ICH scherzte, während meine Frau längst fluchte, denn sie wähnte uns zielsicher auf der falschen Seite.

Der Weg hatte in der Zwischenzeit eine leichte Biegung gemacht, und um endlich an den Cache zu kommen, entschieden wir (okay: ich) uns für eine Abkürzung. Wir verließen also den Feldweg. Das Gras ging uns erst bis an die Knöchel, dann bis an die Knie und bald bis an die Hüfte. Irgendwann war es eindeutig kein Gras mehr, sondern eher als Gestrüpp zu bezeichnen.

Die Entfernung zum Fluss wurde jedenfalls kleiner und kleiner, während meine Zweifel, ob wir auf der richtigen Seite suchten, dagegen größer und größer wurden und die Flüche meiner Frau schlimmer und schlimmer. Ab dem Moment richtete sich alles gegen mich. Schlagartig hörte der Bewuchs auf, und ich wäre fast ins Wasser gestürzt, hätten mich nicht die stacheligen und dornigen Ranken der Pflanzen in letzter Sekunde festgehalten. So hing ich knapp über den reißenden Fluten leicht schräg in der Luft und blickte auf das dahinströmende Nass. Da sah ich einen kleinen Strandstreifen, der wie geschaffen war für einen Cache – auf der anderen Seite des Flusses. Und wir waren hier.

Während ich das näher kommende Kampfgeräusch meiner Frau hörte, das unweigerlich entsteht, wenn die Natur versucht, den Menschen zu besiegen, beschloss ich, tapfer zu sein und mit aller Kraft meines Geistes und Körpers das Problem zur Sprache zu bringen.

«Ähmmm …», setzte ich an.

Jetzt war meine Frau wieder an der Reihe.

Auf dem Rückweg zum Wagen versuchte ich ihr die ganze Zeit zu erklären, warum ich mir aber wirklich sicher gewesen war, dass diese Seite die richtige war. Als wir im Auto saßen und über den Fluss fuhren, echauffierte auch ich mich: Ja, ich hätte die Einwände ihrerseits gehört, aber trotzdem, und überhaupt hätte der Cacheleger auf so was achten können. Wenn sie jetzt nicht sofort ruhig sei, bliebe ich auf der Stelle stehen und hielte so lange die Luft an, bis sie «bitte, bitte, bitte» sage. Irgendwann habe ich dann doch wieder angefangen zu atmen.

Wenig später parkten wir auf der anderen Seite, etwa zwei Kilometer vom Versteck entfernt, und spazierten gemütlich den Fluss entlang. Auf einmal war mir klar, warum alle anderen Sucher in der Cachebeschreibung erwähnt hatten, wie schön dieser Weg sei und so einfach und dass er Spaß mache und entspannend wirke. Das war mir zehn Minuten vorher noch ein völliges Rätsel gewesen, denn von Entspannung und Spaziergang keine Spur. Vielleicht hätte ich da schon stutzig werden sollen.

Endlich standen wir dann genau an der Stelle, an der uns das Gerät sagte: «Entfernung zum Ziel: 0 Meter». Da wir diesmal ganz sicher auf der richtigen Seite des Flusses waren, konnten wir endlich entspannt durchatmen, uns umsehen und in aller Ruhe nachdenken: «Hä? Was'n jetzt?»

Vor uns nichts als ein kleiner Sandstreifen, dazu hier ein paar Bäume, dort ein kleines Gebüsch. Wo sollte der Cache nun sein?

Da der Versteckende natürlich nur deshalb «Versteckender» heißt, weil er was *versteckt*, und der Sucher nur deshalb «Sucher» heißt, weil er *sucht*, hatten wir unser Ziel noch lange nicht erreicht. Wo befand sich die Dose? Diese Frage sollte uns leider die nächsten zweieinhalb Stunden quälen.

Es lag an der «Genauigkeit». Wie schon erwähnt, weicht die Angabe immer ein wenig ab. Diesmal stand «6 Meter» auf dem Display, also waren wir entweder genau an der richtigen Stelle oder eben sechs Meter weit weg. Meist bin ich natürlich an der richtigen Stelle, aber das weiß das Gerät nicht, denn es «denkt», es befinde sich irgendwo innerhalb dieser sechs Meter, nur eben woanders. Endlich hatte ich es geschafft, nach einigem Verharren in völliger Bewegungslosigkeit zeigte das Gerät Folgendes an: «Entfernung zum Ziel: 0 Meter, 6 Meter Genauigkeit.» Ich freute mich riesig, aber leider brachte es uns gar nichts. Denn jetzt mussten wir den Cache in einem Radius von zwölf Metern[24] suchen.

---

24 Wie bitte? Zwölf Meter? Eben waren es doch noch sechs. Richtig, denn ich befinde mich in einer Fläche mit dem Radius 6 (Πr^2 bei $r = 6$) Aber da auch der Owner beim Legen des Caches theoretisch mit einer ähnlichen Ungenauigkeit zu tun gehabt haben kann und wir uns beide im Extremfall am jeweiligen Rand des Kreises befunden haben können, verdoppelt sich der Radius, und die Fläche ist jetzt: Πr^2 bei $r = 2 * 6 = 12$ => eine Fläche von 452,38934211693022633862064719225 m^2. Selbst wenn man davon sämtliche Baumflächen abzieht, hat man immer noch ein Riesenproblem. (Hm ... jetzt, wo ich das schreibe und mir diese Zahlen vergegenwärtige, frage ich mich, warum ich überhaupt all die Caches gefunden habe, die ich bisher gefunden habe. Und

Egal, wir gaben trotzdem nicht auf. Angeblich war der Cache ein «Regular», also ein Behältnis in der Größe einer Tupperdose. Wie immer konzentrierte ich mich bei der Suche auf eine Plastiktüte oder etwas ähnlich Wasserabweisendes. Damit die Dosen gut gegen Witterung und wildes Getier geschützt sind, umwickeln die Owner sie oft ein-, zwei- oder gar dreimal wasserdicht und bedecken sie dann mit etwas Laub, Zweigwerk oder Steinen.

Inzwischen verfahre ich fast immer nach demselben Schema:

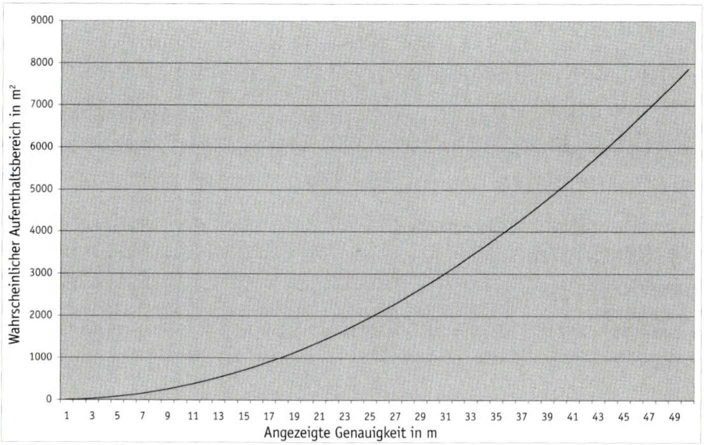

Hier sieht man, dass es sich bei der Cachesuche um ein exponentielles Problem handelt, will heißen: Sie wird nicht einfacher. Ich bitte übrigens, die Ungenauigkeit in der Darstellung zu entschuldigen. Interessanterweise ist für den Computer (mit einem solchen wurde diese Grafik nämlich erstellt) ein Additions-Subtraktions-Fehler schlimmer als ein Produkt- oder Quotientenfehler – wenn es um die Genauigkeit geht. Warum? Keine Ahnung, aber ich solle es erwähnen, hat mir ein Doktor der Informatik gesagt, und der muss es wissen.

ich **weiß**, warum ich all die Caches nicht gefunden habe, die ich bisher nicht gefunden habe.)

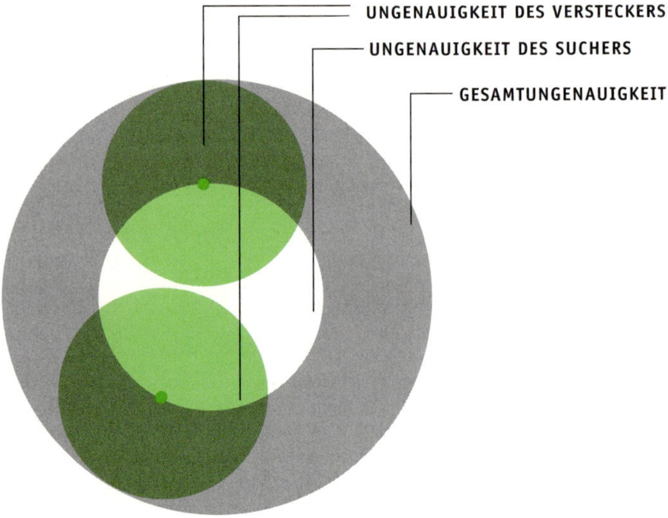

Damit mir beim Cachesuchen nicht langweilig wird, vertreibe ich mir die Zeit mit Buddeln. Natürlich falle ich nicht sofort auf die Knie und grabe mich bis zum Bauchnabel in die Pampa ein. Nein, das Ganze entwickelt sich langsam. Zuerst streife ich ein bisschen durchs Gelände, den Blick zwischendurch immer mal wieder auf das GPS-Gerät gerichtet, damit ich mich nicht aus Versehen zu weit vom Zielpunkt entferne.

So auch diesmal: Mein Blick schweifte übers Gehölz, über die Wiese und auf meine Frau, die den Cache ja wohl hoffentlich nicht VOR mir finden würde. Ich sah mich also um, ob mir irgendwo ein definitiv nicht in die Landschaft gehöriges Stück Plastik auffiel.

Nicht dass es überhaupt ein in die Landschaft gehöriges Stück Plastik gibt, aber es gibt nun mal solches «nicht in die Landschaft gehöriges Plastik» und solches «nicht in die Landschaft gehöriges Plastik». Mal ist es der Schimmer einer milchig weißen Tupperdosenkante, mal die aus dem Erdreich wie zufällig herausragende Ecke einer Plastiktüte.

Zurück nach Österreich: Da war was. Ich ging also – vor meiner Frau wohlgemerkt – zu meiner Entdeckung hin, zupfte, zog, zerrte, packte mit beiden Händen an, fluchte über den Cacheleger, wie er nur auf so eine blöde Idee kommen konnte, riss das Stück Plastik ab, flog durch die Luft, landete unsanft auf dem Rücken, fluchte direkt nochmal, auch wenn ich mit dem ersten Fluch noch nicht fertig war, und stellte fest: Das war eine vergrabene Mülltüte! Jippie! Mit … Müll. Schade eigentlich!

Instinktiv war mir sofort klar, dass ein Cache nicht wirklich sooooo tief und soooo fest in der Erde vergraben sein konnte. Wer wäre schon so bescheuert und würde versuchen, das herauszuziehen? Meine Frau lief währenddessen ganz konzentriert von Ort zu Ort und hob da einen Ast an, schob dort einen Haufen Reisig auseinander. Ich begann dagegen mit Stufe zwei der Suchtechnik: mit den Füßen vorsichtig Sand, Laub, Geäst und Blätter beiseiteschieben. Dabei war ich die ganze Zeit auf der Hut, aus Angst, irgendwas zu finden, was ich gar nicht finden wollte. Auch wenn es den Boden düngte.

Im Winter ist das übrigens bedeutend schwieriger – auch wenn der Dünger dann nicht mehr so problematisch erscheint. Ich bitte den Leser, mir den folgenden Exkurs zu verzeihen, aber das Erlebte hat mich tief geprägt:

Einmal habe ich bei der Suche nach einem Cache eine komplette Bergkuppe vom Schnee befreit. Ich war damals auf dem Weg zu Dreharbeiten und fuhr von München nach Prag. Das Angebot, zu fliegen oder abgeholt zu werden, hatte ich natürlich ausgeschlagen, weil ich weder einen mir wildfremden Fahrer noch einen Piloten anweisen wollte, bitte kurz diesen oder jenen Wald anzusteuern, um mich für zwei Stunden darin verschwinden zu sehen. Es war Winter, und die tschechischen Wälder waren weiß wie … na ja, wie ein Winterwald eben. Und ich versank teilweise bis zur Hüfte im Schnee, dabei ging es damals um zwei klassische Traditionals. Ich also schnurstracks in Richtung Finalkoordinaten, zuerst einen steilen, matschigen Waldweg hinauf, auf der Bergkuppe an einer Ruine vorbei (nebenbei den ersten Cache gehoben), dann weiter bis zu einem Plateau am Ende eines langen Hügels mit einem wunderschönen Ausblick. Im Sommer. Leider war es Winter. Irgendwo hier sollte der Cache liegen, und mir blieb nichts anderes übrig, als ein bisschen Schneeräumer zu spielen. Nach einer Weile sah die Stelle aus wie eine Oase des Frühlings in verschneiter Landschaft. Die Blumen dankten es mir, hoben die Köpfchen, entfalteten die Blüten und unterstützten mich, fröhliche Lieder singend, beim weiteren Schneeräumen. Und das alles nur, damit ich letztendlich merkte, dass der Cache in einer weit über der Schneedecke liegenden Felsspalte verborgen war.

In Österreich gestaltete sich die Suche da schon leichter: kein Berg und auch kein Schnee. Nach einer ganzen Weile waren meine Frau und ich allerdings immer noch erfolglos, und allmählich wurde ich aktiver. Ich nahm einen Stock zu Hilfe, was zwar meine Schuhspitzen schonte, aber leider nicht wirklich zum Ziel führte. Spätestens an dem Punkt fing ich so langsam an zu glauben, dass jemand den Cache geklaut hatte, was mich jedoch noch lange nicht dazu brachte, irgendetwas an meinem Verhalten zu ändern. Völlig abgekämpft, einen abgeschabten Stock in der Hand, sah ich in, um, auf, unter, neben, über und sonst noch in der Nähe sämtlicher Baumstümpfe und Äste nach. Immer auf der Suche nach Stellen, an denen an einem bewachsenen Ufer etwas versteckt sein konnte.

Außerdem hielt ich Ausschau nach einem «UPS». Das ist kein in Braun gekleideter Mann, der einem lächelnd die Dose überreicht, eine Unterschrift verlangt, zum Abschluss noch einen schönen Tag wünscht und in einem ebenso braunen, kulturell fremdartig wirkenden Lieferwagen verschwindet. Nein, es handelt sich vielmehr um einen Haufen «unusual positioned stones». Also Steine, die auf so merkwürdige Art und Weise herumliegen, dass die Natur das beim allerbesten Willen nicht hinbekommen haben kann. Ich bin ja oft auf der Suche nach derart verräterischen Anzeichen, und ich bin jedes Mal überrascht, wie viele unglaublich vielfältigen Variationsmöglichkeiten ebendiese Natur erdacht hat, um irgendwelche Steine so zu positionieren, dass man es für unnormal hält.

Irgendwann hatte ich die ersten 500 Tonnen Sand und Granit[25] umgeschichtet, die sich in der wahrscheinlichen und leider auch in der unwahrscheinlichen Suchumgebung befanden, und auch meine Frau hatte keinerlei Erfolge zu vermelden. Jetzt half nur noch der Blick in die Cachebeschreibung.

Darin gibt es hin und wieder mal einen «Hint», sozusagen einen Hinweis. Aber damit dem Suchenden dieser Hinweis nicht sofort ins Auge fällt, ist er verschlüsselt «encrypted». Das Verfahren ist recht einfach und uralt.[26] Und wenn man Glück hat, gibt es auch noch ein Foto dazu.

---

25 Feldspat, Quarz und Glimmer – das vergesse ich nimmer, lautet die Eselsbrücke für die Bestandteile des Granits. An dieser Stelle einen Gruß an meinen alten Steinmetzfreund, der mir das beigebracht hat, obwohl ich es ganz bestimmt nicht wissen wollte. Dafür habe ich mir sein Verhalten zum Vorbild genommen und räche mich jetzt. Nicht an ihm, wie gesagt, er ist oder besser WAR Steinmetz und deshalb viel, viel stärker als ich. Nein, ich räche mich einfach an allen Menschen und schreibe zum Beispiel Bücher, um auch anderen eine Waffe an die Hand zu geben.

26 Hierbei handelt es sich um eine spezielle Form des Cäsar-Codes, bei dem die Buchstaben im Alphabet einfach um eine bestimmte

Das war in unserem Fall nicht nötig. Schnell übersetzte ich den Hinweis und las einen ähnlichen Satz wie «in einer Plastiktüte in der Nähe eines Baumstumpfes unter einem Stein in der Erde versteckt».

Auf einmal war es kinderleicht, und ich fand die Tüte natürlich sofort. Trotzdem zog ich sie nicht sofort heraus, denn jetzt kam einer der wichtigsten strategischen Tipps zum Tragen, wenn man andere vom Cachen begeistern will. Völlig ungeeignet wäre es in jenem Moment gewesen, wenn ich die Tüte aufge-

---

Anzahl verschoben (ROTated) werden. Ein Beispiel für ROT1 wäre: Aus «a» wird «b», aus «b» wird «c» usw. Genau ebenselbiges passiert bei Rot13, nur um 13 Zeichen (halbes Alphabet!). Somit wird aus «ABCDEFGHIJKLMNOPQRSTUVWXYZ» nach dem Verschieben der Buchstaben: «NOPQRSTUVWXYZABCDEFGHIJKLM».
Das geht auch mit ganzen Sätzen. Zum Beispiel bedeutet:
«Jre wrgmg uvatrtnatra vfg haq qvrfra Grkg Fpuevgg süe Fpuevgg fryore hrorefrgmg ung, ireqvrag zrvara tebrßgra Erfcrxg. Vpu fryore unrggr qnf avr uvaorxbzzra. Ahe yrvqre jnrer rf tne avpug abrgvt trjrfra, jrvy wn orervgf qhepu qvr Sbezhyvrehat: ‹Mhz Orvfcvry ynhgrg› xyne jne, qnff vetraqjnaa qvr Hrorefrgmhat sbytra jhreqr.»
(Dass meine Rechtschreibkontrolle den Bildschirm gerade in ein Meer mit roten Wellen verwandelt, brauche ich wohl nicht eigens zu erwähnen.)
Übersetzt heißt das:
«Wer jetzt hingegangen ist und diesen Text Schritt für Schritt selber uebersetzt hat, verdient meinen groessten Respekt. Ich selber haette das nie hinbekommen. Nur leider waere es gar nicht noetig gewesen, weil ja bereits durch die Formulierung: ‹Zum Beispiel bedeutet› klar war, dass irgendwann die Uebersetzung folgen wuerde.»
Das Ganze ist nicht wirklich kompliziert und auch das Geheimhaltungspotenzial würde ich als eher gering bezeichnen, aber es verhindert, dass man beim ersten Draufschauen gleich alles weiß und sich so selbst ungewollt den Spaß verdirbt.

rissen, die Dose herausgenommen, in der Luft geschwenkt und fröhliche Tänze aufgeführt hätte. Das hätte nämlich meine Frau nur demotiviert. Sie hätte dann garantiert keine Lust mehr gehabt und diese Erinnerung für immer in ihrem Herzen mit sich herumgetragen.

Nein, ich verhielt mich ganz nach Vorschrift und suchte einfach an einer völlig anderen Stelle weiter. Noch dazu behauptete ich gegenüber meiner Frau: «Da ist nichts.» Erfahrungsgemäß zieht das nämlich den anderen Sucher magisch an, als treibe ihn eine unbekannte Kraft in die Nähe der Baumwurzel. Irgendwann sagte ich dann so was wie: «Irgendwo muss diese Tüte doch zu finden sein … wahrscheinlich eine blaue … mit gelber Aufschrift … leicht zerkratzt … das ‹K› ist schlecht zu lesen …»

Schon hörte ich ein fröhliches Lachen. «Hihi, ich hab sie. Ich bin zum ersten Mal dabei, aber ich hab den Cache gefunden. Ätschibätsch!»

Damit hatte ich mein Ziel fast erreicht. Jetzt musste ich das Ganze nur noch mit einem «Och nee, der war aber gut versteckt! Den hätte ich nie gefunden, so was ist mir ja noch nie passiert» abschließen. Und schon hatte ich einen neuen Cacher angeworben. Der Trick funktioniert übrigens nur bei Frauen und Kindern. Männer brauchen die Niederlage, um sich selbst anzuspornen, doch davon später mehr – leider.

Meine Frau und ich haben die Dose dann gemeinsam aus den Plastiktüten gewickelt, wir haben gemeinsam den Deckel geöffnet und gemeinsam Stift und Notizblock herausgeholt. Anschließend haben wir gemeinsam geschrieben, dass ICH den Cache gefunden habe.

Nach dem Urlaub folgte natürlich noch der krönende Abschluss: der Eintrag auf der Webseite mit einem Dank an den Owner für die Superidee und dem Hinweis, dass wir zum Glück auf der richtigen Seite mit der Suche angefangen hatten. Das

Wichtigste daran war jedoch: Es bedeutete einen weiteren Punkt in meiner persönlichen Statistik.

Auf jeder der gängigen Cacheplattformen gibt es ein Punktesystem. Pro gefundenem Cache erhält man einen Punkt. Vielleicht spornt genau das so viele Menschen an, dieses Hobby als Sport oder gar als Extremgeocaching zu betreiben. Was gibt es Schöneres, als wenn sich die eigene Punktzahl kontinuierlich erhöht? Hat man erst mal die Zehn erreicht, durchströmt einen ein wohliges Gefühl der Wärme, bei 20 ist das Ansteigen der Wohlfühltemperatur auch für Außenstehende zu spüren. Man hat ein Dauergrinsen auf dem Gesicht, was bei jeder Grenzkontrolle am Flughafen zur sofortigen Durchsuchung des Handgepäcks führt. Hat man erst die 50 erreicht (wow!) oder die 100 (unfassbar!), geht es bald an den 200 vorbei (geil, geil, geil, geil!), und irgendwann erreicht man sogar einen Punktestand jenseits der 500. Spätestens jetzt kann man nicht mehr anders und muss es seinem Umfeld zwingend kundtun:

«He, ich hab jetzt 500 Punkte!»

«Wo?»

«Beim Geocachen!»

«Hä? Was'n das?»

«Da wo ich immer rumrenne und Dosen suche.»

«Dosen?»

«Ja, die jemand im Wald versteckt hat.»

«Ach, ist das die Aktion, von der deine Frau erzählt hat, du hättest sie dabei irgendwo im Urlaub vergessen?»

Seither weiß ich auch, warum es lange Zeit bei uns zu Hause so ruhig war.

DER EINSAMKEIT ENTGEHEN

Es gibt übrigens einen Aspekt, der den einen oder anderen eigentlich harmlosen Traditional reizvoller macht: der direkte Konkurrenzkampf, ein Rennen sozusagen. Das Ganze läuft folgendermaßen ab: Man fährt möglichst nah an den Cache heran. Die Koordinaten sind längst ins GPS-Gerät eingegeben. Die Wagentüren fliegen auf, zwei Menschen stürzen sich ins Gelände, starren auf ihre Displays und rennen in (fast) die gleiche Richtung. Richtungsänderungen werden dabei meist mit einem «Scheiße, blöder Empfang» eingeleitet und mit einem gehechelten «Ich hab zehn Satelliten» quittiert.

Manchmal rennen auch zwei Menschen eine ganze Weile nebeneinanderher. Das kommt allerdings nur dann vor, wenn beide das gleiche oder sogar nur ein gemeinsames Gerät haben. Da empfiehlt es sich, kurz aufzuschauen und knapp an einem Baum vorbeizuhasten. Bei der Strategie wird der unkonzentrierte Gegner jäh aufgehalten, seine Geschwindigkeit *schlag*artig (die Betonung liegt eindeutig auf dem Wort «Schlag») auf null zurückgesetzt.

Das ist übrigens auch für Nichtcacher ein lohnender Anblick. Sieht man im Sommer von einem Feldweg aus in 200 Meter Entfernung eine Staubwolke über der Erde stehen, aus der hin und wieder Arme, Beine und GPS-Geräteteile herausschauen, kann man sicher sein, dass es sich um ein Cacher-Wettrennen im Endstadium handelt. Für uns ist so etwas natürlich kein einfaches Rennen. Nein, das ist Krieg! Das Ergebnis lässt sich später dann problemlos überprüfen, wie ein Blick ins Logbuch zeigt. Blutstropfen bedeutet: Es war wirklich spannend und ein fairer Kampf. Keine Blutstropfen dagegen: Einer der beiden Kontrahenten war feige und hat sich nicht wirklich gewehrt.

Ich persönlich veranstalte solche Wettrennen nicht so gerne, denn ich würde eigentlich immer gewinnen, und dann sind meine Mitcacher so schrecklich traurig. Deshalb renne ich immer absichtlich in die falsche Richtung und rufe: «Scheiße, blöder Empfang», oder ich tue so, als würde ein Baum meinen Weg kreuzen. Also, falls jemals jemand gegen mich bereits gewonnen haben oder noch gewinnen sollte: Ich habe es so gewollt, Tobi!

Tobi? Wer bitte schön ist Tobi?

Mein Techniker, ein Freund aber vor allem, und das zeichnet diesen Menschen wirklich aus: mein Hauptmitcacher. Da ich beruflich recht viel unterwegs bin und vor Ort oft mal ganz gerne cachen gehe, betrachte ich es als ein Geschenk des Himmels, dass ich auf ihn gestoßen bin, zumal er auch noch das gleiche Hobby hat wie ich. Auch wenn unser erstes Zusammentreffen recht kompliziert war:

Ich war auf dem Weg nach Berlin. Immer nur die A 2 entlangrasen war mir auf Dauer zu langweilig, und so informierte ich mich im Vorfeld, welche Caches denn so am Wegesrand lagen. Einer stach mir relativ schnell ins Auge: der «Mittellandkanal». Ich war ziemlich gespannt, denn er lag «in der Mitte darüber» – «Mitte darüber», wie sollte das denn gehen? Dass er unter Wasser versteckt war, schloss ich aus, aber auch, dass er einfach so in der Luft hing. Ein kurzer Blick auf die Karte löste das Problem: Es gab eine Brücke. Das klang erst mal recht einfach.

Schwierig wurde es erst, als ich den Ort des Geschehens näher in Augenschein nahm. Die Brücke gehörte zu einer vierspurigen Landstraße, auf der ich nicht einfach anhalten konnte. Als ich die Straße entlangfuhr, war mir sofort klar, dass hier oben niemand den Cache versteckt haben konnte, so direkt in der Nähe der fahrenden Autos. Ich gelangte also auf Umwegen irgendwie unter die Brücke und begann mit der Suche. Dass ich nur über Umwege dahin gelangte, klingt für viele Cacher sicher normal. Ich bin noch nie OHNE Umwege an ein Ziel gelangt, und wenn es so wäre, würde ich es selbstverständlich nicht zugeben. Sonst heißt es sofort: «Alter Angeber, das kann gar nicht sein. Du bist keiner von uns. Geh weg, du stinkst aus dem Mund.»

Ich parkte also auf einem Feldweg, stieg aus dem Wagen und näherte mich der Brücke von unten. Zunächst folgte ich einem kleinen Pfad, der von dem Feldweg hinab zum Kanal führte, und lenkte dort meine Schritte nach links, um direkt unter der Brücke zum Stehen zu kommen. Da bemerkte ich auch schon das Gitter, das unter der Fahrbahn angebracht war, damit man diese von unten warten konnte. Und ich hörte ein leises Jaulen. Es klang unheimlich, doch mir war sofort klar, das konnte nur ein Windhauch sein, der durch den Gitterrost blies. Ich zog also meinen Reißverschluss fester zu und blickte mich um, in dem Wissen, dass der Cache sehr wahrscheinlich auf ebendieser Zwischenebene, zwischen Wasser und Fahrbahn, versteckt sein musste. Allerdings sah ich nicht die geringste Möglichkeit, irgendwie dort hinaufzugelangen. Der Pfeiler, den ich zu erklimmen versuchte, war definitiv zu hoch, keine Leiter in der Nähe, keine Stufen. Ich stakste durch das hüfthohe Gras und besah mir die Stelle aus der Nähe. Keine Chance! Auch von der Straße abseilen ging nicht, wegen des Überhangs, außerdem wäre das viel zu gefährlich gewesen und deshalb ohnehin nicht erlaubt.[27] Wie

27 Das mit dem «gefährlich» und «deshalb ohnehin nicht erlaubt» ist eine Sache für sich. Eigentlich gibt es die Regel, dass alle Caches ohne Hilfsmittel und – vor allem – ohne Gefahr für Leib und Leben erreichbar sein sollen. Falls nicht, so ist das in der Cachebeschreibung anzugeben, damit nicht irgendjemand kurz vor Schluss übermütig wird und den Cache nur deshalb berühren kann, weil er

um alles in der Welt sollte ich dieses Problem lösen? Es musste noch eine andere Möglichkeit geben, dort hinaufzugelangen. Dass die Sache nicht einfach werden würde, war von vornherein klar, aber dass sich das Ganze als derart kompliziert entpuppte, war nicht abzusehen gewesen.

Plötzlich, als folgte ich einer inneren Eingebung, hob ich den Kopf und sah es: das andere Ufer. Unfassbar, das gab es wirklich. Und noch unfassbarer: Dort war ein zweiter Brückenpfeiler. Zweieinhalb Stunden später stand ich auf der anderen Seite des Kanals und sah den Cache schon mehr oder weniger vor mir, nur ein paar Schritte entfernt. Diesmal war ich den direkten Weg gefahren. Glaube ich zumindest.

Ich parkte direkt unter der Brücke auf einem plattgetretenen Wendeplatz für landwirtschaftliche Fahrzeuge. Die Straße war hinter einen Biegung verschwunden, und ich war quasi allein. Diesmal ging ich direkt unter der Brücke einen versandeten Hügel zum Wasser hinunter. Der Pfeiler auf dieser Seite des Kanals war schon bedeutend niedriger. Der Boden war von Fußspuren übersät, und auch hier hörte ich das leise Jaulen, es war immer noch windig. Da ein Haufen sinnlos auf einen bestimmten

---

gerade mit zunehmender Geschwindigkeit von oben kommend daran vorbeirauscht. Für die Schweinerei nach dem Aufschlag fühlt sich der Cacheleger nämlich mit Sicherheit nicht verantwortlich. Nichtsdestotrotz habe ich schon mal Bilder von einem Cache in Schweden gesehen, die mich dann doch etwas erschüttert haben. Der Cache war außen auf einer Brücke versteckt, und irgendwelche Vollidioten haben sich, den Rücken an die Brückenträger gelehnt, ganz langsam auf dem überstehenden Teil eines T-Trägers an ihn herangeschoben. Das Ganze in schwindelerregender Höhe. Unverantwortlich! Wie kann man so was nur machen? Ich werde demnächst mal hinfahren und mir das ansehen. Aus der Nähe …

Punkt konzentrierte Fußspuren immer ein untrügliches Zeichen für Cacheraktivitäten sind, nahm ich Anlauf, visierte das obere Ende des Brückenpfeilers an, sprang auf die Säule zu und prallte mit dem Oberkörper gegen 80er-Jahre-Beton.

Okay, auf eine Säule zuzurennen ist allein schon ziemlich blöd, aber dann auch noch darauf zuzuspringen ist letztendlich völlig bescheuert. Da ich alleine war, musste ich mir selbst Vorwürfe machen. Ich hörte mir geduldig zu, brachte Gegenargumente, ließ mich aber letzten Endes von mir überzeugen und entschuldigte mich schließlich bei mir. Natürlich nahm ich die Entschuldigung wohlwollend an, dachte mir aber insgeheim: Hoëcker, du kannst mich mal!

Es verging eine ganze Weile, in der genau 29 977 weitere Insektenarten des Amazonas-Gebietes ausstarben, ehe ich einen zweiten Versuch startete. Diesmal sprang ich im richtigen Moment HOCH, griff beherzt zu, zog mich hinauf, wäre dabei fast abgestürzt, griff also nach, fluchte dann laut, hob das Knie, schrie diesmal einfach nur laut, versuchte es mit dem anderen Bein, war endlich oben, rutschte mit den Händen wieder nach unten, klammerte mich an die Stahlträger, wuchtete mich hinauf und blieb erschöpft auf dem Gitterpodest liegen.

Während ich so dalag, genoss ich die pochenden Schmerzen in meinen Knien, Handgelenken, Fingern und Schultern. Als das langsam zur Ruhe kommende Blut mein Ohr wieder in die Lage versetzte, die Geräusche in meiner Umgebung wahrzunehmen, hörte ich erneut dieses Wimmern, nur etwas lauter.

Ich sprang auf, stieß mir den Kopf und legte mich sofort wieder auf das Gitterrost. Wieder lag ich da und genoss die pochenden Schmerzen, diesmal in meinem Kopf, meinem Schädel, meinem Hirn, meinen Zerebrallappen und meinem medialen präfrontalen Kortex. Als das langsam zur Ruhe kommende Blut mein Ohr endlich wieder in die Lage versetzte, die Geräusche in meiner Umgebung wahrzunehmen, hörte ich erneut dieses Wimmern. Nur war es nun lauter, fast wie ein Jaulen.

Ich stand auf, diesmal langsam, um ja kein Risiko einzugehen. Neben dem Stahlträger, der mich vorhin erneut niedergestreckt hatte, konnte ich mich vollends aufrichten – weitaus besser als direkt unter dem gewalzten Metall. Ich bewegte mich langsam und vorsichtig auf die Brückenmitte zu. Es war inzwischen leicht dämmrig, über mir die stark befahrene Straßendecke, unter mir 20 Meter nichts, bis endlich das Wasser zu erkennen war. Auf der Suche nach dem Cache erreichte ich die Brückenmitte.

Plötzlich wurde das Jaulen verständlich. Es waren gar keine Windgeräusche, es war vielmehr eine zaghafte menschliche Stimme, die rief: «Hilfe! Hallo! Ist da wer? Ich will hier weg, hat mich denn keiner lieb?»

Als die arme Kreatur, die diese Worte von sich gab, aus dem Schatten einer Querstrebe hervortrat, dachte ich spontan: Nein, und ich weiß auch warum.

Doch ich bin ein guter Mensch mit einer anständigen Kinderstube und einem katholischen Gewissen, und so nahm ich mich dieses männlichen Geschöpfs an. Selbstverständlich musste ich erst mal Vertrauen schaffen, daher schob ich ihm eine Flasche Wasser hin. Gierig trank er, und ein Hauch Hoffnung glomm in seinen Augen auf. Langsam näherte ich mich ihm, berührte ihn vorsichtig. Erst warf ich einen Stein, danach benutzte ich einen Stock, und zu guter Letzt nahm ich sogar meine Hand, allerdings zog ich vorher den Fahrradhandschuh an, den ich immer dabeihabe, falls es beim Cachen mal etwas Ekliges zu untersuchen gilt. Wie er sich freute. Solche Berührungen musste er seit Jahren vermissen, wenn er sie überhaupt kannte.

Ich blieb bestimmt eine Stunde da oben bei ihm. Den Cache hatte ich inzwischen völlig vergessen. Während ich so dasaß und ihm zuhörte, erfuhr ich seine Geschichte: Ein paar Cacher wa-

Das Ziel aller Cacherträume: Ein kleines Stück Plastik lugt unter einem Haufen Steine hervor, und darin befindet sich «mein Schatz».

Er sieht einfach toll aus. Okay, der materielle Wert eines Caches ist nicht unbedingt zu vergleichen mit dem ideellen.

AUSRÜSTUNG VORNE
(Auswahl)

AUSRÜSTUNG HINTEN
(Auswahl)

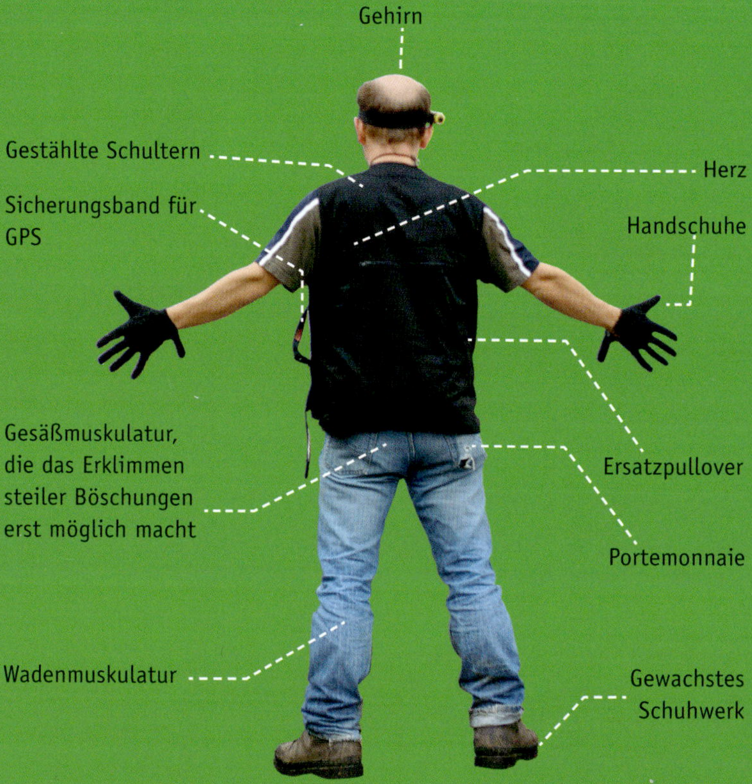

DIE NORMALE REIHENFOLGE BEIM CACHEN

Erahnen ...

Finden ...

Heben ...

Wieder verstecken ...

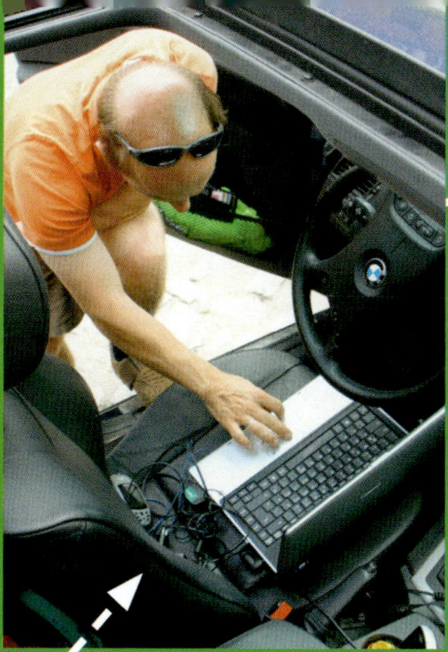

Zurück zum Auto und schnell loggen ...

Den nächsten Cache suchen.

Wichtig ist, den Cache immer gut zu verstecken und mit Respekt zu behandeln.

Cachen kann ja so romantisch sein. Es gibt einem innere Ruhe und entspannt Körper und Geist. Man kann natürlich auch eine Pause an einer Raststätte machen.

In solch einer Situation bietet sich auf jeden Fall das paperless cachen an: Ohne Papier – alles auf dem PDA, Laptop oder Handy gespeichert – kann man mehrere hundert Caches problemlos überall mit hinnehmen. Ob man sie auch problemlos abrufen kann, steht auf einer anderen Speicherkarte.

Das ist einer dieser Steine, auf denen Informationen zu lesen sind, die niemand versteht und die niemanden die Bohne interessieren – bis ein Cacher vorbeikommt und schreit: «Oh, toll, super, jetzt hab ich's!» Verwunderte Blicke des Umfeldes sind vorprogrammiert.

Mein allererster Hinweis: Es war auch der letzte meines ersten Caches. Die nächste Station war einfach weg.

Das ist nicht Tobi, auch wenn es den Anschein hat. Das ist jemand, der an einer Brücke festgebunden war. Beim Cachen habe ich ihn gefunden und freigelassen, seitdem läuft er mir ständig hinterher. Okay, es ist Tobi.

Dieses Foto hat nichts mit Cachen zu tun, aber ich war im Skiurlaub und fand es irgendwie schön.

ren mit ihm unterwegs zu dieser Brücke gewesen. Aber irgendwie wurde er ihnen wohl zu lästig, denn Beweglichkeit war nicht seine Stärke. Sie mussten ihn schon den Pfeiler fast hochschieben, um endlich weiterzukommen. Nachdem sie den Cache entdeckt hatten, beschlossen sie kurzerhand, in Urlaub zu fahren. Die Frage war nur: Wohin mit ihm? Mitnehmen ging schlecht, sie hatten ein ruhiges, gesittetes Hotel ausgesucht. So ließen sie ihn einfach an Ort und Stelle zurück. Festzubinden brauchten sie ihn nicht, seine Höhenangst machte es ihm unmöglich, selbständig zurückzukehren.

Irgendwann musste ich weiter und verabschiedete mich schweren Herzens von ihm. Aber auf dem Weg nach Berlin wollte mir dieses einsame Wesen nicht mehr aus dem Kopf gehen, und ich beschloss, ihn auf dem Rückweg mitzunehmen.

Wie er sich freute, als er mich wiedersah! Er sprang an mir hoch, tollte um mich herum und juchzte. Er brachte mir sogar mein GPS-Gerät zurück, das ich immer wieder weit wegwarf, weil er so einen großen Spaß am Apportieren hatte. Es war so schön! Bevor wir losfuhren, gab ich ihm noch einen neuen Namen: TOBI.

Da er sich nicht mehr an sein Leben vor dem Mittellandkanal erinnern wollte, ließ ich ihn kurzerhand hypnotisieren, und seitdem glaubt er, er sei einer meiner Techniker und begleite mich auf meinen Solotouren. So habe ich Tobi kennengelernt – oder zumindest so ähnlich. Vielleicht werfe ich die Geschichte auch mit der von Rocky durcheinander, dem Hund unserer Nachbarn. Er tauchte irgendwann bei ihnen im Garten auf, und Tobi saß halt irgendwann bei mir an der Technik.

Seitdem ergreifen wir, wann immer wir zusammen unterwegs sind, jede sich bietende Gelegenheit, um zu cachen. Schon auf der Fahrt zum Auftrittsort nutzen wir den einen oder anderen schnellen Traditional gerne als Pausencache.

Neulich waren wir zum Beispiel auf der A 2 von Köln nach Leipzig unterwegs. Okay, das war jetzt nicht der direkte Weg ... Aber an der A 2 lag dieser «Mittellandkanal», und den hatte ich beim letzten Mal nicht gefunden, weil Tobi mich abgelenkt hatte.

Daher wollte ich es noch einmal versuchen und überhaupt: Was geht es euch an, ob ich den direkten Weg oder einen Umweg fahre?

Wir befanden uns also auf der A 2. Jeder normale Autofahrer wäre zum Pausieren einfach an einer Raststätte rausgefahren. Dort stände er dann zwischen Lkws und Wohnmobilen auf einer breiten Asphaltfläche, dröhnende Motoren raubten ihm den Verstand, und in der Schlange vor der Toilette würde er sich unweigerlich fragen, warum sich der Geruchssinn aus evolutionär biologischer Sicht erhalten hat.

Viel schöner dagegen unser Pausencache. Jedes Mal, wenn die Koordinaten eingegeben sind, und noch während Tobi und ich auf der Autobahn sind, erfasst uns dieses leichte Prickeln, die Nervosität des Jägers. Gleich haben wir ihn! Wie wird er wohl diesmal aussehen?

Irgendwann fuhren wir dann von der Autobahn ab, links auf die Landstraße Richtung ... ach nein, falsch, wir hätten rechts gemusst. Kein Problem: wenden. Da war er auch schon, der Feldweg. Mit meinem Magellan und der Topo-3D-Software kein Problem und mit der Zieleingabekarte des Navigationssystems selbst mit dem Auto leicht zu finden. Der Wagen bedankte sich mit einem schnurrenden Motorengeräusch dafür, mal wieder ins Gelände zu dürfen – ja ich gebe es zu: Ich habe so ein armseliges Ich-will-ein-harter-Mann-sein-und-durch-die-Wildnis-fahren-wohne-aber-dummerweise-in-Mitteleuropa-Auto.

Wir öffneten die Wagentüren, der Straßenlärm war nur noch entfernt zu hören. Ein paar Vögel zwitscherten, eine kühle Brise wehte durchs Auto. Direkt neben dem Weg begann der Wald, und in den wollten wir hinein. Wir stiegen aus, und – platsch – mein Schuh versank in einem Schlammloch. Kein Problem, denn ich hatte extra meine Hochalpinwanderschuhe mit Halterungen für Steigeisen dabei und sie vor der Fahrt noch drei Millimeter dick eingefettet und dann geföhnt. Nur leider standen sie im Kofferraum.

Aber das konnte mich, einen echten Cacher, nicht erschüttern. Ein schneller Blick auf das GPS-Gerät sagte, wir mussten noch ganze 87 Meter in den Wald hinein. Der Cache war diesmal schnell gefunden, nach eineinhalb Stunden saßen wir wieder im Auto. Weiter ging's, auf zur nächsten Raststätte. Dort hieß es dann auch für uns: zwischen Lkws und Wohnmobilen auf einer breiten Asphaltfläche stehen, tanken und auf Toilette gehen – die Schuhe mussten schließlich für die nächste Suche sauber sein.

Gut, bei so einem Pausencache kann auch mal was schiefgehen. Es geschah auf dem Weg nach … Berlin. Ja, wir waren wieder mal auf der A 2 unterwegs und wollten einen Traditional klarmachen, der ganz in der Nähe eines Schiffshebewerks versteckt war. Der Cache war im Grunde bloß die Zugabe zu dem interessanten technischen Bauwerk.

Wie ein großes Autobahnkreuz treffen sich bei dem Werk der Mittellandkanal und die Elbe. Der Höhepunkt ist eine zwei Kilometer lange Brücke, auf der die eine Wasserstraße über die andere geführt wird. Ein recht beeindruckender Ort, mit all den Schaubildern und Informationstafeln, weshalb er immer wieder von vielen interessierten Ausflüglern aufgesucht wird.

Wir steuerten den Besucherparkplatz an und schlugen uns erst mal in die Büsche. Sofort erkannten wir die grundsätzliche Problematik bei diesem Cache: das Gelände. Eine steile Böschung führte hinab zum Ufer der Elbe, so dicht mit Bäumen bestanden, dass alles voller feuchter Blätter war, und dennoch so licht, dass wir uns nur schwer von Baum zu Baum hangeln konnten.

Wir gingen immer wieder hin und her, während wir den Traditional suchten. Leider führte uns das HIN meistens bergab, sodass es beim HER jedes Mal eine ganze Weile dauerte, bis wir wieder oben ankamen. Wir gruben die Füße in den leicht schlammigen Boden und krallten uns an allem fest, was auch nur entfernt nach Halt aussah: Baumstümpfe, Grasreste, Wurzelwerk. Irgendwann ertönte endlich das erlösende «Ja, ich hab ihn!».

Wer von uns beiden den Cache fand, weiß ich nicht mehr, ich weiß nur noch, ich war erleichtert.

Wir hockten uns neben die Wurzel, unter der er versteckt war – diesmal in einem Erste-Hilfe-Koffer. Ein Metallbehälter, groß wie ein Karton für Halbschuhe, in Military-Grün und hervorragend geeignet, da wasserdicht und stoßfest. Außer dem üblichen Stift und dem Notizblock fanden wir darin zahlreiche andere Sachen: ein kleines Schieberätsel, ein Kartenspiel, eine Parkscheibe und zwei Happy Hippos. Offenbar hatten hier einige Eltern die Gelegenheit genutzt, ein paar Spielsachen loszuwerden, die sie schon lange aus den Kinderzimmern verschwinden lassen wollten, um sie durch andere zu ersetzen, die sie ebenso wenig ertragen können. Dazu später mehr.

Wir tauschten diesmal nichts, sondern nahmen nur eine Münze heraus, die wir später in einen anderen Cache legen wollten, wo sie dann wieder jemand herausnehmen sollte und so weiter und so fort. Sie wanderte. Aber auch dazu später mehr.

Anschließend versteckten wir den kleinen Koffer wieder und machten uns auf den Weg zurück zum Auto. Als wir aus dem Wald herauskamen, musterten uns die anderen Besucher auf dem Parkplatz irgendwie merkwürdig. Aber wir hatten ihnen auch ein seltsames Schauspiel dargeboten: Zwei junge Männer fuhren in einem Geländewagen vor, rannten wie gehetzt in den Wald, kamen völlig verdreckt wieder, lächelten und strahlten übers ganze Gesicht und gaben Sätze wie «Mann, war das geil», «Hab ich noch nie erlebt», «Und so groß diesmal», «Ja, ja, ich habe es dir gesagt, da ist 'ne Menge drin» von sich.

Leider mussten wir dann gleich weiter – ihr wisst schon, der Termindruck –, das Schiffshebewerk wollten wir uns ein anderes Mal in Ruhe ansehen.

WIESO EINFACH, WENN'S AUCH SCHWER GEHT

Wie man im letzten Kapitel sieht, ist oft nicht das Ziel das Ziel, sondern der Weg. Wenn man den Weg noch interessanter, mit kleinen Aufgaben gespickt haben will, dann bietet sich der bereits erwähnte Multicache an (von *multi*: viel). Wie ich gleich bei meiner ersten Erfahrung als Cacher am eigenen Leib erfahren durfte, geben hier die Koordinaten nicht die Stelle an, an welcher der Cache versteckt liegt, sondern diejenige, an der ein erster Hinweis zu finden ist. Der führt einen dann zur zweiten Station (oder, wie wir Cacher auf Englisch sagen, «stage»). So geht es immer weiter von Station zu Station, bis man … aufgibt.

Tja, genau das ist das Problem beim Multi: Man muss nicht nur einmal geschickt sein, sondern gleich mehrmals. Dafür wird einem allerdings nie langweilig, denn die Aufgaben sind sehr unterschiedlich. Am einfachsten ist es, wenn die Koordinaten der nächsten Station genau so aufgeschrieben sind, wie man sie ins GPS-Gerät eingeben muss. Manchmal ist an der ersten Station jedoch nur eine Ziffer zu finden, zum Beispiel[28] A = 5. Mit dieser Ziffer, zum Beispiel[29] 5, muss man dann irgend-

---

28 Hm … warum nenne ich ein Beispiel für eine Ziffer? So etwas sollte doch jeder kennen. Wahrscheinlich für mich, denn ich würde es vermutlich nicht kapieren, wenn es bloß einfach so irgendwo steht.

29 Schon wieder ein Beispiel. Ts!

eine mathematische Operation[30] ausführen, um die Koordinaten der nächsten Station herauszufinden. Dort wartet dann die nächste Aufgabe oder vielleicht sogar schon der Cachebehälter.

30 Hierzu ein Beispiel (wen das jetzt nicht interessiert, bitte NICHT weiterlesen): «Gehe zu den Koordinaten N xx° xx.xxx, O yy° yy.yyy» Die Buchstaben habe ich eingesetzt, damit ja keiner von euch auf die Idee kommt, da jetzt tatsächlich hinzufahren. Wenn ich mir wild irgendwelche Zahlen ausgedacht hätte, landet nachher noch jemand mitten im Atlantik und merkt den Fehler erst in 377 Meter Tiefe, wenn die Lungen nun wirklich keine Lust mehr auf Pause haben und einfach implodieren. «Suche dort eine Zahl, die sei A, gehe dann zu N xx° xx. 2(A)(2 x A – 3), O yy° yy.(23 – A)(A).» Hier taucht auch schon das erste Problem auf, das ich bei meiner ersten, quasi jungfräulichen Begegnung mit einer solchen Formel hatte. Selbstverständlich bin ich analytisch an dieses Problem herangegangen, habe verschiedene Iterations- und Intervallverfahren angewendet, und dann war klar: «Was'n das?»
Eigentlich ganz einfach: Man darf nicht den Fehler machen und die Folge einer geschlossenen Klammer und einer sich öffnenden Klammer als mathematischen Ausdruck verstehen. In der Mathematik ist 2(x – y) = 2x – 2y. Aber beim Geocachen machen Sozialpädagogen mit, deshalb geben die Klammern nur die entsprechende Position des Wertes in der Koordinate an. Mal angenommen, die Zahl, die jemand mehr oder weniger legal neben den Satz «Claudia, ich libe disch! Kevin 1998» oder «Peter hat keine Eier» an eine Wand gemalt hat, wäre eine 5. Dann wären die neuen Koordinaten N xx° xx.257, O yy° yy.185.
Die mathematische Herausforderung ist natürlich steigerbar, wobei gerne mal die nötigen mathematischen Operatoren MOD und DIV auftauchen. Während DIV nur die Vorkommastellen angibt (23 DIV 10 = 2), macht MOD genau das Gegenteil (23 MOD 10 = 3). Als ich das letzte Mal vor einer solchen Aufgabe stand, war ich heilfroh, dass wir unterwegs zufällig einen Informatiker

Die Ziffer kann natürlich auch anders versteckt sein: **«A = zähle die Säulen des Kirchenportals»** oder **«Auf dem Stein befinden sich 3 Zahlen. A ist die 1. Ziffer der 2. Zahl, B ist die 3. Ziffer der 1. Zahl, C ist die 3. Zahl».** Ihr seht, schon das Zählen kann zunehmend komplex werden – und einen sogar fast in den Wahnsinn treiben. So ging es mir mal mit den Backsteinen einer Mauer, die gezählt werden sollten. Ich wette, die Dinger haben sich zwischendurch versteckt oder sonst wie ihre Anzahl geändert. Nur so ist es zu erklären, dass die Zahl 248 erst nach mehrmaligem Kontrollieren als sicher feststand. Oder waren es 284? Nein, 428. Ach, egal.

Ganz hinterhältig ist (und wer jetzt gemeint ist, der weiß genau, wen ich meine), wenn an einer Station plötzlich die Aufgabe auftaucht: **«Wie viele Brücken hast du bisher überquert? Die Anzahl sei A.»** Damals dachte ich: Woher soll ich das im Nachhinein wissen? Hab ich etwa nichts Besseres zu tun? Der

---

getroffen hatten. Nicht dass er es mir erklären konnte, aber so war ich wenigstens nicht wieder derjenige, der sich nach erfolglosem stundenlangem Suchen wegen falscher Berechnungen von wild brüllenden, Stöcke schwingenden und mit Tupperdosen werfenden Mitcachern durch den Wald jagen lassen musste.
Die absolute Spitzenposition in der Kategorie «Kann-ich-nicht-mach-ich-nicht» erreichte ein Cache, bei dem schon in der Beschreibung so etwas stand wie: «Man sollte hierfür das Voronoi-Verfahren nach Romanini beherrschen.» Und der (einzige!) Ich-habs-gefunden-Eintrag lautete: «He, super Cache, endlich mal eine Aufgabe, die mich als Mathematiker voll gefordert hat. Ich habe das komplette Verfahren für meinen Palm programmiert, dann hat man wenigstens den Hauch einer Chance.»
Wer das jetzt zu langweilig fand, ist selbst schuld. Immerhin habe ich eben noch geschrieben, man solle die Fußnote bei zu geringem Interesse NICHT lesen.

Weg war schon schwer genug, immerhin hatte er einen rechten und einen linken Rand, das war, was die Komplexität anging, schon absolut am Limit. Da ich dieses A jedoch brauchte, um die nächste Station zu finden, blieb mir nichts anderes übrig. Also: umdrehen, zählen, wieder herkommen, dabei nochmal zählen, eine Differenz feststellen und so weiter und so fort …

Bis ein anderer Cacher vorbeikam, mich in den Arm nahm, ein wenig tröstete und sagte: «Das haben am Anfang alle, aber ab dem Zehnten wird man cool …»

«Ich hab inzwischen 50, und ich BIN COOL!!!»

Meist stehen die Aufgaben und die Anzahl der Stationen bereits in der Cachebeschreibung drin. Manchmal jedoch nicht. Spätestens dann bekommt die Suche eine weitere, sozusagen eine vierte Dimension. Oft weiß ich nicht nur nicht, **wo**, sondern auch nicht **wann** ich am Cache ankomme. Das kann dann schon mal zu Problemen führen, wenn sich etwa die Sonne spontan entscheidet, an einer anderen Stelle der Erde weiterzuscheinen. Deshalb versuche ich immer vorab herauszufinden, wie lange die Tour in etwa dauert. Wenn es also in der Beschreibung heißt: **«zwei Stunden, mehr auf gar keinen Fall»**, schlage ich vorsichtshalber noch eine Stunde drauf, rechne also mit drei. Letztendlich brauche ich dann vier und bin froh, dass ich nur eine Stunde über Plan liege.

Ein großer Vorteil des Cachens ist: Während ich bei einem normalen Spaziergang einfach nur so vor mich hin schlendere und mehr oder weniger ziellos durch die Gegend laufe, werde ich hier gezielt an bestimmte Orte geführt, an denen ich sonst nie vorbeigekommen wäre.

Einer der schönsten Caches, an dem einen die verschiedenen Stationen verschlungene Pfade entlangführen und bei dem sich dieses Prinzip sehr gut üben lässt, war für mich der «Drache von Sanssouci» – eine schöne Tour durch den Schlosspark in

Potsdam, die ich mit Tobi eines schönen Sonntags im Sommer machen wollte. Irgendwann mal hatte ich irgendwo im Internet von dem Cache im Schlosspark gelesen, ihn jedoch längst vergessen. Als Tobi und ich vor einiger Zeit mal wieder in Berlin weilten, erinnerte ich mich plötzlich daran. Auf einmal wollte ich mir den Cache nicht länger entgehen lassen, zumal der Park sehr schön sein sollte: viele schmale und breite Wege, Brunnen, Statuen, Häuser und Pavillons – alles aus dem 18. Jahrhundert. Allerdings fing die Schnitzeljagd schon damit an, dass ich beim Aufspüren des Caches im Internet ewig brauchte, bis ich ihn endlich gefunden hatte. Es gibt ja so unglaublich viel Möglichkeiten, dieses Wort zu schreiben: Sosussi, Sanssucci, Sosusi, Sans Sussi …

Egal, dieser Multi besteht jedenfalls aus sechs Stationen, die den Cacher quer durch den Park bis zu einer überraschend ruhigen Stelle führen sollen. Überraschend nicht nur wegen der Ruhe, sondern auch wegen der Stelle. Bei der Suche sollten zwei kleine Schwierigkeiten auf Tobi und mich warten. Die erste war grundsätzlicher Natur: Wir mussten damit rechnen, dass der Schlosspark weder einsam gelegen noch wenig besucht war. Wahrscheinlich wimmelte es dort sonntags nur so von fremden, nicht cachenden Menschen, und damit läge das Problem nicht im Finden, sondern im Heben des Caches.

Als Geocacher möchte man schließlich unbeobachtet sein, wenn man den Schatz hervorholt – was sich jedoch als eher schwierig gestaltet, wenn im Suchgebiet überall fremde Menschen herumlaufen. Wir Geocacher reden allerdings nicht von «Menschen» oder «Fremden», nein, das wäre viel zu ehrenvoll, wir reden von «Muggles». Wir müssen also auf Muggles achten. Tja, was sind denn das? Kinder wissen sicher sofort Bescheid, Erwachsene nur, wenn sie ihre verpasste Pubertät durch das Lesen von Harry-Potter-Büchern nachzuholen versuchen. Muggles sind bei Harry Potter[31] alle Menschen, die nicht zu den Zauberern gehören. Sie sind eigentlich durchweg ziemlich dumme Tölpel. Was lag da näher für die Cacher, die im Prinzip die Zauberer der Navigation, des Versteckens, des gegenseitigen Sich-in-den-Wahnsinn-Treibens sind, als sämtliche Nichtcacher als Muggles zu bezeichnen?

Diese Muggles sollen natürlich nicht mitbekommen, wo der Schatz versteckt ist, und deshalb natürlich auch nicht zugucken, wenn man ihn aus seinem Versteck holt. Und das ist an einem öffentlichen, von Touristen überfluteten Ort nun mal eine besondere Herausforderung. Denn meist wartet man so lange vor einer Baumwurzel oder einem Abwasserkanal und ist so was von auffällig unauffällig, dass es irgendwann wirklich jeder merkt. In dem Fall gucken natürlich sehr viele Fremde zu, weil alle gespannt darauf warten, endlich zu erfahren, worauf der komische Typ da wohl wartet. Wenn dann alle fertig gewartet haben, man in der Zwischenzeit zum festen Bestandteil seiner Umgebung geworden ist und alle Zuschauer weitergegangen sind, kann's losgehen. Man hebt den Cache, macht ihn auf und trägt sich ein. Dasselbe Problem hat man später nochmal an der Backe, wenn man den Schatz wieder verstecken will. Meistens kommen dann alle, die kurz vorher noch zugeguckt haben, erneut vorbei und wollen sehen, ob man immer noch da rumsteht. Nun könnte man so als Muggle denken: Na und, guckt eben einer zu. Aber das Doofe daran ist, dass der Zugucker höchstwahrscheinlich selbst mal nachsehen will, was da wo wie versteckt liegt. Und meist macht der dann alles kaputt. Dieses

31 Wer das ist, erkläre ich jetzt nicht. Denn wer das bisher nicht mitbekommen hat, lebt so weit weg von dieser Welt, dass er wahrscheinlich nicht mal weiß, was für ein komisches, mehrblättriges Dingen das ist, das er da gerade in der Hand hält.

Problem wollten Tobi und ich jedoch erst angehen, wenn es sich uns stellte.

Die andere Schwierigkeit, übrigens ebenfalls grundsätzlicher Natur, bestand in den Stationen.

Die Aufgaben sind von den Suchenden prinzipiell so zu verstehen, wie sie gemeint sind. Umgekehrt besteht die Pflicht für die Cacheleger darin, die Aufgaben so zu stellen, dass sie eindeutig sind. Das hat bei der zweiten Station des «Drachen von Sanssouci» leider nicht zu meiner Zufriedenheit funktioniert, doch beginnen wir mal ganz von vorn:

Tobi und ich parkten also an einem schönen, sonnigen Nachmittag auf dem schon sehr vollen Besucherparkplatz der Schlossanlage in Potsdam. Es begann mit einer ganz simplen Aufgabe, die da lautete: **«Stelle dich dort und dort hin, zähle die Säulen und gehe dann mit Hilfe dieser Information irgendwo anders hin.»** Das war für uns erst mal kein Problem. Wir gaben die Koordinaten aus der Cachebeschreibung in unser GPS-Gerät ein, mischten uns unter die anderen Besucher und schlenderten, den Blick ständig auf das Display gerichtet, den von Bäumen gesäumten Kiesweg entlang. Endlich erreichten wir die erste Station, standen mitten auf einem herrlichen Platz hinter dem Schloss und bewunderten dessen unglaubliche Architektur. Da fiel uns die Lösung der ersten Aufgabe fast schon von selbst ins Auge, wir mussten uns nur noch um 180 Grad drehen, um die Säulen sehen und dann auch zählen zu können.

Mit dem Ergebnis, das wir ordentlich in die mitgebrachte Cachebeschreibung eintrugen, konnten wir ohne Schwierigkeiten die zweite Station lokalisieren: 175 Grad und viermal die Anzahl der Säulen minus 15 Meter entfernt. Wir gingen um das Schloss herum zur Vorderseite und blickten von oben in den Park hinunter. Dann stiegen wir die terrassenförmig angelegten Stufen hinab und gelangten schließlich zur zweiten Station.

Diesmal standen wir an einem Brunnen, umgeben von mehr oder weniger schönen Statuen.

Tobi las die nächste Aufgabe vor: **«Hier könnt ihr jetzt den Blick auf Weltberühmtes genießen. Wenn ihr den Ausblick genügend gewürdigt habt, sucht nach einer Darstellung, die ein (wahrscheinlich) männliches und ein weibliches Wesen zeigt. Der männliche Part hält einen Gegenstand in der Hand. Wie viele Spitzen hat dieser Gegenstand?»**

Wir suchten drauflos. Das eine Standbild war (wahrscheinlich) männlich, hielt aber nichts in der Hand, ein anderes hielt zwar etwas in der Hand, war allerdings (mit SICHERHEIT) männlich. Dann entdeckten wir noch ein (wahrscheinlich) männliches, das jedoch zwei Sachen in der Hand hielt. Davon hatte das eine Ecken, das andere Spitzen, das mit den Ecken war dreieckig, davon waren aber nur zwei spitz, das mit den Spitzen war nur vielleicht spitz, weil kantig, dafür hatten dann aber die Kanten am Ende Spitzen. Echt verwirrend! Wie viele Figuren waren es denn nun, und wie viele Spitzen hatten sie? Eine Viertelstunde verging, und wir brachten es beim besten Willen nicht heraus, und bald waren wir schier verzweifelt. Mehrfach mussten wir uns von den im Park herumlungernden Touristen, die wahrscheinlich nur da waren, um uns armen irren Cachern beim Suchen zuzusehen, Wasser reichen und Frischluft zufächeln lassen.

So viel stand fest: Wir konnten nicht weitermachen. Wohin sollten wir denn gehen? Wir brauchten die Anzahl dieser Spitzen. Die gesamte Strecke über benötigten wir diese Zahl, um jeweils die Koordinaten der nächsten Station ausrechnen zu können. Diese Zahl war entscheidend. Wenn wir die nicht hatten, war es fast unmöglich, weiterzukommen.

Tobi las wieder vor: **«Bei der dort zu erkennenden brückenähnlichen Konstruktion müsst ihr die Durchlässe zählen.»**

Wo, bitte schön, sollten wir eine brückenähnliche Konstruktion erkennen? Wir wussten nicht mal, in welche Richtung wir gehen sollten.

Selbstverständlich probierten wir einfach verschiedene Werte in der Formel für die weiteren Koordinaten aus, waren uns aber nie sicher, ob wir damit wirklich dort hingelangten, wo die nächste Station lag. Wir waren ratlos. Schließlich setzen wir uns auf die steinernen Bänke und beobachteten die anderen Parkbesucher. Ich überlegte sogar, ob es nicht schöner wäre, einfach nur so durch die Gänge zu schlendern. Ein Blick nach hier, einer nach dort, sich ein bisschen treiben lassen. Nach einer Weile fing ich an, mich zu entspannen. Was soll's, dachte ich, einfach nur dasitzen und starren hat auch seine schönen Seiten. Völlig gelassen ließ ich den Blick durch den Park schweifen. Da sah ich, durch die Bäume hindurch und weit weg, ein Gebäude, das zur Aufgabe der nächsten Station passen konnte. Dort sollten wir nämlich einen Affen mit einem Ring finden, und das Haus hatte tatsächlich so etwas Exotisches.

Tobi und ich sprangen auf und hasteten, in der Hoffnung, richtig getippt zu haben, eine der bekannten Sichtachsen des Parks entlang. Am Gebäude angekommen, machten wir uns auf die Suche, und ja, dort befand sich ein Affe, direkt unter dem Dach. Demnach waren wir wahrscheinlich richtig. Nun wandten wir einen etwas mutigen Trick an. Wir sahen auf die Koordinaten und rechneten rückwärts aus, welchen Wert wir wohl hätten herausbekommen sollen:

N 52 ° 24,aaa dabei sei aaa = B * C * C

O 13 ° 01,bbb dabei sei bbb = 10 * A + B * C * 6 – 1

Hier sollten wir stehen. Wir hatten die Station ja schon gefunden und konnten auf den Geräten ablesen, welche Zahlen wir für aaa und bbb einsetzen mussten. A war bekannt, wir mussten jetzt also bloß noch ausrechnen, welche ganzen Zahlen für B und C in Frage kamen, die beiden Werte, die wir an der Brunnenstation so verzweifelt gesucht hatten, damit die Formel passte. Zum Glück war an dieser Station die Antwort klar, die Aufgabe war leicht zu lösen, und wir konnten die Position der nächsten Station mit den geratenen Werten für B und C mehr oder weniger bestimmen.

So hangelten wir uns durch den Park. Die Runde führt an vielen schönen Stellen vorbei, die man auch sehen soll. Dank unserer Unsicherheit hinsichtlich der korrekten Ergebnisse der zweiten Station kamen wir leider auch an sehr vielen Stellen vorbei, die man nicht sehen sollte. Ich empfehle deshalb, selbst wenn die Cachebeschreibung eines Tages geändert werden sollte und die Aufgabe dann klar gestellt sein wird, trotzdem falsche Zahlen zu benutzen. Denn dieser Park ist wirklich sehr schön. Und groß.

Den finalen Cache dieses Multis zu finden war dann doch recht schwierig. Tobi und ich einigten uns irgendwann auf drei mögliche Kombinationen für B und C: 0 und 2, 1 und 1 sowie 2 und 0. Leider nützte diesmal auch die Kontrollzahl[32] nichts, die netterweise angegeben war. Es sollte eine Summe aus allen Ergebnissen gebildet werden, und B plus C ergab in diesem Falle immer 2.

Wir klapperten also nacheinander die drei möglichen Fundorte ab. Beim ersten fingen wir gleich voller Elan an zu suchen. Er lag etwas abseits der Wege und weit entfernt vom großen Besucherstrom. Somit hätte er durchaus der richtige Platz für das

---

32 Bei Aufgaben, die mehrere Zahlen als Lösung erfordern, gibt es oft einen kleinen Hinweis in der Cachebeschreibung, etwa: «Die Summe aller Zahlen ergibt 23.» Dann hat man eine kleine Kontrolle, ob man mit seinen Lösungen wenigstens grob richtig liegt. Dumm nur, wenn das Ergebnis ganz anders lautet, zum Beispiel 2662. Dann weiß man zwar mit Sicherheit, *dass* etwas faul ist, nur *was*, ist einem leider immer noch unklar.

Versteck sein können. Aber irgendwann brachen wir die Suche ab. Es war aussichtslos, weil einfach zu wenig Versteckmöglichkeiten übrig blieben. Bis auf vier Bäume war alles mit Blättern belegt: Diese Schwierigkeit kannte ich eigentlich nur von herbstlichen Cacherausflügen, aber hier im hinteren Teil kommt wohl niemand mit diesen komischen Laubpustegeräten vorbei, die quasi das Komplementärgerät zu den Staubsaugern sind. Wir hatten also einen Großteil der Blätter gewendet und sämtliche Löcher in irgendwelchen Baumwurzeln untersucht.

Am zweiten möglichen Fundort sparten wir uns die Suche gleich ganz. Er lag nämlich an einer vielbefahrenen Straße, die quer durch den Park führte. Uns war klar, dass dort niemand einen Cache verstecken würde.

An der dritten Station wurden wir dann umso schneller fündig. Es war ein eher klassisches Versteck. Allerdings gestaltete sich das Heben des Caches extrem schwierig. Gerade in dem Moment, als wir zupacken wollten, kam 50 Meter weiter ein Pärchen aus einem kleinen Seitenweg und starrte uns an. Muggles! Was sollten wir tun? Wir blieben einfach stehen und sahen zu ihnen hinüber. Aber auch die beiden blieben einfach stehen und blickten uns verwundert an. Was hatten sie vor? Wahrscheinlich warteten sie nur darauf, dass wir weggingen, um … ja, was eigentlich? Während wir uns noch den schönsten Fantasien hingaben, setzten sich die beiden in Bewegung, kamen auf uns zu und – und liefen an uns vorbei.

Wir atmeten tief durch, hoben den Cache, packten unsere Belohnung aus und breiteten sie auf dem Weg aus: die Dose, den Stift, den Notizblock und allerlei Kleinkram zum Tauschen: eine Packung Möhrensamen, eine Eierkerze, einen Kuhspitzer, ein Erfrischungstuch, einen Flummi, einen Anhänger, einen Button, einen Plastikclown und eine Briefmarke. Und diesmal tauschten wir die Briefmarke gegen unsere Hotelschlüsselkarte.

Trotzdem waren wir stolz, weil das bis dato einer unserer schwersten Caches war und wir diese nahezu unlösbare Aufgabe ganz tapfer mit Zettel und Stift gemeistert hatten. So viel hatten wir bisher nicht zählen und rechnen müssen. Dass die anderen Besucher uns die ganze Zeit für ein paar hilflose Teilnehmer einer Gruppenfahrt gehalten hatten, denen man einen Zettel mit Schnitzeljagdaufgaben in die Hand gedrückt hatte, damit sie was zu tun haben und keinen Unsinn anstellen (zum Beispiel pöbeln, randalieren oder unerlaubt Blumen abreißen), war uns egal. Irgendwie stimmte es ja auch.

Es gibt aber auch Multicaches, die mit Rechnen und Zählen gar nichts zu tun haben, da geht es dann mehr ums Finden. So zum Beispiel bei dem Cache «Dürsberg». Auch er war einer meiner ersten überhaupt, genau genommen war es der zweite, wenn man den am See nicht mitrechnet, denn den habe ich ja nicht gefunden.

Auch diesen Cache habe ich mit Micha zusammen gehoben. Wir waren immer noch auf jenem Zeltplatz, von dem schon mal die Rede war, und als der zweite Tag schon halb vorbei war, stellten wir fest, dass wir uns immer noch langweilten. Also beschlossen wir (oder besser er), wieder zu cachen.

Wir (oder besser er) wühlten uns erneut durch den Stapel Cachebeschreibungen und entschieden uns diesmal für einen, der über zwei Stationen ging, an denen wir jeweils einen Hinweis finden sollten, die uns dann zum finalen Versteck führen sollten.

Bereits in der Cachebeschreibung war erwähnt, dass wir einen alten Holzturm besteigen mussten, und ich fand, das klang nach Abenteuer. Ich bin nämlich gerne ein Abenteurer.

Micha und ich setzten uns also wieder einmal ins Auto, und ich fuhr meinen Freund quer durch die schöne niederrheinische Landschaft. Den durchaus nützlichen Tipp **«Parken solltet ihr** bei N 51° 37.489, E 006° 23.406 (am Straßenrand)» ließen wir kurz entschlossen außer Acht. Das war uns zu gefährlich, den Wagen halb im hohen Gras direkt neben einer kleinen Böschung abzustellen, wo einen Meter weiter unten ein Rinnsal auf den Abstürzenden wartete. Ob das erlaubt war, war uns unbekannt und deshalb viel zu riskant. Schließlich standen wir noch ganz am Anfang unserer Cacherkarriere.

Wir fuhren daher weiter zu einem nahe gelegenen Wanderparkplatz, stellten den Wagen ab, stiegen aus und packten unsere Ausrüstung zusammen. Also das GPS-Gerät zur Kamera in den Rucksack, mehr Ausrüstung gab es damals noch nicht. Dann machten wir uns auf den Weg und gingen am Randstreifen die Straße zurück, die wir gekommen waren. Schon nach wenigen Metern machten wir die interessante Erfahrung, dass die Zeit, die man Gas gibt, um mit dem Auto eine bestimmte Strecke zurückzulegen, in keinem Verhältnis zu der Zeit steht, die man braucht, um zu Fuß den eigenen Körper dieselbe Strecke voranzubringen. Es dauert einfach viel, viel länger. Und es ist viel, viel anstrengender.

Das nächste Mal würden wir uns sicher nicht darum kümmern, ob etwas riskant oder vielleicht sogar verboten war, wir würden einfach so nah wie möglich am Ziel parken, vor allem wenn es in der Cachebeschreibung angegeben war. Niemand nimmt freiwillig solche Strapazen auf sich. Wahrscheinlich hat Hape Kerkeling seine Pilgerfahrt quer durch Spanien auch gar nicht geplant, sondern einfach nur zu weit von Santiago de Compostela entfernt geparkt.

Irgendwann kamen wir dann an der eigentlichen Startposition an. Es waren bestimmt 20 Minuten vergangen, wir hatten Gott gefunden, und die Füße taten uns wirklich weh, auch wenn wir das sonst nie erwähnten. An dieser Stelle ging ein kleiner Feldweg von der Straße ab, führte leicht ansteigend durch eine hohle[33] Gasse und dann nach einer Linkskurve über ein offenes Feld, bevor er zweihundert Meter weiter in einem kleinen Wäldchen verschwand.

Wir drehten uns um 90 Grad, um von der Straße geradewegs auf den Feldweg zu gelangen, hoben leicht den Blick, schauten Richtung Wäldchen und sahen auch schon den hölzernen Turm über den Wipfeln des Waldes herausragen. Sehr beeindruckend – der Anblick machte doch glatt die Strapazen der letzten Minuten vergessen. Wir gingen los.

Auch hier begegnete uns wieder das übliche Problem: Der Pfeil, der uns anzeigte, in welcher Richtung die erste Station lag, wies natürlich quer über das Feld. Wir dagegen folgten aber dem Weg, sodass die Entfernungsangabe «423 Meter» nicht der Entfernung entsprach, die wir letztendlich zurücklegen mussten. Doch wir hatten so was Ähnliches wie Urlaub und wollten außerdem so was Ähnliches wie Spaß haben, deshalb gingen wir so was Ähnliches wie frohen Mutes weiter.

Als wir den Wald erreichten, wurde die ganze Cacherei auf einmal irgendwie anders. Die hellen Sonnenstrahlen drangen nicht durch, und der frische Duft des Waldes umgab uns. Wir waren alleine auf einem Waldweg, um uns herum nur noch kleine fliegende und krabbelnde Gliederfüßler. Auf einmal bekam das Cachen für mich einen völlig neuen Reiz. Fernab von befestigten Wegen, keine Straße im Blick, kein Mensch weit und breit,

33 In diesem Falle ist das «hohl» nicht als «mit Leere angefülltes Irgendetwas» zu verstehen, sondern als «Baum». Holland war damals auch ein «Baum»-Land. Das habe ich zumindest mal gehört und wende das jetzt hier einfach so an. Und behaupte außerdem, eine «hohle Gasse» sei eine «Be-Baum-te Gasse». Und keiner kann was dagegen tun, auch wenn es totaler und völliger Blödsinn ist.

außer natürlich Micha, der fünf Meter vor mir herstapfte, um als Erster am Zielort zu sein, überkam mich plötzlich ein Hauch von Abenteuer. Der Wald war zwar nur sehr klein, aber es hätte auch das Amazonasgebiet sein können. Wie ein Forscher, der den Ursprungsort der Inkas sucht, waren wir auf dem Weg zu einem alten Turm aus den 80er Jahren. Nicht wirklich alt, aber zumindest aus einem anderen Jahrhundert – so wie wir.

Als unsere Geräte anzeigten, dass wir bis auf ein paar Meter genau an der Stelle waren, wo der erste Hinweis versteckt sein sollte, wurde aus dem Inkasucher in uns noch ein Ausgräber, denn wir wühlten uns bestimmt zehn Zentimeter tief in die Erde. Ich fing an, im Geiste Planquadrate zu erstellen, und arbeitete sie Stück für Stück ab. Jedes Mal aufs Neue enttäuscht, wieder nichts gefunden zu haben, gleichzeitig aber auch voller Erwartung, im nächsten womöglich fündig zu werden.

Nach 15 Minuten rief Micha: «Hier!»

«Toll!», sagte ich, dachte aber: Schade, doch was soll's. Viele wollten den Schatz von Troja entdecken, aber nur Schliemann hat es letztendlich geschafft.

Es war ein im Boden vergrabenes Stück Plastikrohr, in das eine kleine Dose eingelassen war. Auf dieser stand ein zu notierender Wert. Wir taten, wozu der Wert bestimmt war, und schrieben ihn auf. Danach machten wir uns auf zur nächsten Station, dem Turm. Er befand sich nur 200 Meter weiter, aber aus dem Amazonas-Durchquerer und dem Ausgräber wurde jetzt auf einmal ein Reinhold Messner, denn der Turm musste bestiegen werden. 154 Stufen, ohne Sicherung oder Zwischenlager, dafür aber mit einer Aufgabe, warteten auf uns. Sie lautete:
«Hier angekommen, solltet ihr zwischen den Ebenen 6 und 9 nach Hinweis B suchen.»

Genau das taten wir. Wir erklommen den Turm und suchten. Ehrlich gesagt, taten wir es sogar recht lange. Wir krabbelten mehrfach die Treppen der angegebenen Stockwerke rauf und wieder runter, wir schauten unter den einzelnen Stufen nach, hinter der Wandverkleidung und sogar auf der Außenseite des hölzernen Bauwerks. Doch gerade als ich mich anschickte, mich gefährlich weit über die Brüstung zu lehnen, rief Micha: «Hier.»

«Toll!», sagte ich, dachte aber: Schade, doch was soll's. Viele wollten als Erste auf den Mount Everest, aber nur Edmund Hillary und Tensing Norgai haben es letztendlich geschafft.

Auch hier war wieder eine Zahl zu notieren. Wir taten dies und konnten nun die endgültigen Koordinaten bestimmen: N 51 ° 37. A E 006 ° 23. B, wobei wir für A und B jeweils die Zahlen einsetzen mussten, die wir gefunden hatten.

Los ging's, erst ein ganzes Stück zurück bis zum Anfang des Waldes, dann die große Entscheidung: direkt durch den dichter werdenden Wald oder einen Umweg in Kauf nehmen und außen herumlaufen? Ich fühlte mich wie der Kapitän eines alten Segelschiffes, der entscheiden muss, ob er das unbekannte Meer queren oder besser dem bekannten Verlauf der Küste folgen soll. Wir (oder besser Micha) wählten die Küstenvariante und gingen immer am Waldrand entlang. Erst folgten wir noch dem Weg, der aus dem Wald herausführte, dann betraten wir die getrocknete Krume eines frisch gepflügten Ackers. Wir holperten und stolperten Schritt für Schritt weiter und behielten dabei ständig das GPS-Gerät im Auge. So konnten wir verfolgen, dass wir uns zwar nicht zügig, aber dennoch stetig unserem Ziel näherten. Als es nur noch 40 Meter von uns entfernt im Wald versteckt lag und jede andere Waldrandstelle diese Distanz nur vergrößert hätte, brachen wir durchs Gebüsch. Von Brennnesseln ließen wir uns die samtene Haut verletzen und standen plötzlich wieder auf mit Laub bedecktem Waldboden, umgeben von Bäumen und Sträuchern. Wir hatten Neuland entdeckt und suchten den Schatz jetzt auf einer einsamen Insel.

Ich wollte gerade anfangen zu suchen, was mir die Möglichkeit gegeben hätte, jetzt und hier zahllose Formulierungen für das Umschichten von Erdmaterial zu finden, da rief Micha schon wieder: «Hier!»

«Toll!», sagte ich, dachte aber: Schade, doch was soll's. Viele wollten als Erste einen Seeweg nach Westen finden, aber nur Kolumbus hat es letztendlich geschafft.

Was für eine Freude! Es war unser erster großer Cache. Ein Regular. Also eine etwas größere Dose, mit Notizblock darin, Kopfhörern, Lego-Männchen, Radio und Seepferdchenwasserpistole. Nichts davon wollten wir haben. So müssen sich Piraten gefühlt haben, wenn sie auf einer einsamen Insel eine Kiste mit Frauenkleidern fanden. Aber wir hatten überhaupt etwas gefunden, und das war genug. Wir trugen uns in das Logbuch ein, versteckten die Dose wieder und stiefelten zufrieden zurück.

Ja, ich wusste genau, das Cachen wird mich noch eine Weile begleiten, aber eines Tages werde ich auch einmal «Hier!» rufen, und ich werde wissen, wo und wie die Hinweise versteckt sind, weil nicht jemand anders sie sofort aus der Erde reißt.

Abends lag ich dann zufrieden in meinem Schlafsack. Ich war müde und ermattet, so ließ der Schlaf nicht lange auf sich warten.

Doch ich träumte. Ich träumte von mir.

Von mir als Amazonas-Durchquerer.

Von mir als Ausgräber.

Von mir als Mount-Everest-Besteiger.

Von mir als Seefahrer.

Und von mir als Cache-zuerst-Finder.

Wie gesagt, ich träumte.

WENN DIE SONNE PAUSE HAT

Kommen wir zu meiner absoluten Lieblingscachevariante: dem
Nachtcache. Eigentlich ist das nur eine weitere Sorte und sowohl als Traditional wie auch als Multicache möglich. Allerdings muss die Suche nachts erfolgen, denn nur dann kann man die Hinweise entdecken. Hm ... Nur nachts – wie soll das gehen?, fragt ihr euch jetzt wohl. Was ich tagsüber kaum sehen kann, das kann ich doch nachts eher noch schlechter sehen und umgekehrt. Was kann ich also nachts sehen, was meinem Blick tagsüber verwehrt bleibt? Na, kommt ihr drauf? Denkt mal nach ... auch ich habe ein bisschen gebraucht ... Also: nachts ... dunkel ... Cache ... suchen ... Und? Jemand einen Vorschlag? Ich habe es mir auch eine Weile durch den Kopf gehen lassen und dann ... hat es mir endlich einer gesagt: Reflektoren!

Die Sache ist eigentlich recht einfach: Jemand befestigt einen Reflektor an einem Baum, man leuchtet bei der Cachesuche darauf, er reflektiert (daher übrigens der Name Reflektor) das Licht, und schon findet man ihn. Tagsüber geht das nun mal nicht. Deshalb sind diese Caches nur nachts zu finden.[34] Allerdings muss ich zugeben, dass ich es noch nie ausprobiert habe. Einen Reflektor am Tag zu suchen ...

Auch bei dieser Variante steht einem die gesamte Speisekarte zum Beglücken des McCaches zur Verfügung. Nehmen wir zum

34 Außer natürlich bei einer absoluten Sonnenfinsternis, aber nur, wenn man sich im Kern des Mondschattens befindet, und auch nur dann, wenn man innerhalb der recht kurzen Zeit, so rund 115 Minuten, den gesamten Aufgabenkatalog eines Multicaches abarbeitet.

Beispiel mal das Traditional-Sparmenü: **«Gehe zu x/y und suche dort, wo der Reflektor zu sehen ist.»** Genau so geht es. Manchmal muss man noch eine Weile durch den Wald laufen, oder man nutzt das Fernlicht des eigenen Autos. Auf jeden Fall be-

findet sich an der angegebene Positionsangabe dann der Cache. Jetzt muss man nur noch nahe genug herankommen. Oder wie wäre es mit dem Multicache-Maxi-Menü mit einer langen Strecke und erhöhter Schwierigkeitsstufe? Am Start wird erst der Reflektor gesucht, dann werden ein paar Lichter auf Hochspannungsmasten gezählt, und am Schluss kommt ein großer, böser Mann und verschleppt euch in ein Dritte-Welt-Land, um dort eine eurer Nieren zu verkaufen.

Bei einem Nachtcache bedarf es einiger besonderer Vorsichtsmaßnahmen. Das Wichtigste ist: Unbedingt darauf achten, dass es tatsächlich Nacht ist. Wenn man sich da irrt, hilft nichts mehr. Mir sind schon oft am helllichten Tage irgendwelche Cacher mit Taschenlampen entgegengekommen, die wild herumleuchteten und den Reflektor suchten. Sie bemerkten ihren Irrtum erst, nachdem ich ihnen die Sonnenbrillen weggenommen hatte.[35]

Ich muss zugeben, wenn ich nachts alleine unterwegs bin, habe ich immer Schiss. Das ist jetzt nichts Schlimmes, sondern eine ganz normale Reaktion des Körpers. Er schüttet Adrenalin[36] aus, wodurch die Sinne geschärft und das Reaktionsvermögen erhöht werden. Der Mund trocknet aus, man zittert und be-

35 Ja, zugegeben, der ist ein wenig billig, aber ich hatte beim Gedanken an solche Ray-Charles-Cacher recht viel Spaß.

36 Einen lustigen Adrenalineffekt kann man bei kleinen Kindern beobachten. Wenn sie gerade auf die Welt gekommen sind, findet man das immer so putzig, dass sie so schöne große Augen haben. Leider ist das oft einfach nur eine Angstreaktion. Adrenalin weitet die Pupillen, und das sieht dann echt süß aus.

kommt einen Tunnelblick. Deshalb nie alleine losgehen. Zwar sollte man das beim Cachen ohnehin nicht tun, weil man immer jemanden braucht, dem man nachher die Schuld in die Schuhe schieben kann, aber beim Nachtcache ist es noch aus einem anderen Grund wichtig. Wegen ebendieser Angst!

Gerade nachts lasse ich mich gerne von Tobi begleiten. Der ist auch tagsüber oft dabei, aber im Dunkeln ist er besonders wichtig. Er hat nämlich noch mehr Angst als ich. Da komme ich mir selbst immer sehr mutig vor. Jedes Mal, wenn wir ein Geräusch hören, einen Schatten sehen oder sich die Erde aufgrund der Plattentektonik wieder mal ein Stück weiter bewegt, ruft er: «Achtung, da ist was!» Natürlich ist da was. Wenn da nichts wäre, befänden wir uns am Rande des Universums und würden beim nächsten Schritt in ebendieses Nichts stürzen.

Manchmal ist er aber auch unglaublich tapfer. Ich weiß es noch wie heute: Es war dunkel, der Vollmond hinter einer dicken Wolke verschwunden. Wir durchstreiften ein heute nicht mehr benutztes Kohlenverladegelände aus den vierziger Jahren. Nachdem wir eine alte Schienentrasse verlassen hatten, stiegen wir über einen umgetretenen Zaun und landeten in einem alten Gemäuer. Überall waren Graffiti an der Wand. Jedes Mal, wenn unsere Taschenlampen eine Säule anstrahlten, blickte uns eine neue, an die Wand gesprühte Fratze an. Fledermäuse flogen durch die Luft, doch wir konnten sie nicht sehen. Nur hören und spüren. Natürlich hatten wir keine Angst. Ich habe noch immer Tobis Worte im Ohr, als wäre es gestern gewesen: «Ganz schön unheimlich!» … «Unheimlich, was?» … «Mann, Mann, Mann, ist das unheimlich!» … «Dass man so was unheimlich Unheimliches macht, das ist einfach … unheimlich.»

Nachdem wir unter der schützenden Überdachung der alten Betonhalle hervorgetreten waren, gingen wir in einen großen Wald. Plötzlich spürte ich eine Berührung an der rechten Wange. Oh mein Gott, dachte ich, es hat mich erwischt! Er war, einfach so, völlig überraschend aufgetaucht. Ein Ast. Wer rechnet im Wald schon mit Ästen! Ohne Vorwarnung hatte er sich mit tödlicher Kraft an dem Klettverschluss meiner Jacke festgekrallt. Ich sagte zu Tobi: «Ähm, kannst du das bitte mal irgendwie wegmachen, ich komm da nicht dran.» Geistesgegenwärtig wandte er den Kopf, den Blick auf mich gerichtet, und sprang erst mal drei Schritte nach hinten. Es hätte ja auch was Schlimmeres sein können, eine Schlange, ein Krokodil oder ein australisches Buschkänguru. Nachdem er sich beruhigt hatte, besser gesagt, nachdem ich ihn gezwungen hatte, 320 Gramm pures Valium zu schlucken, konnte er mir endlich helfen.

Trotzdem bin ich jedes Mal froh, ihn dabeizuhaben. Werden wir nachts von einem wilden Tier angegriffen, brauche ich nicht schneller zu rennen als das Tier. Sondern nur schneller als Tobi. Ach ja, ich nenne übrigens alle meine Begleiter Tobi. Gerade wegen der Problematik mit den wilden Tieren haben schon viele diesen Namen getragen.

Natürlich braucht man beim Nachtcachen auch eine Lampe. Je stärker, desto besser. Je leichter, desto besser. Ja, man kann fast sagen: Je besser, desto besser. Leider ist es recht aufwendig, jedes Mal die Autobatterie auszubauen und mit dem Frontscheinwerfer durch die Gegend zu zielen. Aber dafür gibt es ja Taschenlampen, so genannte «Photonenpumpen». Dieses unglaublich komische Wort stammt von Chrissi, einer alten Schulfreundin, die mich hin und wieder auf meinen Cacherwanderungen begleitet. Sie war damals zum ersten Mal dabei, um mit eigenen Augen zu sehen, «was wir da so machen». Wir suchten einen Tagescache. Mit meiner Frau und ihr waren wir diesmal in einem verschneiten Wald unterwegs und sollten ein oder zwei Höhleneingänge zählen. Bei der Gelegenheit wollte ich auch mal in die finsteren Grotten hineinschauen. Chrissi hatte eine kleine Lampe als Schlüsselanhänger dabei, wie neckisch. Und jedes Mal, wenn ich ins Dunkel einer Höhle schaute, machte sie diesen Gag: «Ich kann dir auch mal meine Photonenpumpe leihen.» Am Anfang lachten meine Frau und ich noch, wir sind ja mit ihr befreundet und fühlten uns daher verpflichtet. Aber irgendwann ließen wir es dann und bemerkten: Darum ging es Chrissi gar nicht. Sie wollte gar nicht komisch sein. Sie hat es einfach so gesagt. Um … ja, um … wieso eigentlich?

Na ja, wir haben ihr später einfach mal das GPS-Gerät in die Hand gedrückt, so als nette Geste. Sie sollte mal sehen, wie sich richtiges Cachen anfühlt. Wenige Minuten später mussten wir die Tour abbrechen, wir waren einfach zu weit von der Route abgekommen … Wenn sie jetzt Photonenpumpe sagt, denke ich mir immer, dass Strahlung leichter abzugeben als zu empfangen ist.

Mein allererster Nachtcache war «mul@night».[37]

Ich war mal wieder mit Tobi auf dem Rückweg von einem Auftritt, und wir hatten uns fest vorgenommen, jetzt und heute (oder morgen, es war schon kurz vor zwölf) unseren ersten Nachtcache zu heben. Wir hatten ihn über Google Earth ent-

37 Tja … da hatte ich eines der typischen Cacherprobleme, man weiß irgendwie nie mehr, wie die gefundenen Caches heißen. Dann surft man endlos lange im Internet herum, bis man gar nicht mehr weiß, warum man den Namen des Caches eigentlich gesucht hat. Man hat ihn zwar nicht gefunden, ist aber trotzdem zufrieden, weil man ihn ja jetzt nicht mehr braucht, da man vergessen hat, warum man ihn gesucht hat. Ich brauchte ihn aber schon, und ich war unzufrieden. Aber irgendwann kam die Rettung: «mul@night». Zwischen dem «rieden» von «zufrieden» und dem «A» von «Aber» liegen rund zwei Stunden Sucherei.

deckt und wussten, er lag mitten in einem Wald. Da er in der Nähe von Remscheid versteckt war, also direkt an unserer Strecke, und außerdem in relativ kurzer Zeit zu finden sein sollte, hatten wir uns diesen Cache als ein kleines Wir-probieren-das-

jetzt-mal-aus-Goodie für den Rückweg aufgehoben. Wir sollten zu einer bestimmte Koordinate gehen und ab dort dann den Reflektoren folgen.

Als wir auf den Wanderparkplatz fuhren, an dem der Waldweg begann, der uns zum Cache führen sollte, waren wir noch gut gelaunt. Es waren gerade mal zehn oder zwanzig Meter bis zur Hauptstraße, der geschlossene Wald lag noch vor uns. Wir lachten, sangen, erzählten uns Frauengeschichten. Dann blieben wir stehen und schalteten den Motor aus. Es wurde dunkel, das Radio verstummte ... Wir bekamen Angst, machten zumindest die Zündung wieder an. Alles wurde hell, und wir erzählten uns wieder Frauengeschichten. Leider waren es genau dieselben Frauengeschichten wie vorher, und wenn ich jetzt mal ganz ehrlich bin, dann war es eigentlich nur eine einzige Frauengeschichte. Und selbst die hatten wir noch nicht mal selbst erlebt, sondern in einer Zeitung, ja gut, Zeitschrift, okay, okay, es war ein Magazin, gelesen.

Nach ein paar Minuten fiel uns auf, dass wir in dieser gottverlassenen Gegend mutterseelenallein waren, und wir beschlossen, zum Mann zu werden. Schließlich waren wir perfekt ausgestattet: Wanderschuhe, Taschenlampe, Jacke ... ja, mehr nicht. In der Zwischenzeit ist unsere Ausrüstung natürlich gewachsen. Ohne Kompass, Taschenmesser, Streichhölzer, Stifte, Taschenlampe, Ersatzbatterien, GPS-Gerät, Edding, Pfefferspray und natürlich eine zweite Lampe an der Stirn, für den Nahbereich, gehen wir gar nicht erst los. Damals war das anders, da waren wir noch auf uns selbst gestellt.

Also: Zündung aus, Angst an. Tür auf, einen Schritt nach

draußen gemacht. Sofort rannten wir zum nächsten Baum, um uns des Nervositätsurins zu entledigen.[38] Nachdem unsere 23 Mikroliter (zusammen) den Weg zu den Wurzeln der ausgewählten Buche genommen hatten, packten wir unsere Ausrüstung zusammen: Beschreibung, GPS-Gerät und natürlich die Taschenlampen. Dann war es endlich so weit. Schritt für Schritt gingen wir einen Forstweg entlang, mitten durch den dunklen Wald. Rechts und links blickten uns die dunklen Gestalten der dichtgewachsenen Bäume an. Wir erzählten uns die ganze Zeit, was da alles passieren kann und wie toll wir sind, weil uns das egal ist. Und dass uns das in Wirklichkeit gar nicht egal ist, weil uns ja so viel passieren kann. Ich weiß noch genau, dass ich auf dem Hinweg zwei Mandarinen gegessen habe. Die Schale war kein Problem, wir waren ja in der Natur, und vor lauter Angst habe ich sie sowieso mitgegessen.[39]

Der Weg machte nach 50 Metern eine Biegung, nach 20 noch eine und dann … noch eine, wieder eine und endlich … eine weitere. So ging das knappe 20 Minuten, dann sagten die Geräte: «Piep.» Mehr nicht.[40]

38 Das ist übrigens etwas völlig Normales. Wir Menschen sind ja auch bloß Fluchttiere, wie Pferde. Ich habe das mal beobachtet: Wenn die Viecher anfangen zu rennen, dann entledigen sie sich erst mal des ein oder anderen Pferdeapfels. Dadurch werden sie leichter und können noch besser wegrennen. Schade, dass ich das herausgefunden habe, als ich in einem Sulky saß, und zwar direkt hinter dem Pferdepopo.

39 Jetzt fragt sich der Leser sicher, warum ein solches Detail erwähnt wird. Ich finde es einfach faszinierend, dass man sich in emotional extremen Situationen Dinge besonders gut merken kann. Je stärker die Emotion, umso genauer die Erinnerung.

40 Hat eigentlich irgendjemand etwas anderes erwartet? Natür-

Das war der «Annäherungsalarm». Das Signal, das einem deutlich macht, dass man in der Nähe der eingegebenen Koordinaten ist. Wir hatten also unser Zwischenziel erreicht und blickten uns um. Ein Weg, ein Wald. Wir standen also auf einem Waldweg. Nichts war zu erkennen, aber wir wussten: Jetzt war es endlich so weit. Mit den Taschenlampen spielten wir Leuchtturm und Leuchttürmchen. Ja, Tobi ist der Größere von uns beiden – hat mich auch überrascht, als mir das nach Jahren mal aufgefallen ist.

Plötzlich leuchtete da etwas im Dunkeln. Es war tatsächlich der Reflektor. Der erste in meinem Leben, der nachts, durch menschliches Leben verursacht, Licht reflektierte und es in mein Auge zurückscheinen ließ. Aber das war noch nicht alles: Wir sahen eine Reihe von Reflektoren, alle schön aufgereiht wie eine Perlenschnur, die gerissen war, und dann die Dinger durcheinander auf dem Boden liegen. Allerdings sammelten sie sich in einer länglichen Kuhle, bildeten dadurch eine Linie und gaben so einen Weg vor. Beim Näherkommen entpuppten sich die Perlen als mit reflektierendem Band umwickelte Filmdosen, die an Ästen aufgehängt waren. Zufrieden mit unserem ersten Erfolgserlebnis folgten wir ihnen.

Alles endete mit dem finalen Reflektor, unter dem der Cache liegen musste – so nahmen wir zumindest an. Vor lauter Aufregung hatten wir die Angst ganz vergessen. Wir hatten sie, als wir den Weg verließen, einfach irgendwo an einen Baum gelehnt. Jetzt fingen wir an zu suchen. Das Suchen bei Nacht unterschei-

---

lich sagen die nicht: «He, super, wir sind da, viel Spaß, ich ruhe mich so lange aus. Wenn ihr mich braucht, jep, ich bin für euch da.» Nein, die machen «piep», und wenn sie super drauf sind, weil ausgeschlafen und irgendwie gerade hormonell nicht belastet, machen sie auch schon mal «piep, piep».

det sich vom Suchen bei Tag genau genommen gar nicht. Außer vielleicht, dass man nur da etwas sieht, wo man hinleuchtet. Aber wir wussten, wir würden es schaffen, wir hatten ja bewusst einen leichten Cache gewählt: Und dann fanden wir sie. Sie lag einfach so da, ruhig und zufrieden in einem alten Baumstamm. Es war eine Munitionskiste. Wir strahlten wie zwei Kinder an Weihnachten, die ihr erstes Fahrrad bekommen, mit Klingel und Rückspiegel dran.

Als wir den Deckel öffneten, entlockte uns der Zauber des Moments ein lautes «Boahhhh». Der obere Rahmen war mit einer Reihe LEDs besetzt, die beim Öffnen der Kiste angeschaltet wurden. Der bunte Reigen an farbig blinkenden Lichtern spiegelte sich in unseren Augen wider. Das Ganze sah aus wie ein amerikanischer Weihnachtsbaum. Gut, vielleicht war es auch ein italienischer Weihnachtsbaum. Wir durchwühlten die Kiste, aber tauschten auch diesmal nichts. Stattdessen nahmen wir Heft und Stift heraus, verewigten uns und gingen verzückt zurück. Ein unglaubliches Gefühl der Erleichterung durchströmte mich. Mit wie wenig lässt sich so viel Gefühl erzeugen. Nicht nur unser Herz, nicht nur unsere Seele, nicht nur unser Geist, nein auch unser zentrales Nerven- und Lymphknotensystem schrien: «Halleluja!»

Noch bevor wir unsere Angst, am Weg angekommen, von dem Baumstamm wieder aufnehmen konnten, sagte Tobi: «Toll, was man alles machen kann mit so einer Photonenpumpe!»

Da verlor ich das Bewusstsein.

DIE MASSE MACHT'S

Hat man genügend Zeit und braucht zwischendurch mal eine besondere Herausforderung, dann sollte man zur Abwechslung so viele Caches wie möglich hintereinander suchen. Der aktuelle Weltrekord liegt bei 312 Caches innerhalb von 24 Stunden. Dazu kommen noch 40 Caches, die die Achtergruppe bei der Aktion nicht gefunden hat. Das muss man sich mal vorstellen: 352 Caches in 24 Stunden suchen, das sind 352 Caches in 1440 Minuten, das ist ein Cache alle vier Minuten (ich habe mir erlaubt zu runden). Da die Cacher auch mal mit den Augen geblinzelt haben müssen und währenddessen nicht suchen konnten, darf ich das sicher getrost machen. Das Ganze fand übrigens am 21. Mai 2006 statt, wo sich acht verrückte Geocacher in Dallas trafen, um … ja, sicherlich nicht, um miteinander zu reden, dazu war keine Zeit.

Wie soll man das in dieser kurzen Zeit nur hinbekommen? Wahrscheinlich liegen die ganzen Caches an einer einzigen befahrbaren Straße, und die Cacher hatten eine spezielle Log-Abschuss-Gerätschaft dabei. So was wie im Supermarkt, wo man per Draufhauen und «Tschkdng» einen Aufkleber aus einem ominösen Gerät zieht, den man dann auf die Waren klebt. «Gefunden, danke!»

Vielleicht haben sie aber auch ganz perfekte Arbeitsteilung praktiziert: Der Erste sucht den Cache, der Zweite gräbt ihn aus, der Dritte loggt, der Vierte gräbt ihn wieder ein. Vielleicht haben sie die Caches aber auch alle einfach selbst gelegt, und ihr privater Garten sieht jetzt aus wie die Umgebung von Leipzig nach der großen Schlacht gegen Napoleon.

Diese Form des Cache-Marathons entspricht natürlich nicht

so ganz meinen Vorstellungen vom Cachen. Ich gehe die Sache eher gemütlich an. Setze langsam, ganz behutsam und indem ich die Natur genieße, einen Schritt vor den anderen. Selbstverständlich habe ich das Massencachen auch schon ausprobiert, aber mehr als zehn Stück pro Tag bekomme ich einfach nicht hin. Entweder schlafe ich ein, esse etwas oder stehe einfach nur in der Gegend herum.

Trotzdem: Ich habe höchsten Respekt vor einer solchen Leistung, denn dazu gehört nicht wenig an Planung. So sind einige Schritte zu optimieren. Zum Beispiel sollte man grundsätzlich nur Traditionals suchen. Also keine Rechenaufgaben oder Stationen, an denen gezählt werden muss. Auch braucht man die einzelnen Koordinaten nicht jedes Mal neu einzugeben. Das macht man vorher, das will gut geplant sein. Im Gelände muss man dann nur noch die Daten abrufen, und nach jedem Fund zeigt das Gerät sofort den nächsten Cache an. Allerdings gibt es einige Zeitfresser, die auch ein Profi-Autisten-Cacher nicht vermeiden kann. Hier ein Vergleich:

POS.	HANDLUNG	ZEIT IN SEKUNDEN		
		Norm	Profi	Tobi und ich
1	**Erkennen, dass man da ist** Das ist bei Tobi und mir nicht immer so einfach, da wir, meist durch Gespräche abgelenkt, auch gerne mal mehrfach am Ziel vorbeilaufen. Die Profis wissen das natürlich oft schon vor dem Gerät.	10	0	180

POS.	HANDLUNG	ZEIT IN SEKUNDEN		
2	**Suchen** Tja, was soll ich sagen. Manchmal dauert es eben, außerdem geht es uns um die Natur und nicht um die Zeit.	600	4	1800
3	**Finden** Dabei bin ich davon ausgegangen, dass man durch drei Winkelstellungen des Kopfes die 360 Grad Raum, die einen umgeben, möglichst schnell scannen kann.	15	1	15
4	**Tobi suchen lassen** Es wäre zu gemein, immer gleich «Ich hab ihn» zu rufen. Das baut auch sein Ego auf.	entf.	entf.	1800
5	**Draufschauen** Manchmal kann man es einfach nicht fassen, und wir können es oft noch mehr nicht fassen.	5	0	30
6	**Sich selbst toll finden** Ist sehr wichtig für das eigene Ego.	5	entf.	120
7	**Den anderen toll finden** Ist nicht so wichtig für das eigene Ego.	5	entf.	1
8	**Sich gemeinsam toll finden** Ist fast wichtig für das eigene Ego, weil man ja einer von denen ist. Normale Cacher teilen sich den Ruhm, haben dadurch aber im Schnitt weniger Zeit, um sich selbst toll zu finden, weil sie durch dieses ganze soziale	10	entf.	2

POS.	HANDLUNG	ZEIT IN SEKUNDEN		
	Getue abgelenkt sind. Proficacher finden sich sowieso so toll, dass sie damit am Cache nun wirklich keine Zeit verschwenden.			
9	**Bücken** Hier kommt die hohe Zeit nicht dadurch zustande, dass wir so lange brauchen, um die Strecke von stehender in hockende Position zu überbrücken. Die Frage ist vielmehr: WER von uns bückt sich? Denn der macht sich auch die Hände schmutzig.	1	0	20
10	**Steine zur Seite räumen**	15	2	20
11	**Fluchen I** Da hätten wir auch schon zehn Sekunden Unterschied zu den Normalos: Der Finger muss wieder unter dem Stein raus.	entf.	entf.	10
12	**Erste Tüte öffnen**	10	0	10
13	**Zweite Tüte öffnen**	10	0	10
14	**Dritte Tüte öffnen und Dose entnehmen** Hier sind die Profis natürlich im Vorteil. Durch eine ausgefeilte Schütteltechnik schaffen sie es mit einem geschickten Wedeln, die Dose direkt aus dem Cache herauszubefördern.	20	2	20
15	**Vor Tieren ekeln**	10	entf.	100

POS.	HANDLUNG	ZEIT IN SEKUNDEN		
16	**Fluchen II** Das hängt mit den Tieren zusammen, und da sich der eine schon gebückt hat, muss der andere sie natürlich wegfegen. Das wird selbstverständlich erst ausdiskutiert, und so erklären sich auch die 90 Sekunden mehr Zeit.	entf.	entf.	90
17	**Dosendeckel öffnen**	3	1	5
18	**Inhalt durchsuchen** Interessiert uns nicht. Da sind wir ganz Profis.	180	entf.	entf.
19	**Kaputte Spielzeuge zusammenbauen** Das reizt uns schon eher. Zu Hause habe ich nie Überraschungseier bekommen, außerdem kann Tobi dabei sehr schön seine Feinmotorik trainieren.	entf.	entf.	240
20	**Fluchen III** Das macht Tobi.	entf.	entf.	240
21	**Logbuch oder Notizzettel suchen und aufschlagen**	10	2	5
22	**Stift ausprobieren** Der Profi hat natürlich immer seinen eigenen Stift dabei, weil oft die Feuchtigkeit der Umgebung eine Nutzung des vorhandenen Schreibmaterials so gut wie unmöglich macht.	15	entf.	2
23	**Eigenen Stift suchen** Zur Not kann man auch ein Stück verdorrtes Holz nehmen.	entf.	entf.	20

POS.	HANDLUNG	ZEIT IN SEKUNDEN		
24	**Text schreiben** Von «Schöner Strecke … blabla … tolle Gegend … blabla … usw.» bis «danke» geht alles. Nur eben verschieden schnell. Andere hauen bloß einen Stempel ins Buch oder benutzen Aufkleber.	30	1	5
25	**Andere Logs lesen** Hä? Wer macht denn so was?	120	entf.	entf.
26	**Logbuch, Zettel, Stift und anderen Kram wieder reinpacken** Wir sind hier zwar schneller aber …	20	1	5
27	**Alles erneut herausholen, weil der Deckel nicht zugeht, so was muss ordentlich sortiert werden.** … hier holen die anderen natürlich auf …	entf.	entf.	15
28	**Wieder alles reinpacken** … und gehen in Führung.	entf.	entf.	20
29	**Deckel drauf**	4	1	5
30	**Auf Deckel stellen**	entf.	entf.	10
31	**Tobi anraunzen, dass es nicht vorangeht**	entf.	entf.	40
32	**Selbst versuchen**	entf.	entf.	50
33	**Erfolglos sein** Das muss man auch erst mal realisieren …	entf.	entf.	30

POS.	HANDLUNG	ZEIT IN SEKUNDEN		
34	**Eigenen Kram wieder aus Dose holen** Man hat zum Glück immer irgendetwas dabei, von dem man nicht weiß, wie man es loswerden soll. Und andere schaffen das doch auch. Die nennen es bloß «trade».	entf.	entf.	20
35	**Dose zumachen**	4	1	10
36	**Finger einklemmen**	entf.	entf.	5
37	**Lächeln, weil es das jetzt endlich war** Irgendwas muss beim Cachen ja Spaß machen.	entf.	entf.	1
38	**In die erste Tüte packen**	2	1	5
39	**In die zweite Tüte packen**	2	0	5
40	**Wieder vergraben**	5	2	20
41	**Dritte Tüte finden und «oh» sagen**	entf.	entf.	9
42	**Cache nochmal ausgraben**	entf.	entf.	10
43	**Dritte Tüte darumwickeln**	entf.	entf.	5
44	**Endgültig vergraben**	entf.	entf.	20

POS.	HANDLUNG	ZEIT IN SEKUNDEN		
45	**Neuen Cache aussuchen** Dabei verlieren wir in der Regel keine Zeit, weil wir sowieso immer viel zu wenige Alternativen mitnehmen. Wir finden meist erst zu Hause heraus, was wirklich schön gewesen wäre. Aber wir nehmen uns fest vor, die Caches dann beim nächsten Mal zu suchen. Die Profis haben ihren Weg natürlich zu Hause detailliert geplant. Da wird nicht gesucht, da wird gleich losgerannt.	240	entf.	60
46	**Koordinaten ins GPS-Gerät eingeben** Ja, ja, damit sind wir schnell fertig.	120	entf.	1
47	**Den nächsten Punkt in Kroatien finden**	entf.	entf.	5
48	**Koordinaten korrigieren**	entf.	entf.	20
49	**Endlich zufrieden sein**	entf.	1	1
50	**Losgehen**	1	0	1
	SEKUNDEN PRO CACHE	1457	19	5103

Zugegebenermaßen unterliege auch ich hin und wieder der Faszination des Jaja-ich-habe-ganz-viele-Caches-hintereinander-gefunden-Phänomens. Wenn auch die Anzahl der Caches sowie die dazu gebrauchte Zeit weit unter den Werten der Weltrekordler liegen. So wie einmal in Thüringen, in der Nähe von

Erfurt. Da habe ich innerhalb von zwei Stunden vier Caches klargemacht. Das ging schnell, das ging fix, das kann man in einem Satz beschreiben:

Der letzte Cache, den ich gefunden habe, fiel mir so nebenbei ins Auge, als ich gerade nach dem Hinweis suchte, der in der Cachebeschreibung angegeben war und der schon dort, zumindest so weit ich das verfolgen konnte, kontrovers diskutiert wurde, weil er nicht nur recht offensichtlich versteckt war, was ich jetzt nicht als besonders tragisch betrachte, zumal ja der Weg, den ich zu gehen hatte und der mich durch schöne Felder führte, sowohl das eigentliche Ziel der Suche ist, als auch die Wegfindung, die in diesem Fall besonders kompliziert war, da ich nicht nur auf Wegen ging, die auf meiner topografischen Karte nicht eingezeichnet waren, sondern weil die Wege komplett verschlammt waren, was zu den Besonderheiten eines jeden Cacherlebens gehört, und selbst wenn ich es tragisch ansehen würde, was allerdings, bei meinem unglaublichen Optimismus, den ich, obwohl ich schon oft bittere Niederlagen einstecken musste, mir immer erhalten habe, ziemlich unwahrscheinlich ist, hätte es keinerlei Einfluss auf meinen Gemütszustand, weil ich in meiner einjährigen Erfahrung (eigentlich ist mittlerweile total egal, was hier steht, weil alle nur noch hoffen, dass dieser Satz, der eine Menge Nerven kostet, endlich zu Ende geht, obwohl ich bis zum Ende des Buches so weitermachen könnte) als Cacher schon so manche Unbill des Sucherhobbys ertragen habe, und welcher der krönende Abschluss meines Nachmittags war, war für mich auch der spannendste von allen vier Caches, deren Suche ich mit einem klassischen Traditional beginnen wollte, aber mehr durch Zufall als mit Absicht von einem weiteren Traditional, bei dem es sich diesmal um einen klassischen Drive-in handelte, unterbrochen wurde, was aber nicht lange dauerte, da ich schnell fündig wurde, beendete dann für mich einen erfolgreichen Tag.

NUR GUCKEN

Zum Glück befinden wir uns in der Wir-leben-in-der-Zeit-von-Computer-und-Kommunikation-da-können-wir-gefälligst-auch-einen-passenden-Cache-bauen-Zeit. Deshalb gibt es natürlich auch spezielle Wir-leben-in-der-Zeit-von-Computer-und-Kommunikation-da-können-wir-gefälligst-auch-einen-passenden-Cache-bauen-Caches. Das sind die so genannten Webcam-Caches. Webcams sind mit dem Internet verbundene Kameras, die über eine Webseite gesteuert werden und Bilder auf einen Rechner übertragen, zum Beispiel die Verkehrssituation an belebten Straßen. Sie werden einfach über eine Webadresse aufgerufen, und das Bild erscheint.

Das Prinzip der Webcam-Caches ist relativ einfach und funktioniert so: Man gehe an die Position x/y, stelle sich hin, lasse ein Foto von sich machen mit Hilfe der in der Nähe befindlichen Webcam. Wenn man sich anschließend zu Hause an den Computer setzt und den Cache loggt, muss man nur noch das Foto mit hochladen, und der Cache gilt als gefunden.

Diese Caches sind eigentlich für alle Beteiligten nur peinlich. Das Problem bei den meisten Webcams ist nämlich, dass sie sehr weitwinkelig sind. Man sieht also maximal viel von der Umgebung, aber minimal viel von den Personen, die sich fotografieren lassen sollen, also den Cachern. Das ist ganz toll und eine super Idee, wenn man eine Kreuzung, einen Marktplatz, ein Autobahnkreuz oder ein ganzes Bundesland beobachten will. Soll dagegen eine einzelne Person zu sehen sein, dann muss sich diese entsprechend auffällig verhalten. Und das in der Öffentlichkeit. So kommt es gelegentlich vor, dass Transparente geschwungen, Arme durch die Luft gewedelt oder anderweitig großräumige

Bewegungen gemacht werden. Dass die Umstehenden kurz davor sind, Krankenwagen oder das mobiles Psychiatrie-Kommando zu rufen, interessiert den eingefleischten Cacher-Profi allerdings nicht weiter.

Sollte man vorhaben, einen solchen Cache zu suchen, empfiehlt es sich daher, vorher die Koordinaten der örtlichen Nervenheilanstalt mit Edding auf den Boden zu schreiben. Dann wird man ganz schnell aufgegriffen und hat bei der Gelegenheit gleich einen Multicache gelegt.

Ein anderes Problem ist die Art und Weise, wie ein Foto mit der Webcam zustande kommt. Der Computer, mit dem das Bild abgespeichert werden soll, steht selten an der Stelle, die der Owner angegeben hat, um fotografiert zu werden. Und falls doch, ist das mit dem Online-Sein auch so ein Problem. Am einfachsten ist es, jemanden anzurufen, den man vorher mit einer Info-Mail instruiert hat:

«Hallo, ich will demnächst einen Webcam-Cache heben, das ist dieses mit dem ... ach, auch egal. Auf jeden Fall schicke ich dir Ende der Woche ins Büro eine SMS, dann gehst du bitte auf die Webseite am Ende der Nachricht und speicherst das Bild, das dort erscheint. Schicke es mir per E-Mail, ich mache dann den Rest. Danke.»

Der Angesprochene sitzt nun erst mal eine halbe Woche rum. Erhält er die Nachricht, kann er im Internet diese blöde Webcam suchen, der Link, den er vor ein paar Tagen per E-Mail bekommen hat und der vom Spamfilter sofort aussortiert wurde, ist gelöscht und der entsprechende Bereich auf der Festplatte mit Müll überschrieben.

Während der arme Cacher auf einem Bein hüpft, zwei Arme schwingt, seinen Rucksack in die Höhe wirft und deshalb eine zunehmende Menschenmenge um sich herum versammelt, sitzt sein Freund zu Hause und flucht: «Ich habe dieses Hobby schon immer gehasst! Jetzt hat er mich da reingezogen! Ich könnte so schöne Sachen machen: mein Zimmer aufräumen, Verträge unterschreiben, meine Tante besuchen, aber nein, ich suche eine WEBCAM!»

Irgendwann hat der Freund es dann geschafft, das Foto ist gemacht, und auf dem Bild ist ein am Boden liegender, von Gaffern umstellter und von Ersthelfern wiederbelebter Cacher NICHT zu sehen. Aber er verschickt es trotzdem per E-Mail.

Eine andere Möglichkeit ist es, einfach einen Laptop mitzunehmen, um die Internetseite der Webcam unterwegs selbst zu suchen. Als hätte man mit der üblichen Cacherausrüstung nicht schon genug zu schleppen! Wie bereits erwähnt: Navigationsgerät, Kompass zum Peilen, Stifte in mehreren Farben, Cachebeschreibung, Spaten, Seil, Taschenmesser, Handys (für jedes Netz eines oder zwei, zur Sicherheit), Leatherman, Taschenlampen in drei verschiedenen Größen, Nahrung und Flüssigkeit für drei bis vier Tage. Das wiegt schon eine Menge. Die Frage ist: Wie komme ich vor Ort ins Internet?

Möglichkeit 1: Gar nicht.

Möglichkeit 2: Man zapft illegalerweise ein ungesichertes Drahtlosnetzwerk an. Das macht natürlich niemand, denn das ist verboten. Übrigens auch ein toller Sport. Vielleicht sollte man einen WLAN[41]-Cache einführen: **«Gehe an die Position x/y und finde das ungesicherte Netzwerk. Notiere die IP-Adresse des Routers, zapfe den Drucker an und schreibe: ‹Ätsch!›»**

Möglichkeit 3: Mit einer UMTS/GPRS-Karte. Das erste Problem an GPRS ist, dass die Leute es dauernd mit GPS verwechseln. Man sucht das GPRS-Signal und hat kein GPS-Netz. Und ich habe hier bestimmt schon 1232 Mal die Rücktaste mit einem

41 Wireless Local Area Network: kabelloses lokales Gebiets-Netzwerk. Also ins Internet ohne Kabel.

«Hach, schon wieder» gedrückt, weil ich mich andauernd vertue. Okay, ist vielleicht mein persönliches Schicksal.

Das andere Problem ist, dass der Empfang nicht immer optimal ist. Und weil man sich ständig bewegt (man muss schließlich dauernd auf und ab springen, um in dem großen Bildausschnitt überhaupt gesehen werden zu können, wie wir uns erinnern), kann der Empfang sehr stark variieren. Oben hat er vielleicht zwei Balken und unten keinen, sodass sich die Verbindungsgeschwindigkeit dauernd ändert oder gar ganz abbricht. Davon würde der Cacher aber nichts mitbekommen, weil er, bevor ihm überhaupt klar ist, was da gerade in seinem Laptop passiert, schon längst wegen Überanstrengung an einem Herzinfarkt verstorben ist.

Möglichkeit 4: Die Hightechvariante. Man kann irgendwo im Internet[42] eine Seite so programmieren, dass sie automatisch die Inhalte einer bestimmten Webadresse nach dem Empfang einer SMS an eine vorher angegebene E-Mail-Adresse schickt. Wenn man als Webadresse jetzt also die Seite mit der Webcam angibt, kann man nach dem Schicken einer SMS darauf hoffen, ein schönes Bild auf dem eigenen Rechner wiederzufinden. Aber wie das beim Cachen so ist, spielt das VERrechnen oft eine ganz große Rolle. Abgesehen davon, dass man bestimmt eine Dreiviertelstunde lang Plakate schwingen muss, weil man nie so genau weiß, wie lange eine SMS braucht, kann man sich auch mal ganz dezent in der Kamera verprogrammieren. Zumindest stand das so in einem Log:

«Tja, alles super geklappt. Auch das mit der Programmierung. Das Foto war zwar nicht auf meinem Rechner, aber jedes Mal, wenn ich eine SMS geschrieben habe (ja, mehrere, sicher

---

42 Ich weiß leider nicht mehr genau, wo das steht, und habe es auch im Forum nicht gefunden.

ist sicher, wer weiß, ob ich gerade in der Luft war), wurde das benachbarte Atomkraftwerk kurz heruntergefahren ...»

Ich habe natürlich ebenfalls so einen Webcam-Cache in meiner Statistik, der auch klar zu erkennen ist, da er mit einer kleinen Kamera markiert ist. Es war ein total spannendes Abenteuer:

Ich ging an die Koordinaten, rief eine Freundin an, die sofort die Webseite fand, mich sah, das Foto auf ihrem Rechner abspeicherte und es mir schickte. Wahnsinn, oder? So spannend kann Cachen sein. Drei Minuten später war ich wieder unterwegs ...

Leider ist es nicht immer möglich, überall eine Dose zu verstecken. Das kann mehrere Gründe haben: Zum Beispiel hat der Owner einfach keine Zeit, den Cache auch zu warten. Das heißt, er muss regelmäßig nachsehen, ob noch alles an Ort und Stelle ist. Oder der Cache würde an einer sehr exponierten Stelle liegen, zum Beispiel genau in der Mitte vom Petersplatz in Rom. Dort wäre er nie zu heben, ohne dass man gesehen würde. Vielleicht hat der Cacheleger die Dose aber auch einfach zu Hause vergessen und keine Lust, nochmal hin- und zurückzulaufen.

Da bei solchen Caches etwas nicht versteckt wurde, aber trotzdem gesucht werden soll, bezeichnet man sie als virtuell. Es gibt sie also nicht wirklich, na ja, es gibt sie schon, aber eben nur virtuell. Also nicht real, also so, wie die Autos beim Computerspielen keine echten Autos sind. Sie funktionieren trotzdem fast genauso (die Caches, nicht die Autos ...). Man spart sich eigentlich nur das Bücken.

Demnach lautet die Aufgabe im Prinzip: Gehe zu den angegeben Koordinaten und mache dieses Foto noch einmal. Dazu gibt es ein Beispielbild. Von einem Haus, einem Turm, einem Felsen, einer Statue, einer besonderen Pflanze ...

Richtig begeistert bin ich von dieser Art Cache allerdings nicht. Zwar kommt man an schöne Stellen, aber es fehlt das richtige Erfolgserlebnis. Ich glaube auch, dass das für den Cacheleger nicht so richtig spannend ist. In Wirklichkeit läuft es sicher so: Ein Cacher langweilte sich, weil sein Partner die Haustür von außen verschlossen hatte und er warten musste, bis er befreit wurde. Er sah dann seine alten Fotoalben durch und dachte sich dabei: Warum soll es den anderen besser gehen als mir? Kurzerhand stellte er seine Bilder ins Netz mit der Aufforderung, ihm doch nachzufolgen. Und jetzt müssen andere an dieselbe Stelle fahren, um die gleichen Bilder zu machen wie er.

Nichtsdestotrotz habe ich selbst mal so einen Cache «gelegt». Wieder war es im Urlaub, in Österreich. Diesmal hatte ich eigentlich nur eine längere Bergwanderung geplant. So ganz ohne Suchen und Graben und Finden. Morgens um 09.00 Uhr losgehen und am frühen Nachmittag wieder am Auto sein. Die Strecke ging über 1300 Höhenmeter, vorbei an einer Almhütte und dann recht steil zu einem 3002 Meter hoch gelegenen Gipfelkreuz. Eigentlich hatte ich mit denselben Problemen zu kämpfen wie auch sonst beim Cachelegen: Ich hatte keine Ahnung, wie man diesen Cache jemals überprüfen oder warten sollte. Außerdem lag er so hoch, dass es mir fraglich erschien, ob überhaupt eine Dose da oben so gut zu verstecken sei. Und letztendlich hatte ich gar keine Dose mit in den Urlaub genommen.

Ich wandere eigentlich recht oft und gerne und dann auch noch alpin, und diesmal gönnte ich mir zusätzlich den besonderen Spaß, bereits im Vorfeld mit Hilfe einer topografischen Karte aus Papier die Koordinaten von markanten Punkten der Wanderung zu bestimmen.

So hatte ich quasi meinen eigenen «Multicache» gelegt. Gehe zu Punkt A (da sollte eine Wegkreuzung sein), gehe dann zu Punkt B (da überquert man einen Bach) und so weiter bis hin

Dort hinauf sollte die Cachesuche gehen, 3002 Meter hoch.
Ich befinde mich auf halber Höhe.

zu Punkt K (dort steht das Gipfelkreuz). Das mag jetzt viele verwirren, wenn nicht komplett an mir zweifeln lassen, aber es hat Spaß gemacht.

Schon bei der Planung keimte in mir die Idee auf, bei dieser Tour einen Cache zu legen. Sofort war klar: wenn, dann einen ohne Dose. Aus den oben genannten Gründen musste ich mir also etwas anderes ausdenken und beschloss, an allen markanten Stellen der Tour die Koordinaten zu speichern, Fotos zu machen und diese dann von den Cachefindern ebenfalls zu verlangen.

Das habe ich insgesamt dreimal gemacht. Wenn ich den Cache dann ins Netz gestellt hatte, sollten die nachfolgenden Cachesucher nur meinem Weg folgen, zu den Koordinaten gehen und alles wiederfinden. Den Felsvorsprung, die Hütte und

Diese drei Motive sollten aufgenommen werden – Felsvorsprung, Hütte und Gipfelkreuz – als Zeichen, dass man den Cache wirklich geschafft hat.

das Gipfelkreuz. Um später nachweisen zu können, dass sie auch wirklich da gewesen waren, schoss ich ein paar Fotos, die die suchenden Geocacher ebenfalls machen sollten. Jeweils an den von mir gespeicherten und später im Netz veröffentlichten Positionen. Es war also ein virtueller Cache der reinsten Art.

Dass die Wanderung statt fünf dann zehn Stunden dauerte, da es irgendwie doch viel, viel weiter war, als ursprünglich auf der Karte zu sehen, und folglich nur noch klägliche Reste des Abendessens im Hotel auf mich warteten, weil ich da wohl unter «Einzelschicksal» lief, ist eine kleine Randerscheinung dieses Erlebnisses.

Als ich den Cache vom heimischen PC aus im Internet veröffentlichen wollte, tauchte auch schon das erste Problem auf: Es war mir nicht erlaubt! Auf der Internetplattform geocoaching.com sind seit geraumer Zeit keine Caches mehr ohne Dose gestattet. Denn nur eine Dose ist eine Dose! Zum Glück gibt es ja auch andere Webseiten, und da war alles kein Problem. Und ich bin stolz, denn bis heute haben meinen sensationellen Cache sage und schreibe NULL Menschen gefunden. Wenn sich das nicht mal gelohnt hat.

Bei anderen Caches gestaltet sich das deutlich einfacher, etwa wenn das gesuchte Foto eine berühmte Sehenswürdigkeit ist. Allerdings ist damit dem Betrug Tür und Tor geöffnet. Zum Beispiel, wenn man selbst eingesperrt in den eigenen vier Wänden so tun will, als wäre man an einem Ort gewesen, wo man aber nie war. Man durchwühlt bloß seine eigenen Urlaubsfotos, weil man sich dunkel erinnern kann, dass man da irgendwann schon mal war. Dann kramt man denselben Leuchtturm oder dieselbe im Sand versinkende Kirche heraus und behauptet einfach, dass man da war, indem man das alte Foto ins Netz stellt. War man zwar auch, aber irgendwie anders. Also natürlich schon richtig, aber nicht so, wie das gedacht war, also … Also ich finde es irgendwie unfair.

Viel besser finde ich dann die Bedingung, dass das GPS-Gerät mit auf dem Bild zu sehen sein muss. Hähähä, dann ist man nämlich gezwungen, sich noch einmal dorthin zu bewegen – oder ein bisschen mit einem Grafikprogramm herumzuwerkeln. Aber das ist dann natürlich NOCH unfairer.

Für alle, denen der Weg in den Keller zu den alten Urlaubsfotos zu weit ist, gibt es auch noch die reinen Rate-Caches. Hier werden im Prinzip Sachen gefragt wie: **«Was befindet sich an den oben angegebenen Koordinaten?»** Das kann dann ein Bauwerk sein oder ein Ort. Manchmal wird noch nach Details gefragt: **«Wann wurde der Ort zum ersten Mal urkundlich erwähnt?»** oder **«Wie hieß der Architekt mit zweitem Vornamen?»** Klingt erst mal einfach, zumindest nach einer guten halben Stunde googeln. Dumm nur, wenn sich die angegebene Position mitten im Meer befindet oder auf einem Berg oder an einer Stelle, von der man gar nicht weiß, wo sie ist. So mussten beispielsweise schon Name und Fracht von versunkenen Schiffen herausgefunden werden. Das bedeutet dann schon mal zwei Stunden googeln.

Insgesamt ist es jedenfalls sehr spaßig – ein echtes Muss für alle Rätselfreunde. Außerdem bekommt man dafür einen Punkt, und es hat den entscheidenden Vorteil, dass man dafür gar nicht vor die Tür muss, weil an der zu findenden Stelle keine Dosen liegen. Für Leute, die mal cachen wollen, aber unter freiem Himmel gallische Einsturzbedenken haben, ist das genau das Richtige. Es besteht nicht die geringste Gefahr, frische Luft zu atmen oder versehentlich einen Sonnenstrahl abzubekommen. Man sitzt gemütlich am PC und sucht drauflos.

Einer von diesen Caches hat mich mal fast in die völlige Verzweiflung getrieben. Ich kann die Geschichte hier leider nicht bis ins letzte Detail beschreiben, da ich sonst anderen den Spaß nehme. Auch wenn mir völlig unklar ist, welchen Spaß ich den Leuten da nehme. *Ich* hatte nämlich keinen. Damals hätte ich jeden Hinweis als Rettung verstanden und dankbar angenommen. Deshalb möchte ich an dieser Stelle auch nochmal Tobi danken, der mich aus dieser Hölle der Unwissenheit wieder herausgeholt hat.

Man sollte im Umkreis eines angegebenen Punktes etwas suchen, was sich auf einem Feld befindet und rund 46-mal in Deutschland vorkommt. Ich machte mich mit Feuereifer ans Werk und probierte alles aus, was mir einfiel: Segelflugplätze, Rennstrecken, Umspannungsanlagen, Golfplätze, Modellflughäfen … nichts. Nach einer Weile wurde ich frustriert, irgendwann dann wahnsinnig.

Ich überlege gerade, wie man diese Tragödie spannend erzählen kann, aber ich habe nicht die geringste Ahnung. Sie ist nicht spannend, sondern verzweifelt, traurig.

Jedenfalls saß ich mehrere Stunden vor den Auftritten in der Garderobe und versuchte angestrengt, die Lösung zu finden. Irgendwann stand Tobi hinter mir und meinte ganz freundlich: «Na ja, Google Earth zeigt nicht immer alles, sondern manches nur manchmal, na?» Er lächelte mich wissend an. Ich schaute böse zurück, weil ich auf so ein Indiana-Jones-Rätsel absolut keine Lust hatte. Aber Tobi hatte wohl zu viel *Da Vinci Code* gelesen und machte munter weiter: «Wenn ein Haken dir den Weg wird weisen, musst du nicht selbst dorthin verreisen.» Erst als ich ihm drohte, sämtliche Cacherbilder von ihm mit falschem Datum an seine Freundin zu schicken, sprudelte er los: «Schalt mal bei Google Earth die Informationen ein ...» Ich tat wie geheißen. Toll, es tauchten «unterirdische Gasleitung», «überirdische Stromkabel» und noch viel mehr auf, nur nutzte es nichts. «... und sieh mal genau dorthin, ja dort, nein nicht da. Da, ja etwas weiter, nein hoch, nicht die Seite, ach, lass mich mal.» Damit nahm er mir die Maus aus der Hand. Am Ende stand da: «Konfluenzpunkt».[43]

Toll!

Das sagte mir gar nichts. Ich schaute also im Internet nach und stellte fest, dass wir als Geocacher ziemlich armselige Gestalten sind, weil wir mit so einer Art Handy durch die Wildnis laufen, um Dosen auszubuddeln, die jemand anders versteckt hat, anstatt sie direkt per Paketdienst von Ort zu Ort zu schicken. Aber nein, es gab noch armseligere Menschen. Diese Leute suchten einfach nur Stellen auf der Erde, bei denen die Minutenangabe null war. Also gerade Gradzahlen. So was wie N 23° 00.000 E 34° 00.0000.

Da wird das GPS zum reinen Selbstzweck. Vielleicht gibt es

---

43 Das ist übrigens der einzige Cache, den ich nicht mit Namen und weiteren Infos angebe, weil es dem Owner gegenüber sehr gemein wäre, seine doch recht schwere Aufgabe einfach hier zu verraten. Also, wer will, kann sich jetzt den Cache zur Lösung suchen und so tun, als hätte er das alles selbst herausgefunden. Dann hat er wenigstens irgendetwas gefunden, zwar nicht die Lösung, aber zumindest den Cache zur Lösung.

auch Menschen, die nur nach Primzahlen als Graden oder Minuten oder Schnapszahlen suchen. Wer soll auf so was kommen, wer WILL auf so was kommen?

Ich besann mich jedenfalls auf mein eigenes Hobby und fing wieder an, nach Dosen zu suchen. Und zwar erst mal die im Arzneischrank – mit den Beruhigungspillen.

Eine besondere Kombination aus Webcam- und virtuellem Cache ist der sogenannte SpyCam. Er hat einerseits die virtuelle Komponente, auch hier muss man nicht vor die Tür, es bedarf aber auch der Zuhilfenahme einer Webcam.

Wie bei den meisten Ich-bin-faul-Caches hat mich Tobi darauf gestoßen. Er hatte wohl mal wieder Stubenarrest. Vielleicht war auch einfach nur seine Tante zu Besuch. Jedenfalls saß er am Computer und entdeckte aus Versehen diesen virtuellen Cache. Das muss ihn so was von schockiert haben, dass er mir sofort – ebenfalls aus Versehen – eine E-Mail schickte, um mir zu sagen, was er da Tolles vollbracht hatte. Also für ihn, ich selbst bin natürlich gegen so etwas immun. Nicht mal im Ansatz reizen mich solche Caches. Trotzdem setzte ich mich ihm zuliebe mal dran – und schon war ich infiziert.

Beim «SpyCam» besteht die Aufgabe darin, eine bestimmte Kamera zu steuern. Dann sieht man etwas, womit man weiß, was man als Nächstes sehen soll, wodurch man wieder weiß, womit man *was* sehen soll.

Schon der Einstieg war nicht ganz einfach, da man erst einmal raten musste, welche Stadt gemeint war, in der dann die Kamera gesucht werden sollte. Da ich aber just in ebenjener Stadt schon mehrmals mit überhöhter Geschwindigkeit fotografiert worden bin und sich ebenjene Stadt deshalb in mein Gehirn eingebrannt hat, war mir sofort klar, worum es ging: «Xneyfehur». Mehr wird nicht verraten, sonst ist der Cache ja viel zu einfach. Die

Kamera fand ich dann übrigens überraschend schnell – meist ein sicheres Indiz dafür, dass man völlig falsch liegt.

Leider hat man nur 120 Sekunden Zeit, um die Kamera zu steuern, dann landet man in der Warteschleife wieder ganz hinten. Selbst wenn man alleine ist, wird man aber immer wieder auf Warteplatz eins gelegt, die Kamera fährt, ich vermute mal automatisch, in die Ausgangsposition zurück, und man kann sich wieder beim Anblick bewegter Müllwagen während des Entladens blauer Säcke entspannen. Bei mir zog sich die Suche dann doch ein wenig länger hin:

Die ersten 120 Sekunden, die mir zustanden, verbrachte ich damit, auf das Bild zu starren, weil ich gar nicht wusste, dass ich schon dran war.

Die zweiten 120 Sekunden verbrachte ich damit, zu bemerken, dass ich schon dran war.

In den dritten 120 Sekunden lernte ich dann, wie man diese Kamera überhaupt steuert.

Die vierten 120 Sekunden war ich gerade auf Toilette. Genau genommen waren es nur die vierten 112 Sekunden, aber acht Sekunden kann man nicht wirklich nutzen.

Dann hatte ich endlich alles unter Kontrolle, löste die erste Aufgabe und musste mit dieser Lösung einige komplizierte Rechenoperationen ausführen. Addieren UND subtrahieren! Ja, was denn nun? Entscheidungen der klaren Art sind das, was der heutigen Fortschrittsgesellschaft am meisten fehlt …

Mit dem Ergebnis steuerte ich dann die Kamera ein zweites Mal, wieder weg vom Müllwagen, und löste souverän die zweite Aufgabe. Dann sollte von der Position, die man mit der zweiten Kameraeinstellung fand, eine Peilung durchgeführt werden. Nichts leichter als das – wenn man sein GPS-Gerät nicht gerade verliehen hat, so wie ich. Da es sich um ein Firmengebäude handelte, versuchte ich es anders:

1. Firmenadresse in den Gelben Seiten suchen.

2. Adresse grob bei Map 24 finden.

3. Gebäudeteil bei Google Earth mit dem Da-ach-nee-was-rüber-wieder-Übersicht-stimmt-da-oder-ja-ach-nee-vielleicht-hier-Verfahren lokalisieren.

4. Zurück bei Map 24 den Maßstab vom Monitor auf einen Zettel abmalen. Dann 2 Kilometer markieren und durch fünffaches Falten des Blattes ungefähr die Länge zehn ermitteln. Das war zwar nicht die errechnete Entfernung, aber irrationale Zahlen zu falten ist echt kompliziert. Also musste diese Näherung sein.

5. Auf dem Bildschirm einen Radius ziehen. Das ging auf meinem damals nagelneuen TFT-Bildschirm super, jetzt ist er gebraucht. Wegen der Bleistiftstriche und der Zirkellöcher.[44]

6. Wieder bei Google Earth nachschauen, ob da irgendwas irgendwie so interessant aussieht, dass man eine Antwort auf die letzte, die endgültige Frage findet.

7. Noch einmal bei Google nach den Detailinformationen suchen.

8. Tabulatortaste auswechseln, die dem ständigen Fensterwechsel erlegen ist.

9. Endlich irgendein Ergebnis haben.

Ich war mal wieder begeistert von mir: Nicht nur im freien Feld bin ich in der Lage, durch Improvisation und indem ich meinen Verstand einsetze, in ausweglosen Situationen eine Lösung zu finden, nein, auch bei reiner Denk- und Rechenarbeit bin ich dazu befähigt. Ich bin sozusagen der McGyver des Cachens im Internets.

44 Ich habe in der Zwischenzeit die Möglichkeit entdeckt, die Distanzmessung per Software durchzuführen. Also keine Angst, ich benutze kein Tipp-Ex für den Monitor, wenn ich mich mal verschrieben habe.

Das Ergebnis schickte ich natürlich erst mal mit einer leicht modifizierten Zeitangabe an Tobi, damit er neidisch wurde, er, der ja völlig unerwartet bereits erfolgreich war. Als ich auf die Mail «Kieswerk!» die Antwort «Kieswerk?» bekam, gab ich auf und beschloss, auf mein GPS-Gerät zu warten, mit dem ich leichter peilen kann.

Bis dahin entwickelte ich eine neue Cache-Idee: **«Fahre die Hauptstraße von x1/y1 nach x2/y2 so schnell, dass du das Gefühl hast, viel, nein sehr viel, nein einfach viel zu viel zu viel zu langsam zu fahren. Nenne mir den Fabrikatstyp der Kamera, die dich trotzdem geblitzt hat, und du darfst dich loggen. Hast du denselben Sachbearbeiter wie ich, dann sogar zweimal.»**

Der Cache heißt dann: «Aufmerksame Stadtverwaltung von Xneyfehur».

HÄNSCHEN, PIEP EINMAL

Wir Cacher sind eine ganz besondere Spezies. In der Regel leben wir alleine in wettergeschützten Behausungen oder unter Artgenossen, die jedoch irgendwie andersartig sind. Ab und an treibt es uns allerdings doch zu unseresgleichen. Dann verlassen wir unsere Familien, treten hinaus in die Welt und nehmen die Unbill des Abenteuers in Angriff. Wir verhalten uns beim Cachen eigentlich genau so wie andere Menschen bei der Paarung: Meistens trifft man sich zu zweit. Mal ein Mann und eine Frau, mal zwei Frauen oder zwei Männer. Ab und zu geht es auch mal zu dritt. Der eine greift lieber alleine nach dem Cache, andere brauchen die große Gruppe, um sich gehenlassen zu können.

War man mal längere Zeit nicht cachen, wird der Drang danach immer stärker. Probiert man etwas Neues aus, so ist man am Anfang aufgeregt und unerfahren, aber andere führen einen in die Materie ein, und wenn es einem erst mal gefällt, kommt man nicht mehr davon los. Die einen lieben es, danach zerkratzt und geschunden zu sein, andere wollen in möglichst kurzer Zeit möglichst viel erreichen. Die einen führen, andere lassen sich führen. Manche verbringen viel Zeit am Computer, mögen die virtuelle Welt und sehen sich dabei Bilder an. Die einen nehmen den Cache mal eben zwischendurch mit, andere brauchen ein Vorspiel, viel Abwechslung und das Gespräch im Anschluss. Und Tobi, wie ich schon oft beobachten durfte, raucht danach auch gerne mal eine Zigarette. Zum Glück fragt er jedoch nie: «Na, war es für dich auch so schön?»

Gut, einmal hat er schon gefragt, aber da haben wir auch einen außergewöhnlichen Cache mit einer kleinen «Besonderheit» gesucht. Und das kam so:

Relativ bald, nachdem ich mit dem Cachen angefangen hatte, dachte ich mir auch immer mal wieder selbst den einen oder anderen Cache aus. Seien es jetzt welche an besonderen Orten oder mit ungewöhnlichen Schwierigkeiten oder was auch immer. Die beste Idee von allen, und ich bin geneigt zu sagen, dass sie meine Genialität am deutlichsten zum Ausdruck bringt, war die folgende: Man muss zu einem bestimmten Zeitpunkt an einem bestimmten Ort sein. Dort wird dann, Achtung, jetzt kommt es, ein Wecker klingeln. Den gilt es nun zu finden, denn dort ist der nächste Hinweis versteckt – oder auch schon der Cache. Unglaublich, oder? Als ich das erste Mal über diese Idee nachdachte, war ich von mir selbst total begeistert. Ich wusste, das ist einmalig, auf so etwas komme nur ich.

Aber das war nur die Vorgeschichte, quasi das Fundament zu dem Ereignis, dass dann später folgen sollte. Es war im Frühjahr 2005 und Tobi und ich mal wieder wegen einer Reihe von Auftritten quer durch den schönen Osten Deutschlands unterwegs. Wir fuhren gerade in Richtung Berlin und planten die Caches für die nächsten Tage, an denen wir uns in Berlin und Leipzig aufhalten sollten. Tobi saß neben mir im Wagen, den Laptop auf dem Schoß, und suchte im Internet nach schönen Abenteuern in der Umgebung von Leipzig. Wir kamen gerade an der alten Grenzanlage vorbei, der jetzigen Gedenkstätte Marienborn bei Helmstedt, als er auf den Laptop zeigte und sagte: «Sieh mal hier, das wäre doch was. ‹Geisterstunde im Tannenwald›. Da muss man um Mitternacht an einer bestimmten Stelle sein. Dort ist dann ein Wecker versteckt, den man finden muss, indem man dem Klingeln folgt.»

Der Schreck fuhr mir wie ein Blitz durch den ganzen Körper, ich trat mit voller Wucht auf die Bremse, und der Wagen kam binnen Sekunden zum Stehen. Der Fahrer hinter mir konnte gerade noch rechtzeitig anhalten, doch davon bekam ich nichts mit. Das konnte einfach nicht sein! Meine Wahnsinnsidee! Ein zweiter Wecker? Wer sollte sich das ausgedacht haben? Vielleicht gab es mich nochmal auf dieser Welt. Vielleicht war ich ein Wiedergeborener, und mein erster Körper war dummerweise noch gar nicht gestorben. Das gesamte Karma-Chakra-Nirvana des Universums war offenbar durcheinandergeraten.

Mit der Zeit blieben immer mehr Autos hinter uns stehen, bis nahezu der gesamte Verkehr auf der A 2 zum Erliegen kam. Die ersten Menschen stiegen aus und riefen: «Wir kommen hier nicht weiter, die Grenze, die Grenze ist wieder da!»

Auch Tobi wurde aufmerksam, allerdings nicht, weil er den Tumult bemerkte, sondern weil ihm irgendetwas komisch vorkam.

Er stutzte, betrachtete den Computer auf seinem Schoß, schüttelte ihn. Das konnte nicht sein. Er hatte auf einmal eine gute Netzverbindung. Völlig ungewöhnlich während der Fahrt. Wir mussten also … stehen. Er blickte auf und fragte: «Ist was? Sollen wir den Cache jetzt machen?»

Ich beruhigte mich langsam und sagte möglichst unbeteiligt: «Meinetwegen. Ist zwar eine simple Idee, das mit dem Wecker, wirklich nichts Besonderes. Für so was ist mir mein Gehirn eigentlich zu schade, da hat es wirklich anderes zu tun. Aber wenn es dich reizt, können wir den Cache gerne heben.» Als mein Atem wieder einigermaßen normal ging, fuhren wir weiter, und nur vier Stunden später war ich wieder ganz der Alte. Die Idee war schon sehr reizvoll – irgendwie.

Ich trat wie geplant einen Tag in Berlin und den nächsten Abend in Leipzig auf. Direkt nach dem zweiten Auftritt war es endlich so weit. Es war Sonntagnacht, 23.10 Uhr, und wir saßen im Auto auf dem Weg in diesen legendären Tannenwald. Wir verließen Leipzig Richtung Westen und folgten wenig später einer Straße nach Süden. Jetzt nur noch durch ein oder zwei kleine Dörfer, dann eine lange Landstraße entlang, immer Richtung Einsamkeit, und wir wären da.

Auf halber Strecke fiel uns auf, dass heute die Uhren auf Sommerzeit umgestellt wurden. Schlagartig bekam der Cache eine Dramaturgie, die selbst der Owner wohl kaum vorhergesehen haben mag. Was, wenn wir zwar schon im Sommer angekommen waren, der Wecker aber noch nicht? Was, wenn wir gleich mitten im Wald standen und lauschten, der Wecker das Signal jedoch schon gegeben hatte? Wir waren total verwirrt, zumal wir mal wieder nicht so genau wussten, ob die Uhren nun eine Stunde vor- oder zurückgestellt wurden. Daher beschlossen wir, es einfach zu riskieren.

Kurz darauf erreichten wir die Stelle, an der wir parken wollten. Sie war etwa 500 Meter von den in der Cachebeschreibung angegebenen Koordinaten entfernt. Wir stellten den Wagen auf einem zwar nicht realen, für unser Ego aber voll ausreichenden Off-Road-Gelände ab. Der vordere rechte Reifen stand locker einen halben Zentimeter in einer übrig gebliebenen Pfütze des ansonsten eher trockenen Asphalts. Wow, das war vielleicht ein Gefühl, echte Outdoor Wilderness – nur wir beide, das Fahrzeug und die unberechenbare Natur.

Leider hatte die unberechenbare Natur noch ein paar wirklich schwierige Rechenaufgaben für uns vorbereitet. Doch davon ahnten wir noch nichts, als wir ausgelassen und erwartungsfroh ausstiegen. Jetzt nur noch schnell das GPS-Gerät um den Hals gehängt, die Wanderstiefel angezogen, die Jacke erst an- und dann wieder ausgezogen, weil es doch recht warm war, und dann noch die Taschenlampe um den Kopf geschnallt. Ja, in der Zwischenzeit hatten wir aufgerüstet. Während wir bei unserer ersten Nachtaktion noch die Lampe mit den Händen umklammert hielten, besaßen wir inzwischen echte Profi-Stirnlampen. Sehr praktisch, denn man hat beide Hände frei, um zu suchen, um zu schreiben oder um sie einfach nur in die Jackentasche zu stecken, weil es dort wärmer ist. Natürlich hatten wir auch noch eine Handlampe dabei. Die war viel stärker und kam zum Einsatz, um auf längere Distanzen ebenfalls Reflektoren sehen zu können. Die Stirnlampe war dagegen eher für den Nahbereich beim Laufen oder Rasten oder Durchwühlen der Cachedose.

Es hätte alles so schön sein können, aber: Wir hatten eine Frau dabei.[45] Hallo? Eine ganz normale Frau!

Keine Cacherin!

Keine von diesen netten, sympathischen Menschen, die ein elektronisches Gerät als adäquaten Ausrüstungsgegenstand für jedwede Form der Freizeitgestaltung ansehen.

Keine, die den Akt des Suchens schon als Teil des Findens empfindet.

Keine, die Spaß am Unbekannten hat und deshalb in der Lage ist, eine Ehe als Cache ihres Lebens zu betrachten.

Keine, die weiß, dass ein vom Himmel gefallener Regentropfen nicht völlig spurlos verschwindet, sondern das Haftungsverhalten kleinerer Erdpartikel erhöht und durch Lichtbrechung dafür sorgt, dass ein nasser Gegenstand dunkler wirkt.[46]

---

45 Ich möchte mich höflichst dafür entschuldigen, dass ich die Dame erst jetzt erwähne. Es hat reine dramaturgische Gründe, um die Überraschung zu vergrößern. Die Frauen dieser Welt mögen mir verzeihen.

46 Eine sehr interessante Frage: Warum wirken nasse Sachen dunkler? Ich habe irgendwo schon mal etwas dazu gelesen … Übrigens wird die Antwort etwas einfacher, wenn man umgekehrt fragt: Warum sind trockene Sachen heller? Daran schließt sich nämlich sofort die nächste Frage an: Wann ist etwas heller? Das ist gleich viel leichter zu beantworten: Ein Objekt wirkt dann heller, wenn mehr Licht, das von einer Lichtquelle darauf fällt,

Nein.

Es war Tobis Freundin. Die beiden wollten zusammen ein paar Tage in Leipzig verbringen, da er meinetwegen sowieso schon mal da war. Dass es aber auch Nächte gibt, hatte Tobi ganz vergessen. Und dass er die lieber mit mir verbrachte, konnte er ihr jetzt auch nicht so einfach sagen. Im Grunde war sie eine sympathische Mittzwanzigerin, die einfach nur mal sehen wollte, mit wem Tobi sich so herumtreibt und was Tobi da so macht, wenn er cachen geht. «Eure Geschichten klingen immer so süß», fügte sie erklärend hinzu.

Nur waren wir hier nicht in Leipzig, einer Stadt mit Infrastruktur, bewährtem Notfallrettungssystem, Cafés, Kaufhäusern und befestigten Bürgersteigen. Nein, wir waren gut zehn Kilometer von der Zivilisation entfernt, genauer: mitten im Tannenwald. Vor uns ein Forstweg, hinter uns eine Pfütze. Was, wenn Tobis Freundin etwas passierte? Was, wenn die geballte Kraft der ungebändigten Naturgewalten über sie hereinbrechen würde? Wir hätten sie natürlich gerettet, das versteht sich von selbst, allerdings könnten wir dann nur noch 98,5 Prozent unserer Aufmerksamkeit der eigentlichen Aufgabe widmen. Wir wagten es dennoch. Schließlich heißt es immer, Menschen wachsen mit ihren Herausforderungen, und wir hofften, sie würde ebenfalls wachsen und wachsen und wachsen und …

Doch am Ende waren wir diejenigen, die wuchsen und wuch-

wieder zurückgestrahlt wird als von einem vergleichbaren Objekt. Was passiert also genau, wenn etwas nass wird? Ganz simpel: Das einfallende Licht wird durch die kleinen Wassertröpfchen immer wieder gebrochen, bis es keine Ahnung mehr hat, wo es hinausgeht zum Auge. Es verschwindet irgendwo, wird verschluckt, setzt sich hin, geht in den Hungerstreik. Und schon wirkt die Stelle mit den Wassertropfen dunkler.

sen und wuchsen, denn nach drei Metern ging es auch schon los. Der Weg war unbefestigt und ungeteert und im Laufe der Jahre zu einem Waldweg mit tiefen Fahrrinnen geworden. Außerdem musste er irgendwie den Wechsel vom Regen zum Sonnenschein verpasst haben. Überall stand Wasser, der Boden war völlig aufgeweicht, und unter dem hohen, wild wachsenden Gras war nicht jede Pfütze sofort zu erkennen. Wenig später schallte es durch die Dunkelheit: «Uah, meine Schuhe, ich habe die hohen Stiefel ja gar nicht dabei.» – «Oje, jetzt läuft mir das Wasser in die Turnschuhe.» – «Kann mir bitte mal jemand helfen?»

Den Zahn zogen wir ihr allerdings gleich. Wir stellten uns einfach vor sie hin, die Hände in die Hüften gestemmt, und sagten: «Mädel, damit eines klar ist: Das hier ist eine echt harte Nummer. Es ist dunkel, es ist Nacht, und der Feind liegt irgendwo da draußen im Dickicht. Er ist in ein oder zwei eklig nassen Plastiktüten vergraben und unter einer Baumwurzel mit Stöcken, Steinen und Laub so versteckt, dass es unsere gesamte Aufmerksamkeit und volle Konzentration erfordert, ihn zu finden. So wartet er darauf, sich mit oder besser AN uns zu messen. Und du? Dir ist der Boden wohl zu schlammig, was? – Okay, wir helfen dir.» Mit diesen Worten warf ich mich auf den Boden, damit sie ihre von Wasser und Schlamm gepeinigten Schuhe schonen konnte. Tobi hielt ihr die Hand, damit sie auf meinem muskelgestählten und perfekt definierten Rücken nicht stolperte.

Dann gingen wir weiter.

Wie jedes Mal, wenn Tobi und ich gemeinsam unterwegs sind, hatten wir die ganze Zeit unsere Taschenlampen an, damit ein eventueller Jäger nicht auf die Idee kam, einfach mal blind auf ein sich bewegendes Ziel zu schießen. Gut, es mag durchaus den einen oder anderen Jäger geben, der denkt: Super, mein Ziel leuchtet, das wird einfach. Aber von denen hat mir noch nie jemand erzählt. Wie auch?

Der Feldweg machte erst einen Bogen nach links, dann einen nach rechts. Während auf der einen Seite ein offenes Feld einen weiten Blick durch die Nacht ermöglichte und in der Ferne ein paar vereinzelte Lichter die dort liegenden Häuser erahnen ließen, sahen wir zu unserer Rechten in ein großes, dunkles Nichts. Das war der Tannenwald. Zum Glück hatten wir künstliches Licht dabei. Mit den Stirnlampen erhellten wir also den Weg und die weitere Strecke, und zwischendurch richtete ich meine Shure-Lampe, die ansonsten dazu benutzt wird, um Bundesligastadien auszuleuchten, immer mal wieder auf den Wald. Auf einmal sah ich sie: zwei Reflektoren. Direkt nebeneinander.

Ich rief Tobi zu mir und sagte: «Dieser Idiot. Man soll den Cache hören, dabei kann man ihn jetzt schon sehen.» Auf einmal verschwanden die beiden Punkte und tauchten etwas weiter links wieder auf. Dann waren sie plötzlich erneut weg und kurz darauf an einer anderen Stelle wieder da. Wir schauten uns an. Ich dachte spontan: ein Wildschwein, doch Tobi wusste es besser.

«Ein Wildschwein», sagte er, während seine Freundin sagte: «Schon wieder in eine Pfütze getreten.»

Wir ignorierten die Bemerkung und wurden uns über eines klar: Das, was da im Wald herumlief, war echt. Es lebte, und es wusste, dass es lebte.

Während Tobi so sehr mit den Knien schlotterte, dass er langsam im Morast versank, lief mir das Wasser im Mund zusammen. Da ich jedoch meinen Schnellbräter ausnahmsweise mal nicht dabeihatte, verwarf ich den Gedanken, an Ort und Stelle zu kochen, gleich wieder.

Unsere Begleiterin dagegen schien keinerlei Angst zu haben. «Ach, so ein Wildschwein …», sagte sie völlig entspannt. «Die sind doch süß … Vielleicht ist es auch ein Reh … Ihr stellt euch vielleicht an, Jungs.» Wie schön es ist, naiv zu sein, wurde uns nie wieder so bewusst wie in jenem Moment. Aber es war klar, wir Männer waren jedenfalls auf den Tod im Allgemeinen und das Sterben für unsere hehren Ziele im Besonderen vorbereitet.[47]

Langsam setzten wir unseren Weg fort und leuchteten dabei die ganze Zeit über mit einer Lampe in den Wald. Wir wussten, wir sollten uns am besten einfach normal bewegen, schließlich sind die meisten großen Tiere Fluchttiere und haben mehr Angst als der Mensch. Nur ob die Tiere in dem Tannenwald das auch wussten, konnte uns keiner sagen.

Falls dem so war, würden sie uns zumindest nicht angreifen,

---

47 Das fängt schon bei kleinen Kindern an, etwa wenn die Erwachsenen einem immer wieder sagen: «Ein Indianer kennt keinen Schmerz.» Das ist ja so was von gelogen. Selbst wenn es stimmen sollte, ist mir das piepegal. Wenn mir etwas wehtat, dann tat es weh, und ich erkannte es. Somit KANNTE ich den Schmerz. Und ich war sowieso kein Indianer. (Ganz nebenbei kann an dieser Stelle noch kurz geklärt werden, dass Indianer auch nicht schwindelfreier sind als andere Menschen und dass deshalb die Behauptung, sie seien bestens geeignet zum Bauen von Hochhäusern, nicht der Wahrheit entspricht. Die Jungs konnten ihre Angst nur besser beherrschen und waren vor allem billiger als weiße Arbeitskräfte.) Spätestens wenn man auf einem sinkenden Schiff steht und es heißt: «Frauen und Kinder zuerst!», wird einem klar, welche Aufgabe die Männer eigentlich haben: sterben. Warum die Kinder zuerst auf das Rettungsboot sollen, versteht sich ja noch von selbst. Aber Frauen? Wollen sie vielleicht vorkochen für den nächsten Tag? Unter Gleichberechtigung verstehe ich etwas anderes. Der Spruch sollte vielmehr lauten: «Kinder und Menschen, die noch im arbeits- oder gebärfähigen Alter sind und auch vorhaben, diese Funktion zur Stabilisierung unseres Sozialsystems einzusetzen, zuerst!»

denn wir versuchten, während wir voranschritten, möglichst viel Lärm zu machen. Das mögen Wildschweine bestimmt nicht, dachten wir uns, und fliehen. Zumindest wird das immer behauptet. Ich glaube vielmehr, die armen Viecher denken dann einfach nur: Wenn jemand so blöd ist und mitten in der Nacht lärmend durch den Wald rennt, muss er derart grenzdebil sein, dass er kaum in der Lage sein wird, sich so zu ernähren, dass sein Körper eine echte kulinarische Alternative zu Eicheln und Kastanien darstellt.

Nach einer uns unendlich lang vorkommenden Zeitspanne von letztendlich zehn Minuten erreichten wir die Stelle, an der es zu lauschen galt. Es war eine Weggabelung, und wir warteten geduldig. Tobi und ich waren in Gedanken noch immer bei den Wildschweinen. Kamen die Tiere jetzt, um uns zu holen? Sicherheitshalber suchten wir uns schon einmal Bäume aus, auf die wir hinaufklettern konnten, falls sie tatsächlich angreifen sollten.

Aber wir waren nicht allein, und so erscholl es nach einer Weile, genauer gesagt nach 30 Sekunden: «Wo ist denn nun der Wecker?»

«Der muss erst klingeln ...»

«Warum sind wir denn dann schon hier?»

«Weil wir vorher da sein müssen.»

«Und wo ist das Wildschwein?»

«Hinter dir.»

«Ah ... ihr seid so gemein!»

Wir hatten endlich wieder Zeit, in Ruhe darüber nachzudenken, ob der Wecker nun schon auf Sommerzeit umgestellt worden war oder nicht. Es gab nur drei Möglichkeiten:

Erstens: Wir hatten Pech, der Wecker war noch nicht umgestellt und wir würden uns eine Stunde lang die Füße in den Bauch stehen.

Zweitens: Der Owner hatte ihn schon umgestellt (das war unsere größte Hoffnung).

Drittens: Es war ein Funkwecker, der sich automatisch anpasste.

Allerdings waren wir nicht ganz sicher, ob der Wecker überhaupt ein Signal empfangen konnte. Wir griffen nach unseren Handys und stellten fest, dass wir so gut wie gar kein Netz hatten. Genau genommen war es auch eigentlich nur ein Handy. Meines hatte ich im Auto vergessen, und Tobis Freundin hatte ihres nicht mitnehmen wollen, das gute Stück könnte ja frieren – trotz Flokatihülle …

Aber Handy und Funkwecker unterscheiden sich wesentlich voneinander:

So verstrich die Zeit, und wir standen an dieser kleinen Weggabelung. Vor uns dichtes Gestrüpp, hinter uns lichter Wald. Über Wildschweine machten wir uns längst keine Gedanken mehr. Jeder starrte gebannt auf sein GPS-Gerät und korrigierte beständig seine Position. Schließlich war der Satellitenempfang im Wald nicht gerade berauschend. Nach einer Weile befanden wir uns etwa 15 Meter auseinander, da wir immer mit Geräten von zwei verschiedenen Herstellern unterwegs waren. Ihr wisst schon: ein Magellan und ein Garmin, und jedes Gerät will es mal wieder besser wissen als das andere. Währenddessen wanderte unsere Gefährtin zwischen uns hin und her und verstand überhaupt nichts.

So warteten wir also auf 00.00 Uhr MEZ. Es fehlten noch genau fünf Minuten. Die Silvesternacht im Jahr 1999 war garantiert nicht spannender: Holten uns nun die Außerirdischen, oder bewiesen sie guten Geschmack und entführten die Bewohner eines anderen Planeten?

Plötzlich ein Geräusch. Direkt aus dem Dickicht. Und da sahen wir sie auch schon wieder: die Augen. Diesmal zwei Paare nebeneinander. Machte insgesamt vier. Während wir Männer, vollgepumpt mit Adrenalin bis unter die Haarspitzen, so böse zurückstarrten, dass das Tier vor Angst zitterte und beinahe auseinandergefallen wäre, rief unsere Begleiterin, nun da sie das Leuchten mit eigenen Augen sah: «Hilfä, Hilfäääää!»

Nun war es mit unserer Beherrschung vorbei, wir rannten zu ihr hin und halfen! Wir redeten auf sie ein, stützten ihren schwankenden Körper, sangen ihr Lieder vor, zitierten Voltaire.

Da ertönte auf einmal ein leises «Piep, piep» … Pause. Dann wieder: «Piep, piep.» Es war der Wecker. Wir ließen Tobis Freundin einfach fallen und folgten dem Ton. Indem wir uns die Hände hinter die Ohren hielten, verstärkten wir unsere auditive Wahrnehmung. Wie die Empfangsstation eines Echolots drehten wir uns um die eigene Achse, um den lautesten Ton zu erhaschen und ein paar Schritte in die richtige Richtung zu gehen. Das Piepen führte uns vom Weg ab, mitten hinein in den undurchdringlichen Dschungel voller kleiner Bäume. Wir blieben wieder stehen, dann orten, dann gehen, orten, gehen, orten, gehen. Derweil machte es:

«Piep, piep … piep, piep …»

DONG!

Ich war mit dem Kopf gegen ein Gerüst geknallt. Hier steckte in einer daran befestigten Kiste der Wecker. Es klang wie Musik in meinen Ohren, nur leider nicht der Wecker, sondern die

Kopfschmerzen.

Als die Schmerzen und das Piepen nachgelassen hatten, sah ich mich ein wenig um. Ja, das war mal eine Cachesuche, wie ich sie mir immer ausgemalt hatte. Nachts im Wald die Natur erleben. Dazu einen digitalen Wecker mit seinem absolut natürlichen digitalen Piepen hören. Ich setzte mich erst mal hin – und stand sofort wieder auf. Der Boden war nass.

Der Owner war wirklich sehr geschickt gewesen. Mitten im Wald stand ein alter, verlassener Turm in der Größe eines Jägersitzes, an dem ein Metallkasten angebracht war. Die alte Verteilerdose, die den Turm wohl mal mit Strom versorgt hatte, war das ideale Versteck für den Wecker – und wasserdicht dazu.

«Wir haben ihn!», rief ich laut durch den Wald.

«Ja, wir haben ihn!», fielen die anderen in mein Rufen ein, und wir lachten uns freudestrahlend an.

«Wie geht es jetzt weiter? Lies vor!», sagte Tobi aufgeregt.

«Hab den Zettel im Auto gelassen», erwiderte ich kleinlaut. «Ist aber ganz einfach, wir müssen in vier bis fünf Metern Entfernung nach einem Hinweis suchen, der uns dann zum endgültigen Versteck führt.»

Unsere Gefährtin stutzte. «Ihr geht ohne Beschreibung auf eine Schnitzeljagd?», fragte sie ungläubig.

«Na klar, wenn die Aufgaben einfach zu meistern sind, rennen wir dafür nicht nochmal zum Wagen zurück. Also, auf geht's. Irgendwo muss ein Hinweis sein, vielleicht in einer Dose vergraben oder so.»

Voller Elan fingen wir an, uns durch das Gelände zu schlagen. Zum Glück war der dichte Bewuchs mit kleinen, jungen Bäumen nicht bis zu dem Turm vorgedrungen. Die Bäume standen etwas weiter auseinander und ließen viel Raum für Versteckmöglichkeiten. Ich suchte zuerst einen vermoderten Baumstumpf nach dem nächsten ab, schaute zwischen den Wurzeln nach und blickte in ein tiefes Loch aus verfaultem Holz. Dann drehte ich mich um und nahm mir das Gras vor. Tobi untersuchte derweil einen Baum nach dem anderen. War etwas in das Holz geritzt oder zwischen der Rinde versteckt? Hatte der Owner vielleicht ein Astloch genutzt? Als er damit fertig war, kamen die Baumstümpfe dran.

An dieser Stelle muss ich der uns begleitenden Erstcacherin meinen Respekt aussprechen. Sie durchkämmte nämlich das Gras, wendete Steine und drehte fast jedes Blatt auf dem Boden um und sah nach, ob nicht doch vielleicht irgendwas versteckt war. Anschließend wandte sie sich auch noch den Bäumen zu.

Aber das Schicksal meinte es nicht gut mit uns. Wir bemühten uns nach Kräften, wir hatten inzwischen alles mehrmals durch-, ge-, unter- und besucht, außerdem den gesamten Waldboden umgegraben und nebenbei das Bernsteinzimmer gefunden, aber keinen einzigen Hinweis auf den Cache. Gebeugt, gedemütigt und mit einem Anflug von Depression auf der Seele schlichen wir wenig später zurück zum Wagen. Wir waren vor lauter Trauer und Enttäuschung nicht in der Lage, auf unsere Angst zu hören, und während wir den Weg entlanggingen, besprachen wir das Erlebte.

«Das kann nicht sein», sagte ich mit schwacher Stimme.

«Der Hinweis muss da irgendwo liegen», fügte Tobi ermattet hinzu.

«Es waren höchstens vier oder fünf Meter», erklärte ich.

«Habt ihr auch wirklich ÜBERALL gesucht?», fragte unsere Begleiterin.

«Ja, der Cache muss geräubert worden sein.»

Am Auto angekommen, stiegen wir wortlos ein. Ich setzte mich auf den Rücksitz und hob die dort liegengebliebene Beschreibung vom Fußboden auf. Missmutig las ich sie noch einmal durch. Und da standen sie, die «». Ja, sie sahen komisch aus, diese «», aber sie waren enorm wichtig. Denn das Wort Entfernung stand in Anführungszeichen, also «Entfernung». Mir war sofort klar, wo der Cache lag: im Turm. Es ging nicht um einen Umkreis von vier oder fünf Metern, sondern um die entsprechende Höhe … Ich hatte versagt. Ich hatte die Cachebeschreibung erst nicht genau gelesen, sie dann vergessen und zu allem Übel auch noch falsch in Erinnerung gehabt.

«Oh!», entfuhr es mir.

«Was?», kam es einstimmig von den beiden vorderen Sitzen zurück.

«Ähm … nichts», presste ich hervor, während ich versuchte, mich hinter dem halb gefalteten DIN-A4-Blatt zu verstecken.

«Okay», sagten sie unisono.

Aber Tobi muss dieses kleine Zögern in meinem «Ähm» gehört haben. Er hat einen untrüglichen Instinkt, bei Menschen das Unangenehme zu erspüren. Mit einem «Zeig mal!» riss er mir die Beschreibung aus der Hand und las sie durch. Er las sie gleich nochmal. Im Rückspiegel konnte ich erkennen, wie er die Augen schloss, dann ein paarmal tief ein- und ausatmete und die Zeilen schließlich ein drittes Mal las. Dann öffnete er die Fahrertür, stieg ohne ein Wort aus und schlug sie zu. Ich rechnete mit dem Schlimmsten. Er würde mich sicher gleich aus dem Auto zerren, über den Boden bis zurück zum Wecker schleifen, mich dort an den Turm binden und mir – für alle Wildschweine deutlich sichtbar – «Ich bin eine Kastanie» auf die Stirn schreiben.

Nichts davon geschah. Wir sahen ihn, hörten ihn jedoch nicht.

Er sprang herum, trat gegen Bäume, riss die Arme zum Himmel empor. Irgendwann wurde er ruhiger. Er kam zum Auto zurück, setzte sich hinters Lenkrad und fuhr los mit den Worten: «Ist doch egal, da steh ich drüber.»

Ich schwor mir, nie wieder eine Cachebeschreibung zu vergessen, nie wieder auch nur eine Cachebeschreibung im Auto liegenzulassen und nie wieder Tobi meine Fehler zu gestehen, wenn seine Freundin NICHT dabei war.

GEHIRNAKROBATIK

136 Eine ganz spezielle Form von Caches, die ohne Beschreibung definitiv nicht zu finden sind, nennt man Mysteries. Wie der Name schon sagt, sind sie sehr mysteriös. Es handelt sich um eine Cacheart, bei der die angegebenen Koordinaten – wenn überhaupt – nur grob in der Nähe des eigentlichen Caches oder der Ausgangsposition liegen. Die «richtigen» Daten muss man sich nämlich erst erarbeiten.

Eine Variante besteht darin, dass man zunächst einen ganz normalen Cache finden muss. Im Deckel der Dose oder auf dem darin liegenden Zettel entdeckt man dann die richtigen Koordinaten für den Mystery. Die im Internet angegebene Position ist meist nur annähernd richtig, damit man zumindest ungefähr weiß, wo er liegt. So war mir beispielsweise einmal beim Suchen eines Nachtcaches in der Nähe von Berlin bekannt, dass in dessen Nähe auch noch ein zweiter lag. Ich konnte nur nicht genau sagen, wo – das sollte ich erst nach dem Fund des ersten erfahren. Im Prinzip funktioniert der Mystery wie ein Multicache, mit dem angenehmen Nebeneffekt, dass man hierbei zwischendurch noch einen Statistikpunkt abgreifen kann.[48]

---

48 Viele Statistikpunkte machen natürlich Eindruck. Die einschlägigen Foren (da war es wieder: «einschlägig») bieten die Möglichkeit, unter jeden einzelnen Post eine Signatur, also ein dauernd wiederkehrendes Element, einzupflegen. Jedes Mal, wenn man etwas eingetragen hat, steht dann noch etwas darunter. Und ein Spruch wie «lacht die Sonne am Morgen, vertreibt sie die Sorgen» spiegelt natürlich nicht annähernd die Coolness des eigenen Charakters wider. Da muss schon die gesamte

Eine andere Variante des Mysterys besteht aus einem Rätsel. Erst nachdem man eine oder mehrere Aufgaben gelöst hat, weiß man, wo man hinmuss. Das Rätsel steht in der Cachebeschreibung mit drin, und aus der Lösung ergeben sich die richtigen Koordinaten. Das können ganz einfache Sachen sein, zum Beispiel ein Sudoku oder auch eine leichte Frage wie: **«Wann wurde Einstein geboren?»** Kennt man das Datum, hat man die einzusetzenden Ziffern. Dank dieser Startkoordinaten weiß man dann, wo es losgeht, und kann sich endlich aufmachen, den Cache zu suchen. Gut, man kann natürlich auch schon vorher losgehen. Aber dann ist man für sein vor Enttäuschung entstelltes Gesicht selbst verantwortlich.

Die Rätsel sind allerdings nicht immer so einfach, wie eben beschrieben. Das wohl zurzeit härteste Rätsel, an dem Tobi und ich uns die Zähne ausbeißen, ist «ENIGMA#1». Die angegebenen Koordinaten liegen irgendwo in der Nordsee, und die Cachebeschreibung besteht aus zehn längeren Fragen, die völlig unabhängig voneinander und außerdem verschieden schwer sind. Auf einer Schwierigkeitsskala von 1 (leicht) bis 100 (schwer) bewegen sie sich alle innerhalb der Bandbreite von 99,8 und 99,9. Hinzu kommen noch drei völlig unverständliche Grafiken, die wohl Karten darstellen sollen.

Statistik hin, und zwar in Farbe und mit Logo. So findet man hinter fast jedem Eintrag diese kleinen Boxen, in denen steht, wie viele Caches der jeweilige Nutzer schon gefunden und wie viele er schon versteckt hat. Und weil das nicht reicht und jede Plattform ihre eigene Statistik hat, finden sich da nicht selten gleich mehrere Kästchen. Dazu kommen dann noch der erreichte Level in zwei Egoshooter-, drei Simulations- und fünf Autorennspielen … Irgendwann weiß man einfach nicht mehr, wo sich zwischen den ganzen Signaturen der eigentliche Text verbirgt, aber egal.

Irgendwann tauchte im größten deutschen Internetforum, auf geoclub.de, das Thema «euer schwerster Cache» auf. Beim Überfliegen der verschiedenen Einträge stieß ich auf ein paar Zeilen, in denen jemand dieses Rätsel erwähnte. Neugierig warf ich einen kurzen Blick darauf, in dem festen Glauben, es könne nun wirklich nicht so schwer sein. Schon bei den ersten Wörtern der ersten Zeile der ersten Frage packte es mich. Was wollen die von mir? Was bedeutet das alles? Gibt es überhaupt eine Antwort auf all diese Fragen?, wunderte ich mich leicht entsetzt.

Sofort informierte ich Tobi, und nachdem er aus seiner Faszinationsstarre erwacht war, wussten wir: Der Cache wird gehoben. Irgendwann. Egal, wie schwer es sein wird.

Tja, seit Februar 2006 sitzen Tobi und ich nun an diesem Ding und knobeln um die Wette, besser gesagt Tobi sitzt und ich knobele. Leider haben wir bis heute noch keine endgültige Lösung gefunden. Aber diese Sätze in der Aufgabenbeschreibung als Fragen zu bezeichnen grenzt ohnehin an Unverschämtheit. Das sind Rätsel, das sind Mysterien, das sind übersinnlich erdachte, mit Fragezeichen versehene, nur scheinbar einen Sinn ergebende Formulierungen. Es ist wirklich erstaunlich. Kaum hat man eine Frage vor sich, fängt man auch schon automatisch an, die ersten Begriffe bei Google einzugeben. So langsam zieht es einen immer tiefer rein.

Viele, die mit diesem Cache begonnen haben, sind erst Monate später aus einer Art Koma aufgewacht, wussten nicht mehr, wer sie waren, und sprachen plötzlich fremde Sprachen. Andere hat man, dem Wahnsinn nahe, zitternd über ihrer Tastatur aufgefunden, während sie immer wieder «Ich hab's gleich, ich hab's gleich!» riefen. Aber von den meisten dieser armen Kreaturen hat man nie wieder etwas gehört. Bis sie auf einmal wie längst verschollen geglaubte Amazonas-Durchquerer in den Logbüchern des Caches wieder auftauchten.

Wer bis jetzt noch nicht weiß, wie dieses Rätsel funktioniert, dem sei gesagt: Wir auch nicht. Wir nehmen mal an, dass man, wenn man erst mal die Lösungen hat, irgendwie mit diesen komischen «Karten» weitermachen muss, die man ebenfalls in der Rätselbeschreibung mitgeliefert bekommt. Doch so weit sind wir noch lange nicht, denn wir rätseln noch immer an den Fragen herum – wobei: Den einen oder anderen Erfolg haben wir durchaus zu verbuchen, zum Beispiel bei Frage 8:

Blutsbrüder

«Karl May ist wieder in. Erst das fabelhafte Hörspiel Winnetou unter Comedygeiern **mit Rüdiger Hoffmann als Winnetou, dann Bully Herbigs Kinoschlager** Der Schuh des Manitu**. In der Romanvorlage doziert Winnetou beim ersten Zusammentreffen der Blutsbrüder in spe über das Fluchtverhalten von zwei Tieren. Wie heißt das zweite erwähnte Tier (im Singular)?»**

Ha, dachte ich, das kann ich. Einfach bei Google «Winnetou» und «Fluchtverhalten» eingeben, und schon habe ich die Lösung. Aber anstatt dass mir die weltgrößte Suchmaschine sagte, wer da jetzt wo wie wann vor wem floh, stieß ich bloß auf eine literaturwissenschaftliche Abhandlung über Leben und Werk von Karl May. Der Autor hatte sich in jungen Jahren wohl mal ausführlich mit Mustangs beschäftigt. Wollte ich das wissen?

Blieb also nur der Blick in den Roman. Ich hatte keine Ahnung, ob meine Augen überhaupt noch in der Lage waren, Buchstaben zu erkennen, die nicht durch Elektronik auf einem Monitor dargestellt wurden. Wie würde mein Metabolismus darauf reagieren, wenn ich ohne die Bild-runter-Taste eine neue Seite finden musste? Ich sollte es sehen. Sofort fing ich an zu suchen – hörte aber gleich wieder auf. Ich hatte das Buch nämlich gar nicht, hatte es gar noch nie.

Also musste ich erst eine Freundin fragen, die mir das Buch zum Glück sofort auslieh. Leider handelte es sich um ein Geschenk ihres Opas, und sie wollte dafür mein GPS-Gerät als Geisel, damit ich das Buch auch ja gut behandelte. Aber das war mir zu wertvoll, daher bot ich ihr so lange meine Frau an. Nachdem der Deal über die Bühne war, fing ich an zu lesen. Natürlich nicht jede Seite und schon gar nicht jeden Satz. Ich überflog das Ganze eher. Winnetou musste ja erst noch auftauchen und er und Old Shatterhand durften noch keine Blutsbrüder sein. Fielen also schon mal zwei Drittel des Romans weg. Winnetou tauchte auf, Klekipetra starb, die Apachen wurden gefangen genommen und wieder befreit, und dann wurden die Weißen gefangen genommen, Old Shatterhand kämpfte sie alle frei, die Freunde schnitten sich die Pulsadern auf. Ach nee, das war ja ich … zwei Stunden geblättert und gelesen und doch nichts gefunden. Ich fing nochmal von vorne an.

Da, ganz unten, nicht mal eine Zeile lang, stand die Lösung. Ich werde sie hier natürlich nicht verraten, schließlich habt ihr eure eigenen Pulsadern und auch die haben ein Recht darauf, aufgeschnitten zu werden.

Doch das war nur eine der Fragen. Und zwar eine der leichteren. Bei vielen anderen Fragen muss man sich die Hände geradezu wund googeln und Wikipedia bis an die Grenzen seiner Leistungskraft strapazieren. So zum Beispiel für Frage 10:

So traurig

«Wird sie nun mit ‹a› oder mit ‹e› geschrieben? Clemens und Heinrich waren da wohl verschiedener Meinung. Der Ursprung der Geschichte um unsere gesuchte Person ist umstritten. Manch einem war sie wohl unheimlich, als ‹Zauberin› oder ‹Hexe› sprach man gar von ihr. Ein geistlicher Würdenträger hatte über sie zu richten, war aber so hingerissen, dass er sie

freisprach. Dennoch endete die Geschichte tragisch: Sie selbst beschloss, aus Liebeskummer ins Kloster zu gehen, auf dem Weg dorthin gab es einen tödlichen Unfall. Eine andere Theorie: Die Gesuchte war ‹in gewisser Weise› Teilnehmerin einer großen Wallfahrt mit mehr als 10 000 Teilnehmern, die von einer englischen Prinzessin angeführt wurde, und dabei fand sie den Tod. Einig sind sich alle Geschichten jedoch über die Stelle, an der die Gesuchte zu Tode kam und die man heute noch mit dieser Person verbindet.»

Das gesuchte Wort war der Ort, an dem sie gestorben war, und sollte aus drei Silben bestehen.

Da Tobi und ich teilweise die Fragen einzeln bearbeiteten, teilweise aber auch gleichzeitig an derselben Aufgabe verzweifelten, kamen natürlich immer wieder neue Informationen sowohl zu getrennten Zeiten als auch gleichzeitig zusammen. Um bei der sich ständig anhäufenden Menge von Informationen den Überblick nicht zu verlieren, kamen wir auf die geniale Idee, eine «Hier-kommen-die-Ideen-rein»-Datei anzulegen. Leider führte das zu diversen Problemen: Erst veränderte ich etwas, danach schickte ich die Datei Tobi per E-Mail, woraufhin er etwas änderte und sie mir wieder zurückschickte, woraufhin ich wieder etwas änderte und dann wieder er, und irgendwann schickten wir uns gleichzeitig eine neue Datei zu. Somit hatten wir innerhalb kürzester Zeit an einem Tag vier verschiedene Versionen, in denen irgendwo irgendwelche Ideen standen, die wir gebrauchen konnten. Schließlich hatte ich einen genialen Einfall, mit dem das Problem endlich gelöst war: Ich übernahm die Pflege der Datei allein, und Tobi bekam nur noch geschützte PDF-Files zugesandt. Dass die nicht editierbar waren, bemerkte er zum Glück nicht sofort, und das verschaffte mir einen kleinen zeitlichen Vorsprung beim Lösen der Fragen.

Und ich musste seine Ideen nicht immer wieder aufwendig löschen.

So sahen unsere Notizen am Ende aus:

FRAGE 10: so traurig

«...»

(Anstelle von «...» stand die Frage nochmal drin, was den Vorteil hatte, dass wir nicht immer wieder die Webseite suchen mussten.)

Der erste Schritt bestand darin, diverse wichtig erscheinende Begriffe wahl- und willenlos bei Google einzugeben. Daher fanden sich in unserer Sammlung zunächst die interessant erscheinenden Ergebnisse zu den Suchbegriffen «Jungfrau», «englische Prinzessin» und «Wallfahrt» in allen erdenklichen 120 Kombinationen.[49] Natürlich stießen wir nicht sofort auf eine schön gestaltete Webseite, auf der wir diese Informationen säuberlich geordnet entdeckten. Wir mussten erst seitenweise irgendwelche völlig uninteressanten Webinhalte durchlesen. Jedes einzelne Wort generierte leider sehr viele nicht wirklich sinnvolle Ergebnisse. So waren wir weder an irgendwelchen zu jener Zeit geplanten Wallfahrten von und nach England interessiert noch wollten wir irgendetwas von einem «englischen» Kurs im Prinzessinnenstift wissen. Was das Stichwort «Jungfrau» für Ergebnisse brachte, brauche, möchte und DARF ich hier jetzt nicht erwähnen.

Irgendwann landeten wir unter bautz.de (Biographisch-Bibliographisches Kirchenlexikon) endlich bei einer Judith, deren Leben zu verfolgen uns recht vielversprechend erschien:

49 1 × 2 × 3 × 4 × 5 = 120. Warum 5? Weil durchaus auch ein Begriff fehlen kann, also «...», und das wollte ich bei der Zählung berücksichtigen.

«JUDITH (Jutta, Judda) von Niederaltaich, Selige. Nach der Legende englische Prinzessin, die nach dem frühen Tod ihres Mannes und ihrer Kinder eine Wallfahrt ins Heilige Land unternahm. Bei ihrer Rückkehr fand sie ihre Jugendgefährtin Salome, die, ebenfalls auf einer Pilgerfahrt, an Aussatz erkrankte und erblindete, als Klausnerin im Kloster Altaich. Auch J. wurde von Abt Walker von Niederaltaich (1069–1098) als Rekluse aufgenommen und pflegte ihre Freundin bis zu deren Tod. Ihr gemeinsames örtliches Fest wird am 29. Juni gefeiert.»

Das klang interessant, weil Hexen vorzugsweise im Mittelalter verbrannt wurden und hier auch noch eine englische Prinzessin auf Wallfahrt war. Dass sie eines natürlichen Todes gestorben war, störte zwar die Vorgabe «zu Tode gekommen», aber vielleicht ließen sich noch weitere Informationen herausfinden.

Weiter ging die Suche, diesmal mit den Begriffen «Heinrich» und «Clemens», zwei Herren, die offensichtlich schreiben können oder konnten, auch wenn sie irgendwas mal mit dem einen oder dem anderen Buchstaben geschrieben haben. Nach einigem Suchen fanden wir dann auch zwei Kandidaten, die zeitlich zu Judith passten, und nahmen sie sofort in unsere Datenbank auf:

Heinrich III. (1017–1056)
Clemens II. (1005–1047)
Judith (um 1050 gestorben)

Perfekt, alle drei hatten zur selben Zeit gelebt. Wir waren ganz nah dran! Es fehlte sicher nicht mehr viel! Hoffnung keimte in uns auf.

Wie immer telefonierten wir nach jedem neuen Fund miteinander, und war er auch noch so klein. Saßen wir dabei gerade gleichzeitig am Rechner, redeten wir manchmal auch gar nicht miteinander, sondern jeder durchstöberte für sich das Internet, und wir warfen uns hin und wieder nur ein «Ach … wart mal … hier» oder «Dich nicht» durch die Leitung entgegen. Die Gespräche beendeten wir dann meist mit «Ist ja super gelaufen, wir

sind zwar wieder nicht weitergekommen, aber ich bleib dran.» – «Ja, ja, ich auch.» Danach fassten wir die Ergebnisse zusammen und hielten sie schriftlich fest.

Bei einer dieser Besprechungen fiel uns auf, dass unsere bisherigen Ergebnisse noch nicht zu unserer «so traurigen» Prinzessin passten. Insbesondere der Hinweis auf die verschiedenen Schreibweisen, mal mit «e» und mal mit «a», verwirrte uns. Deshalb stöberten wir weiter, und zwar wieder mit den schon erwähnten Begriffen. In der Tat fanden wir unter welt.de noch andere, nur leider widersprüchliche Informationen. Es ging erneut um eine englische Prinzessin auf Wallfahrt:

4. Jahrhundert, 300 + irgendwas

«Katholische Christen gedenken diesen Sonntag der hl. Ursula. Ihre Vita zählt zu den abenteuerlichsten des frühen Mittelalters: Englische Prinzessin gelobt Jungfräulichkeit und flieht vor begehrlichem Heidenkönig mit elftausend Gefährtinnen per Schiff rheinaufwärts nach Köln. Dort befiehlt ein Engel die Wallfahrt nach Rom. Auf der Rückkehr werden die frommen Frauen von Hunnen umgebracht, die inzwischen Köln belagern. […]»

Dumm gelaufen, das Ganze war leider 700 Jahre zu früh passiert. Von Heinrich und Clemens war zu der Zeit noch keine Rede. Wir hatten wieder eine Menge gelernt, doch die heilige Ursula war für uns unbrauchbar, denn dass sie nichts mit unserer Judith zu tun hatte, war klar. Doch wie sollte es jetzt weitergehen? Wir beschlossen, die Begleiterinnen der guten Ursula einzeln zu überprüfen und herauszufinden, ob deren Lebensgeschichte zu

Das ist kein freundlicher Servicemitarbeiter eines Deutschen Clubs für Automobilfreunde, die dauernd vertreten werden, obwohl sie eigentlich nur abgeschleppt werden möchten, sollte es nötig sein. Nein, dieser Mann in seiner auffälligen, leuchtenden und knisternden Jacke ist Micha bei einer ruhigen, unauffälligen Nachtcachertour.

Auch ich habe mich in Schale geworfen. Doch warum trage ich bloß diese attraktiven Handschuhe?

Damit ich Unsinn machen kann: Reflektoren zählen in drei Meter Höhe, nachts um 02.00 Uhr.

Die Suche hat sich gelohnt: Unter Laub, mitten auf dem Weg, war diese Munitionskiste verborgen – eines der gemeinsten Verstecke, ganz ohne Anhaltspunkt. Apropos Munitionskiste: Habe ich schon erzählt, dass wir zwei Polizisten, die uns fragten, was wir denn hier machten, antworteten, dass wir eine Munitionskiste suchten? Nein, war auch keine gute Idee …

«Suche eine Darstellung, die ein (wahrscheinlich) männliches und ein weibliches Wesen zeigt. Der männliche Part hält einen Gegenstand in der Hand. Wie viele Spitzen hat dieser Gegenstand?» So manche Aufgabe eines Multicaches scheint unlösbar: Diese Dame ist mit Sicherheit weiblich, der Vogel «wahrscheinlich» männlich, und er hält die Frau in der Hand. Aber hat sie nun Ecken, Spitzen oder Kanten?

Irgendwie geht es immer weiter, dem GPS-Pfeil hinterher. Das gleiche Foto gibt es noch einmal, nur laufe ich dann in die andere Richtung – ohne Hoffnung im Blick.

Aber am Ende zählt der Erfolg. Die Blaue Mauritius, die versehentlich in die Dose gelangt ist, habe ich gegen meine Hotelschlüsselkarte ausgetauscht.

Die Lost Places geben einem immer die Gelegenheit, herrlichen Blödsinn zu machen: alles, was Papa einem nie erlaubt hat. Manchmal ist es eine alte Burgruine …

… oder die Raupe eines verschrotteten Braunkohlebaggers. Ich bin übrigens der kleine Dreckhaufen, der noch dranklebt.

Die Virtuellen Caches sind einfach toll: Finde das Ding und mache ein Foto mit deinem GPS-Gerät in der Hand. Ich habe das Ding gefunden und ein Foto mit meinem GPS-Gerät in der Hand gemacht. Was für ein Unterarm!

Gehe zur Position x/y. Stell dich hin. Mache ein Foto von dir mit der dort in der Nähe befindlichen Webcam. Hier kann man schön sehen, wie gut die Webcams das Motiv zeigen: Klar sind die Strukturen, brillant die Farben. Nur leider geht es nicht um den Weihnachtsbaum, sondern um mich – den unscharfen roten Fleck oben rechts.

Wo ist nur der Cache? Er muss hier irgendwo sein.

Hallo! Cache? Wo bist du?

Jetzt reicht's, Tobi! Ich wollte nur pinkeln gehen.

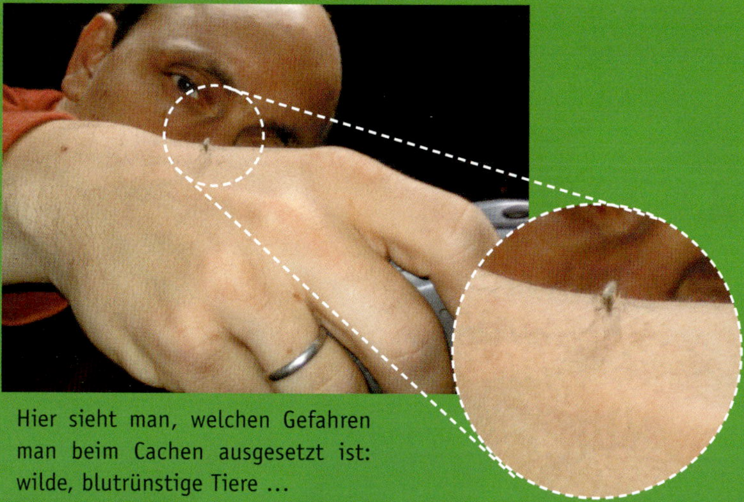

Hier sieht man, welchen Gefahren man beim Cachen ausgesetzt ist: wilde, blutrünstige Tiere ...

... oder ein nicht mehr zu entfernendes grenzdebiles Lächeln, wenn man die Dose findet.

Ich werde von einer wilden Katze angegriffen bzw. ich greife eine wilde Katze an, also ich fasse eine wilde Katze an. Vielleicht war sie gar nicht so wild, aber es war eine Katze. Deutlich zu erkennen an dem offenen Popoloch, das sie mir entgegenstreckt. Ich hasse Katzen dafür. Eine Tierpsychologin meinte mal, sie drücke damit ihre Zuneigung aus. Komisch, ich will keine Zuneigung von der Tierpsychologin.

unserer Frage passte. Allerdings waren es insgesamt elftausend Frauen. Wir rechneten kurz durch, wie lange es dauern würde, wenn wir uns jede einzeln vornahmen:

11 000 × 2 Minuten Suchzeit/2 Sucher = sehr, sehr lange.

Zum Glück wurden einige der Frauen, es waren ganze fünf, namentlich erwähnt und wanderten sofort auf unseren digitalen Notizzettel:

Cunigundis
→ Ihr Mann hieß Clemens, kannte aber keinen Heinrich.
Mechtundis
→ Keine weiteren Informationen gefunden.
Willibrandis
→ Ungefähr genauso interessant wie Mechtundis.
Aber beide mussten aus Ermüdung bei Rheinfelden stillehalten und starben zu Rapperswyl als Clausnerinnen eines gottseligen Todes.
Aurelia
→ Sie war der Legende nach eine Gefährtin der Ursula von Köln, die krank in Straßburg zurückbleiben musste, als Ursula nach Köln weiterfuhr, und dennoch wie die anderen das Martyrium erlitt. (Vermutlich war das Martyrium das Standardverfahren, um Wallfahrerinnen auf ihre letzte Reise zu schicken.) Sie hatte ein heftiges Fieber bekommen, wurde mit drei anderen, zu ihrer Verpflegung bestimmten Jungfrauen an Land gesetzt und starb am 15. Oktober.»
Christiana
→ Sie starb auf freiem Felde zwischen Wyl und Kreuzach eines tragischen Unfalltodes.

FÜNDIG! Yeah, wir hatten tatsächlich ein Opfer, noch dazu eins von damals. Jemand, der dabei gewesen war, eine Frau und noch dazu eines unnatürlichen Todes gestorben. Begeistert intensivierten wir die Suche und fanden noch mehr:

Dieses Wyl wird heute zwar mit i geschrieben, aber das konnte man vertreten. Wir verstärkten unsere Recherchen noch weiter in Richtung Christiana und stießen tatsächlich auf eine Grabstätte. Sogar eine Kirche stand obendrauf, und ein ganzer Orden hatte sich nach ihr oder vielmehr nach dem Grabhügel benannt. Endlich hatten wir eine konkrete Lösung, und die bestand auch noch aus genau drei Silben. Puh, was waren wir froh! Wir öffneten Sektflaschen und ließen den Inhalt über unsere Körper fließen. Was für ein Gefühl! Wieder mal hatten wir eine Aufgabe gelöst. Mensch, was ging es uns gut! Wir luden ein paar Freunde ein und ließen es so richtig krachen. Wir waren stolz auf uns, stolz auf den Rätselleger und nochmal stolz auf uns.

Nun ist es so, dass ich dazu neige, nach einem solch erfolgreichen Etappensieg ein wenig herumzuprahlen. Selbstverständlich gröle ich es nicht laut heraus, sondern werfe ganz dezent und nebenbei das eine oder andere «Ich bin schon ziemlich gut» ein. So auch bei einer Redaktionsbesprechung am Tag nach unserem errungenen Sieg. Wir saßen mit mehreren Leuten zusammen, um die Inhalte einer Sendung durchzugehen. Jeder hatte ganz wichtige Zettel vor sich liegen, die zwar nichts mit dem Thema zu tun hatten, aber ungeheuer viel Eindruck machen. Wir redeten natürlich auch privat, und ich ließ irgendwann kurz fallen, dass es mir im Moment ganz gut gehe, da ich ein echt schweres Rätsel gelöst hätte.

Das leicht überhebliche «Aha!» des Redaktionsleiters forderte mich sofort heraus, und ich gab meine Bescheidenheit auf. Dem würde ich es zeigen. Sicher würde ich ihn gleich im Staub liegen und um die Antwort flehen sehen, wenn er erst einmal die Frage gehört hatte. Rasch zückte ich den Zettel, den ich eigentlich immer bei mir trage. Er lag ohnehin bereits vor mir, um wichtig zu erscheinen. Ich schwenkte ihn durch die Luft und sagte nur: «Zehn Fragen, echt schwer. Sie stehen im Internet.»

«Die sind doch bestimmt total einfach», erwiderte der Redaktionsleiter.

Um seine überhebliche Bemerkung endgültig der Lächerlichkeit preiszugeben, las ich einfach die zehnte Frage vor, rekapitulierte den gesamten Analysevorgang und wiederholte auch jede falsche Lösungswegvariante. Abschließend schrieb ich die Lösung in Großbuchstaben auf die Rückseite des Zettels und hielt ihn mit den Worten «Na? Und jetzt?» hoch, damit jeder im Raum ihn lesen konnte. In der nun folgenden Stille faltete ich ihn in aller Ruhe wieder zusammen, steckte ihn in meine Tasche, lehnte mich auf dem Stuhl zurück und sagte mit einem Lächeln: «So!»

Alle starrten uns beide an. Die Luft knisterte förmlich. Wir saßen im Kreis, sodass jeder jeden sehen konnte. Wahrscheinlich haben amerikanische Verhaltenspsychologen irgendwann mal herausgefunden, dass dies die optimale Anordnung ist, um entspannt miteinander kreative Besprechungen führen zu können. Doch von Entspannung konnte keine Rede sein. Vor den Fenstern hörten die Vögel auf zu zwitschern, das Laub in den Bäumen stellte das Rauschen ein. Ich genoss die Stille, schloss die Augen und atmete tief ein und aus.

«War das nicht doch eher die [redacted][50]?», kam es auf einmal von gegenüber, direkt vom Platz des Redaktionsleiters.

50 Also, ich habe hier mal ein bisschen geschwärzt. Denn sollte sich jemand von euch an diesen Cache heranwagen wollen, wäre es echt fies, wenn ich die Lösung verraten würde. Das ist in etwa so gemein, als würde ich sagen, dass die Frau in *Crying Game* ein Mann ist. Oder Bruce Willis in *The Sixth Sense* die ganze Zeit tot.

«Wer bitte?»

«Ja, die [redacted]. Clemens [redacted] und Heinrich [redacted] haben doch die [redacted] beschrieben, der eine schrieb sie [redacted], mit ‹a›, der andere [redacted], mit ‹e›. In [redacted] taucht doch auch dieser Geistliche auf.»

Stille.

Stille.

Immer noch Stille.

Ich versuchte meine Gefühlsregungen für mich zu behalten.

Stille, bis auf das leise Knacken der Stuhllehne, die zwischen meinen Fingern einen ungeheuren Druck aushalten musste.

Stille, jetzt hatten auch die anderen im Raum aufgehört zu atmen. Sie freuten sich schon darauf, von mir den Satz zu hören: «He, du hast recht!» Aber so einfach machte ich es ihnen nicht. So schnell ließ ich mich nicht unterkriegen. Meine Unterlippe war schon völlig durchlöchert vor lauter Gefühlsnichtzeigung. Beharrlich kaute ich weiter, sprang auf und verließ mit einem «Pfft!» den Raum.

Der glaubt doch wohl nicht wirklich, dass er eine derart schwere Frage derart schnell beantworten kann. Der meint wohl, er könne sich einfach so mit ein paar Sätzen über uns erheben.

Oder dass die Hauptfigur in *Titanic* überlebt und seinen Namen annimmt. Oder dass der Behinderte in *Die üblichen Verdächtigen* gar nicht behindert ist, sondern der Chef, nach dem alle suchen. Oder dass der Protagonist bei *Inside Man* eine zweite Wand in den Lagerraum gebaut hat. Oder dass sich bei *Zeugin der Anklage* am Schluss herausstellt, dass ER der Täter ist. Oder dass bei *The Others* nicht andere versuchen, bei ihr einzudringen, sondern sie diejenige ist, die bei anderen eindringt. Oder dass er bei *Signs* gar nicht bescheuert ist, sondern es wirklich Außerirdische waren. Oder wenn ich die Mörder von Miss Marple 1 bis 4 verriete … Jedenfalls: So etwas würde ich nie machen.

Über uns, die McGyvers des Rätselcaches, die Sherlock Google Holmes unter den Geocachern, die Wir-benutzen-ein-pdf-File-damit-wir-nicht-durcheinanderkommen-Ideenhaber.

Ja, all das meinte er.

ZEITREISEN

Das Schöne am Geocachen ist, dass man dabei an Orte gelangt, die man sonst nicht kennenlernen würde. Denn nicht selten haben irgendwelche einheimischen Owner irgendwelche einheimischen Sehenswürdigkeiten oder Sehenswürdigkeiten ihrer Heimat in einen Cache eingebaut. Hebt man einen solchen Cache, findet man diese auch als Nichteinheimischer. Diese Sehenswürdigkeiten können sehr unterschiedlich sein: ein Gedenkstein, der Stadtpark von Bad Gelenheim, okay, Dorfpark wäre wohl angemessener, Omas Garten oder aber sogenannte Lost Places.

Hierbei handelt es sich nicht um eine eigene Cacheart, sondern um einen Cache, der einen zu einem besonderen Ort (place) führt, der so gut wie vergessen (lost) ist. Solche Orte üben schon immer eine ganz besondere Faszination auf mich aus. Es ist wie eine Zeitreise. Vor vielen Jahren haben sich in diesen alten Bunkeranlagen oder Fabriken einmal bedeutsame Dinge abgespielt. Aus irgendwelchen Gründen ist der Ort verlassen worden, meist weil er im Krieg völlig zerstört wurde.

Und jetzt komme ich und betrete dieses Areal. Ich stoße auf alte Mauern und Hügel, Gräben und Gebäude. Teilweise sind sie schon nicht mehr ganz zu erkennen, meist sind sogar nur noch ein paar Reste übrig. Aber der gesamte Ort beginnt wieder lebendig zu werden. Fast vermag ich die Arbeiter von damals durch die Türen und Hallen gehen zu sehen. Fast spüre ich die Detonationen beim Sturm auf die Anlage. Ein Hauch von Geschichte weht an mir vorbei.

So auch «Wernhers Memorial Cache», der bei mir besonderen Eindruck hinterlassen hat. Er liegt auf einem alten militärischen

Waffentestgelände südöstlich von Berlin. 1873 vom damaligen Kaiser Wilhelm I. gegründet, wurden dort bis zum Jahr 1945 Kanonen und andere Großfeuerwaffen getestet. Dafür wurde eigens eine 14 Kilometer lange Schneise in den Wald geschlagen. An der einen Seite wurden die Geschütze abgefeuert, und auf der gesamten Strecke standen alle 50 Meter irgendwelche Mitarbeiter und gaben durch, wie weit die Dinger flogen. Wenn einer aufhörte mit Zurufen, wusste man auch, wie weit das Geschoss geflogen war. Da dieses Gelände während der DDR-Zeit nicht benutzt wurde, ist dort alles zugewuchert. Die alten Gräben sind zugefallen, und die Wege und Straßen sind nur noch rudimentär zu erkennen. Das Besondere an diesem Cache ist aber, dass einen die Suche zu einem alten Raketentestgebäude führt. Dort hat Wernher von Braun einst seine ersten Raketenversuche unternommen, bevor er nach Peenemünde gegangen ist.

Die Cachedose zu finden war für Tobi und mich nicht sonderlich schwer: Wir parkten mal wieder am Rand der Landstraße und wanderten auf einer alten Panzerstraße in den lichten Wald. Schon auf den ersten Metern merkten wir, dass hier irgendetwas anders war. Überall waren Gräben und Mauerreste. Wir folgten den Pfaden bis zur angegebenen Stelle. Von dort mussten wir nur noch peilen. 123 Meter Kurs 23 ° nach Nordost. Dort lag ein Rohr unter Steinen versteckt, und darin befand sich der Cache. Er war an dieser Stelle leicht zu entdecken. Dass es tatsächlich einfach war, ist unter anderem daran zu erkennen, dass Tobi ihn zuerst bemerkte.

Doch der Cache war gar nicht das eigentlich Besondere. Denn jetzt begann der interessante Teil dieses Lost Place. In der Cachebeschreibung waren noch einige andere Koordinaten angegeben, an denen es interessante Sachen zu entdecken gab. Obwohl wir schon fündig geworden waren und eigentlich längst zum nächsten Cache wollten, ließ uns der Ort nicht los, und wir sahen uns noch ein wenig um. An einer Stelle, an der sich einmal eine Testanlage für Raketentriebwerke befunden hatte, konnte man erkennen, wo der Triebstrahl durch die gebogene Bodenbauweise umgelenkt worden war. Etwas weiter weg befand sich ein gemauerter Unterstand mit kleinen, dicken Panzerglasfenstern. Das Glas war noch erhalten, und wir stellten uns dahinter und blickten auf die Testanlage. Genau an dieser Stelle hatte einst auch Wernher von Braun gestanden und sich die Experimente angesehen. Hier beobachtete er die Vorgänge und fragte sich: «Kann das klappen? Was muss man verbessern?»

Wir gingen weiter. An einer anderen Stelle blieben wir vor einem riesigen Raum stehen, der mit etwas Schwarzem angefüllt war. Wir fragten uns, was das sei, hatten aber keinen blassen Schimmer. Später bekamen wir vom Owner noch mehr Informationsmaterial. Darin stand, dass hier Geschosse getestet worden waren. Man hatte einfach in den Haufen Sand gezielt, die Projektile danach ausgegraben und untersucht, wie sie sich im Lauf von Kanonen verhielten und welchen Belastungen sie ausgesetzt waren.

Tobi und ich kletterten über unzählige verschiedenartige Hügel. Völlig ahnungslos, was das alles war, wofür man das brauchte und was darunter verborgen lag. Letztendlich handelte es sich um Nachbauten von verschiedenen Befestigungsanlagen und Bunkern. Hier wurde damals getestet, wie stabil sie waren oder wie ihnen am besten beizukommen war. Unter anderem hatte man mehrere Meter Westwall hier im Osten nachgebaut. Wenn wir zwischendurch anhielten und still diese alten Bauwerke betrachteten, schien es fast, als hörten wir noch leise die Stimmen der Menschen, die hier früher gearbeitet haben.[51]

---

51 Der Ausflug stimmte uns sehr nachdenklich. Das ganze Gelände war durchsetzt von Bunkerresten, Wällen, Mauern, Türmen.

Tobi sollte auf diesem Gelände noch eine ganz besondere Erfahrung machen. Wir waren auf dem Rückweg zum Auto, quer durch den Wald, als ich auf einmal ein Knacken hinter mir hörte. Ich drehte mich um und musste feststellen: Tobi war weg. Wahrscheinlich war er in einen der unterirdischen Bunker gestürzt und jetzt verschollen. Ich machte mir zuerst große Sorgen und dachte: Oh mein Gott, wo wird er sein? Wie werde ich ihn finden? Komme ich überhaupt an ihn heran? Dann fiel mir zum Glück ein, dass ich den Autoschlüssel hatte, und auf einmal war alles wieder gut.

Ich blieb ganz locker. Ich war ja schon erfahren, es war schließlich nicht mein erster Lost Place mit all seinen Unwägbarkeiten. Am Anfang ist natürlich alles viel komplizierter. Und man wird mit vielen Dingen konfrontiert, mit denen man vorher nie gerechnet hat:

Mein erster Lost Place war eigentlich mein allererster Cache, der am See, weil wir innerhalb kürzester Zeit den Mut verloren hatten (lost) und nicht wussten, wo die weiteren Koordinaten standen (place). Der erste richtige Lost Place war jedoch «Borgwards Erbe». Der liegt irgendwo hinter Bremen und führt über insgesamt drei Stationen zur gesuchten Tupperdose. Wir wussten nur, dass auf dem Gelände, wo er verborgen war, bis zum Zweiten Weltkrieg eine Motorenfabrik gestanden hatte. Was der Zweite Weltkrieg war, wussten wir nicht mehr so genau, aber von Motoren hatten wir schon mal gehört. Klang spannend. Tobi und ich also nichts wie hin.

Und alles überwachsen von inzwischen 60 Jahre alten Bäumen. Ein sehr beeindruckendes Erlebnis, Geschichte so hautnah zu erfahren. Bald soll dort noch ein neuer Cache entstehen, und wer sich für so etwas interessiert, dem empfehle ich, dort einmal hinzugehen.

Wir waren diesmal auf der A 1 unterwegs nach Norden. Kurz hinter Bremen befindet sich links der Autobahn ein kleiner Wald, und in dem ist der Cache versteckt. Da wir früh dran waren, beschlossen wir, uns mal ein wenig umzusehen. Der erste Teil, also von der Autobahn runter auf die Landstraße, war noch einfach, den richtigen Einstieg zu finden war dagegen schon etwas schwieriger. Wie üblich näherten wir uns dem Cache mit Hilfe der Koordinaten, meiner Topo-Karten und der Zieleingabekarte des Navigationssystems. Die Vorgabe lautete: **«Von der B-irgendwas rechts ab.»** Am Ende des Weges könne man parken.

Das versuchten wir dann auch. Wir bogen rechts ab, fanden den Weg und sogar das Ende und fuhren allerdings erst mal weiter. Okay, der Weg war nicht mehr geteert, sondern mit Schotter belegt, aber schließlich hatte es nicht geheißen, man *müsse*, sondern man *könne* dort parken. Außerdem entdeckten wir kein Schild, das die Durchfahrt explizit verbot, und nirgends war eine Schranke zu sehen, die darauf schließen ließ, dass die Durchfahrt nur zu bestimmten Zeiten gestattet war. Vor allem fuhren wir aber deshalb weiter, weil es anfing zu regnen, und vor allem vor allem deshalb, weil ich mal Lust hatte, ein bisschen offroad unterwegs zu sein. Ob und wann man so etwas tun darf, wurde im Anschluss an dieses Vergnügen eine für mich sehr interessante Frage, und später musste ich mich damit sogar noch intensiver beschäftigen.[52]

52 Nach längeren Recherchen im Internet kann ich jetzt guten Gewissens sagen: Das Ergebnis ist bei weitem nicht so eindeutig, wie ich das erhofft und vermutet hatte. Eigentlich weiß ich nur, dass es «darauf ankommt». Also teilweise soll man bloß auf Schilder achten. Sind keine Schilder da, kann man dort bedenkenlos fahren. Das fand ich in Brandenburg ganz günstig, zumal in diesem Bundesland so manche normalen Straßen die Qualität

Zurück zu «Borgwards Erbe»: Wir waren also mitten im Wald, rechts und links standen riesige Bäume und dazwischen wir. An der ersten Station wartete eine recht einfache Aufgabe auf uns. Tobi las vor:

«Welche Form hat das hier noch stehende Gebäude? Rund = 4, viereckig = 6, noch mehr eckig = 1»

«Klar, dass solche Gebäude viereckig sind», antwortete ich.

«Stimmt eigentlich», erwiderte Tobi.

«Wir brauchen also nicht extra in den Wald hineinzulaufen. Lass uns einfach den Wert für ‹viereckig› übernehmen und direkt zur nächsten Station weiterfahren.»

Gesagt, getan. Damit rechneten wir nun die Koordinaten der nächsten Station aus und fuhren weiter durch den Wald. Hätte uns jemand darauf angesprochen, wären wir um eine Ausrede nicht verlegen gewesen und hätten einfach behauptet: «Wir haben uns verfahren und wussten nicht, wo wir wenden können.» Zum Glück erwischte uns keiner, denn geglaubt hätte uns das bei den strahlenden Gesichtern wegen der rechts und links aufspritzenden Schlammmengen[53] sowieso niemand. Der Regen war in der Zwischenzeit stärker geworden.

---

von Feldwegen haben, aber wie normale Straßen genutzt werden können und müssen. Andere sagen, dass Wege, die nur auf einer Seite bewaldet sind, befahren werden dürfen, diejenigen, die beidseitig bewaldet sind, gehören dagegen nicht dazu. Bevor ich mir die Definition von «bewaldet» besorgen konnte, wurde ich glücklicherweise von der Information abgelenkt, dass das wohl alles Blödsinn ist, es komme auf das jeweilige Landesgesetz oder sogar eine spezielle Gemeindeverordnung an.

53 Ich glaube, ich habe gerade zum ersten Mal ein Wort mit drei «m» geschrieben. «Lammmagen» ginge zwar auch, klingt aber irgendwie ekelig.

Wir waren also auf dem Weg zu unserer errechneten nächsten Station. Während wir weiter geradeaus fuhren und munter durch den Wald schaukelten, fiel uns auf, dass diese irgendwie viel zu weit weg lag. Viel zu tief im Wald und viel zu komisch in einem anderen Land in Europa. Sollten wir uns etwa mit der Gebäudeform vertan haben? Es half nichts. Wir mussten noch einmal zurück und nachsehen, also fuhren wir wieder die ganze Strecke retour. Das Wendemanöver war eine wahre Freude, schließlich stand das Wasser ziemlich tief in den Reifenspuren. Und genau da mussten wir durch.

Wieder an den Koordinaten der ersten Station angekommen, hielten wir an, blickten durch die beschlagenen Scheiben und suchten das Gebäude. Da war es, 16 Meter vom Weg entfernt und mitten im Wald, doch bei dem diesigen Wetter nur vage als Schatten durch die Bäume zu erkennen. Getrennt von uns nur durch eine dichte Regenwand. Es blieb die Frage «Wer geht?»

Völlig klar: Ich bin gefahren, also kann Tobi jetzt draußen rumlaufen – dachte ich.

Völlig klar: Er ist gefahren, also kann er jetzt auch draußen rumlaufen – dachte Tobi.

Wie das bei Männern nun mal so üblich ist, beschlossen wir, über das Problem nicht zu reden, sondern es auszusitzen – dachte Tobi.

Ich dagegen ließ beiläufig die Bemerkung fallen: «Na, Schiss? Ist dein Garmin etwa nicht wasserdicht, oder was?» Damit kriegt man sie immer, die Garminianer.

Zack, Tobi die Tür auf, rüber zum Gebäude, nachgesehen, welche Form es hatte, und wieder zum Auto zurück. Netterweise hatte ich bereits mit dem Wendemanöver begonnen. Damit es nachher schneller ging und wir nicht ewig bei diesem Sauwetter im Matsch herumkurven mussten, stellte ich mich schon mal auf eine nahe gelegene Kreuzung, sodass wir optimal in alle

Richtungen weiterfahren konnten. Tobi kam mir die 450 Meter nachgelaufen. So klatschnass wollte ich ihn allerdings nicht ins Auto lassen, schließlich können die Fußmatten davon ganz schön dreckig werden. Außerdem ist es immer sinnvoll, dass jemand vor dem Wagen herläuft, wenn man in unwegsamem Gelände unterwegs ist. Und bei dem Wetter wurde der Boden in zunehmendem Maße eine Herausforderung – für Mensch und Maschine.

Da stand er also. Ich ließ die Scheibe knappe zwei Zentimeter herunter, um das Ergebnis zu erfahren und um ihm die neuen Koordinaten entgegenzurufen. Während das Gerät rechnete, machte ich die Scheibe natürlich wieder zu, es regnete einfach zu sehr in den Wagen.

Dann hielt ich mein GPS-Gerät von innen an die Scheibe, damit Tobi die neuen Koordinaten ablesen konnte. Er übertrug sie auf sein Gerät und machte sich auf den Weg. Den Blick auf sein Display geheftet, stapfte er die nächsten 400 Meter vor mir her bis zur zweiten Station. Ich konnte ihn durch die Windschutzscheibe kaum erkennen, denn es regnete inzwischen so stark, dass die Scheibenwischer gegen die Wassermassen kaum noch ankamen. Trotzdem fiel mir auf, dass Tobi leicht nach vorn gebeugt ging und irgendwie unwillig aussah. Er musste irgendein gewichtiges Problem haben, irgendetwas wühlte seine Seele auf … Doch was gibt es da Besseres als einen ruhigen, meditativen Spaziergang durch die erfrischende Natur?

Zurück zu «Borgwards Erbe»: Endlich kamen wir an der nächsten Station an, einem alten Trafohäuschen. Hier mussten wir Steinreihen zählen. Was heißt eigentlich «wir», diesmal war klar, wer die Aufgabe löste: Tobi! Er war sowieso schon nass.

Da ich mich weigerte, die Scheibe herunterzulassen, es hatte nämlich auch noch ein kalter Wind eingesetzt, musste er mich anrufen, um mir das Ergebnis durchzugeben. Leider zitterten seine Hände vor Kälte und Nässe so sehr, dass er nicht in der Lage war, die Tasten vernünftig zu bedienen – das elende Weichei. Zum Glück hatte ich ein Bluetooth-Autotelefon mit Lenkradsteuerung dabei. So weit kam es noch, dass ich bei dem miesen Wetter mein beheizbares Lenkrad losließ. Den Anruf musste er mir selbstverständlich später bezahlen.

Zurück zu «Borgwards Erbe»: Wir hatten also endlich die finalen Koordinaten und machten uns auf den Weg. Diesmal fuhr ich vorneweg, Tobi war inzwischen einfach zu langsam. Er schleppte sich durch den Morast, teilweise zog ich ihn auch durch den Schlamm, während er sich an der Stoßstange festhielt. Weil er dabei jedoch den Sensoren zu nahe kam, aktivierte das die Einparkhilfe – total nervig. Ständig musste ich Gas geben, um wieder ein wenig Abstand zwischen ihn und die Sensoren zu bringen. Natürlich war das zum Schutz von uns beiden, ich wäre nämlich sonst fast wahnsinnig geworden, und da hätte keiner was von gehabt, das hätte bloß alle Beteiligten unnötig gefährdet. Die Reifen drehten durch, und bald war Tobi von oben bis unten einge… na ja, einge*färbt* beschreibt es wohl am nettesten.

Folglich war ich als Erster am Ziel.

Ich stürzte sofort aus dem Wagen, ließ allerdings den Motor laufen, damit die Sitzheizung nicht ausging, rannte in den Wald, hob den Cache, loggte und hastete zurück zum Auto. Dann kam der Schock: Es war weg … Ich sah nur noch den roten Schein der Rücklichter im Dunst verschwinden. Die Sau!, dachte ich, wie kann man nur so unkollegial sein! Schließlich habe ich alles, wirklich ALLES für ihn getan. Ich habe sogar, aus Solidarität zu seinem geschundenen Körper, seinen Namen ins Logbuch eingetragen. Tja, *ich* weiß eben, was Freundschaft ist. Doch er lässt mich hier im einsetzenden Schneesturm allein. Aber Undank ist nun mal der Welten Lohn. Ich ging also zurück zum Cache, strich seinen Namen wieder durch, löschte ihn, tilgte ihn aus dem Logbuch und nahm mir vor: Sobald das Tauwetter meinen gemarterten Körper freigibt und mich das Schmelzwasser wieder in die Zivilisation zurückspült, werde ich aller Welt erzählen, wie es wirklich war:

«Super Strecke, leicht gefunden, tolles Wetter, danke für den schönen Cache.»

MEIN IST DIE RACHE, SPRICHT DER HERR

Wenn man eine ganze Weile Caches gesucht hat, fängt man früher oder später an, sich darüber Gedanken zu machen, auch selbst mal einen Cache zu legen. Natürlich ist das Legen viel aufwendiger als das Suchen. So wie es auch viel einfacher ist, die Zahnpasta aus der Tube herauszubekommen als sie hineinzudrücken. Allerdings handelt es sich beim Cachelegen um eine spannende, komplizierte und verantwortungsvolle Aufgabe.

Verantwortungsvoll, weil der Owner den Cache wie bereits erwähnt auch hegen und pflegen muss, auf dass er gedeihe und zu einer wunderschönen Blüte auf der großen Blumenwiese des Geocachens werde. Das heißt, der Owner muss dafür sorgen, dass der Cache und seine eventuellen Stationen stets in gutem Zustand sind, und notfalls die eine oder andere Verbesserung vornehmen.

Kompliziert, weil es nicht immer einfach ist, die Aufgaben und die Tarnung so zu gestalten, dass eine ausgewogene Mischung zwischen Herausforderung und Lösbarkeit besteht und die verschiedenen Stationen wie Zahnräder ineinandergreifen, um am Schluss die Glocke des Erfolges schlagen zu lassen.

Spannend, weil man später nicht selten selbst durch den Wald rennt und sich fragt: Wo habe ich diese blöde Dose nur versteckt?

Ja, ein Cache ist wie ein Kind. Ganz plötzlich kommt einem die Idee, sie entsteht langsam, sie reift im Schoße des Geistes heran, und irgendwann ist das Geschlecht zu erkennen. Traditional oder Multicache? Ab jetzt werden die ersten Vorbereitungen getroffen: Man sieht sich hier und da eine Dose an oder sucht sich eine Wohnung aus, in welcher der Cache mal leben soll. Schließlich kommt er auf die Welt, meist ist es eine schwere Geburt, mit viel Schmerz und viel Leid, aber wenn er dann vor einem liegt, ist es einfach nur schön. Zum Schluss muss man bloß noch einen Namen finden und aller Welt davon berichten. Deshalb überlegt man es sich auch mehrmals, ob man tatsächlich einen Cache in die Welt setzt.

Ich selbst habe noch nie einen Cache gelegt, weil ich mir dieser enormen Verantwortung bewusst bin. Außer dem Fotocache in Österreich, der aber keiner Betreuung bedarf. Schließlich bin ich dauernd unterwegs und somit nicht oft genug in der Lage, einen eventuellen Verlust oder eine Zerstörung wieder in Ordnung zu bringen. Dennoch kommt man nicht umhin, sich auch darüber Gedanken zu machen. Daher habe ich beschlossen, eigens für dieses Buch einen Cache zu legen. Natürlich weiß ich, dass ich die Pflege nur nachlässig werde betreiben können, aber ich habe vorgesorgt: Ich werde ihn nämlich zur Adoption freigeben, und zwar mit Besuchsrecht.

Damit die Menschen in aller Welt Zeugen dieses Prozesses sein können, werde ich Tagebuch führen und darin festhalten, durch welche Höhen und Tiefen mich dieses Projekt führt. Sie werden mich also beim Suchen einer geeigneten Location ebenso begleiten wie beim ersten Begehen, Überlegen und Ausdenken der Stationen, beim Beschaffen der diversen Utensilien, dem Auslegen und dem Erstellen der Cachebeschreibung. Sie werden auch dabei sein, wenn die ersten Einträge mein Logbuch füllen. Mein Herz wird sich erfreuen, ein Lächeln wird mein Gesicht überziehen, Zufriedenheit wird sich über meine Seele legen, wenn ich dann lese: **«Boah, war der ätzend, aber na ja, woher soll man es vorher wissen.»**

DER ERSTE TAG

23.12 Uhr: Ich sitze spätabends bei einem Glas Apfelschorle hier am Küchentisch und überlege mir erst einmal, welcher Cache es überhaupt sein soll. Auf jeden Fall ein ...

Da passiert es auch schon. Mein Open Office stürzt ab, dabei wollte ich doch bloß eine Zeichenformatierung durchführen. Sollte man professionell arbeiten, ist es besser, man nimmt ein professionelles Bürosoftwarepaket. Aber was soll's: open source rules!

Ich fange an zu retten, was zu retten ist, und es beginnt ...

... DER ZWEITE TAG

00.14 Uhr: Alles ist dahin, all die mühevoll geschriebenen Zeilen, die liebevoll gesuchten Wörter, die voller Hingabe gewählten Formulierungen. Ich fange also wieder von vorne an:

Ich sitze spätabends bei einem Glas Apfelschorle hier am Küchentisch und überlege mir erst einmal, welcher Cache es überhaupt sein soll. Auf jeden Fall ein Multicache, sonst habe ich ja gar keinen Spaß beim Ausdenken der Stationen. Eigentlich soll es auch ein Nachtcache sein, denn bei denen schlägt mein kleines Cacherherz immer am höchsten. Ob es klappt, hängt natürlich von den einzelnen Stationen ab. Vielleicht erweist sich eine Idee ja als so was von unglaublich genial, dass ich sie unbedingt verwirklichen muss, auch wenn ich sie dann womöglich nicht für einen Nachtcache verwenden kann.

Also muss erst mal eine Ideensammlung für die Stationen her (ob ich sie benutze, muss ich dann sehen):

- Eine Koordinate einfach irgendwo ablesen.
- Eine Zahl finden und eine Berechnung durchführen.
- Etwas zählen und dann irgendwas machen.

- Eine Peilung durchführen.
- Einen versteckten Hinweis finden, quasi ein Microcache, allerdings als einzelne Station.
- Ein Bild wiedererkennen.
- Eine irgendwie übergeordnete Struktur wiedererkennen, etwa die Form des bisher gegangenen Weges. Die Anzahl der Ecken braucht man zum Berechnen der neuen Koordinaten.
- Einen oder mehrere Reflektoren verwenden (schließlich soll es ein Nachtcache werden).
- Eventuell auch fluoreszierende Farbe verwenden und damit eine Zahl an eine Wand schreiben (erst muss sie beleuchtet werden, danach wird die Lampe ausgeknipst, und erst dann kann man sie sehen. Allerdings verlangt das ein paar Tests vorab).

Jetzt gehe ich schlafen, und morgen mache ich mir Gedanken über einen geeigneten Ort für meinen Cache. Vielleicht hilft mir das, mich für eine bestimmte Idee zu entscheiden.

DER DRITTE TAG

17.25 Uhr: Eigentlich ist immer noch der zweite Tag, aber ich habe zwischendurch geschlafen, deshalb fühlt er sich irgendwie neu an. Mit diesem Trick habe ich es übrigens auch schon mal geschafft, an einem Tag 13 Caches zu heben: drei auf dem Hinweg zur Arbeit, drei Nachtcaches nach der Arbeit (das war zwar nach Mitternacht, aber ohne dazwischen zu schlafen), dann noch weitere sieben, als die Sonne wieder aufging und zu mir sagte: «Oh, du? Immer noch da?»

Also, ich suche jetzt erst mal ein geeignetes Gebiet für den Cache, am besten in der Nähe von Köln, damit ich meiner Verantwortung gerecht werden und ihn auch betreuen kann. Kaum starte ich Google Earth, habe ich auch schon ein schönes Plätzchen gefunden: ein kleines Waldstück nicht weit von Bonn. Sogar ein Parkplatz ist direkt in der Nähe, und die Gegend ist noch «cachefrei». Ideal! Klar muss ich jetzt noch überprüfen, wie der Ort im Detail aussieht. Da ist mir Google Earth keine Hilfe, davon muss ich mich

mit eigenen Augen überzeugen.

DER VIERTE TAG

Ein paar Tage später: Ich bin nicht mehr alleine. Gestern habe ich mich mit ein paar Freunden getroffen und ihnen ein bisschen von meinem Vorhaben erzählt. Mein Kumpel Micha war auch dabei, und als ich fertig erzählt hatte, war er sogar als Einziger übrig. Jetzt will er mitmachen. Mit ihm habe ich meinen allerallerallerallerallerersten Cache gehoben. Da ist es mir natürlich eine Ehre, mit ihm auch den ersten Cache zu legen.

Micha ist total begeistert und hat super Ideen. Er hat sogar schon ein paar Sachen vorbereitet, eine Dose liegt bei ihm zu Hause bereit, und er hat Metallschildchen besorgt. Seine und meine Vorstellungen passen sehr gut zusammen, außerdem sind seine Ideen wirklich gut. Ich höre ihm aufmerksam zu, rege ihn mit meiner eigenen Begeisterung an, weitere Vorschläge zu entwickeln und sich wohl zu fühlen, und sage selbstverständlich am Ende: «Tolle Ideen! Echt super! Wäre ich nie drauf gekommen ... Und genau das ist auch der Grund, warum wir sie nicht umsetzen.»

DER FÜNFTE TAG

Vier Wochen später: Endlich ist es so weit, am Nachmittag fahren Micha und ich in den Wald. Alles ist perfekt geplant und bestens vorbereitet. Wir freuen uns auf drei gemütliche Stunden im Gelände.

Das Areal habe ich mir ja bereits bei Google Earth angesehen, außerdem haben wir eine topografische Karte dabei, um unterwegs eine Übersicht zur Hand zu haben. Auf dem Weg zum Parkplatz hören wir Enya, das passt irgendwie zu Wald und Laub und Bäumen und Pfaden – allerdings nicht zu den unendlich vielen Fußballfans. Seltsamerweise treffen wir nur Autos mit deutschen Fahnen.[54]

Genau genommen sind wir natürlich nicht auf dem Weg zu einem richtigen «Parkplatz», sondern vielmehr zu einer «Parkmöglichkeit», weil bei jedem anständigen Cache eine «Parkmöglichkeit» angegeben wird. Ich selbst halte das zwar für unsinnig, weil man eigentlich überall die «Möglichkeit» hat zu «parken». Die Frage ist nur: Hat die Staatsgewalt an der jeweiligen Stelle eine «Möglichkeit», dieses «Parken» als Ordnungswidrigkeit zu ahnden, und wenn ja, tut sie das auch? Eigentlich suchen wir also nach einem nichtordnungswidrigkeitsahndbaren Stellplatz für unseren Wagen.

Wir finden ihn, obwohl wir ihn gar nicht suchen, weil wir ja wissen, wo es langgeht. Irgendwie ist heute alles anders. Wir müssen diesmal nach nichts suchen und trotzdem etwas finden, was andere dann wieder suchen müssen. Es ist einfach alles andersherum. Nur wir nicht, das sei hier schnell noch hinzugefügt.

Am Parkplatz oder vielmehr am nichtordnungswidrigkeitsahndbaren Stellplatz angekommen, steigen wir aus. Wir hören immer noch Enya, denn Micha ist irgendwie überhaupt kein Heavy-Metal-

54 Ich weiß gar nicht, ob sich noch jemand daran erinnert. Aber Mitte 2006 fand eine sogenannte Fußballweltmeisterschaft in Deutschland statt. Damals beschäftigte jeden die Frage: Was bedeuten all diese vielen Fahnen an den Autos? Sind wir wieder patriotisch geworden, oder haben wir uns einfach nur bunte Tücher ans Auto geklemmt, damit die Scheibe beim Schnellfahren nicht vibriert und dieses unangenehme Geräusch macht? Mich persönlich hat das Geräusch gestört.

Fan, und da er die Zetteltrag- und Aufschreibaufgabe hat, will ich ihn bei Laune halten. Wir ziehen uns Wanderschuhe an, schultern einen Rucksack, packen Zettel und Stifte in unsere Taschen und starten unsere elektronischen Positionsberechnungsgeräte.

Am nichtordnungswidrigkeitsahndbaren Stellplatz müssen wir gleich die ersten Koordinaten aufschreiben, um sie später in der Cachebeschreibung angeben zu können. Da die GPS-Geräte bekanntlich zum Teil am selben Ort unterschiedliche Werte anzeigen, haben wir beschlossen, diese eine Weile liegen zu lassen. Dann mittelt das Gerät nämlich irgendwann selbst, und wir wollen unsere beiden Werte auch noch einmal mitteln. Wir haben uns extra dafür vorab ein paar komplexe Mittelwertberechnungsstrategien ausgedacht und uns die entsprechenden Algorithmen aus dem Internet heruntergeladen. Wir vergleichen unsere Zahlen – sie sind identisch –, wir gehen los. Irgendwie stellen sich immer die Dinge, die man als kompliziert erachtet, als ganz einfach, und Dinge, von denen man denkt, sie seien einfach, als super kompliziert heraus.

Jetzt sind wir endlich im Wald angekommen. Spontan gehen wir einen gegenüber dem nichtordnungswidrigkeitsahndbaren Stellplatz beginnenden, breiten Forstweg entlang. Es geschieht völlig unvorherbestimmt, es sei denn, man glaubt an Schicksal, aber das tue ich nicht, also ist es unvorherbestimmt. Nach zwei oder drei Minuten kommen wir an einer Bank vorbei, die sich gut als erste Station eignet. Auf der Lehne ist ein schönes, kleines Schild des Bankspenders angebracht, mit vielen Buchstaben und vielen Zahlen und damit vielen Kombinationsmöglichkeiten für eine Berechnung der nächsten Station.

Wieder markieren wir die Position auf der Karte, wieder mitteln wir die Position und wieder vergleichen wir die Ergebnisse – alles ohne nennenswerte Unterschiede. Als Nächstes notieren wir, was auf dem kleinen Schildchen steht. Wir wollen nämlich erst einmal die verschiedenen Möglichkeiten festhalten und später entscheiden, welche Stationen und Aufgaben es geben und welche Strecke abgegangen werden soll.

Ein Stück weiter entdecken wir eine Kreuzung. Zunächst ist nichts Interessantes zu erkennen, aber dann bemerke ich ein Vogelhaus auf 03.00 Uhr, etwa 2,5 Meter über der Erde, mit einem «W» bedruckt. Dies könnte ein weiterer Hinweis sein. Schnell machen wir uns eine Notiz und biegen anschließend links ab. Dorthin soll dann mal der Hinweis führen. Was das für ein Hinweis sein wird, können wir uns später noch überlegen.

Wir gehen zwei Ecken weiter zu einem großen Grillplatz. Ja, und hier stoße ich auf das ideale Racheobjekt für all die frustrierenden «Finde-die-Anzahl»-Fragen, an denen ich mir auf den letzten Wanderungen die Zähne ausgebissen habe: vier Informationstafeln nebeneinander, alle einen mal einen Meter groß, geschrieben in Times New Roman zwölf Punkt, voller Informationen, Zahlen, Buchstaben und Erklärungen. Ich stehe davor und formuliere Aufgaben:

«Zähle die kleinen ‹e› auf den Tafeln mit Primzahlen, wenn du sie von rechts nach links durchnummerierst!»

«Ersetze sämtliche Buchstaben durch die Zahl der Stelle, die sie im gezählten Alphabet einnehmen, und multipliziere sie miteinander!»

«Gehe so viele Meter wie die Anzahl der Vokale in Richtung der Anzahl der Konsonanten, und suche im Umkreis die Anzahl der Satzzeichen in Höhe der Anzahl der Leerstellen der Texte aller Tafeln.»

Während mir vor lauter Vorfreude der Sabber übers Kinn läuft und ich mir ausmale, wie die verzweifelten Cacher auf dem Boden herumkriechen und weinen, dringe ich mit starrem Blick immer tiefer in die Informationstafeln ein. Da taucht Micha, den ich schon fast vergessen habe, wie aus dem Nebel neben mir auf und fragt: «Gehen wir?»

«Ja.»

Micha entscheidet sich für die Höhe eines bestimmten Baumes.

Das ist das Einzige, was jetzt herausgefunden werden muss. Während er den Wert aufschreibt, drehe ich mich um und entferne mich ein paar Schritte von den Tafeln, um zu überlegen, wie es weitergehen könnte. Da fallen mir auf einmal vier verschiedene Wege auf, die in unterschiedliche Richtungen vom Grillplatz abgehen. Mich durchzuckt ein Geistesblitz, und ich rufe spontan: «Nenn mich Gott!»

Der erschrockene Micha beruhigt erst einmal zwei den Grillplatz kreuzende Wanderer und erklärt ihnen, dass ich nicht bescheuert bin, zumindest nicht immer. Das ältere Ehepaar geht achselzuckend an uns vorbei und liest sich die Schautafeln durch.

Jetzt erzähle ich Micha von meiner Idee: An den vier verschiedenen Wegen befestigen wir jeweils unterschiedlich viele Reflektoren. Die Cacher müssen dann den Weg mit einer bestimmten Anzahl Reflektoren finden. Ja, das ist gut. Ich bin begeistert, Micha notiert etwas. Zu meiner grenzenlosen Enttäuschung sehe ich, dass er nur eine Linie auf den Zettel malt, dann sagt er: «Tolle Idee, hier entlang!»

Wir nehmen einen der Wege bergab, durch eine hohle Gasse auf eine Spitzkehre zu, immer auf der Suche nach einer neuen Möglichkeit, eine Station zu erfinden. Wieder öffnet sich mir der Himmel, ein Strahl Eingebung durchfährt mich, und ich rufe erneut: «Nenn mich Gott!» Die beiden Wanderer, die offenbar mit der Lektüre der Infotafeln fertig sind und uns inzwischen eingeholt haben, überholen uns mit den Worten: «Sind Sie sicher?»

Wir schweigen. Ich, weil ich noch immer den Widerhall der kreativen, mich durchzuckenden Energie spüre, und Micha, weil es ihm peinlich ist.

Aber die Idee ist wirklich gut: Hier könnten wir die Cacher auffordern, zwei Punkte miteinander zu verbinden. Auf der daraus entstehenden Linie sollen sie dann einen Reflektor finden und dort den nächsten Hinweis suchen. Michael nickt respektvoll, zückt seinen Zettel und fügt seiner Schlangenlinie eine weitere hinzu.

Ganz so schlecht scheint er die Idee doch nicht zu finden, denn wir notieren an dieser Stelle die Koordinaten, laufen entlang einer gedachte Linie weiterhin bergab quer durch den Wald und direkt auf einen anderen Weg zu. Dort bestimmen wir die zweite Position. Jetzt müssen wir nur noch einen Platz finden, der auf dieser Linie liegt und sich eignet, um dort einen Hinweis zu deponieren. Tatsächlich entdecken wir bald einen Baum, der sich hervorragend eignet. Er ist breit und hat eine dicke Wurzel, die viele Möglichkeiten bietet, etwas zu verstecken.

«Das ist mal schön», sagt Micha, «hier können die Sucher später die Koordinaten der Stelle finden, an der es weitergeht.»

«Ja, zum Beispiel da auf dem Weg», ich zeige auf unsere Karte. «Das ist weit genug von hier entfernt, um nicht sofort erkennbar zu sein, aber auch wieder nah genug, damit die Cacher möglichst schnell weitermachen können.»

«Okay, nah versteh ich, aber warum soll das weit weg sein? Wie soll es denn weitergehen?»

«Mit Reflektoren. Einer gibt an, wo der Ausgangspunkt ist, und dann hängen wir an jeden zweiten Baum einen, sodass sich eine Linie quer durch die Dunkelheit ergibt. Die Aufgabe lautet dann: ‹Ab hier folge den Reflektoren.›»

Micha schweigt und sieht mich lange an, dann nimmt er mich in den Arm. «Bernhard», sagt er, «eigentlich mag ich dich sehr gerne. Außerdem gehen Gerüchte um, dass du ein netter Mensch wärest. Ich weiß, du magst Nachtcaches besonders gern, und ich weiß auch, dass die Reflektoren es dir angetan haben. Außerdem ist klar, dass das ein supertolles und wirklich schönes Erlebnis ist, wenn nachts auf einmal im dunklen Wald ein Lichtstrahl zurückgeworfen wird. Aber wenn der Wald nach Sonnenuntergang und bei eingeschalteter Taschenlampe so aussieht wie eine Start- und Landebahn bei Nacht von oben, könnte es durchaus sein, dass hier jemand ein bisschen zu sehr mit der Fähigkeit von glatten, gefärbten

Oberflächen, auftreffendes Licht in gleicher Stärke zurückzuwerfen, gespielt und dabei leicht übertrieben hat.»

Ich schluchze, das war schließlich wirklich schön gesagt, und wir hocken uns einträchtig nebeneinander auf den Boden. Schließlich wische ich mir die Tränen aus dem Gesicht und sage: «Trotzdem!»

Micha steht auf. Linie Nummer drei. Wir vollenden die angefangene Aufgabe, notieren den Punkt auf dem erreichten Waldweg und gehen rechts entlang, indem wir einem weiteren Forstweg folgen. Er verläuft jetzt eben, und schon nach 50 Metern bemerken wir neben uns einen Bachlauf. Das könnte die Stelle sein, wo wir die Suchenden hinschicken. Wir folgen einem kleinen Pfad, der direkt am Bach entlangführt. Hier könnte man weiße Reflektoren aufhängen, die den Weg weisen. Während wir so durch den Wald laufen und uns von der Natur inspirieren lassen, öffnet sich erneut der Himmel. Wieder ein Licht, ein Dornbusch brennt, ich falle auf die Knie und rufe: «Nenn mich ...»

«Ja, was denn?», werde ich laut unterbrochen.

Dabei hatte ich gerade so eine gute Idee: Damit die Cacher nicht einfach nur den weißen Reflektoren folgen müssen, sollen sie unterwegs nach ein paar gelben suchen, die ein wenig abseits vom Weg hängen, und dort dann jeweils einen Hinweis sammeln. Anschließend sollen sie wieder den weißen Reflektoren folgen.

Schweigend gehen wir den schmalen Pfad entlang. Ich fange gerade an, mich darüber zu ärgern, dass wirklich alle Ideen von mir kommen und Micha nur am Herummeckern ist, da fängt erneut diese Himmelöffnungsgeschichte an: Wolken stieben auseinander, ein gleißendes Licht bündelt sich zum Strahl, senkt sich herab, und Micha ruft: «Nenn mich Gott!»

Die beiden Wanderer, die ähnlich zielstrebig wie wir durch diesen Wald wandern, stehen plötzlich hinter uns. Die Frau sagt: «Die Armen, es hat sie beide erwischt.»

Mit einem «Scheint ansteckend zu sein» nimmt ihr Mann sie bei der Hand, und sie gehen ihres Weges.

Dann formuliert Micha seine Idee: «Wir statten mehrere Wege mit Reflektoren aus, und zwar in verschiedenen Farben. Die Cachesucher wissen anfangs überhaupt nicht, wo sie hingehen müssen. Erst durch einen Hinweis, den sie irgendwo finden werden, bekommen sie einen Tipp, der ihnen dann helfen wird.»

«Super», sage ich, nehme den Zettel und male Linie Nummer vier darauf.

Ja, das ist wirklich gut, Reflektoren gefallen mir immer, und der Gedanke, die Cacher ganz sicher verzweifeln zu lassen, gibt mir einen Hauch Genugtuung. Aber es ist Michas Idee, deshalb kann ich sie unmöglich gutheißen. Also gebe ich mich unverständig und schlage vor: «Besser wäre es, wir statten mehrere Wege mit Reflektoren aus, und zwar in verschiedenen Farben. Die Cachesucher wissen anfangs überhaupt nicht, wo sie hingehen müssen. Erst durch einen Hinweis, den sie irgendwo finden werden, bekommen sie einen Tipp, der ihnen dann helfen wird.»

Damit treibe ich meinem Begleiter leider jedwede Form von Verzweiflung ins Gesicht. Mich für normal zu halten, ist jetzt keine Option mehr für ihn. Er überlegt kurz, ob er mich den beiden Wanderern mitgeben soll, entscheidet sich aber wohl anders und sagt nur: «Genau, so machen wir es!»

Wir gehen rechts einen steilen Pfad hoch, den Berg wieder nach oben und kommen endlich auf einem breiten Weg an. Gemeinsam überlegen wir, wie es weitergehen soll. Hier wollen wir die Sucher peilen lassen. Allein das vorgegebene Peilen ist schon kompliziert genug, das Peilen, ohne zu wissen, wohin, ist dementsprechend noch komplizierter. Also, man weiß natürlich wohin, hat aber keine Koordinaten, also ... Ich sage ja: Es ist kompliziert.

Ich setze mich auf den Boden und wähle auf der topografischen Karte einen willkürlichen Punkt aus. Nun zücke ich Zirkel, Bleistift und ein Lineal. Mit Hilfe dieses mathematischen Handwerkszeugs wende ich komplexe geometrische Regeln an und erhalte schließlich ein Ergebnis: 350 Meter, 32 °.

«Na?», sage ich, an Micha gewandt.

Er lächelt und antwortet: «Stimmt!»

«Wie? Was? Woher ..?»

Ich springe auf, doch er zeigt nur auf sein Gerät und erklärt mir, dass er mit dem Fadenkreuz bloß über die abgebildete Karte fährt, einfach dorthin, wo wir die Cachesucher hinführen wollen. Unten auf dem Display stehen dann die Zahlen.

«Das weiß ich auch, aber ich wollte mich mal wieder mental trainieren!», sage ich und gehe 350 Meter in Richtung 32 °.

Summend läuft er mir hinterher. Wie kann man nur am Leid anderer so viel Freude haben!

Als wir an der Stelle ankommen, sehen wir eine weitere Bank und beschließen, die Runde zu beenden. Von hier soll der Cachesucher dann den Final anvisieren. Wir machen uns in Richtung des nichtordnungswidrigkeitsahndbaren Stellplatzes auf und halten Ausschau nach einem passenden Versteck. Tief im Wald soll es sein, kaum zu finden, so gut wie gar nicht zu erreichen, nur mit Spezialgeräten zu heben und ausschließlich mit speziellem Wissen zu öffnen.

Wir verlassen die ausgetretenen Pfade und stolpern durch das Unterholz. Dabei suchen wir hier nach einer Wurzel, dort nach einem Steinhaufen. Plötzlich ist es passiert. Ich betrachte gerade eine größere Buche direkt vor mir, da schweift mein Blick knapp am Baumstamm vorbei und erfasst einen Baum 20 Meter weiter in den Wald hinein. Als meine Augen sich der Entfernung angepasst und das Ziel fokussiert haben, sehe ich, dass er schön gewachsen und direkt über dem Boden mehrfach verästelt ist. Dieser Baum ist genau richtig, er bietet viele Versteckmöglichkeiten und liegt abseits des Weges.

Wenn ich jetzt sage, dass es wirklich eine Eingebung war und irgendetwas Göttliches in der Luft gelegen haben muss, dann rede ich keinen Unsinn, denn in den Baum hat jemand «Allah» eingeritzt.

Beseelt fahren wir nach Hause.

DER SECHSTE TAG

Drei Wochen später: Ich weiß – und werde von Micha auch immer wieder darauf hingewiesen –, dass ich für die Organisation der Reflektoren verantwortlich bin. Dennoch unterstützt er mich nach Kräften. Er will mir sogar seinen Anhänger leihen, um sie zum Wald zu fahren, den kleinen, mit dem sonst immer die Rotoren der Windkraftanlagen durch Deutschland transportiert werden.

Heute habe ich mich mal drangesetzt und mit der Sache angefangen. Sucht man ganz normal über Google nach Rückstrahlern, bekommt man lediglich Hinweise auf solche in Bärchenform mit lustigen Gesichtern oder Katzenaugen, die man zwischen die Fahrradspeichen klemmen kann. Nach einer Weile stoße ich im Deutschen Geocaching Forum auf ein paar Links, folge ihnen begeistert und informiere mich ausführlich. Leider handelt es sich vorwiegend um Angebote von Herstellern, die in erster Linie Großhändler und Firmen beliefern, die ganze Autobahnabschnitte mit weißen und roten Plastikscheiben versehen. Da bei allen Anbietern ein Mindestbestellwert gefordert ist, erscheint es mir fast billiger, 25 Fahrräder zu kaufen, die Katzenaugen abzuschrauben und die Resträder wegzuwerfen.

Da ich aber seit einiger Zeit nur eine kleine Mülltonne habe und der nächste Sperrmülltermin noch eine ganze Weile hin ist, suche ich einfach weiter und werde tatsächlich nach einer halben Ewigkeit fündig:

Eine Spezialfirma für ebensolche Produkte erläutert auf ihrer

Webseite: «Die Produktreihe [...] zeichnet sich aus durch höchste Reflexionswerte und Reichweiten. Die Reflektoren sind bestens geeignet für Lichtschranken der Automatisierungs-, Sicherheits- und Umweltmesstechnik. Unterschiedliche Formen, Abmessungen und Befestigungssysteme stehen dem Anwender zur Auswahl.»

Eigentlich liefert auch dieser Anbieter ausschließlich an Großkunden, trotzdem rufe ich dort mal an. Der mich betreuende Sachbearbeiter ist sehr nett und meint, sie könnten für mich eine Ausnahme machen. Für die gewünschte Anzahl Reflektoren solle ich pauschal 50 Euro bezahlen, und alles sei gut.

Ich sage, ich wolle kurz darüber nachdenken und zurückrufen. Ich lege auf, denke kurz darüber nach und rufe zurück. «Ich gehe auf Ihr Angebot ein. Allerdings habe ich noch einmal nachgerechnet und brauche zur Reserve die doppelte Menge. Sicher ist sicher.»

«Kein Problem», kommt es zurück, «der Preis bleibt gleich.»

Das ist nett, denke ich im ersten Moment. Doch dann dämmert es mir: Der hat mich vorhin über den Tisch gezogen. Aber als grenzenloser Optimist, der ich nun einmal bin, und in dem Wissen, dass sich unkooperatives Verhalten in einer sozialen Gruppe nicht auf Dauer durchsetzen kann, bin ich von Ersterem ausgegangen, also dass es nett war.[55] Jetzt warten die nur noch auf meine Bestellung, und wenn alles da ist, dann geht es ab in den Wald.

---

55 Das ist ein interessantes spieltheoretisches Problem, von dem ich im Deutschlandfunk einmal gehört habe: Zwei Gruppen von Teilnehmern eines Experiments spielen dasselbe Spiel. Man kann sich vor jeder Runde entscheiden, in welcher Gruppe man mitspielen möchte. In der einen gibt es die Möglichkeit, unkooperative Spieler zu bestrafen, in der anderen existiert diese Option nicht. Auf Dauer wird die Zahl derer, die in der Man-kann-bestrafen-Gruppe spielen, immer größer, natürlich auf Kosten der anderen Gruppe, die immer kleiner wird. Und so würde auch diese Reflektorenfirma sehr wahrscheinlich kooperativ handeln,

DER SIEBTE TAG

Fünf Tage später: Jippie. Der heutige Gang zum Briefkasten gehört zu den glücklichsten Momenten meines Lebens. Darin steckt nämlich eine Benachrichtigungskarte, dass ein Paket für mich angekommen sei. Selbstverständlich renne ich sofort und voller Vorfreude auf einen Haufen bunter, reflektierender Plastikkreise zur Post und nehme das Paket in Empfang. Mann, wie schön! Gut, es waren zwar nur die Pullover, die ich vorgestern im Internet bestellt habe, aber zur Abwechslung passten sie mal.

DER ACHTE TAG

Der Tag danach: Heute steht eine Kiste mit Reflektoren vor der Tür. Tja, so unspektakulär kann Vorfreude vergehen. Jetzt habe ich genug Rückstrahler, um die Leitpfosten der gesamten A 7 notfalls neu auszustatten.

DER NEUNTE TAG

Zwei Wochen später: Es ist geschehen. Als ich morgens aufwache, ahne ich noch nicht, wie sich das Ende dieses Tages anfühlen wird. Ich wundere mich schon, dass die Sonne später aufzugehen scheint, aber es sind nur die ersten Anzeichen des Schicksals, das

---

weil sie sonst, wenn nicht von mir, dann von einem anderen irgendwie «bestraft» würde. Während ich das schreibe, glaube ich allerdings doch, dass sie mich über den Tisch gezogen haben. Das Experiment fand ich trotzdem sehr aufschlussreich. Vielleicht erklärt es eher die Entstehung von Moral.

sich anschickt, diesen Tag zu bestimmen. Schon beim Öffnen der Augen denke ich, irgendwie verläuft diese Bewegung heute schwerfälliger als die letzten Male. Außer am 30. Juni 2006, da lag es aber an der durchfeierten Nacht, nachdem Deutschland ins Halbfinale der Fußball-WM gelangt war – das weiß ich noch genau. Genau genommen lag es auch nicht an der durchfeierten Nacht, sondern an der kleinen Plastikspitze einer wild durch die Gegend geschwungenen Fahne eines argentinischen Fans, der trotz der Niederlage seiner Mannschaft fröhlich war. Offenbar wollte er die Wahrheit nicht wahrhaben. Genauso wenig wie die Tatsache, dass sich die Fahnenspitze in meinem Auge verfangen hatte. Aber egal. Heute weiß ich gar nicht, was es sein kann.

Ich stehe auf, ziehe die Vorhänge jedoch gleich wieder zu, um den tosenden Wind und seine Auswirkungen nicht wahrnehmen zu müssen. Ich schalte die Kaffeemaschine an, nur um festzustellen, dass die Sicherung schon wieder rausgeflogen, diesmal jedoch nicht zu retten ist.

Unter der Dusche erfriere ich fast. Gerade noch rechtzeitig merke ich, dass es sinnlos ist, auf Warmwasser zu hoffen, da der Boiler im Keller den Geist aufgegeben hat, kurz nachdem sämtliche anderen Bewohner dieses Hauses bereits den Dreck der Nacht von sich spülen konnten und wie neu in den Tag gestartet sind.

Ich setze mich im Arbeitszimmer an den Computer und befürchte schon, dass ich das gesamte Betriebssystem neu aufsetzen muss. Aber letztendlich wäre der Schlag in mein Gesicht zu einer Streicheleinheit verkommen, wenn dies geschehen wäre. Denn der große Schmerz, das alles übersteigende Leid steckt viel tiefer im System. Es bedarf der Hilfe des Computers, um mich vollends zu treffen, unvorbereitet, chancenlos.

Ich will nur kurz überprüfen, ob die Auflösung der Aufnahme unseres Cachegebietes in Google Earth besser geworden ist. Einfach nur so, aus Neugierde und um etwas zu tun zu haben. Ich sehe

Bonn, ich sehe das Waldgebiet, ich vergrößere den Ausschnitt, ich sehe – drei gelbe Punkte. Das sind Caches. Das sind drei Caches. Das sind drei Caches im Wald. Das sind drei Caches in DEM Wald, in dem ich unseren Cache legen wollte.

Ich friere quasi vor der Tastatur ein, eine Hand noch auf der Maus. Eine halbe Ewigkeit vergeht. Ich werde mich nicht mehr erinnern können, aber vermutlich wird man die Maus aus meiner Hand herausoperieren müssen, weil meine ständig im Zellwachstum befindlichen Hautzellen[56] dieses elektronische Gebilde, das man als Hilfsmittel nutzt, das hier aber zum Folterinstrument verkommen ist, immer weiter zuwuchern werden.

Irgendwann in der letzten Zeit hat jemand in unserem Territorium die Caches versteckt. Einer davon ist auch noch ein Nachtcache ... Damit ist der Wald voll. Noch einen Cache kann man da nicht unterbringen, die Stationen liegen dann einfach zu dicht beieinander.

---

56 Kleine Anmerkung zum Thema Zellwachstum: Es gibt ja diese lustige Theorie vom Jahrsiebt und dass das etwas ganz Besonderes sein soll, weil sich dann alle Zellen des Körpers erneuert haben. Ich halte das für absoluten Blödsinn. Jeder Zelltyp hat nämlich eine andere Lebensdauer. Wer es jetzt genau wissen will, der sollte in einem Medizinbuch nachsehen, aber es gibt Zellen, die leben gerade mal einen Tag, und andere, wie die Gehirnzellen, leben weit mehr als sieben Jahre, sonst könnte man sich an Kindheitserlebnisse gar nicht erinnern. Das Jahrsiebt soll auch so toll sein, weil man dann immer in neue Lebensabschnitte gelangt: bis sieben Kleinkindzeit, ab 14 Pubertät, mit 21 erwachsen usw. Das geht auch mit sechs, da wird man eingeschult, mit zwölf darf man vorne sitzen, mit 18 ist man volljährig, mit 24 zum dritten Mal geschieden. Vielleicht kommt irgendwann mal jemand auf die abgefahrene Idee, dass wir Individuen und nicht in Schubladen einzuteilen sind.

Seit Stunden verharre ich auf dem Bett und starre die Decke an. Die Sonne ist längst dabei, andere Teile der Erde zu erwärmen, während das sonst so schöne Vollmondlicht für mich nichts weiter als Kälte ausstrahlt. Kälte, die wie eine überirdische Kraft Bahnen quer durch meinen Körper zieht und mir jede Energie raubt. Kann es ein Morgen nach solch einem Heute geben?

DER SECHZEHNTE TAG

Irgendwann später, Zeit spielt keine Rolle mehr: Ja, genau. Richtig gelesen: der sechzehnte (in Zahlen: 16.) Tag. All die Tage dazwischen waren von öder Leere geprägt. Ich hätte natürlich jeden einzelnen von ihnen beschreiben können, aber es hätte immer gleich geklungen: Schon wieder ein neuer Tag, doch irgendwann war er endlich vorbei.

Dann, endlich, eine freudige Botschaft. Eine E-Mail von Micha. Er ist ja so stark, so tapfer. Er geht so positiv mit der Situation um. Jetzt versucht er, mich aufzumuntern. «Wie wäre es denn hiermit?», fragt er und schlägt mir ein kleines Wäldchen zwischen Köln und Bonn vor.

Hoffnung keimt in mir auf. Wir werden es uns mal ansehen.

DER SIEBZEHNTE TAG

Heute ist es endlich so weit. Wir fahren zu diesem kleinen Stück Forst und drehen eine Runde. Zuerst entwickeln wir nur ganz zaghaft neue Ideen. «Wie wäre es an dieser Stelle mit einer Plakette?», oder: «Lassen wir sie doch hier nach einem Hinweis suchen.» Doch dann werden wir zunehmend von Elan gepackt, aus dem kleinen Hauch Ideen wird ein Sturm der Fantasie, und gegen Ende stellen wir eine zweistündige Tour zusammen. Dabei greifen wir natürlich immer wieder auf Ideen des letzten Ortes zurück. Es gibt auch diesmal Aufgaben wie «Gehe von ... nach ... und finde den Hinweis». Außerdem soll wieder den Reflektoren gefolgt werden.

Neu dagegen ist die Idee – die übrigens von mir kam –, die Cacher an eine Stelle mit mehreren Reflektoren zu führen. Sie müssen jede einzelne abgehen, dort eine Zahl suchen und dann den Reflektor mit der größten Zahl benutzen, um weiterzukommen. Wenn ich so eine Aufgabe hätte, ich wäre hin und her gerissen zwischen «Hat der sie noch alle?» und «Was für eine geile Idee!». Wahrscheinlich würde «Hat der sie noch alle?» schließlich das Tauziehen um meine Endemotion gewinnen.

Auch die Idee, dass man an einer Kreuzung nicht weiß, wohin man nun gehen soll, weil die Reflektoren in mehrere Richtungen zeigen, übernehmen wir und wandeln sie leicht ab. Man muss jetzt vorher mehrere Karten finden, diese vor Ort abmalen und an der Kreuzung die richtige nutzen. Den Cache selbst werden wir wohl relativ «klassisch» verstecken, irgendwo unten am Boden.

Ach, wie spannend. Nun habe ich die Aufgabe bekommen, oder besser ich habe mir die Aufgabe genommen, die Cachebeschreibung zu formulieren. Auch da werde ich mich, was das Layout betrifft, wirklich ganz weit nach vorne wagen und das Ganze mit Tabellen und Farben schön gestalten.

DER ACHTZEHNTE TAG

Hähähä, ich habe die Cachebeschreibung formuliert. Was für ein Spaß! Ich habe mich an jede einzelne gemeine und schwere und chancenlose Schnitzeljagdaufgabe erinnert, die mir in den letzten Monaten untergekommen ist. Natürlich habe ich dabei versucht, möglichst genau zu sein, um auch ja keine Mehrdeutigkeit zuzulassen.

Allerdings habe ich es mir nicht nehmen lassen, völlig unsinnige, aufwendige, andere in den Wahnsinn treibende Rechenoperationen einzufordern. Da wird das gesamte mathematische Wissen der Klassen eins bis vier abverlangt, wer da am Limit ist, hat eine echte Aufgabe vor sich. Ich dagegen werde zu Hause im Bett liegen, die warme Decke um den Körper gewickelt, und während ich so langsam in den Schlaf schlummere, möchte ich die Stimmen derer hören, die fluchend und verzweifelt durch den Wald stapfen, um meinen Anweisungen zu folgen.

DER NEUNZEHNTE TAG

Heute tun wir es. Wir gehen in den Wald und legen den Cache. Beim letzten Mal haben wir uns bloß Notizen gemacht, diesmal wird es ernst. Micha und ich sind schon frühmorgens unterwegs, weil wir überhaupt nicht einschätzen können, wie lange das alles dauern wird.

Ich parke an der vor einer Woche als Parkmöglichkeit notierten Position. Wir steigen aus und packen alles aus dem Wagen in unsere Rucksäcke: Akkuschrauber, Ersatzakku, zwei GPS-Geräte, ein Paket mit 8 x 160er Holzschrauben und ganz viele Reflektoren. Dann klettern wir unter einer Schranke hindurch und folgen dem breiten Forstweg in den Wald. Nach zweihundert Metern erreichen wir die Stelle, an der wir die erste Station einrichten wollen. Hier sollen die Cachesucher einen Reflektor finden und dann nach einem Hinweis fahnden.

Schon hier fangen wir an zu überlegen: Wo setzen wir den Reflektor hin, damit ihn die Cacher sofort sehen, ein Förster aber nie findet? Wir überlegen lange und stellen dann fest, dass es einfach nicht machbar ist. Lichtstrahlen haben nun mal die Eigenschaft, sich sowohl tags als auch nachts geradlinig zu bewegen (wenn man jetzt mal von der Teilchentheorie ausgeht). Somit ist ein nachts sichtbarer Reflektor auch bei Tage gut zu sehen. Einen Unterschied könnte man einzig und allein dann erzeugen, wenn man dafür sorgte, dass er sich von der Umgebung abhebt. D. h. tags, wenn es sehr bunt ist, fällt er nicht weiter auf und verschwindet quasi im Hintergrund. Nachts reflektiert aber nur ER das Licht und ist deshalb sofort zu erkennen.

Noch während ich dabei bin, Micha das alles zu erklären, schraubt er den ersten Reflektor fest und sagt: «Geht's weiter?»

Mir ist klar, dass es in bestimmten Situationen darauf ankommt, zu handeln und nicht zu diskutieren. Eine mir völlig neue und fremde Herausforderung, der ich mich aber zu stellen beschließe. Somit wäre also der erste Reflektor angebracht. Wir gratulieren uns kurz, weil nun eine neue Cache-Ära für uns begonnen hat, und gehen weiter zur nächsten Position. Hier müssen die beiden Punkte verbunden und auf der Verbindungsstrecke ein Hinweis gefunden werden.

Wir laufen also mal wieder mitten durch den Wald und überlegen. Da sticht mich eine Mücke, oder ich stolpere gerade über einen herumliegenden alten Baumstumpf. Als ich den kurzen, stechenden Schmerz spüre, drehe ich mich um, damit ich sehen kann, was mich da gerade peinigt, und in dem Moment fällt mir was ein. «Micha!», rufe ich.

«Ja, was'n los?», erwidert er.

«Wir verstecken den Reflektor im Rücken der Sucher, dann müssen sie sich umdrehen.» Der kurze Rausch der Schadenvorfreude begleitet mich die nächsten 300 Meter.

Die Cachesucher sollen sich an eine festgelegte Position stellen, von der aus genau vier Reflektoren zu finden sind. Zwar stehen auf allen vieren Hinweise, aber nur einer davon führt zur nächsten Station. Ich stelle mich hin und schicke Micha quer durch den Wald. Er steht optimal, genau so, dass ich ihn sehen kann. Wenn ich mich dagegen bewege, verschwindet er wieder hinter den Bäumen.

Ich denke: Vielleicht geht es ja noch optimaler. Also rufe ich ihm zu: «Nach links, nach links, ach nee, doch nach rechts, nach rechts, oder besser nach links, nee, ach, ist gut, doch, etwas weiter zurück, komm mal näher.»

Nach ein paar Minuten lasse ich ihn gewähren, und er schraubt den Rückstrahler an einen Baum. Dann bin ich dran. Diesmal stehe ich im Wald, während er auf der Position steht und ruft: «Nach links, nach links, ach nee, doch nach rechts, nach rechts, oder besser nach links, nee, ach, ist gut, doch, etwas weiter zurück, komm mal näher.» Er macht das so ungefähr eine Stunde lang, bis er merkt, dass ich mich gar nicht mehr bewege. Trotzdem hat er einen Heidenspaß.

Nachdem das erledigt ist, gehen wir daran, die Reflektorenstrecke zu installieren, auf der man von einem Reflektor zum nächsten gehen muss. Das machen wir mit der so genannten «Bocksprung-Technik». Der eine bleibt stehen und lotst den anderen mit den Befehlen «links», «rechts», «hoch» und «runter» zu einem möglichst weit entfernten, aber gerade noch sichtbaren Baum. Während der eine dort schraubt, überholt ihn der andere, übernimmt das Akkugerät und geht zum nächsten Baum, den der Erste sich ausgesucht hat.

Das Schwierige hierbei ist, dass die Strecke einen von Hundebesitzern und Joggern gern genutzten Weg kreuzt. So müssen wir sie einerseits unauffällig grüßen, aber andererseits so tun, als sei es das Normalste von der Welt, mit einem Akkuschrauber durch den Wald zu wandern. Irgendwie ist uns nicht ganz klar, wie wir das erklären sollen, ohne dass sie uns für hochgradig geschädigt halten. Meine verzweifelten Versuche, so zu tun, als handele es sich um ein echt abgefahrenes neues Handy, ist zum Scheitern verurteilt. Aber wenigstens gehen die Hundebesitzer deshalb schneller, und auch die Jogger legen einen Zahn zu.

So kommen wir ohne größere Probleme gut voran. Wir versehen

noch drei weitere Kreuzungen mit Rückstrahlern und verstecken provisorisch eine leere, in eine Tüte eingewickelte Brotdose an unserem finalen Versteckpunkt. Sie soll zum Testen ausreichen, später wird dort eine richtige Cachedose liegen – wasserdicht, mit Buch und Stift und was zum Tauschen.

Nach vier Stunden machen wir uns gespannt auf den Weg zurück zum Auto. Am Abend werden wir das Ganze dann unter Lichtarmut austesten. Hoffentlich wird nichts fehlen.

Kurz vor dem Parkplatz kommt uns ein weiterer Hundebesitzer entgegenspaziert. Der dazugehörige Hund rennt eher. Mit einem scherzhaften «Der tut nichts» und meiner ebenso locker-flockigen Antwort «Weiß das auch der Hund?» lächeln wir uns an. In dem Moment springt der Hund hoch und verbeißt sich in meinen Rucksack. Ich höre auf zu lächeln, der Mann hört ebenfalls auf zu lächeln, nur der Hund hat Spaß. Okay, eines habe ich vergessen: Heute Abend werde ich Pfefferspray mitbringen, und ab sofort gehört es zur festen Cacherausrüstung. Jetzt noch ein kurzes Telefonat mit Tobi, wir verabreden uns für heute Abend kurz vor Mitternacht und fahren nach Hause.

Es ist endlich Abend, ich hole Micha ab, und wir fahren wieder zu unserem Cache. Bei heruntergelassenen Scheiben sitzen wir im Auto, hören den Grillen zu und warten auf Tobi, der den Betatester abgeben soll. Seine erste Aufgabe besteht darin, den Parkplatz zu finden. Und so beginnt …

Denn der gute Tobi braucht dazu irgendwie länger, als wir dachten. Wir hoffen schon, er sei endlich da, als wir nicht weit von uns entfernt zwei Autoscheinwerfer bemerken, die ständig auf und ab wippen. Der Wagen fährt also einen unbefestigten Feldweg entlang. Das ist gut, denke ich, denn da muss man lang, um zu uns zu gelangen. Aber er fährt dann doch letztendlich an uns vorbei in eine andere Richtung, er muss sich auf einem parallelen Weg befinden. Wahrscheinlich ist es ein Pärchen, das sich ein wenig vergnügen will.

Dann ruft auch schon Tobi an, er sei unterwegs, nur irgendwie in den falschen Feldweg eingebogen. Wir korrigieren seine Position und erklären ihm, wie er zu uns stoßen kann. Dann sehen wir die beiden Scheinwerfer den Feldweg zurückwackeln. Das Pärchen ist wohl fertig. Kurz darauf biegt das Pärchen ab, kommt auf uns zu, und – Tobi steigt aus.

Gemeinsam beginnen wir mit den Vorbereitungen: Taschenlampen mit neuen Batterien versehen, festes Schuhwerk und lange Hosen anziehen, Pfefferspray in die Tasche stecken und, das ist bestimmt der aufregendste Moment, Tobi feierlich die Cachebeschreibung überreichen.

Er setzt sich in das fahle Licht der Kofferraumbeleuchtung, und während wir ihn gebannt beobachten, beginnt er zu lesen. Das ängstliche Zittern beginnt an den Füßen, wandert das Bein hinauf, setzt sich bis zum Becken fort, ergreift Bauch und Brustbereich und erreicht schließlich die oberen Extremitäten wie Hände und Kopf. Als auch der Kofferraumdeckel zu wackeln anfängt, greifen wir ein.

«Wir sind doch bei dir», sagt Micha.

«Nur keine Angst!», sage ich.

«Mir ist kalt», sagt Tobi.

Rasch ziehen wir unsere Jacken an, und dann geht es los. Wieder klettern wir unter der Schranke hindurch und spazieren den breiten Waldweg entlang. Micha und ich bleiben dabei immer zwei Schritte hinter Tobi. Das ist wichtig, um ihm ja keine Hinweise zu geben, denn Neutralität ist die Grundvoraussetzung für einen objektiven Test. Es gibt keinerlei Hilfe, nicht mal unbewusst.

Die erste Station findet Tobi sofort, der Baum mit dem Reflektor steht direkt am Wegesrand. Auch die von uns angebrachte Plakette bereitet ihm keinerlei Probleme. An der Stelle hat Micha die Koordinaten der nächsten Station eingraviert. Tobi überträgt die Werte auf sein GPS-Gerät, und schon steht er vor dem ersten Problem: Aufgrund der Schreibweise auf der Plakette kann man die Nord- und Ostkoordinaten verwechseln. Das entspricht ganz und gar nicht unserem Eindeutigkeitsanspruch. Zwar haben wir die Werte mit den Buchstaben «N» für «Nord» und «E» für «East» versehen, aber wenn man nur flüchtig drübersieht, wird es schwierig.

Jetzt gibt es drei Lösungsmöglichkeiten:

Erstens: Wir bringen den Hinweis eindeutiger an, was jedoch an unserer Lust scheitert.

Zweitens: Wir programmieren das weltweite GPS-System um, sodass die Nord-Ost-Verwechslung automatisch herausgerechnet wird. Das scheitert daran, dass ... also das wäre einfach zu aufwendig.

Bleibt noch drittens: Wir schreiben in die Cachebeschreibung hinein, dass man auf die Buchstaben achten soll.

Lösungen können so einfach sein.

Als Nächstes kommt unsere Gehe-von-A-nach-B-und-suche-den-Hinweis-Station. Die ist schon deutlich spannender. Die von uns als gerade Linie geplante Strecke wird durch Tobis Interpretation zu einer schneckenförmigen Parabelbahn, die mit rhombenkuboktaedrischen Variationen der Kreissegmentflächenberechnung zu Intervalllinien realisiertem Formenreichtum wechselt.

Nachdem wir dreimal im Kreis gegangen und zweimal im Gestrüpp hängen geblieben sind, beschließen wir, einfach stehenzubleiben, und grüßen Tobi jedes Mal neu, wenn er wieder an uns vorbeiläuft und leise vor sich hin murmelt: «Hä, hier war ich doch schon, aber ... na gut, da zeigt der Pfeil hin.»

Plötzlich hören wir hinter uns ein «HIER» und antworten mit einem erlösten «Endlich».

Tobi hat die Aufgabe tatsächlich gelöst und entdeckt neue (diesmal sogar eindeutige) Koordinaten. Jetzt geht es zur Finde-von-einem-Punkt-vier-Hinweise-Station. Die Aufgabe lautet: **«Stelle dich auf dem freien Platz genau auf den markierten Baumstumpf (Spoilerbild) in der Nähe der Koordinate und suche die vier weißen Reflektoren. Finde den Reflektor mit der größten Zahl und stelle dich daneben.»**

Zuerst sind wir ganz begeistert, wir stehen auf unserem Baumstumpf und sehen sofort den ersten, den zweiten, den dritten und dann den vierten Reflektor. Wie schön das aussieht, alles hat genau so funktioniert, wie wir das geplant hatten. Tobi macht sich auf den Weg, um die Reflektoren genauer zu mustern, und ich blicke glücklich zu Micha hinüber. Der schreit nur zum wiederholten Male: «Sieh mich nicht an!»

Ich habe mich vorhin schon darüber gewundert. Jedes Mal, wenn ich ihm ins Gesicht sehe, schließt er die Augen und brüllt los. Mir ist sofort klar, dass er mein elfengleiches Antlitz zum Schutz gegen seine eigene Egozerbröckelung nicht dauernd vor Augen haben möchte. Deshalb bin ich die anderen Male auch großzügig darüber hinweggegangen. Aber dass seine Reaktion an Heftigkeit zunimmt, überrascht mich dann doch.

Vorsichtig frage ich ihn, was er denn habe, und biete ihm direkt zwei Telefonnummern von Schönheitskliniken an, die ihm aus seiner misslichen Lage helfen könnten.

Aber er meint nur: «Deine Lampe blendet.»

«Meine Lampe? Ach, natürlich.» Ich habe logischerweise eine

MagLite auf dem Kopf, die übliche Standardausrüstung, wenn man sich nachts durch die Wälder treibt. Jedes Mal, wenn ich Micha ansehe, scheint ihm der Lichtstrahl mitten ins Gesicht. Er kann dann so gut wie nichts mehr erkennen, ich ihn dagegen sehr gut. Ich drehe die Lampe leicht nach unten und löse damit gleich zwei Probleme auf einmal: Er wird nicht mehr geblendet, und ich muss ihn nicht mehr ansehen.

Tobi löst in der Zwischenzeit die Aufgabe, findet die Zahl, peilt, und wir gelangen so zur nächsten Station. Dort wartet folgende Aufgabe: **«Folge ab hier den weißen und gelben Reflektoren, bis du zu einem roten kommst. ACHTUNG: Achte besonders auf die vier gelben Reflektoren! Notiere dir die darauf abgebildeten Karten und die Zahlen. Vielleicht werden sie dir in Kürze helfen …»**

Los geht es, alles ist einfach zu entdecken, bis wir uns nach etwa fünf Minuten mitten im Reflektoren-Parcours befinden. Eigentlich soll man hier von einem Reflektor den nächsten erkennen können und von dort wieder den nächsten und immer so weiter. Leider sieht man nicht nur den nächsten, sondern auch den übernächsten und manchmal sogar den überübernächsten. Ich rufe Micha zu mir, damit Tobi nicht hören kann, was wir besprechen, und mache ihn darauf aufmerksam. Nach seinem obligatorischen «Sieh mich nicht an» sagt er noch: «Ist doch egal.»

«Ist doch egal …» Ich lasse seine Worte langsam in meinem Kopf hin und her schwingen. Ist das mein Micha, der sonst immer so extrem penibel ist? Ist das mein Micha, der sonst auf topografischen Karten schon mal bemängelt, dass die Spitze des Zeichens für einen Tannenwald bereits AUSSERhalb desselben liegt? Ist das mein Micha, den ich während des Cachelegens nur mühsam davon abhalten kann, jeden seiner Schritte mit Phosphorfarbe zu markieren, um den Cachesuchern auch wirklich eine als solche zu bezeichnende Eindeutigkeit zu gewährleisten?

Nein, das ist er nicht.

Ich werfe einen Blick auf die Uhr, es ist 01.30 Uhr. So viel ist klar: Hätte er mir recht gegeben, dann hätten wir den Akkuschrauber aus dem Rucksack holen müssen. Wir hätten die Reflektoren lösen und sie, teilweise nur um wenige Millimeter verschoben, wieder anbringen müssen. Wir hätten noch weitere eineinhalb Stunden gebraucht, bis wir überhaupt hätten weitergehen können.

Ich verstehe ihn und sage beiläufig: «Du hast recht, zum Glück läuft der Cache unter deinem Namen, und du bist dafür verantwortlich.»

Er zuckt nur die Achseln, und so kommt es dazu, dass wir den Akkuschrauber aus dem Rucksack herausnehmen müssen. Wir lösen die Reflektoren und bringen sie, teilweise nur um wenige Millimeter verschoben, wieder an. Wir brauchen noch weitere eineinhalb Stunden, bis wir überhaupt weitergehen können.

Aber wir sind zufrieden, und Tobi macht in der Zeit noch ein Sudoku, löst zwei Kreuzworträtsel und entdeckt die Weltformel. Dummerweise lässt er sie liegen, aber der Cache ist uns natürlich wichtiger. Ab dann gibt es keine Probleme mehr, die Aufgaben sind eindeutig gestellt, die Rückstrahler alle gut zu sehen. Wir lassen nach etwa 45 Minuten die letzte Station hinter uns und nähern uns dem Final.

Wie spannend. Nur noch 100 Meter, bis wir da sind, noch 70, 50, 20. Tobi steckt das Gerät weg und fängt an zu suchen. Kurz darauf ertönt ein: «Da isser.»

Er sagt das zwar nur ganz beiläufig, aber in meinen Ohren klingt es wie: «Sehet her, Menschen aller Kontinente, so lieget da der Cache, gewickelt in eine Plastiktüte. Er soll sein ein Zeichen der Überlegenheit, der Vernunft über den Glauben. Spüret die Kraft, spüret die Energie, die von dieser Dose ausgeht. Möge sie die Herzen der Cacher erstrahlen lassen, wie die Sonne die Nacht vertreibt und den Tag heraufbeschwöret.»

Wir reagieren genauso tief bewegt, und der von uns ausgesprochene Satz «Jou, es klappt!» kann nicht annähernd das Gefühl wiedergeben, das uns erfasst hat, als wir sagten: «Jou, es klappt!»

Jetzt müssen wir nach minimalsten Änderungen der Cachebeschreibung das Ganze nur noch ins Internet stellen, die endgültige Cachedose verstecken und den Cache freigeben. Dann ist alles gut.

DER EINUNDZWANZIGSTE TAG

«Ach, wie bin ich müde, ach, ich schlaf gleich ein. Doch es ist ja heller Tag, wie kann ich müde sein? Ich recke meine Arme, die Beine machen's nach. Ich klatsche in die Hände, nun bin ich wieder wach.»

Mit diesem kleinen Zitat eines großen musikalischen Ausnahmegenies[57] möchte ich den Tag beginnen, denn ich bin hundemüde. Um 03.00 Uhr sind wir erst nach Hause gekommen, und ich muss bereits um 12.30 Uhr aufstehen. Das sind gerade einmal neuneinhalb Stunden Schlaf, zwei mehr, als ich sonst brauche. Ich bin also hellwach. Nicht die geringste Müdigkeit ist zu spüren. Deshalb vergesst einfach, was ich am Anfang geschrieben habe.

Heute ist sowieso nicht viel passiert. Wir bestellen nur die Anfangsausstattung des Caches. Vier Schlümpfe: Wanderer, Taucher, Frankensteins Monster und einen, der einen Pokal hochhält. Das ist das Geschenk für den Firstfinder. Letztendlich werden drei Schlümpfe darin liegen und sich mit anderen Schätzen abwechseln.

---

57 Detlev Jöcker

CACHEBESCHREIBUNG «SCHLUMPFENLAND»

Bitte unbedingt beachten: Die Cachebeschreibung ist auf dem Stand zur Zeit des Redaktionsschlusses. Da sich immer wieder kleine Änderungen ergeben können, die zum Finden des Caches unabdingbar sind, empfiehlt es sich, vorher die entsprechende Webseite zu besuchen. Da ich aber weiß, dass die meisten das nicht gerne machen, sondern sich die Haltung «Das schaffen wir auch so!» großer Beliebtheit erfreut, habe ich die Startkoordinaten weggelassen. Folglich MÜSST ihr kurz reinsehen.

ALLGEMEINE INFOS

Dieser Cache heißt Schlumpfenland, weil hier nur Schlümpfe getauscht werden sollen. Wenn ihr also einen herausnehmt, so legt bitte dafür einen anderen hinein. Als Anfangsausstattung sind drei Schlümpfe im Cache. Solltet ihr irgendwann weniger als drei Schlümpfe vorfinden, sagt uns bitte Bescheid, denn dann ist einer geklaut worden. Gern gesehene Gäste sind natürlich Travelbugs und Coins aus aller Welt, und selbstverständlich könnt ihr den Cache auch gerne loggen, ohne einen Schlumpf zu tauschen ...

!!! Achtung: In der Herbst-/Wintersaison finden im Wald Baumfällarbeiten statt. Trotz regelmäßiger Kontrollen kann es sein, dass kurzfristig «Reflektorbäume» gefällt werden !!!

Wir möchten euch darauf aufmerksam machen, dass dies unser allererster Cacheversuch ist! Für Verbesserungsvorschläge, Tipps, Anregungen und Hinweise sind wir daher sehr dankbar. Wir hoffen,

dass euch dieser Cache genauso viel Spaß macht wie uns! An dieser Stelle auch herzlichen Dank an Tobi, unseren Betatester.
Schönen Gruß und viel Spaß

ALLGEMEINE HINWEISE:

- Parken kann man am Startpunkt, obwohl es sich um eine Straße handelt, die nur für den landwirtschaftlichen Verkehr freigegeben ist. Die Einheimischen parken aber immer hier ... Eine völlig legale Möglichkeit gibt es leider nicht, zumindest nicht in der Nähe. Zu erwähnen ist noch der Parkplatz der Gärtnerei/Baumschule bei N xx xx.xxx/E yy yy.yyy. Ich denke, nachts dürften die Besitzer trotz der unmissverständlichen Schilder nichts dagegen haben ... Dann seid ihr aber gut 500 Meter vom Startpunkt entfernt.
- Beachtet bitte: Punktrechnung geht vor Strichrechnung. Dabei bedeutet * «mal» und / «geteilt durch».
- Für alle Koordinaten gilt N 50 ° 46.xxx und E 007 ° 00.yyy. Angegeben werden während des Caches nur noch xxx und yyy.
- Außer bei den Stationen 2, 4 und 5 könnt und solltet ihr nur auf Waldwegen entlanggehen!
- Denkt daran, nicht immer nur nach vorne zu schauen!
- Eine starke Lampe ist zu empfehlen, der Cache ist aber auch mit einer MagLite 2C machbar.
- Dauer: ca. 2 Stunden. Die Streckenlänge beträgt inklusive Rückkehr zum Parkplatz ca. 4,5 Kilometer.
- Der Cache ist so angelegt, dass er wintertauglich sein sollte. Da gerade kein Winter ist, konnte das noch nicht überprüft werden. Das Einschneien des Waldes mit Kunstschnee hielten wir für zu aufwendig. Da es sich um runde Reflektoren handelt, könnte der ein oder andere Spaßvogel auf die Idee gekommen sein, sie zu drehen. Entweder erklärt sich die Ausrichtung von selbst, ein

Pfeil zeigt nach oben, oder es befindet sich eine Drehverhinderungsschraube oben.

- Achtet darauf, möglichst die nächstgelegenen Reflektoren zu finden.
- Der Wald ist recht zeckenverseucht! Ihr braucht allerdings auch bei Aufgaben abseits der Wege NICHT durch Gestrüpp und hohes Gras zu laufen, wenn ihr euren Weg sorgfältig wählt. Zusammen mit den sonst üblichen Vorsichtsmaßnahmen gegen Zecken sollte euch nichts passieren.
- Achtet darauf, dass die Reflektoren selbst auch oft zur Aufgabe gehören.

START

Starte bei
N xx° xx.xxx, E yy° xx.xxx,
Hier kann man parken (siehe Hinweis oben).
Gehe vom Startpunkt aus nördlich in den Wald, bis du zu einem Reflektor kommst.

STATION 1

Suche bei dem Reflektor den Hinweis auf zwei Koordinaten. Achte dabei auf die Anordnung der Buchstaben!

STATION 2

Verbinde die beiden Koordinaten mit einer geraden Linie, und gehe diese Linie entlang. Auf der Linie findest du den Hinweis auf die nächste Koordinate mit Hilfe eines roten Reflektors. Gehe die Linie bis zum Ende, begib dich wieder auf den Waldweg und von dort zur Koordinate.

STATION 3

Stelle dich auf dem freien Platz genau auf den markierten Baumstumpf (Spoilerbild) in der Nähe der Koordinate und suche die vier weißen Reflektoren. Finde den Reflektor mit der größten Zahl und stelle dich daneben.

Hinweis: Solltest du beim Ablesen der Zahlen weitere Reflektoren sehen, so sind diese zu ignorieren!

STATION 4

Die Zahl gibt die Richtung in Grad an, in die du nun gehen musst. Gehe in gerader Linie und suche den roten Reflektor, der den Startpunkt für Station 5 darstellt.

STATION 5

Folge ab hier den weißen und gelben Reflektoren, bis du zu einem roten kommst. **ACHTUNG:** Achte besonders auf die vier gelben Reflektoren! Notiere dir die darauf abgebildeten Karten und die Zahlen! Vielleicht werden sie dir in Kürze helfen ... **Hinweis:** Solltest du unterwegs mehr als einen Reflektor sehen, gehe zu dem, der dir am nächsten ist!

ACHTUNG, aktueller Hinweis: Es sind Reflektoren gemuggelt worden! Vorerst gilt: Gehe am DRITTEN gelben Reflektor Richtung Nordost (ca. 53 °) zum Hochsitz bei N-789 E-470. Leuchte unterwegs um dich. Spätestens wenn du beim Hochsitz ankommst, sollte dir der nächste gelbe Reflektor entgegenleuchten.

STATION 6

Auf dem roten Reflektor befindet sich ein Pfeil, folge ihm auf dem Waldweg hinter dem Reflektor, bis du zu einer Kreuzung mit einer Bank und Schildern gelangst.

STATION 7

Suche eine Telefonnummer! Die Nummer sei ABCDE/FGHIJ. Gehe zu
N 50 ° 46.I(F + B)(C * D * E + J)
E 007 ° 00.(I – E * B) (F + A * H) (I / (D + J))

STATION 8

Gehe von hier nach SW! Zwei gelbe Reflektoren zeigen dir an, dass du richtig bist.

STATION 9

Nach dem zweiten gelben Reflektor kommst du an eine große Kreuzung. Sieh dich genau um – wir hoffen, du bist verwirrt. Erinnere dich an die Karten, und nutze sie. Die Zahl auf der richtigen Karte sei K.

STATION 10

Wenn du das Haus Gargamels siehst, lass es rechts liegen.

STATION 11

Biege an der Ampel rechts ab.

STATION 12

Wenn du an der Kreuzung nicht mehr weiterweißt, suche den mit einem Reflektor markierten Baum. Drehe ihn (den Baum, nicht den Reflektor) um 90 ° im Uhrzeigersinn und folge dann dem Pfeil auf dem Baum. Achte auf deinem weiteren Weg auf die Schranke!

STATION 13

Aus wie vielen Platten besteht das Gewicht, das die Schranke heben hilft? Die Anzahl sei L.

FINAL

Den Cache findest du bei:

N 50 ° 46. (L + B) (K – D) (K – L – F + E + J)

E 007 ° 00.(K – F) L (A * (D * E – F / G + H + I * J – K))

WICHTIG: Solltest du kurz vor dem Cache vor Dornenbüschen/Brombeerranken stehen, geh bitte nicht weiter, sondern lies den Hint!

ADDITIONAL HINTS

Decryption Key

A|B|C|D|E|F|G|H|I|J|K|L|M

N|O|P|Q|R|S|T|U|V|W|X|Y|Z

(letter above equals below, and vice versa)

[Station 1:] Qvr orvqra Xbbeqvangra fvaq qhepu rvar Yvavr trgeraag – rvar Xbbeqvangr fgrug yvaxf haq rvar erpugf!

[Station 4:] Zrue nyf 120 Zrgre fbyygrfg qh avpug ynhsra züffra...

[Final:] Irefhpur haorqvatg qra Pnpur ibz Jnyq nhf mh reervpura, qnzvg qhepu qvr Oebzorrera xrva nhssäyyvtre Genzcrycsnq ragfgrug!

DER ACHTUNDFÜNFZIGSTE TAG

Nun ist es einige Zeit her, dass wir diesen Cache gelegt haben, und er hat längst seinen festen Platz im Kölner Cacherleben gefunden. Sobald er freigeschaltet war, machten sich die ersten Cacher auf den Weg, um ihn zu finden, und bisher haben wir durch die Bank gute Bewertungen erhalten. Wir sind auf drei Bookmarklisten (so was wie Favoriten) zu finden, und viele Cacher beobachten unseren Cache, lassen sich also regelmäßig per E-Mail die neuesten Log-Einträge schicken.

Wir sind ja so stolz, wie Eltern, deren Kinder nach der Schule ins Leben gehen und bald die ersten guten Noten in der Uni erhalten, auf die hier eine bestandene Prüfung und dort ein guter Abschluss folgen, bevor dann der Einstieg ins Berufsleben und schließlich eine Beförderung nach der nächsten anstehen. Stutzig sind wir nur bei der Formulierung **«… für ein Erstlingswerk»** geworden.

WENN EINER EINE REISE TUT

Kommen wir nun zu einer Geocaching-Erweiterung, an der ich persönlich unglaublich großen Gefallen finde: «Travelbugs». Das Prinzip ist recht einfach. Jemand legt einen bestimmten Gegenstand, zum Beispiel ein Stofftier oder eine Plastikfigur, in einen Cache. Das nennt man dann «Bug». Dieser ist eindeutig zu erkennen, und zwar an einer zertifizierten Plakette mit einem Käfer (englisch: *bug*) darauf. Jemand anders nimmt ihn später wieder raus, um ihn in den nächsten Cache zu legen, den er hebt. Außer er hat es vergessen, dann macht er es eben beim übernächsten. So geht das immer weiter, der Travelbug (kurz: «TB») kommt richtig herum, und damit hätten wir dann auch das «Travel» erklärt. Letztendlich trägt der Cachefinder seinen Besitz mit einem kleinen Kommentar auch noch im Internet ein. Dort kann man dann verfolgen, wo der Bug schon überall war und welche Strecke er bisher hinter sich gebracht hat.[58]

---

58 Diesen Umstand möchte ich nutzen, um kurz zu erklären, warum Fehler in der Informatik Bugs genannt werden: Früher waren die Computer so groß und so warm, dass sich gerne kleine Käfer dort eingenistet haben, die dann auch meistens für die Fehler verantwortlich waren. Daher der Name Bug. So, wer jetzt eine lange, ausführliche Geschichte erwartet hat, den habe ich sicher enttäuscht. Ich muss sagen, dass es mir aufrichtig leidtut. Zugegebenermaßen, es hätte auch dramatischer sein können. Es hätte starten können mit den Worten «*Als 1967 der Informatiker James Burton Rutherchamble* (ich hoffe, der Name klingt amerikanisch genug) *den Computerraum des Institute of Science, Development and Froggering betrat, erschrak er zutiefst. Es lief ihm kalt den Rücken herunter, wie ein Regen-*

Das Schöne ist, dass viele dieser TBs eine Aufgabe beinhalten. Manche sind ganz einfach: **«Reise so weit herum, wie es geht.»** Dann gibt es aber auch speziellere, etwa: **«Ich bin Mausi und gehöre zu dem TB Teddy, wir wollen uns in Berlin treffen, und dann**

will ich weiter nach Ägypten, China und in die USA.» Spätestens nach dem Wort «Mausi» wusste ich: Der Besitzer war ein Mädchen, auch wenn der Nickname[59] «MuscleKiller» lautete. Bei so was kommt er nämlich doch heraus, der wahre Charakter.

Berlin – Ägypten – China – USA, das fand ich interessant. Auf diese Weise hat man alle politisch möglichen Systeme zusammen. Ich hatte also diese Maus in einem Cache gefunden. Zuerst wunderte ich mich, was es war. Doch dann erinnerte ich mich und griff zu. Ich konnte sie zumindest schon mal nach Berlin mitnehmen, schließlich bin ich ja sowieso ab und an mal da.

Plötzlich geschah mit mir etwas Merkwürdiges. Ein unglaublich tiefes Gefühl von Verantwortung bemächtigte sich meiner. Wenn man nämlich so eine kleine, süße Stoffmaus in der Hand hält, die jemand zurückgelassen hat in der Hoffnung, ein anderer werde sich darum kümmern, ist das etwas ganz Besonderes. Es ist, wie wenn einem ein kranker Nachbar sein Kind vorbeibringt, damit man darauf aufpasst. Man sagt: «Ja klar, super, mache ich gerne.» Kurz nachdem man nicht mehr zurückkann, denkt man: Huch, da habe ich aber schnell zugesagt. Doch jetzt hat man die Verantwortung. Man passt auf, dass es ihm gutgeht.

---

tropfen, der überraschend den Weg unter die Kleidung gefunden hat ... » und so weiter, und so fort. Das wäre gegangen, hätte aber keinerlei Informationsgewinn für euch bedeutet.

59 Ich muss hier noch kurz einwerfen, dass die Rechtschreibkontrolle von Open Office statt «Nickname» «Fickname» vorgeschlagen hat ...

Liegt es bequem, oder braucht es vielleicht noch ein zweites Kissen? Wird es dreckig, und wenn, wie bekommt man es wieder sauber? Wer spielt mit ihm, und ist derjenige auch vorsichtig und macht es nicht kaputt? Wenn man unterwegs ist, stopft man es tief in einen Rucksack, damit ja nichts drankommt. Und man
wartet auf die nächste Gelegenheit, es wieder loszuwerden. Genauso ist das auch mit dem Travelbug.

Aber diese Berlinfahrt gestaltete sich schwieriger als erwartet. Und so landete die Maus schließlich in einem Hotel.

So, und jetzt kommt es: Wenn ihr bisher dachtet, die Cacher, die sind zwar ziemlich albern, aber bescheuert sind sie nicht, dann werdet ihr merken: Leider sind sie sehr wohl bescheuert. Es gibt nämlich allen Ernstes Caches in der Nähe von Flughäfen, Autobahnkreuzen und Bahnhöfen, die nur dazu da sind, um TBs auf den Weg zu bringen. Der Sinn dahinter ist, dass Menschen, die unterwegs sind, so nebenbei noch schnell einen Cache heben können, um ihn mit auf die Reise zu nehmen.

Ich frage mich wirklich, wer so etwas macht: total gestresst, darauf hoffend, seinen Flieger überhaupt noch zu erwischen, mit 23 Rollkoffern bewaffnet durch den Wald stapfen, um eben mal kurz in einer Tupperdose nachzusehen, ob da jemand auf eine Mitreisegelegenheit wartet. Ich frage mich das wirklich. Also, wer ist so bescheuert, außer mir natürlich?

Umgekehrt hat man dann das gleiche Problem: Nach der Rückkehr den TB noch schnell irgendwo ablegen, bevor es wieder nach Hause geht. Da schaut der Taxifahrer komisch, wenn man sagt: «Fahren sie mich bitte zu N23° 34.222, O 44° 66.221!», und spätestens wenn man dann auf die Rückfrage «Geht es auch genauer?» antwortet: «Ja, dort entlang an den Waldrand, dann anhalten, aber so, dass uns niemand sieht …», ist die Fahrt vorbei.

Trotzdem landen immer wieder neue TBs in diesen Hotels.

Ich habe schon mal sieben oder acht Stück in einer Dose gefunden. Im Logbuch standen außerdem nette Worte wie: «So, gute Reise, damit du beim Warten nicht so einsam bist.» Liebe Cacherneulinge, das mag jetzt vielleicht albern klingen, aber für uns Eingefleischte haben die TBs eine Seele.

Genau so war es auch mit «Mausi». Sie landete also in so einem TB-Hotel, und im selben Moment war ich unendlich erleichtert. Im Prinzip war das wie mit dem Kind: Es ist im Kindergarten und kann mit anderen spielen, damit es nicht mehr so einsam ist. Leider waren in der Dose noch ein paar andere Bugs, und es berührte mein Herz zutiefst, wie sie da lagen und warteten. Wie sie mich mit ihren traurigen, einsamen Augen ansahen. Wie sie quasi flehten: «Nimm uns mit, los, greif zu, wir wollen weiterreisen.» Natürlich griff ich zu. Das war irgendwie auch wie im Kindergarten, wenn man Gunhild-Chantal abgibt und zur Erzieherin sagt: «Geben Sie mir heute doch mal den Kevin-Jaquomo mit.»

Zusätzlich haben diese TB-Haufen-Caches einen entscheidenden Vorteil: Braucht man mal ganz schnell ein paar Geschenke, weil man überraschend auf eine Familienfeier eingeladen wird und für die sechs Neffen und Nichten noch nichts besorgt hat, dann fährt man eben mal bei einem Cache mit TB vorbei und sucht sich sechs brauchbare Stofftiere aus.

... Denkt man, aber erst mal würde das kein Cacher machen, der auch nur einen Hauch von Anstand im Leibe hat. Es gibt einen Cacher, den wir Cacher natürlich nicht Cacher nennen, sondern mit bösen Ausdrücken titulieren, der sucht sich gezielt Caches mit Travelbugs aus dem Internet heraus, geht hin, nimmt sie mit und bringt sie nie wieder zurück. Er sammelt sie. Leider kann man nichts dagegen tun, die armen Dinger sind völlig hilflos, und er nutzt das kaltblütig aus ... Dass er in Cacherkreisen so beliebt ist wie unter den Zauberern der Zauberer mit der

Maske, wie unter den Skilangläufern das österreichische Team, wie unter den Politikern Edmund Stoiber, wie unter den Softwareherstellern Microsoft, wie unter den Buchautoren Herbert Feuerstein, dürfte klar sein.

Doch die armen TBs sind noch einer ganz anderen Gefahr ausgesetzt: Es sind die genannten «Stammtische». Viele Cacher sitzen in einer Kneipe oder an einem Grillplatz zusammen und tauschen sich aus. Wie zu erwarten ist, herrscht im Extremfall beim Stammtisch totaler Kontrollverlust. Da kommt es gerne mal vor, dass ein Cacher seine TBs mitbringt. Und nicht nur einer, nein alle, und am Ende liegen immer mehr TBs auf dem Tisch. Wild durcheinandergeworfen, völlig entwürdigend für Leib und Seele eines Travelbugs, stapeln sie sich. Jeder greift blind zu und packt sich einen. Bestaunt und begafft von den Cachern, werden sie hin und her gereicht. Ein «Schaut nur mal, wie scheiße der aussieht» oder ein unbewusstes, gewalttätiges Zurückwerfen auf die harte Holzplatte kann dem Charakter eines Caches nachhaltig Schaden zufügen. Erst ganz wenig, dann immer mehr. Und irgendwann hat er das nicht mehr unter Kontrolle. Es soll schon vorgekommen sein, dass ein TB seinen eigenen Besitzer angefallen hat … Gut, wer ist auch schon so blöd und bindet eine TB-Plakette einem Terrier um den Hals?

Ich persönlich beteilige mich an solch öffentlichen Demütigungsveranstaltungen grundsätzlich nicht. Ich hege und pflege die mir anvertrauten TBs sorgfältig. Leider gibt es aber ein hygienisches Problem mit diesen Dingern. Da die meisten TBs aus Stoff sind (ich sagte bereits «Stoff»tiere) und sich im Laufe der Zeit das eine oder andere Bakterchen oder Virchen in ihrem Pelz eingenistet hat, haben sie so was leicht … Schmuddeliges. Ich habe mir aus dem Bioforschungslabor eine Kiste besorgt, in der ich die Viecher bis zum nächsten Cacheausflug bei Unterdruck lagere.

Mein Lieblings-TB, den ich in Händen hielt, als ich vor kurzem mal wieder eine Dose öffnete, war ein Eisbär, den ein Ehepaar zur Geburt seines Kindes auf den Weg geschickt hat. Wenn er 18 wird, soll er den TB bekommen, sofern er zurückgekehrt ist. Er wird ihn sehen, nachdenken, verstehen und dann wissen: Da meine Eltern es in 18 Jahren nicht geschafft haben, mich zugrunde zu richten, versuchen sie es jetzt mit diesem grauen Biber. Ich werde mir bestimmt die eine oder andere Krankheit einfangen, die man seit über 15 Jahren für ausgerottet hält.»

Genau, und eine davon hat er von mir. Der Eisbär ist nämlich echt süüüüüüüüüüüß!

Ich selbst habe natürlich auch schon ein paar TBs auf den Weg geschickt. Zunächst die üblichen Reise-TBs: einmal durch Deutschland, einmal durch Europa, einmal um die ganze Welt. Jeweils mit einer Liste der vorgegebenen Stationen. Die Aufgabe auszuwählen ist ja noch recht einfach, richtig kompliziert wird es erst, wenn man sich eine dazugehörige Figur aussucht. Ich dachte, «um die Welt» klingt zu sehr nach dem Hasen Felix. Das ist dieser Hase, den ein Mädchen Namens Sophie dauernd verliert, weil sie zu blöd ist, um auf ihr Kuscheltier aufzupassen. Die Eltern, ihre Tante und die Oma tun dann immer so, als würde der Hase Felix ihr Briefe schreiben. Das geht dann fast ein Jahr lang, bis ihre Eltern es endlich schaffen, einen neuen Hasen im Internet zu bestellen, und Sophie schon fast vergessen hat, wie der alte aussah, und deshalb nichts merkt. Außerdem verliert sie ihn sowieso nach ein paar Tagen wieder, da hat er sich ohnehin nicht verändert.

Wenn man jetzt einen kleinen Hasen Felix als TB auf den Weg bringen will, hat man nur das Problem, dass die Dinger sauteuer sind. Also verzichtet man irgendwann auf das Original und sucht etwas anderes, was ebenfalls zur Weltreise passt. Zwar habe ich dauernd irgendwo irgendwelche Billiganhänger gefunden, aber keine, die zum Thema Weltreise passten. Ich habe schließlich doch noch einen für 1,55 Euro im Internet gefunden. Eine Giraffe, die eine Weltkugel umarmt. Ja, ich weiß, ein echtes Mädchenmotiv, aber es könnte auf den «MuscleKiller» treffen, den Besitzer von «Mausi». Dumm nur, dass die Portokosten sehr hoch waren, dafür hätte ich mir das Gesamtmerchandising des Hasen Felix kaufen können, und zwar mit allen Büchern.

Meine anderen TBs haben jeweils Spezialaufgaben oder -ziele. Bei einem handelt es sich sogar um einen Doppel-TB: zwei TBs mit gegensätzlichen Aufgaben. Der eine, eine schwere Stahlkugel, soll im Mariannengraben versenkt werden, und der andere soll ganz weit auf den Mount Everest. Daher fand ich einen Buddha aus dem nächstgelegenen Chinarestaurant ganz passend. Zugegeben, der Mariannengraben ist etwas einfacher, da braucht man nur drüberzufahren, den Rest erledigt dann die Schwerkraft. Das mit dem Mount Everest ist natürlich sehr viel komplizierter. Ich habe zwar auf einem angehängten Zettel, auf dem ich die Aufgabe beschrieben habe, genau erklärt, dass der letzte Weg, nämlich der vom finalen Cache auf den Berg hinauf, nicht von einem Cacher gemacht werden soll, sondern von jemandem, der ein Hobby hat, das ihn unter Menschen bringt, der auch so kein Risiko eingeht, dessen Handeln von Vernunft bestimmt ist, also einem Extrembergsteiger. Aber bis man jemanden kennt, der jemanden kennt, der jemanden kennt …

Ein anderer Doppel-TB von mir funktioniert wie Fangen: Am Anfang liegen beide Bugs im selben Cache. Der erste TB, ich nenne ihn jetzt mal Igel, soll dann mitgenommen werden und in einem anderen Cache seine vorläufige Ruhestätte finden, bis … ja, bis der Hase, der beim nächsten Mal gefunden wird, im selben Cache liegt. Dann ist wieder der Igel an der Reihe und so weiter. Hier bin ich sehr gespannt, wie es um die Disziplin der Cacher bestellt ist. Halten sie sich daran oder nicht? Bisher klappt es ganz gut, er ist aber auch erst einen Tag unterwegs …

Natürlich kann man mit dem ganzen Getravelbugge und dem ganzen Rein- und Rausgehole auch durcheinanderkommen.

Dabei gibt es zwei grundsätzliche Probleme. Tobi und ich haben es geschafft, beide miteinander zu verquicken.

Allerdings nicht mit Travelbugs, sondern mit den noch viel wertvolleren «Coins». Die funktionieren genauso wie die normalen TBs, liegen also in einem Cache drin, werden herausgeholt und beim nächsten Mal wieder abgelegt, sind allerdings limitiert. Noch dazu hat jeder ein eigenes Thema: amerikanischer Geocoin (mit Flagge), Schweizer Geocoin (mit Flagge), kanadischer Geocoin (mit Flagge), aber auch speziellere Themen tauchen auf: Mountainbiken, der eigene Hund und Jesus. Genau, Jesus: ein Fisch, ausgemalt mit bunten Farben und dem Wort Jesus. Ob auch der in den Himmel soll – wer weiß.

Unser Problem hatte also mit den Coins zu tun, kann aber auch bei normalen Travelbugs vorkommen.

Es war ein schöner Herbsttag, und Tobi und ich verbanden unsere Anreise zu einem Auftritt mit einem kleinen Multicache. Tobi hatte ein paar Tage vorher den Coin[60] aus «Mikey's First» im

60 Wir haben uns oft gefragt, ob es nun DER oder DIE Coin heißt. Wir haben uns das nicht nur gefragt, wir haben das Wort auch in zwei Versionen benutzt, wobei der jeweils eine den jeweils anderen damit in den Wahnsinn getrieben hat. Wie es richtig lautet, wissen wir immer noch nicht. Denn irgendwie klingt DER richtiger, aber es heißt schließlich DIE Münze.
Spätere Nachfußnotierung:
Ich habe ja zum Glück die Unterstützung von Lektoren, also hochausgebildetem Fachpersonal der Bereiche Germanistik, Linguistik, Alt-, Mittel-, Hoch- und Junghochdeutsch sowie vergleichender Bantudialekte, die mir angeboten haben, diese Frage

Cache «Moonstay River» gefunden und wollte ihn jetzt ganz brav wieder ablegen. Und zwar in den «A-Cache», denn da war laut Cachebeschreibung kein anderer drin. Ich wollte ihn dort direkt wieder herausholen, damit der Coin auch bei mir in der Statistik auftauchte. Damit man den Sinn der Coins, das Hineinlegen und Besuchen eines Caches, auch nicht vernachlässigt, und vor allem auch, um nicht durcheinanderzukommen, machen wir das meistens auch real so. Also, Tobi würde «Mikey's First» aus dem Rucksack holen und ihn in den Cache legen. Ich würde ihn gleich wieder rausnehmen und ihn mir in die Tasche stecken. Das war der Plan, bis wir den Deckel des Caches öffneten …

Da lag nämlich schon ein anderer Coin drin: «Jeepers MTJ». Dabei sollte der da laut Cachebeschreibung gar nicht drin sein. Was tun? Tobi legte seinen TB hinein, ich holte zwei heraus,

---

für mich zu klären. Hier die Antwort:
Lieber Herr Hoëcker,
mein großzügiges Angebot, Ihnen die Passage aus der dt. Grammatik zu präsentieren, die sich mit den Artikeln von fremdsprachlichen Wörtern befasst, war ein echter Schuss ins Knie. Es steht nämlich allen Ernstes im Duden: ‹Für die Festlegung des Genus eines Fremdwortes im Deutschen gibt es keine feste Regel [...] bei einer Reihe von Fremdwörtern lassen sich für die Festlegung des Genus weder formale noch inhaltliche Kriterien ermitteln; daraus ergeben sich dann häufig Unsicherheiten im Artikelgebrauch. Genusschwankungen treten auch dann auf, wenn es zwei sinnverwandte deutsche Wörter mit verschiedenem Genus gibt, z. B. der oder das Match.›»
Was dieser Satz bedeutet, habe ich leider nicht verstanden, aber ich habe in meinem Bekanntenkreis ja zum Glück Freunde, alles hochausgebildetes Fachpersonal der Bereiche Germanistik, Linguistik, Alt-, Mittel-, Hoch- und Junghochdeutsch sowie vergleichender Bantudialekte, die mir angeboten haben, mir diesen Satz zu erklären.

sagte: «Nein, warte, wir kommen durcheinander», legte wieder einen hinein, und dann nahmen Tobi und ich jeweils einen heraus. Wir schauten uns an, stutzten und tauschten die Coins. Schauten uns wieder an und fingen nochmal von vorne an. Nach

einer Weile, genau genommen nach kürzester Zeit, hatten wir das Chaos beseitigt und wussten: Ein Coin lag in der Dose, jeder von uns hatte einen in der Tasche, und einer sollte gar nicht da sein. Machte insgesamt vier Münzen. Das waren eindeutig zwei zu viel. Wir sahen nach und stellten fest, dass in der Dose gar kein Coin drin war. Jeder von uns hatte also einen dabei. Auch der, der unterwegs sein sollte, war da. So lief es.

Zwei Tage später legte ich meinen Coin dann in den Cache «Diewodaso», und auch Tobi hatte seinen inzwischen irgendwo deponiert. Wir waren unserer Verantwortung gerecht geworden.

Wieder ein paar Tage später bekam Tobi eine nette Mail von einem sympathischen Cacherkollegen, der ihn freundlich fragte: «He, du Kasper, klär das mal, in dem Cache, den ich heute gefunden habe, ist keine Münze drin. Du hast die da aber laut Logbuch reingelegt. Hab dein Hirn mal unter Kontrolle, wenn es schon umgekehrt nicht klappt!»

Tobi strahlte erst vor Verzückung. Dass er endlich mal eine E-Mail bekommen hatte, machte ihn ganz froh. Sollten da doch Freunde in der großen, weiten Welt des Internets auf ihn warten? Das ging so lange, bis ich ihm erklärte, das seien jetzt keine klassischen Komplimente im traditionellen Sinne, sondern da war was schiefgelaufen und irgendjemand war deshalb sehr, sehr böse auf ihn.

Wir überlegten hin und überlegten her, dann änderten wir unsere Strategie und dachten nach. Auch das half nichts, folglich schalteten wir unser Hirn ein, grübelten, analysierten. Schließlich entwarfen wir ein übersichtliches Diagramm, um das Problem zu lösen:

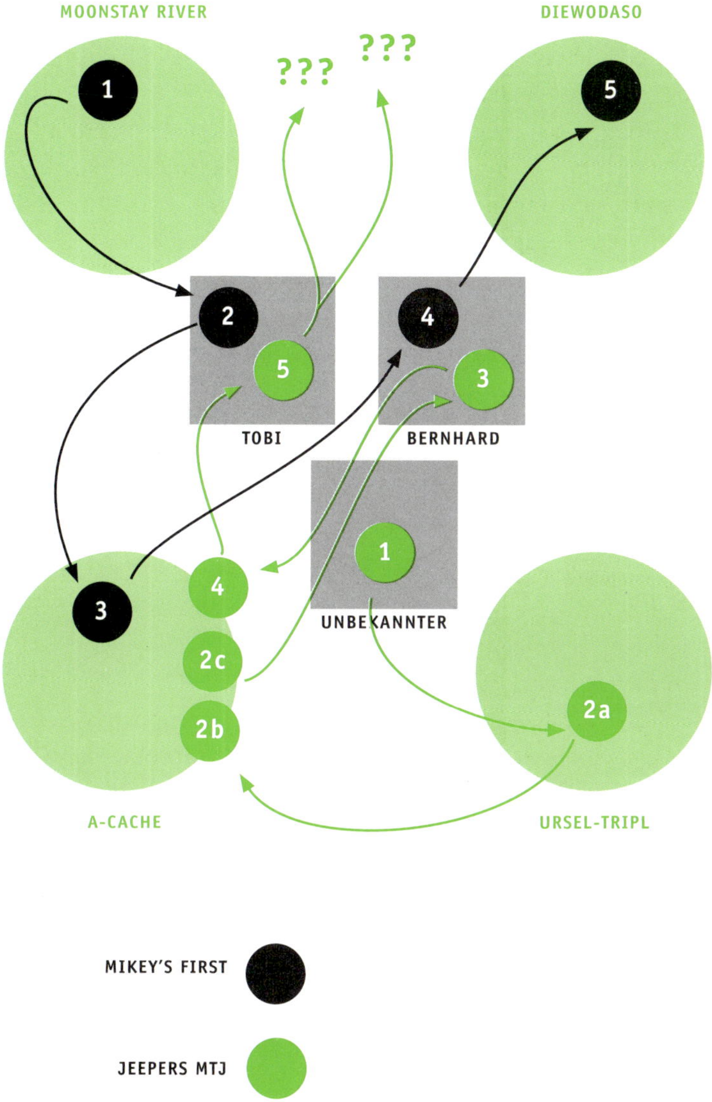
MOONSTAY RIVER
DIEWODASO
???
???
1
5
2
5
4
3
TOBI
BERNHARD
1
UNBEKANNTER
3
4
2c
2b
2a
A-CACHE
URSEL-TRIPL
MIKEY'S FIRST
JEEPERS MTJ

Dann sah Tobi im Rucksack nach, fand den Coin und alles war gut.

Quasi im selben Moment verlor er wieder einen Freund aus dem großen, weiten Internet, nämlich mich.

DER MENSCH IM CACHER

Wie fast jedes Säuge- und vor allem Jagdtier haben auch wir Menschen im Laufe der Zeit ein gewisses Rudelverhalten entwickelt. Leider handelt es sich eher um ein Schwarmverhalten, denn ein Rudel geht gezielt einem gemeinsamen Ziel entgegen, während der Schwarm scheinbar zufällig mal von dem einen, mal von dem anderen Einzelwesen unbewusst in eine bestimmte Richtung gelenkt wird. Ich habe schon seit langem vor, Schwarmverhalten am Computer zu simulieren und ein entsprechendes Programm zu schreiben, nur leider habe ich nicht genügend Ahnung davon. Aber da man auch ohne Ahnung ganze Bücher schreiben kann, sollte ich mich ruhig auch mal ans Programmieren wagen.

Wir Cacher sind im Grunde nicht wesentlich anders als andere Menschen mit merkwürdigen Hobbys. Im direkten Umfeld ist es oft schwer, jemanden zu finden, der genauso ist wie man selbst. Da haben es Fußballer wesentlich leichter. Von denen gibt es nicht nur sehr viel mehr, auch der Ball ist erheblich einfacher zu finden als die Tupperdosen, selbst wenn sich die Spieler dabei oft genauso dämlich anstellen.

Ähnlich diversen anderen Randgruppen, die sich irgendwie auch auserwählt und von besonderer Einmaligkeit beseelt fühlen, begegnen wir Cacher uns im Internet. Dort, in dieser anonymen Welt der Bits und Bytes, finden wir rastlosen Menschen die Ruhe, die man einem auf der Suche befindlichen, hektischen, von einem Ort zum anderen hastenden Cacher gar nicht zutrauen würde. Hier gibt es Plattformen, auf denen wir unsere Caches auswählen, hier gibt es unzählige Webseiten, die beschreiben, was wir tun, hier gibt es Foren, in denen wir miteinander über unser Hobby plaudern, hier gibt es die Netzwerkprobleme, die uns mit anderen einsamen Menschen in Kontakt treten lassen: Computerfreaks.

Wie sich das in einer großen Familie gehört, entwickeln wir Cacher uns und den anderen gegenüber bald ein gewisses Verantwortungsbewusstsein. Das spiegelt sich vor allem darin wider, dass ein jeder von uns den Caches eine gewisse Aufmerksamkeit entgegenbringt. Sie sind wie seltene Tiere, die sich nicht gerne zeigen. Wenn doch, so nur für kurze Zeit und dann auch nur mit einem schüchternen Blick zwischen Box und luftdichtem Deckel. Es ist demnach selbstverständlich, dass es diese Wesen zu schützen gilt. Daher sollte ein jeder die Dose immer wieder da verstecken, wo er sie auch gefunden hat. Außerdem gilt: Nach dem Loggen bitte wieder ordentlich verpacken, damit die Feuchtigkeit dem Cache nichts anhaben kann.

Ich habe schon Dosen und Gläser gefunden, in denen das Wasser stand, das Logbuch war feucht und der Stift durchtränkt. Daraufhin habe ich ganz brav ins Internet geschrieben, dass der nächste Cacher etwas mehr Zeit mitbringen sollte, um die Inhalte zu trocknen. Der war mit mir ganz einer Meinung und schrieb: «Stimmt, sollte man wirklich tun», eine Woche später ergänzte der dritte: «Das kann man wohl sagen, ich schließe mich den Vorschreibern an», drei Wochen später: «Mann, Mann, Mann, wusste gar nicht, dass so viel Wasser in so ein kleines Büchlein passt», wieder drei Wochen später: «Habe aus dem Pappmaché eine kleine Skulptur gebaut, sie soll allen eine Mahnung sein, nicht nur zu schreiben, sondern auch zu handeln.»

Weiterhin ist wichtig, den Cache vor unbefugter Benutzung zu schützen. Es mag zwar nett wirken, wenn man ihn gefunden hat und sehr offensichtlich wieder versteckt, weil man es den nachfolgenden Suchern nicht allzu schwer machen will. Meist hat aber die eigentliche Suche nicht deshalb so lange gedauert, weil der Cache so gut versteckt war, sondern weil man einen Fehler gemacht hat. Finden nämlich nicht Cacher, sondern irgendwelche Muggles die Dose, so hat das meist eine Plünderung zur Folge. Sie fallen wild über das wehrlose Geschöpf her, stellen sich drum herum und werfen es, bar jedweder Demut, von einem zum anderen. Sie reißen ihm den Deckel vom Leib, und voll Scham muss die Tupperdose die komplette Plünderung ihrer Innereien über sich ergehen lassen.

Kommen andere später zum Ort des Geschehens, bietet sich ihnen nur ein Bild des Schreckens: Zettel, zerbrochene Stifte, ein Stück Dose, Teile einer Plastiktüte. In einem solchen Moment bleibt einem nichts anderes übrig, als dem Cache die letzte Ehre zu erweisen, nämlich dagegenzutreten und laut zu rufen: «Ah, verdammt, und dafür bin ich durch die Büsche gekrochen!» Unangebracht ist es auch, den Cache kurzerhand und eigenmächtig zu verändern. Also Markierungen, Beschriftungen oder sogar das Versteck der Dose seinen eigenen Vorstellungen anzupassen, weil man die Neuerungen einfach «besser» und «passender» findet. Immerhin gibt es einen direkten Zusammenhang zwischen der Cachebeschreibung, die nur der Owner selbst verändern kann, und den Gegebenheiten vor Ort.

Natürlich waren auch Tobi und ich schon einmal kurz davor, konnten uns jedoch gerade noch beherrschen. Wir hatten das Problem, dass ein Cache nicht genau an den Koordinaten lag, die sich durch unsere Berechnung ergeben hatten. Wir waren in Sachsen und mussten eine Gedenktafel finden, die dort angegebene Zahl der erwähnten Personen notieren, einen Teil der Jahreszahl als Entfernung verwenden und die Buchstabenanzahl des Gedenksteinsetzers anschließend als Gradzahl nutzen. Oder so ähnlich.

Wir gingen also in die vorgegebene Richtung eine Straße entlang. Genau genommen fuhren wir natürlich, denn es waren bestimmt mehr als 200 Meter. An den errechneten Koordinaten angekommen, standen wir dann mitten auf einer asphaltierten kleinen Straße, links von uns ein Wald, rechts Gebüsch. Wie wir zum Glück schon in dem ein oder anderen Log gelesen hatten, mussten wir wohl oder übel ein etwas größeres Gebiet durchsuchen, um den Final aufzuspüren. Also nicht die üblichen zehn mal zehn Quadratmeter, sondern eher mehr. Das haben wir dann auch getan, wir haben die Suche ausgeweitet, und seitdem finden wir eigentlich den gesamten Osten Deutschlands sehr schön.

Letztendlich gefunden haben wir den Cache dank der Spoiler. Selbstverständlich hatten wir die kleinen Bilder und Hinweise der Cachebeschreibung, in denen die genaue Lage des Caches angezeigt wird, ausgedruckt und mitgenommen. Sie zeigten einen Baum, unter dessen Wurzel er liegen sollte. Das Problem war nur, es gab sehr viele, ja sogar ziemlich viele Bäume, die eigentlich alle gleich aussahen. Nämlich wie Bäume.

Und was heißt hier eigentlich «wir»! Ich denke mal, ich brauche jetzt nicht explizit zu erwähnen, dass ich den Cache zuerst entdeckt habe. Tobi gab in tapferer Maulwurfmanier zwar wirklich alles, aber es reichte nicht. Ich höre ihn immer noch murmeln: «Das muss hier irgendwo sein … das sieht genauso aus … ich bin mir ganz sicher.»

Irgendwann lag der Cache dann vor mir. Eines dieser Phänomene, die man so oft erlebt. Jedes bewusste Graben, Wühlen und Suchen bleibt erfolglos. Erst wenn man einfach nur so vor sich hin starrt und an einen glücklichen Ausgang der Suche gar nicht mehr glauben mag, fällt einem das kleine Eckchen Plastik ins Auge. Ich hatte ihn also entdeckt, die darüberliegende Schicht Laub beseitigt und blickte versonnen auf den Deckel. Aber ich wollte jetzt nicht so gemein sein und Tobi einfach ein «Hier!» zurufen. Ich musste mir etwas anderes überlegen. Also ließ ich die Box unverschlossen in der Erde und dachte eine Weile nach. Das dauerte eine Weile, denn es ist wirklich schwer, sich zu konzentrieren, wenn einer die ganze Zeit ruft: «Mann, Mann, Mann. Ich bin so nah dran.»

Plötzlich hatte ich eine Idee, ich nahm einen kleinen Stock und fing leise an, auf den Dosendeckel zu trommeln. Allmählich erhöhte ich das Tempo, steigerte die Schlagkraft. Rhythmusvariationen begleiteten nun die Performance, stakkatoartige Tempiwechsel spielten Staffellauf mit kenianisch-madagassischen Kulturpersiflagen. Dann hörte ich Schritte und – verlor das Bewusstsein.

Als ich wieder zu mir kam, dachte ich nur, dass das Ganze soooo gemein auch nicht gewesen war, aber Tobi kann nun mal nicht verlieren. Emotional völlig überfordert, wie er war, hatte er meine nett gemeinte Hilfsbereitschaft nicht erkannt. Nachdem wir uns in das kleine schwarze Büchlein mit diesen neckischen eckigen roten Kanten eingetragen hatten, wollten wir die Dose erneut vergraben. Doch Tobi meinte: «Sollen wir den wieder genau hier einbuddeln? Dann hat der Nächste ja dasselbe Problem wie wir.»

«Ja, aber die nachfolgenden Cacher sind nicht wir. Wie lange die suchen, kann uns egal sein», entgegnete ich.

«Aber weil die Vor-uns-Cacher den Cache genau hier wieder vergraben haben, haben wir als Nach-denen-Cacher wieder so lange suchen müssen», warf er ein.

«Also, du hast ja gar nicht suchen müssen, du hast ihn doch sowieso nicht gefunden, wenn wir jetzt schon theoretisch über dieses Problem reden.»

«Wenn wir jetzt schon theoretisch über dieses Problem reden, muss dir aber auch klar sein, dass unter den nachfolgenden Cachern einer sein wird, der den Cache findet, und dem können wir die Suche erleichtern, auch wenn der Cache, sollten wir ihn nicht ganz so schwer verstecken, nicht von demselben gefunden werden können würde, der beim Gleichverstecken der Finder sein wollen würde hätte gewesen wäre.»

Ich dachte nach und gab ihm recht, ohne zu wissen, wobei ich ihm da recht gab.

Aber es war klar, damit es den nachfolgenden Cachern nicht genauso erging wie uns, wollten wir das Problem an der Wurzel packen. Leider konnten wir die Cachebeschreibung nicht verändern. Also wollten wir den Cache genau an der Stelle vergraben, wo er hätte sein müssen – laut unseren Berechnungen. Das war leider mitten unter dieser asphaltierten Straße. Dass so ein Bauantrag für Privatpersonen auf öffentlichen Verkehrswegen oft sehr viel Zeit in Anspruch nimmt, war uns egal. Auch das Problem der nachfolgenden Cacher, die selbigen Bauantrag stellen mussten, hätten wir in den Griff bekommen. Der Einfachheit halber hätten wir einen Packen Formulare des zuständigen Bauamtes schon zur Hälfte ausfüllen und der Cachebeschreibung als PDF-Dokument beilegen können. Aber es regnete an jenem Tag in Strömen, und die Straße war nicht überdacht, also verwarfen wir diese Möglichkeit schweren Herzens.

Folglich ließen wir den Cache dort, wo er vorher war. Allerdings mussten wir nun die Berechnungsgrundlage leicht verändern, damit die Nachfolger die Koordinaten herausbekamen, die zum Final führten. Wir gingen also mit Hammer und Meißel zum Gedenkstein hinüber und wollten gerade die Inschrift anpassen, als uns auffiel, dass der Gedenkstein womöglich gar nicht vom Owner selbst aufgestellt worden war. Das war höchstwahrscheinlich gar keine vorbereitete Station, das alles gab es schon früher. Vielleicht war das, was auf dem Stein stand, ja wirklich passiert. Es war für uns völlig unvorstellbar. Sollte es etwa eine Welt jenseits des Cachens geben? Oder war auch das nur ein Hobby irgendwelcher merkwürdiger Menschen? Menschen, die sich Geschichtsdaten ausdachten und irgendwelche Steine irgendwo hinstellten?

Wir hatten keine blasse Ahnung, was wir noch hätten tun können, und schrieben daher später, als wir wieder online waren, auf der Webseite ins Log der Cachebeschreibung: **«Einfach zu finden, danke, bis demnächst.»**

Es gibt noch eine Spielart, durch die das Cachen erweitert wird, quasi ein Add-on, das ganz viel Spaß macht, also den anderen. Aber es zeigt, dass letztlich alle Cacher Teil einer großen Familie sind, auch wenn man bei der einen oder anderen Feier Tante Helga gerne mal das Blumenwasser in die Suppe schütten möchte. Denn ein – mir völlig fremdes und dennoch immer wieder gern genutztes – Element des Cachens sind die Trades. Das ist, wie anfangs schon mal kurz erwähnt, lauter kleiner Krimskrams, den man mitnehmen darf, wenn man dafür anderen kleinen Krimskrams in die Dose legt. Im Gegensatz zu den auch schon mal erwähnten Travelbugs, die einfach so mitgenommen werden dürfen. Worum es sich bei den Trades genau handelt, ist eigentlich recht einfach zu erklären: Ohne McDonald's-Juniortüte und den Inhalt der Überraschungseier wären 95 Prozent aller Caches leer. Mir ist es ein völliges Rätsel, wie man an so etwas Spaß haben kann. Wenn einem beim Öffnen des Caches ein McDonald's-Radio die neuesten Hits vorspielt, hat man ja noch etwas davon, weil man auf der nächsten Party ganz cool auftreten kann. «Ja, den Song kenne ich, das ist von … na ja, egal. Den habe ich zum ersten Mal gehört, als … ja, es war in diesem Wald, und ich musste lange warten, bis ich endlich alleine war. Er lag diesmal unter der Erde … Mann, ich weiß es noch, als wäre es gestern gewesen. Gut, es war gestern … Hallo?» Außerdem hat man Zeit, sich den Song bis zum Ende anzuhören, ohne gestört zu werden.

Dieser Ü-Eier-Krimskrams ist da schon etwas nerviger. Nicht

nur einmal hat sich beim Öffnen der Dose ein unglaublicher Haufen kleinteiliger Kleinteile über mich und die Erde ergossen. Nicht nur einmal bin ich stundenlang über den aufgeweichten Boden gerobbt, um auch die letzten Einzelelemente der lustigen Ich-krieche-über-den-Tisch-und-bewege-dabei-meine-Plastikbeine-Raupe zu finden. Nicht nur einmal habe ich länger zum Zusammenbauen der Trades gebraucht als zum Finden des Caches. Aber nur einmal hab ich die kaputten Sachen einfach liegen lassen. Das war ein schöner Tag! Nur noch übertroffen von dem Tag, an dem ich Tante Helga das Blumenwasser in die Suppe geschüttet habe.

Bei anderen Caches sind Themen für die Trades vorgegeben. Der Cache «Halloween» etwa beinhaltet alles, was an Kürbissen, Spinnen und Hexen aufzufinden war. Und der «Duschhaubencache» darf nur mit Badezimmerutensilien gefüllt werden. Leider war er geplündert, und die Umgebung sah aus, als hätte jemand ein Badezimmer gesprengt. Für den Umgang mit diesen Caches gibt es übrigens eine klare Regel: Das, was man hineinlegt, sollte immer mindestens den Wert des Gegenstandes haben, den man herausgenommen hat. Nun, das mit dem Wert ist so eine Sache für sich. Mit dem Problem der Wertgerechtigkeit haben sich schon viele Wissenschaftler beschäftigt. Nehmen wir zum Beispiel mal eine Flasche Wasser. Hat man gerade einen kleinen Spaziergang von vier oder fünf Stunden durch die Wüste Gobi hinter sich, wäre man bereit, eine immense Summe für diese eine Flasche zu bezahlen. Steht man dagegen seit etwa drei Stunden in einem See voller Apfelschorle, ist das Interesse an einem weiteren kühlen Getränk auf einer Skala von 1 bis 10 eher bei –23 anzusiedeln.

Die gleiche Problematik haben wir bei den Trades. Zwar konnte ich bisher noch nicht beobachten, dass jemand einen Diamanten gegen eine gebrauchte Zellophanfolie ausgetauscht hat. Aber dass aus einer Taschenlampe eine Werbe-Demo-Umsonst-CD, aus einer Werbe-Demo-Umsonst-CD eine kleine Porzellanfigur, aus einer kleinen Porzellanfigur ein Ü-Ei-Gimmick und daraus ein Päckchen Taschentücher wird, ist durchaus schon das eine oder andere Mal vorgekommen. Das passiert sogar, obwohl man jedes Mal beim Loggen auch noch dazuschreibt: **«OUT: Taschenlampe, IN: Werbe-Demo-Umsonst-CD.»** Spätestens bei dem Wort «umsonst» muss einem doch auffallen, dass da irgendwas nicht ganz gleich und wertgerecht sein kann …

Noch schlimmer wird es, wenn mehrere Trades in den Dosen sind, die alle so scheußlich aussehen, dass wirklich niemand die Dinger mitnehmen will. Jeder lässt dann seine mitgebrachten Sachen da, hütet sich aber davor, etwas herauszunehmen. Dann ist die Tupperdose irgendwann derart voll, dass der Deckel nur mit großem Kraftaufwand und ingenieurstechnischer Raffinesse zu schließen ist. Wie oft mussten Tobi und ich schon die Dose bis kurz unter den Rand eingraben und dann in millimetergenauer Feinarbeit mit dem Wagen darüberfahren, um den Verschluss zu dem zu machen, was er eigentlich ist: ein Verschluss. Das Ganze war so filigran, dagegen ist das Rückwärts-Einparken mit einem Braunkohlebagger ein Kinderspiel.

Ich beteilige mich natürlich auch manchmal daran, und zwar so: Ich stehe stundenlang vor der Box, betrachte das eine oder andere Spielzeug und lege es wieder zurück. Irgendwann entscheide ich mich und schreibe brav ins Buch: **«No Trade»**, oder: **«IN/OUT: nichts»**. Soll der Cacher nach mir doch sehen, wie und wo er die aus dem Haufen herausgepulten Dinge desinfizieren kann.

FEHLPLANUNG

218 Eine Form des Cachens ist weder auf den Internetplattformen explizit erwähnt noch irgendwo sonst auf einer der von mir gefundenen Spezialseiten als Thema behandelt, dabei ist sie ungemein beliebt. Es geht um das Hektikcachen, auch als Cacherushen oder Schnellcachen bezeichnet. Manche nennen es gar Temposuchen, Fastfinden, Stressbuddeln, Eilepeilen, Geschwindigkeitsgraben oder Rasantheben. Ich weiß, das klingt total sportlich, so nach Training, Planung, Durchführung. Aber eigentlich sind Tobi und ich beim Hektikcachen meist nur in Zeitnot, weil wir irgendwelche kleinen Planungsfehler an Stellen eingebaut haben, die sich dann doch recht stark auf die Gesamtsituation auswirken. So sollten wir einmal um 17.00 Uhr in Frankfurt am Main zum Soundcheck in einem Theater sein. Da wir auf dem Weg von Bonn dorthin etwa eine Stunde zu früh dran waren, dachten wir, da können wir ja mal schnell cachen gehen.

Ich fuhr, Tobi auf dem Beifahrersitz, mit gemütlichen 200 Sachen die A 3 gen Süden, während er die in Frage kommenden Caches nach und nach durchging. Uns war klar, es konnte nur ein Traditional sein, denn es musste schnell gehen. Er hielt in den Cachebeschreibungen also Ausschau nach dem Hinweis «unter einer Stunde», denn dann wäre klar: Der isses. So einen Cache fanden wir dann auch, einen so genannten «Autobahncache». Dazu mussten wir bloß irgendwo an einem Rastplatz abfahren und hinter dem Toilettenhäuschen eine Dose suchen.

Während wir also noch sicher waren, unsere Pause so organisiert zu haben, nämlich kurz und knapp, dass wir dadurch den eigentlichen Zweck der Reise nicht gefährdeten, und uns gegenseitig ein «Ja, der ist gut, den machen wir» zuwarfen, was wir mit einem gegenseitigen «Ja, genau, den machen wir» beantworteten, was wiederum zu einem gegenseitigen «Ja, ja, der ist gut, den machen wir» führte, wurde Tobis Stimme immer leiser, bis sie ganz verstummte. Plötzlich fiel ihm ein anderer Cache ins Auge. Er hatte die ganze Zeit über nebenbei die zu Hause ausgedruckten Beschreibungen durchgeblättert und einen neuen interessanten Cache ausgemacht. Keine Ahnung wie, aber still und heimlich hatte dieser eine sich unter die anderen geschlichen. Und er war nicht wirklich das, was man unter einem «schnellen Cache für zwischendurch» versteht, sondern ein Multicache ohne Zeitangabe.

Spontan dachte ich: Toll, es ist entschieden, er gibt die Koordinaten ein, sucht den Parkplatz aus und programmiert das Navi.

Da kam ein «Müssen wir eigentlich PUNKT 17.00 Uhr im Theater sein?» von Tobi.

Empört rief ich: «Aber Tobi, ich bitte dich! Wir haben eine Verantwortung, das ist unser Job, die Leute warten auf uns. Es wäre respektlos, später zu kommen, wobei 18.00 Uhr auch nicht sooo spät wäre.»

Daraufhin zog er besagten Multi aus dem Stapel: «Sunset Rock», mitten im Taunus gelegen. In der Beschreibung hieß es schon: **«Klettern nicht nötig»**, was sehr vielversprechend klang, und am Ende sollte man auch noch einen schönen Ausblick haben. Wir versuchten abzuschätzen, wie lange wir dafür wohl brauchten: Anfahrt etwas weiter als der «Rastplatzcache», weil «mitten im Taunus» nicht «neben der Autobahn» war. Dann versuchte Tobi die Zeitangabe zu finden – leider ohne Erfolg.

Ich folgte den Anweisungen der netten Dame im Armaturenbrett und verließ schon mal die Autobahn. Tobi durchsuchte inzwischen die Logs. Die waren da schon ein wenig aufschlussreicher. Er las vor:

«… abgebrochen, doch recht weit …» Was für ein Weichei – ganz im Gegensatz zu uns.

«… über zwei Stunden durch die Pampa gelatscht …» Na ja, wer mit dem GPS-Gerät nicht umgehen kann, ist selbst schuld.

«… im zweiten Anlauf nur noch den Final gehoben …» Okay, wer nicht plant, der nichts erreicht.

«… nach langer Suche gefunden …» Na schön, die Suche war noch nie unser Problem.

«… schöner Spaziergang …» Ah, das war doch mal eine Information, mit der wir etwas anfangen konnten.

Wer das als Spaziergang bezeichnete, konnte sich natürlich nicht mit uns vergleichen. Das wäre, als müsste jemand bei der Seepferdchen-Prüfung den Ring aus ein Meter tiefem Wasser hochholen, der schon zweimal den Weltrekord im Apnoetauchen gewonnen hat. Daran bin ich übrigens immer gescheitert. Am Seepferdchen.

Alles klar, den machen wir, da waren wir uns schnell einig. Jetzt nur noch kurz im Theater anrufen: «Sorry, wir stecken im Stau, ja, schon vor der Abfahrt. Es wird wohl ein bisschen später.» Als Tobi auflegte, rutschten die Reifen des Wagens gerade die letzten paar Zentimeter über den Kies. Ich hatte gebremst, weil wir angekommen waren. Dachte ich.

Leider standen wir etwa einen Kilometer vor unserem Ziel auf einer Zufahrtsstraße, vor uns ein Schild mit der Aufschrift «Durchfahrt verboten», außer zu ganz komplizierten Uhrzeiten. Wir entschieden, erst mal auszurechnen, wie hoch das Risiko wäre, erwischt zu werden, falls wir diesen Weg doch nutzten, kamen aber nicht dazu, weil wir andauernd durch das nervtötende Hupen und Bremsen und Beschleunigen der um uns herumkurvenden Freizeitfahrer gestört wurden. Sie alle nutzten diese Straße, um zu dem Restaurant zu kommen, von wo auch wir starten mussten. Bevor Tobi auch nur «Feigling!» flüstern konnte, gab ich Gas und fuhr los.

Damit kommen wir zu einer äußerst schwierigen Stelle dieser Geschichte: Um den Unterhaltungswert in die Höhe zu schrauben, müsste sie jetzt so weitergehen: «… gab ich Gas und fuhr los, um dann zehn Meter weiter von einer Polizeistreife angehalten zu werden.»

Aber nichts dergleichen passierte. Wir fuhren einfach los und … kamen an. Kein schimpfender Anwohner, keine uns kontrollierenden Staatsbeamten, kein Zeuge Jehovas, der uns einen «Wachturm» anbieten wollte. Gut, wir waren jetzt Mitglieder im «Verein zum Schutze einheimischer Wild- und Wandervögel des mittleren Taunus», jedoch nur, weil wir versehentlich den Dackel des Vorsitzenden … na ja, mit Allradantrieb merkt man eben nicht alles …

Zwei Minuten später standen wir auf dem Wanderparkplatz, unserem Ausgangspunkt. Es war genau 16.00 Uhr, alles im grünen Bereich, zumindest fast. Das Ganze hatte doch irgendwie länger gedauert, davon abgesehen hatten wir völlig falsch eingeschätzt, dass die Strecke zum Theater von diesem Ort um einiges länger war als von dem anderen Cache, der quasi auf dem Weg, weil direkt an der Autobahn lag. Ich also schnell nochmal in Frankfurt angerufen und gesagt, dass der Stau irgendwie aus der Stadt herausführe, nein, wir hätten wirklich keine Ahnung, wie wir den umfahren sollten, ja, auch wenn man in dieser Stadt seit 26 Jahren wohne und, ja, auch wenn es Sonntagnachmittag sei, wenn es eigentlich kein Verkehrschaos gebe. Warum mitten auf der Autobahn Kindergeschrei, tollende Hunde und Vogelgezwitscher zu hören seien, wisse ich auch nicht, da solle er doch den Vorsitzenden des Vereins zum Schutze einheimischer Wild- und Wandervögel des mittleren Taunus fragen. Aufgelegt.

Ich atmete kurz durch und sagte zu Tobi: «Was ist? Dir hab

ich auch schon oft gesagt, du siehst gut aus», nur um zu merken, dass er schon längst auf dem Weg zu ein paar Schildern war, auf denen die Entfernungsangaben abzulesen waren. Ich also raus, Wanderschuhe an und nichts wie Tobi hinterher.

Schon auf den ersten Metern merkte ich, dass der warme Frühlingstag samt strahlender Sonne mit dicken Socken in Wanderschuhen sowie Jeans und Pulli nicht zwingend die beste Kombination von Kleidung und Wetter war, die man sich für eine kleine Wanderung vorstellen kann. Aber wir hatten sowieso kaum Zeit, wieso also umkehren, wir waren bestimmt schnell zurück.

Jedenfalls standen wir an unserer ersten Station und errechneten die Koordinaten des Finals. 1,3 Kilometer NNW. Seltsam. Warum hatten die anderen nur so lange gebraucht? 1,3 Kilometer – das schafft man doch normalerweise in knapp 45 Minuten, das ist doch kein Problem, dachte ich.

Wir schlenderten los, und während der Weg immer weiter von der Linie zum Ziel, die als Gerade auf dem Display des Gerätes angezeigt wurde, abwich und sich die Angabe «Entfernung zum Ziel» nicht ganz in der Geschwindigkeit änderte, wie es sich für uns anfühlte, öffnete sich leise ein kleines Samenkorn des Zweifels, ob wir das in einer Stunde tatsächlich hinbekämen. Noch bemerkten wir es kaum, wir hatten schließlich auf den Weg zu achten, und der war schon kompliziert genug, denn wir gingen nicht querfeldein, da es das Gelände nicht zuließ, sondern mussten den vorgegebenen Wanderwegen folgen.

Nach zehn Minuten kamen wir an eine Kreuzung, genau genommen an eine T-Kreuzung. Es ging nach rechts und links. Laut der Richtungsanzeige unserer GPS-Geräte mussten wir jedoch geradeaus. Ein kurzer Blick auf die sich vor uns befindliche Felswand machte uns deutlich: Die Wahlmöglichkeiten «links» und «rechts» waren von den zuständigen Straßenverkehrsplanern nicht willkürlich gewählt, sondern als einzige Option für den Straßenbau in dieser Situation erkannt worden.

«Links», sagte ich, denn ich hatte die Topo-Karten. Abgesehen davon kann ich Wege erkennen, von denen nicht einmal die Wege wissen, dass sie existieren.

«Rechts», sagte Tobi. Er hatte zwar keine Argumente, klang aber irgendwie sehr sicher.

«Links!» Ich sah doch, dass wir nur dem Weg folgen und dann später wieder rechts hochgehen konnten.

«Rechts», sagte er, immer noch ohne Argumente, klang aber irgendwie immer noch sicher.

«Links», sagte ich.

«Rechts», sagte er.

«Links», sagte ich.

«Rechts», sagte er.

«Rechts», sagte ich.

«Na also!», sagte er.

Wir gingen rechts, und ich hatte zumindest das Gefühl, dass er auf mich gehört hatte. Aber irgendwie blieben eine seltsame Leere und Zweifel in mir zurück. Dann ging es auch schon los: Nicht nur, dass der eigentlich kurze Weg von 1,3 Kilometern Luftlinie kurzerhand beschlossen hatte, sich serpentinenartig durch den Wald zu schlängeln, nein, er musste auch noch in möglichst kurzer Zeit möglichst viel an Höhe gewinnen. Zum Glück bin ich ein begnadeter Bergwanderer, der schon ganz andere Steigungen gemeistert und frohen Mutes auf einigen Gipfeln, vor allem der schönen österreichischen Alpen, gestanden hat. Aber hier im Taunus … die wissen doch, dass es Sessellifte gibt.

Nassgeschwitzt erreichten wir das, was sich uns als oberes Ende des Weges andeutete. Normalerweise geht man solche Strecken gemächlich und mit konstantem Rhythmus. Damit der Körper gar nicht merkt, was man mit ihm vorhat, und irgendwann erwacht und sagt: «Huch, wo habe ich mich denn da hinbefördert?» Aber diesmal waren wir aufgrund des Zeitdrucks etwas zügiger unterwegs. Unsere Körper hatten es sehr wohl bemerkt und die ganze Zeit gerufen: «Hallo? Haaalloooo! Wo wollt ihr denn mit uns hin, nehmt uns bitte mit!»

Oben angekommen, mussten wir uns kurz orientieren. Ich analysierte schnell die Lage, legte den Streckenverlauf vor, zog ein Lot, bemühte Thales[61], und dann gingen wir einen kleinen Wiesenpfad entlang, den Tobi für den richtigen hielt. Der Weg wurde immer enger, immer wiesiger (will sagen nasser) und führte bergab. Der leichten Entspannung war leider abträglich, dass mir da schon klar war, diese Strecke mussten wir wieder bergauf. Unseren Zweifel, es noch pünktlich schaffen zu können, der in der Zwischenzeit zu einem kleinen Setzling herangewachsen war und schon die ersten kleinen Wurzeln nach unten ins schlechte Gewissen schlug, bemerkte ich zu diesem Zeitpunkt nur deshalb nicht, weil ich mir die ganze Zeit eine neue Ausrede für unsere Verspätung auszudenken versuchte. Nur noch 30 Minuten, bis wir wieder am Auto sein mussten …

Der kleine, schmale Pfad endete in einem schönen, ebenso kleinen Tal. Von links schlängelte sich ein Hauptweg sanft den Hang hinab, der Boden, mit frischem Grün bedeckt, nahm unseren Pfad auf, die beiden vereinigten sich und führten etwas breiter und ausgetrampelter auf der anderen Seite wieder hoch (ich hatte es gewusst!) und verschwanden im Wald.

61 Thaleskreis … Mathematik … Ich hätte es vielleicht rausnehmen sollen, nachdem Chrissi, der ich die Stelle testweise vorgelesen habe, so gar nichts verstanden hat und auch noch Wochen später ständig «Thales? Thales?» murmelnd durch die Gegend gelaufen ist.

Wir blieben stehen, um uns über unsere Gefühle auszutauschen.

«Toll!»

«Ja.»

Weiter ging es. Der Weg war konstant steil, genau entlang der Zielfindungslinie und immer noch nicht zu Ende.

Es muss eine wunderschöne Gegend gewesen sein, so weit ich das aus meinen Träumen schließen kann. Denn in jenem Moment, als wir den Berg emporstrebten, war an Wahrnehmung nicht zu denken. Ich überschlug kurz: Wir waren seit 60 Minuten unterwegs und brauchten bestimmt noch 15 Minuten, allerdings waren wir auf dem Rückweg sicher schneller, weil es bergab ging. Wir könnten es also schaffen, pünktlich zur Verspätung im Theater zu sein. Immerhin hatten wir noch eine Stunde Fahrt vor uns.

Ich jubelte innerlich. Es würde funktionieren. Gut, vorausgesetzt, wir kamen am Ziel an, der Cache würde uns aus dem Boden entgegenspringen, das offene Logbuch würde uns, unsere Namen darin schon eingetragen, entgegenfliegen und binnen Sekunden wieder in der Dose verschwinden, bevor sich der Cache wieder selbst eingraben würde. Währenddessen wären wir längst auf dem Rückweg. Sofort verging die Jubelstimmung, und ich überlegte mir die nächsten Ausreden für die Theaterleute.

Nach unendlich vielen Kilometern, qualvollen Minuten und mehreren Litern Schweiß, die sich zum Glück in meinen mehrschichtig angeordneten Kleidungsstücken ansammelten, erreichten wir endlich unser Ziel: eine Bergkuppe, umgeben von Wald, von der aus es links steil bergab ging. Hier mussten wir nur noch suchen, sehr guter Empfang, und wir mussten nur sechs Meter seitlich den Weg verlassen. Aber: links. Das hieß: 20 Meter tiefer …

Felsen. Ein steil abfallender Hang, teilweise von senkrechten Felsabbrüchen unterbrochen. Kleine Bäume versuchten mit ihren zarten Wurzeln Halt zu finden, trockener Lehm und Laub bedeckten den Boden und vereitelten jede Möglichkeit, den Untergrund zu erkennen. Irgendjemand musste all das da hingebaut haben, seitdem der Cache das letzte Mal gehoben worden war. Oder die anderen Cachesucher hatten vergessen, es zu erwähnen. Wie hätten wir bei Sätzen wie **«... von wegen ohne klettern ...»** oder **«Bin ich Reinhold Messner?»** oder **«... auch ohne Seil und Haken erfolgreich ...»** auch darauf kommen sollen, dass wir hier irgendwelche Steilwände vorfinden würden? Also wirklich! Man kann nicht alles von uns erwarten.

Aber wir hatten den Point of No Return bereits hinter uns gelassen. Genau genommen hatten wir ihn bereits hinter uns gehabt, als Tobi die interessant klingende Cachebeschreibung aus dem Stapel gezogen hatte. Aber wer einmal dahinter ist, der bleibt da auch, deshalb heißt es ja NO RETURN.

Wir kletterten den Hang hinunter und fingen an zu suchen. Da wir auch jetzt wieder mit dem schlechten Empfang unserer GPS-Geräte zu kämpfen hatten, mit Ungenauigkeiten von bis zu 20 Metern, weil die Felswand das Signal abschirmte, kraxelten wir den Hang rauf und runter, runter und rauf. Zum Glück waren wir nassgeschwitzt, deshalb flog der ganze Staub nicht durch die Gegend und behinderte unsere Sicht, sondern er blieb einfach an unseren Körpern kleben. Hmmm ... dafür brauchten wir nachher also auch noch eine Ausrede ... Wir waren so verdreckt, dass zwei andere Cacherguppen uns gar nicht erkannten, als sie an uns vorbeikamen und wir uns einfach tot stellten.

Irgendwann wurden wir dann fündig. Der Cache lag versteckt in einer kleinen höhlenartigen Vertiefung. Dass ich an dieser Stelle «wir» schreibe, ist ziemlich nett von mir. Tobi gegenüber.

Geglaubt hätte es mir sowieso keiner. Denn wie immer war es so, dass ich den Cache fand.[62] Ich rannte an eine andere Stelle, rief: «Hier ist er», und ging danach schnell mal für kleine Königstiger. Als ich zurückkam, war Tobi vor lauter Suchen fest mit dem Erdreich verwachsen und nur mit Mühe und Not wieder herauszubekommen.

Er stammelte bloß: «Hier is nix, hier is nix!»

Ich sagte daraufhin: «Ja, hier nicht, aber dort», und zeigte auf die Stelle, wo der Cache lag.

Er entdeckte ihn sofort. Leider konnte ich sein Gesicht nicht erkennen, aber die diversen Lehmschichten bewegten sich so sehr, dass es ein Lächeln gewesen sein kann – oder auch ein Fluch.

Auspacken, loggen und wieder verstecken ging schnell, schließlich hatten wir es eilig, und unsere Suche hatte weitere 20 Minuten gedauert. Inzwischen war es schon nach 17.00 Uhr, wir sollten längst wieder mit dem Auto unterwegs sein, und wir mussten noch den ganzen Weg zurück.

Es hieß also: joggen!

Wir verstauten alle frei beweglichen Gegenstände. Gut, das klingt jetzt unglaublich professionell, aber im Prinzip hat Tobi bloß seinen Rucksack aufgesetzt. Dann sprinteten wir los.

Da es nicht so viele Wege in dieser Gegend gab, kamen wir sehr gut zurecht, auch ohne dauernd auf das GPS-Gerät zu starren. Es ging bergab, das machte das Ganze etwas einfacher. Die kurzen Stücke bergauf nutzen wir zur aktiven Erholung. Ja, das gibt's, das habe ich bereits als Kind beim Sportunterricht

62 Es mag verwirrend erscheinen, dass in so ziemlich jeder Geschichte ich den Cache gefunden habe und Tobi erfolglos blieb. Das hat einen ganz einfachen Grund: Die anderen erzähle ich nicht!

gemacht. Ist wahrscheinlich eine längst überholte sportmedizinische Theorie, die ich damals schon scheiße fand, die aber auch diesmal wieder großen Eindruck bei Tobi hinterlassen hat, als sie so unwillkürlich aus meinem Mund herausströmte.

Aus dem Wald ging es durch die kleine Senke, auf der anderen Seite wieder hoch, eine scharfe Biegung entlang und über eine uns unbekannte Wiese. Ich dachte mir nichts dabei, weil ja auf dem Rückweg alles anders aussieht. Ein Problem, mit dem übrigens auch die Schwalben zu kämpfen haben, wenn sie ihr Nest zwischen zwei Sprossen an einer waagerecht aufgehängten Leiter bauen.[63]

Während ich so über die Strecke, die Schwalben und das Leben nachdachte, wunderte ich mich, warum der Weg mir ebenfalls völlig unbekannt vorkam, wenn ich zurückblickte. Das Einzige, was noch genauso aussah wie vorher, war Tobi. Denn der hatte in der Zwischenzeit den halben Taunus an seinem Körper verloren und war wieder als solcher zu erkennen. Nicht als Taunus, als Tobi.

Wir blieben stehen und warfen endlich wieder einen Blick auf unsere GPS-Geräte. Ja, alles klar, wir waren falsch. 400 Meter

63 Dann verlieren sie nämlich den Überblick darüber, wo sie gerade waren, und fangen woanders nochmal von vorne an. Das ist natürlich für die Schwalbe doof, und auch die Leiter hat keinen Vorteil davon. Aber es sieht interessant aus. Überall zwischen den einzelnen Sprossen gibt es dann kleine Haufen Baumaterial. Leider darf das Bild, das ich in einem Buch zu diesem spannenden Thema entdeckt habe, aus rechtlichen Gründen hier nicht abgedruckt werden. Gäbe es diese Probleme nicht, müsste ich mich allerdings daran erinnern, wo ich es gesehen habe. Und da ich keine Lust habe, mir Gedanken darüber zu machen, welches der beiden Probleme nun das größere ist, lasse ich es einfach ganz.

weiter südlich, als wir sollten, das war zu verkraften, aber auch 200 Meter weiter unten, und das war schon etwas dümmer.

Während wir uns, wie es so unsere Art ist, durch den Wald querfeldein nach oben schleppten, völlig im Unklaren darüber, wo unsere Körper diese Kraftreserven noch hernahmen, überlegten wir, ab wann wir falsch gelaufen sein könnten.

Genau genommen überlegten wir natürlich nicht sofort, sondern wiederholten erst mal stundenlang: «Das kann nicht sein!» – «Das Gerät ist kaputt!» – «Deines auch!» – «Eher ungewöhnlich!» – «Lag es an uns?» – «Nöö!» – «Na ja, vielleicht schon?» – «Ich sag nur rechts … links … rechts.»

Irgendwann wurde uns klar, dass es in dem kleinen Tal passiert sein musste. Der Weg war schräg nach oben abgegangen, wir dagegen waren weiter geradeaus nach unten in die Senke gelaufen, um danach erst oben das Tal wieder zu verlassen. Indem uns diese Tatsache klar wurde, schlug der Zweifel, jemals pünktlich das Theater zu erreichen, mit voller Wucht durch. Wir würden noch einmal 20 Minuten später ankommen. Wahrscheinlich! Der Setzling war eine Pflanze, war ein Baum geworden, die Wurzeln gruben sich bereits durch mein schlechtes Gewissen und erzeugten immer tiefere Risse. Mit Scham und Schande würden wir das Theater erreichen. Und sie würden uns keine einzige Ausrede abnehmen. Glauben würden sie uns nur einen Satz: «Wir sind schuld, Asche auf unser Haupt.» Genau so sahen wir auch aus.

Wir rannten, nein spurteten den restlichen Weg zu unserem Auto. Das Schwitzen hatten wir längst aufgegeben, dafür hatten unsere Körper keine Reserven mehr. Bei jedem Schritt schrien unsere gepeinigten Muskeln laut: «Nein!» Die Knochen ächzten und stöhnten unter der Belastung, die sie jetzt schon seit über zwei Stunden aushalten mussten.

Am Wagen angekommen, krochen wir nur noch über den Boden. Die Tür per Fernsteuerung zu entriegeln und kniend zu öffnen, kostete uns die letzte Kraft. Völlig erschöpft hielten wir uns an den in Schlafposition befindlichen Sitzen fest. Als sie, durch die automatische Sitzeinstellung gesteuert, in die aufrechte Position zurückfuhren, nahmen sie uns dankenswerterweise mit hoch. Unsere Knie konnten schon lange die Begriffe «strecken» und «beugen» nicht mehr fehlerfrei auseinanderhalten.

Spät, zerschunden und auch sonst völlig fertig kamen wir schließlich im Theater an. Genauer: ganze eineinhalb Stunden zu spät. Zum Soundcheck blieb kaum noch Zeit, und wir hatten das gesamte Technikerteam vor Ort warten lassen. Ich stieg aus. In Wanderschuhen und am ganzen Körper mit Dreck besudelt, ging ich rechts, links, nein links, nein rechts, egal … ich machte mich also auf den Weg zum Theaterchef. Um die Beichte abzulegen und jede Form von Buße anzunehmen.

Er stand in der Tür, und im Gegenlicht war nur seine Silhouette zu erkennen. Er war groß, er war kräftig, er war wütend. Sein Oberkörper bewegte sich langsam vor und zurück, seine Arme, die er vor der Brust verschränkt hielt, waren nicht zu sehen. Er trat aus der Tür in den Fadenschein einer Bogenlampe. Sein versteinerter Blick blieb an meinem Körper hängen. Dann umspielte ein Lächeln sein Gesicht, er lachte und fragte: «Na, auch so ein Künstler, der ständig einpennt, und einen Techniker hat, der zu blöde ist, den Weg allein zu finden?»

Ich schwieg, lächelte und sagte: «Man kann sich die Leute eben nicht aussuchen.»

ALTE SPIELE NEU ENTDECKT

Wenn man mit diesem Hobby anfängt und sich in den entsprechenden Internetplattformen herumtreibt, wenn man hier und da ein Forum besucht und den ein oder anderen Cacher befragt, der einem in Fleisch und Blut gegenübersteht, dann gibt es meist relativ früh einen Cache, der einem sofort ins Auge fällt. Man liest davon und denkt «Och!» oder «Ui!» oder «Aha!». Die Tage und Wochen ziehen ins Land, immer wieder sieht man sich diese besondere Herausforderung an, und die Reaktionen werden allmählich auffälliger: «Nein!» oder «Ehrlich?» oder «Das gibt's doch nicht!»

Trotzdem kommt man nicht dazu, sich näher mit dem Thema zu befassen. Irgendwann ist man dann aber so weit, die nötige Erfahrung ist gesammelt, die Fähigkeit, sich einen Überblick zu verschaffen, ist vorhanden. Von ganz hinten, aus der letzten Ecke des Bewusstseins, einer Ecke, in der man in einer Wohnung längst vergessene Socken finden würde oder den Impfpass aus den 1970ern, genau von da schiebt sich plötzlich wieder dieser Cache nach vorne. Auf einmal denkt man: «Den muss ich haben!» oder «Ohne den ist das alles nichts» oder «Mann, wie geil, die Idee ist super.» Ich will endlich einer von denen sein, denn das ist die Krönung des Ganzen! Während man nun die Socke in die Schublade wirft und den Impfpass zu den Krankenkassenunterlagen legt, entscheidet man sich: Jetzt ist er reif.

Genauso war es auch bei mir mit einem ganz bestimmten Cache. Ich mache es jetzt mal spannend, denn er hat es verdient. Dieser Cache besteht aus vielen einzelnen Caches. Hat man sie alle gefunden, ergeben sich durch Kombination und Rechenkunst die endgültigen Cachekoordinaten. Schon wenn man alle

Koordinaten bei Google Earth eingegeben hat, staunt man ob des faszinierenden Erscheinungsbildes: ein Quadrat, bestehend aus vier mal vier Traditionals. Darüber, mittig angeordnet, das Fragezeichen. Folglich sind hier nicht die Koordinaten genannt,

die man bloß aufsuchen muss, sondern hier muss man erst aus den Funden an den anderen Stationen schließen, wo der letzte Cache liegt.

Spätestens jetzt wissen die Eingeweihten, die Auserwählten, die Geocache-Jünger, wovon ich rede: dem «FRANKENMEMORY»!

Schon wenn ich es niederschreibe, dieses Wort, Frankenmemory, und dabei jeden einzelnen Buchstaben genieße: F – R – A – N – K – E – N – M – E – M – O – R – Y, läuft mir ein leichter Schauer den Rücken hinunter. Er hält kurz zwischen Brustwirbel vier und fünf an, rennt noch einmal hoch und läuft erneut hinab, diesmal bis zu der Stelle, wo der Kniereflex[64] ausgelöst wird, und verteilt sich bis in die Beine, die mich fast schweben

---

64 Das funktioniert eigentlich so: Das Knie wird mit diesem Hämmerchen, das völlig harmlos aussieht, einem aber höllische Schmerzen bereiten kann, unterhalb der Kniescheibe traktiert. Die Sehne wird verkürzt, und diese Information wird an das Rückenmark weitergeleitet. Etwa in Hüfthöhe wird dieser Reflex direkt, und zwar ohne das Gehirn zu passieren, umgeleitet und führt durch Muskelkontraktion zu einer Streckung des Beines. Dass das Gehirn dabei nicht benutzt wird, ist das eigentlich Faszinierende daran, weil die Frage bleibt, woher die Nervenzellen wissen, was von unten kommt und was nach unten gehen soll. Am einfachsten wäre es, Menschen zu untersuchen, bei denen eigentlich alles am Gehirn vorbeigeht. Aber auf die Idee ist die Wissenschaft bisher nicht gekommen, und ich habe jetzt echt keine Zeit, nebenbei auch noch irgendwelche Forschungen zu betreiben.

lassen würden, wenn ich nicht auf einem Stuhl säße und die nach oben gleitenden Beine mich mitsamt Sitzgelegenheit nach hinten kippen ließen.

Wie oft habe ich sanft über den Bildschirm gestreichelt, um diesem Cache wenigstens mental nah zu sein. Er ist unglaublich schön anzusehen: Alle 16 Stationen liegen aufgereiht wie auf vier Perlenschnüren vor einem. Überall muss ein Tier erraten werden. Von jedem Tier gibt es zwei, und danach muss man mit Hilfe einer Rechenregel[65] den «Lohn der Mühe» finden.

Irgendwann ging es tatsächlich los: Tobi und ich mussten nach Ilmenau. Der Weg dorthin führte rein zufällig direkt am «Frankenmemory» vorbei. Also wenn man eine völlig andere Autobahn nahm und zwei Stunden Umweg noch zum Bereich «direkt» gezählt werden dürfen. Dieser Cache musste generalstabsmäßig geplant werden. Da wir beide Zivildienst geleistet haben, war das mit dem generalstabsmäßigen Planen so eine Sache, wir hatten eigentlich eher Übung in Aktionen wie: «Finde die optimale Route bei Essen auf Rädern, um möglichst schnell wieder vor dem Fernseher im Aufenthaltsraum zu landen.»

---

65 Position gleicher Tiere addieren, das Ergebnis dann in derselben Tierklasse multiplizieren. Zumindest was die Säugetiere angeht. Bei den übrigen waren es dann sozusagen die Resttiere. Das übersprang dann schon mal die Klassengrenze und auch die «Nicht-ausgestorben»-Grenze … Kennt ihr eigentlich die Eselsbrücke für die Taxonomie der Tiere? Kleine grüne Osterhasen flitzen gerne auf dem Rasen. Klasse, Gruppe, Ordnung, Familie, Gattung und Art. Dann kommt die Rasse, dieser Begriff wird aber nur noch in der Zucht und in der nicht diskussionswürdigen politischen Diskussion benutzt. Wir wären dann auch wieder bei den Menschen, die ihr Gehirn nicht nutzen, sondern nur das Rückenmark gebrauchen. Biologen haben sich davon längst verabschiedet. Sie reden eher von einem Rassenkontinuum.

Zuerst schauten wir uns das Gelände aus der Satellitenperspektive an. Alles Wald, dazwischen ein paar Wege. Die waren bestimmt nur für den Forst- und Jagdbetrieb zugelassen, folglich konnten wir nicht mit dem Auto hindurchfahren. Na ja, können konnten wir schon, aber dürfen durften wir nicht. Es war klar: Das ging nur mit dem Fahrrad, und wir brauchten eine Menge Zeit. Das mit der Zeit war kein Problem. Wir würden am Tag davor so um 13.00 Uhr losfahren, um 16.00 Uhr dort aufschlagen und schnell die ersten Caches heben. Danach würden wir kurz im nächstgelegenen Hotel, okay Gästehaus, okay Herberge, okay Kneipe mit Hinterzimmer nächtigen. Morgens um sechs ginge es dann gleich wieder los, und wir würden die restlichen Dosen suchen. Zum Schluss der Final.

Das mit dem Fahrrad war schon schwieriger. Teilweise mussten wir quer durchs Gelände, ob da überall Straßen waren, war nicht eindeutig zu bestimmen, auf dem Satellitenbild waren zwar ab und zu Linien, manchmal aber auch keine. Dazu das technische Gerät: Ich selbst habe natürlich ein Fahrrad, allein schon aus Imagegründen. Damit stelle ich mich morgens nach dem Duschen immer zum Trocknen auf den Bürgersteig. Sobald jemand vorbeikommt, atme ich kräftig aus und rufe: «Puh, das war vielleicht anstrengend! Jetzt schnell unter die Dusche», und gehe wieder rein. Sobald die Straße frei ist, gehe ich wieder hinaus. Das mache ich so lange, bis ich drei oder vier Passanten beeindruckt habe. Dumm nur, wenn die drei oder vier Passanten immer dieselben sind, da komme ich dann schon mal in Erklärungsnot, kann das aber meist auf die besonders große Tour schieben. Abgesehen davon hätte ich natürlich noch nichts gegessen, wegen des Gewichtes, und müsse jetzt unbedingt frühstücken. Gut, beim letzten Mal war es 18.00 Uhr abends, aber zum Glück ist es dem Nachbarn nicht aufgefallen.

Auf jeden Fall war mein Fahrrad nicht für Querfeldeintouren geeignet. Bei Autos achte ich schon eher darauf, damit muss man schließlich auch mal über ein Fahrrad fahren können. Umgekehrt hat das dagegen nie eine Rolle gespielt. Tobi meinte jedenfalls nur: «Ach, da kann ich endlich mal mein 21-Gang-Rad benutzen. Ist total gut, damit dürfte auch die Steigung kein Problem sein.»

Schluck. Steigung. Ich war völlig untrainiert und hatte ein absolut ungeeignetes Fahrrad. Mit einem «Okay, ich hole meines mal aus dem Keller und peppe es ein bisschen auf» legte ich den Hörer auf die Gabel[66] und rief alle meine Freunde an, ob sie mir nicht ein Fahrrad leihen könnten. Aber der eine hatte keins. Also musste ich so tun, als wären irgendwelche anderen Leute meine Freunde … Ich überlegte … Micha war schließlich bereit, mir seines zu leihen, allerdings unter der Bedingung, dass ich öffentlich behauptete, er sei mein Freund. Zum Glück sind Bücher etwas Intimes und nicht öffentlich.

Ein paar Tage später waren Tobi und ich wieder unterwegs und planten mit Hilfe einer topografischen Kartensoftware unsere Tour. Alle Punkte waren eingetragen, und wir erkannten sofort, dass die Stationen 13, 14, 15 und 16 direkt an einer Straße gelegen waren. Die vier würden wir anfahren und somit zumindest schon mal die südlichen Caches heben. Dann betrachteten wir die anderen Punkte, die deutlich kniffliger waren. Zum Glück waren auf der Topo-Karte gestrichelte und durchgezogene

66 Das ist natürlich völliger Blödsinn. Die Phase, in der Hörer noch auf Gabeln gelegt wurden, war zu einer Zeit, als alle sicher waren, das Buch würde aussterben, wenn sich die PCs weiter verbreiteten. Und was ist passiert? Nichts. Man hat versucht, Bücher zu verbrennen, aber das gab nur Ärger mit der Feuerwehr. Was gut ist, wird ewig halten, das sieht man an den Dinosauriern. Huch, da kommt ja ein Komet …

Linien zu erkennen, sodass wir große und längere, dafür aber breitere Wege fahren konnten. Wir klickten uns von Kreuzung zu Kreuzung,[67] von Wegbiegung zu Wegbiegung. So entstand mit der Zeit eine Route quer durch den schönen Frankenwald, immer

möglichst nah an die Caches heran, teilweise auf kurzen Strecken sowohl hin als auch zurück, teilweise als «Drive through».

Wir sind ja ziemlich klug und hatten daher vorab geplant, in der Mitte zu enden. Dann wären wir dem letzten Cache ganz nah, falls er in der Mitte liegt, nach Süden kämen wir auf dem Rückweg zum Auto vorbei, denn dort hatten wir die Parkposition gewählt, oder wir würden kurzerhand mit dem Auto nach der Rückkehr einmal um das ganze Gelände fahren, um in den Norden zu gelangen. Wir waren glücklich und zufrieden, dann studierten wir das Höhenprofil und verharrten mehrere Sekunden in absoluter Stille. Teilweise 100 Höhenmeter waren zu überwinden. Und egal wie schön das Bergabfahren auch sein würde, es ginge danach wieder und wieder bergauf.

Ich durchbrach die Stille mit einer Lüge: «Alles kein Problem mit meinem Bear Valley Special Edition von MARIN Mountainbikes, California, USA, aus dem Jahre 1996 mit dem zweifach konifizierten Cro-mo-Stahlrahmen, dem Afterburner-Heck und der Marin-Cromo-Rock-Star-Gabel, starr natürlich, und den in

67 Das ist so bei dem Programm, man geht mit der Maus auf eine Stelle in der Karte und klickt darauf, dann gibt es einen markierten Wegpunkt, danach geht man auf die nächste Stelle und klickt wieder. Ein neuer Wegpunkt entsteht und wird mit dem vorherigen verbunden. So geht das von Punkt zu Punkt, zwischendurch kann man auch welche verschieben, neue hinzufügen, völlig den Überblick verlieren und nochmal komplett von vorne anfangen. Genauso haben Tobi und ich das gemacht. Immer wieder komplett von vorne angefangen.

den Rahmen integrierten doppelten Wasserflaschenhalterungen. Das Ganze in Marin Battleship Grey. Der Marin-Vorbau ist aus kaltgeschmiedetem Aluminium, der Marin-Lite-Lenker und die Hörner sind aus poliertem Leichtmetall. Natürlich ein White-Industries-Tretlager mit Shimano-STX-RC-Schaltkomponenten, 21 Gängen und Grip-Shift-Schnellschaltung am Lenker. Das braucht man, um die Kraft optimal auf die Mavic-M400-Felgen mit 26 Zoll und 36 Edelstahlspeichen zu übertragen. Unterstützt von den Shimano-STX-RC-Naben mit dem Schnellverschluss ‹U›. Zur Sicherheit natürlich nur die DiaComp-Cantilever-Bremsen mit den DiaComp-Control-7-Zweifinger-Bremshebeln. Zum Abschluss und zur Bequemlichkeit natürlich einen Comus-Gel-Sattel.» Dann schwieg ich.

Tobi durchbrach die Stille mit einem «Was?», ich antwortete mit: «Ach, nichts!»

Dann kam endlich der Tag der Tage. Tobi wollte um 16.00 Uhr vorbeikommen, er musste erst noch arbeiten – süß, nicht? Wir wollten dann sofort losfahren. Da es im Sommer immer lange hell ist, sollten wir die ersten vier Caches problemlos finden können.

Um 16.00 Uhr meldete er sich und sagte, es dauere noch ein bisschen, er müsse länger arbeiten – na ja, immer noch süß.

Um 17.00 Uhr schrieb er eine SMS: «Wird noch später, Arbeit.» Ein Hauch Bitterkeit legte sich über den Glukosegeschmack von vorher.

Um 18.00 Uhr schrieb ich: «Immer noch?», er daraufhin: «Jep!» Ich wurde leicht säuerlich. Er hätte auch «Ja» schreiben und sich damit einen Buchstaben sparen können, aber nein, dafür hatte er Zeit, während er mich hier im Garten warten und schwitzen ließ. Irgendwann gingen mir die frisch gepressten Fruchtsäfte aus.

Um 19.00 Uhr war ich stinksauer. Ich kochte vor Wut und

hätte mit Leichtigkeit die eine oder andere Porzellanarbeit in meiner Mundhöhle zum Erhärten bringen können. Die CIA rief an und fragte nach, ob der Hitzeausschlag auf ihren Monitoren eine fehlgezündete Rakete gewesen sei, und die gesamte Nachbarschaft sparte sich die Grillkohle, indem sie die Würstchen nur kurz über die Grundstücksgrenze hielt.

Da kam Tobi hechelnd und völlig fertig herein und sagte: «Echt sorry!»

Ich holte tief Luft und erwiderte: «Kein Problem.»

Wir also Fahrräder aufs Auto geladen, Fahrräder wieder runter, damit wir an den Kofferraum kamen, Klamotten in den Kofferraum und Fahrräder wieder draufgeschnallt. Dann ging's tatsächlich los. Erwartete Ankunftszeit: 23.45 Uhr.

Puh, um die Uhrzeit hätte auch die Sonne ihr Überstundensoll erfüllt und wäre weg. Kein Problem, wir sind ja zum Glück die geborenen Nachtcacher, die auch in völliger Dunkelheit Traditionals für den Tag finden können, also blieben die Stationen 13 bis 16 weiterhin unser Plansoll. Auf dem Weg suchten wir ein nahe gelegenes Hotel oder irgendeine andere Unterkunft für die Nacht. 7,5 Kilometer entfernt war die erste Möglichkeit, wir riefen an, und Tobi bestellte die Zimmer. Lustigerweise fragte er nach dem Preis, dabei waren wir längst davon ausgegangen, dass sie in einer so verlassenen Gegend noch gar kein Geld kannten und wir mit Sachwerten bezahlen müssten. Warum sonst hätten wir die Kuh mit aufs Wagendach binden sollen?

Wir erreichten das Umland unserer Unternehmung, und so langsam wurde uns klar, warum wir keine alternative Übernachtungsmöglichkeit in der Nähe finden konnten. Zuerst hörten die Häuser auf, dann die beleuchteten Straßen, dann das «um», und schließlich verschwand auch das Land, und wir waren mitten im Nichts. Hier musste Michael Ende die Sache mit dem großen Nichts in der *Unendlichen Geschichte* eingefallen sein. Wahrscheinlich war er versehentlich von der Autobahn abgefahren, hatte zu spät gewendet, und schon war er an der Stelle der Welt angekommen, die genauso hieß wie sein Nachname.

Dort, also am Ende der Welt, angekommen, zeigte die Wirtin uns das erste Doppelzimmer, und zwar mit einem leicht merkwürdigen Blick. Zwei Männer nach 23.00 Uhr im Hotel, Doppelzimmer, und dann erzählen sie noch was von nochmal schnell weg, «ein bisschen spazieren gehen» …

Doppelzimmer, ach ja, die hatten nichts anderes, war uns aber letztlich egal. Der Vorhang zur Toilette störte mich auch nicht weiter, wozu braucht der Mensch eigentlich Türen? Ich war sehr gespannt, was Tobi für ein Zimmer bekommen würde. Gar keines. Was? Ja, gar keins. Es war EIN Doppelzimmer, wir würden wohl zusammen im Bett liegen müssen. Sie könne uns natürlich ein weiteres Zimmer fertig machen, bot die Wirtin an, sie müsse dann aber das Bettzeug rübertragen. Wir sahen ein, dass das zu viel verlangt war, waren nett, sagten tschüss und standen alleine in dem Zimmer. Langsam drehten wir die Köpfe zu dem Vorhang, atmeten ein und aus und sagten gleichzeitig: «Ich muss gar nicht … eigentlich geh ich nie auf Toilette vor dem Schlafengehen … ist eh völlig ungesund …»

Kurz darauf machten wir uns auf den Weg zu den ersten Caches. Wir fuhren knapp 15 Minuten durch Gar Nichts, ab und an kamen wir an Etwas Nichts oder auch an Überhaupt Nichts vorbei. Völlig überraschend durchquerten wir einen Ort, so überraschend, dass sich sogar der Ort vor Schreck versteckte und auf dem Rückweg nicht mehr zu finden war, und standen schließlich am Ende eines Waldweges. Jetzt mussten wir bloß noch ein paar Meter in den Wald gehen und den ersten Cache des Frankenmemorys heben. Langsam stapften wir los. Was erwartete uns wohl? Eine Dose auf dem Boden? Eine Schnur am Baum? Eine Markierung im Holz?

Wir mussten nur noch zehn Meter nach links ins Gebüsch, aber wir fanden einfach keine Tür. Da, endlich ging es zwischen zwei Sträuchern ins Unterholz. Da war ein Zaun, auf der anderen Seite konnte er aber nicht sein, wir suchten, leuchteten mit unseren Taschenlampen hin und her. Ich hörte, wie der Cache mich rief. «Hier!», erklang es leise in meinem Ohr. «Hier!» Ich schloss die Augen und ließ mich wie ein Jedi-Ritter von meinen Gefühlen leiten. Ich wusste, auch ohne etwas zu sehen, wo es langging. Langsam, ganz langsam näherte ich mich einem Baum. Plötzlich spürte ich es, ganz deutlich: Ein Ast, direkt in meiner rechten Wange, ich öffnete die Augen, trat erschrocken und von Schmerzen gepeinigt einen Schritt zurück, stolperte und schaute direkt auf drei UPS: unusual positioned stones. Das war er. Ich rief: «HIER!», und Tobi antwortete: «SCHEISSE!» Dann hob ich ihn auf, nahm ihn in die Arme und liebkoste ihn eine Weile. Darauf hatte ich so lange gewartet, endlich den ersten Cache des Frankenmemorys zu heben. Jetzt war ich an der ersten Station angekommen, hatte den ersten Schritt in die richtige Richtung getan. Tränen liefen mir aus dem Auge, vermischten sich mit dem Blut aus der aufgeritzten Wange und tropften dieses Zeichen meiner Lebendigkeit auf die Stelle, an der eben noch der Cache gelegen hatte. Tobi trat, ganz leise und meine Gefühle respektierend, von hinten an mich heran und sagte: «BUH!»

Ich erschrak, blickte der in den Himmel entschwindenden Wolke schönen Gefühls nach und meinte zu ihm: «Können wir jetzt endlich?»

Wir konnten. Wir liefen zurück zum Auto, auf zum nächsten Cache. Der Anfang war gemacht. Jetzt lag der Rest des langen, steinigen Weges der Suche vor uns.

Die zweite Station befand sich noch etwas näher am Wegesrand. Wir gingen in den Wald, und schon da fiel mir etwas auf, ein kleiner Unterschied zwischen Tobi und mir. Gut, da gibt es

Auch das Cachelegen will gut vorbereitet sein: Zuerst muss man sich die richtige Fußbekleidung anziehen. Das schützt einen nicht nur vor Verletzungen, sondern auch vor Dreck, Getier und schmutzigen Autoteppichen.

Hier die Präsentation der Cachelegerausrüstung: Rucksack, Cachebehälter, Akkuschrauber, Cachebeschreibung, zwei GPS-Geräte, Ersatzakku, Tüte I und Tüte II, Schrauben und natürlich Reflektoren, Reflektoren, Reflektoren.

Dann wird ...

geschraubt und geschraubt und geschraubt und

geschraubt und geschraubt und geschraubt ...

... und manchmal auch nur so getan.

Das Ergebnis: ein Reflektor mit den letzten drei Stellen der Nord- und Ost-Koordinaten.

In der Nacht sieht er dann so aus.

Aber es gibt auch schwere Momente, die unser Cache ertragen muss: Wild gewordene, bösartige Waldbesucher haben ihre gesamte Intelligenz aufgebracht und mit ihren Schuhen einige unserer Reflektoren zerstört.

Aber unser Cache hat natürlich auch ein Logbuch, das in der Dose liegt …

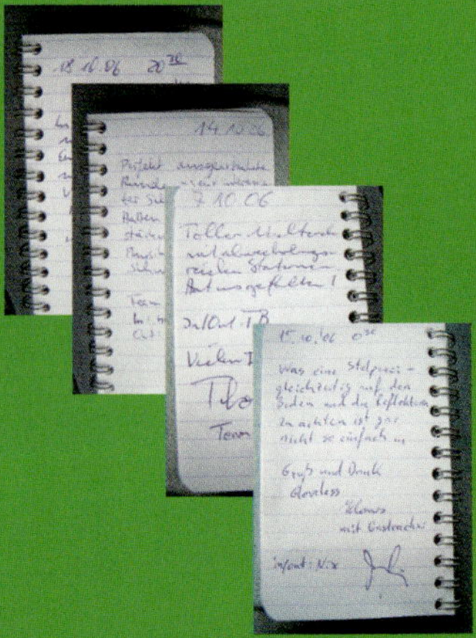

… ganz viele Einträge …

… und wie es sich gehört, etwas zum «Tauschen». Aber nur Schlümpfe.

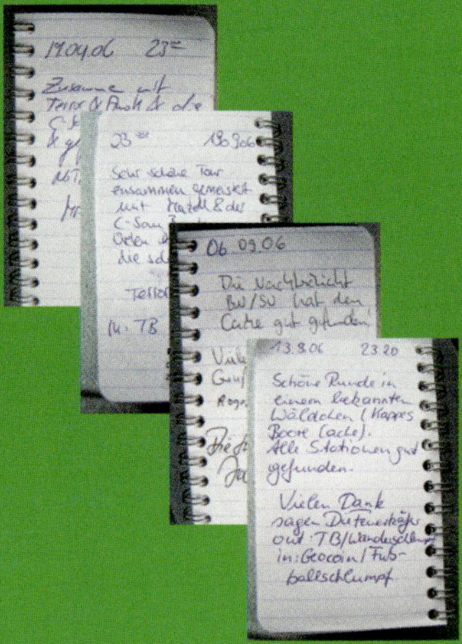

Auf dem Weg durch den Wald begegnet man auch

ganz vielen süßen Tieren, die es zu fangen gilt.
Sobald man sie hat ...

... ist man auch schon verliebt.

Die Krönung des Geocachens: «DAS FRANKENMEMORY». In der Nacht vor der Tour haben Tobi und ich schon einmal vier der 16 Kotprobendöschen gesucht und gefunden. Das Braune ist der Deckel – sonst nichts.

Toll, wie Tobi mit seiner ständig guten Laune unsere Stimmung auf einem konstant hohen Niveau hielt …

… während ich tapfer den verschlungenen und geheimen Pfaden folgte.

Des Öfteren haben wir eine Pause eingelegt: Entweder um zu planen …

… oder um nachzudenken …

… oder um zu essen.

(Dieses Foto sollte ursprünglich den Buchumschlag zieren, da einem sofort das «Schnitzel» ins Auge fällt. Zwar machten mir die Bedenken, dass ich nicht positiv schaue, die Hose verwaschen ist und das trockene Gestrüpp «unbewusst abschreckend» wirkt, nichts aus, aber ich habe kein Schnitzel, sondern eine Pizza in der Hand.)

durchaus mehrere: Der eine von uns ist attraktiv und hat einen unglaublich muskulösen Körper, kommt bei den Frauen an, ist klug, weiß eine Menge, hat Sozialverhalten, kann zuhören und Ratschläge geben, und zwar immer genau dann, wenn man sie braucht. Dafür hat Tobi eine tolle Spiegelreflex-Digitalkamera.
Aber all das erklärte nicht sein komisches Verhalten, während wir uns dem Ziel näherten: Jedes Mal, kurz bevor wir den Cache erreichten, ging er in eine andere Richtung. Zuerst dachte ich: «Oh Mann, der ist zu blöd, um sein eigenes GPS-Gerät zu lesen», aber dann stellte sich heraus, dass ich recht hatte.

Mit dem blöd. Nur war nicht Tobi blöd, sondern ich. Also, ich war zu blöd, die Daten richtig einzugeben. Bei dem ganzen Ich-liebe-Hightech-und-mach-ne-Route-auf-dem-PC-und-übertrage-die-Daten-auf-das-Gerät-Getue waren die Koordinaten völlig durcheinandergeraten. Ich musste sie also alle noch einmal von Hand korrigieren und erfreute mich der hochmodernen Technik, die mir auch in diesem Fall wieder mal mehr Arbeit machte, als sie einsparte. Aber das kennen wir ja schon vom Papier.[68]

Dennoch: Auch dieser Cache war relativ leicht zu finden, und

68 Als die Computer sich immer mehr durchsetzten, besagten mehrere Prognosen, dass es irgendwann kein Papier mehr geben würde. Dabei ist genau das Gegenteil passiert. Die Leute verwenden deutlich mehr Papier als früher, weil sie letztlich alles ausdrucken und nochmal ändern, um es dann erneut auszudrucken und nochmal zu ändern. Wer kennt sie nicht, diese langen Papierbahnen, die erst später die links und rechts durch Perforation abtrennbaren Löcher hatten? Ich frage mich immer, wer um alles in der Welt einen solchen Locher zu Hause hat und ob mit der Verbreitung dieses Endlospapiers auch gleichzeitig die Konfettipreise aufgrund des immens höheren Angebotes in den Keller gegangen sind.

es ging auf zum nächsten. Wir fuhren auf einen Waldparkplatz, stiegen aus und liefen ein paar Meter in den Wald. Nach einem kurzen Blick nach oben war die Überraschung perfekt: Sterne. Nicht nur ein paar, nein, sehr, sehr viele Sterne. Ich habe, glaube ich, noch nie so viele Sterne gesehen wie an jenem Abend. Es gab so wenige Lichtquellen in der Nähe, und die Luft war so klar, dass wir einen völlig ungetrübten Blick auf die Gestirne hatten. Jetzt wusste ich, was die Briten mit Lichtverschmutzung meinten.[69]

Wir marschierten los. Dieser Cache war schon etwas schwerer zu heben. Der Empfang war extrem schlecht, und wir irrten eine ganze Weile durchs Unterholz. Irgendwann standen wir nur noch herum, und ich sagte: «Irgendwo muss hier ein unusual positioned …» Da verharrte meine Lampe auf zwei völlig sinnvoll unter einem Baumstamm verstauten Steinen. Wieder waren wir fündig geworden.

Genauso ging es uns auch bei Station 16. Jetzt hieß es: nichts wie nach Hause fahren und schlafen. Was ja in etwa das war, was die Herbergsdame von uns erwartete. Zumindest hatte sie so geguckt. Aber dann kam uns spontan die Idee, auch noch schnell Cache Nummer vier zu heben. Der lag rechts oben, an einer Straße ganz in der Nähe, das müsste möglich sein. Wir fuhren also los. Tja, und jetzt kommt etwas, wovon ich sagen muss,

---

69 Irgendwann habe ich mal einen Artikel gelesen, laut dem die ganze Welt stolz darauf war, dass jetzt auch auf den Britischen Inseln das Umweltbewusstsein Fuß fassen konnte, sogar noch vor der Tollwut. Es ging um die Lichtverschmutzung. Alle dachten, ja stimmt, der normale Biorhythmus der Tiere wird gestört, weil moderne künstliche Lichtquellen den Tag-Nacht-Rhythmus durcheinanderbringen. Aber nein. Die Leute fanden es bloß schade, dass sie die Sterne nicht mehr sehen konnten.

dass ich mich wirklich nicht vorbildlich verhalten habe … Wir bogen von der Straße ab, immer in Richtung Cache. Ich wurde schon stutzig, dass die Straßenbeschaffenheit ihre Beschaffenheit zunehmend verlor, bis auch von Straße keine Rede mehr sein konnte. Wir standen mitten auf einer Wiese, im Dunkeln, gut 20 Meter vom Cache entfernt. Auf dem Navi war zwar noch eine Straße eingezeichnet, aber uns beschlich zunehmend das Gefühl, irgendwie den Boden der Legalität verlassen zu haben. Um den Schock zu überwinden, hoben wir erst mal den Cache, immerhin standen wir ohnehin fast drauf. Anschließend fuhren wir ganz vorsichtig zurück. Und da bemerkten wir es dann. Es tauchte ganz langsam aus der Finsternis auf: Erst war es nur als längliches Ding mit einer Verdickung im oberen Bereich zu erkennen, doch bald wurde die verschraubte Halterung des oben befindlichen runden Elements immer deutlicher. Zu guter Letzt wussten wir: Das ist ein Durchfahrt-verboten-Schild. Wir hatten es auf dem Hinweg offenbar völlig übersehen. Mit schlechtem Gewissen meldeten wir uns bei der nächsten Polizeidienststelle und gestanden unser Vergehen. Ein gütiges «Welche Arschkrampe ruft denn mitten in der Nacht wegen so ’ner Scheiße die Polizei an?» ließ uns das Vergehen als verziehen empfinden, und wir machten uns auf den Rückweg ins Hotel.[70]

Als wir ankamen, fiel uns sofort der Vorhang wieder ins Auge, und uns wurde klar, dass wir die Chance der Chancen verpasst hatten, uns im Wald zu erleichtern. Dort gab es zwar noch weniger Vorhänge als hier im Hotelzimmer, aber irgendwie war das Back to Nature und damit nicht so peinlich. Wir legten uns hin, warfen uns stundenlang von der einen auf die andere Seite, und

70 Natürlich war das einen klitzekleinen Hauch anders: Wir sahen das Schild und bretterten in vollem Bewusstsein daran vorbei. Und ich sag noch: «Tobi, lass das.»

ich hörte, wie Tobi nur darauf wartete, dass ich einschlief, um schnell hinter den Vorhang zu schlüpfen. Ich weiß das ganz genau, ich wartete nämlich auch, dass ER einschlief.

Der Wecker ging um 06.00 Uhr, 06.22 Uhr aufstehen, 07.00 Uhr Parkplatz, 07.01 Uhr Gebüsch. Dann schnell die Ausrüstung packen und aufs Rad steigen. Um 07.12 Uhr war alles erledigt, und es ging los. Als ich zum ersten Mal mit dem rechten Fuß, ich weiß es noch genau, ja, es war der rechte, das Pedal herunterdrückte, dachte ich noch: Oh Gott, seit Jahren das erste Mal wieder ernsthaft Fahrrad fahren. Das ist eine echt bescheuerte Idee! Dennoch sagte ich: «Boah, ewig nicht mehr gemacht, das fühlt sich klasse an.»

Unterwegs war ich leicht überrascht, dass die kleine, gestrichelte Linie auf meiner Karte ein breiter, mit Splitt belegter Weg war. Aber die Karten sind oft ungenau, vor allem deshalb, weil ständig irgendwelche Straßenrenovierungsarbeiten durchgeführt werden. Doch was sollte es, wir fuhren langsam, aber stetig den Berg nach oben. Zum ersten Cache des Tages. Auch der war relativ leicht zu heben, vorausgesetzt man hatte die richtigen Koordinaten eingegeben. Als wir wieder aufs Rad steigen wollten, meinte Tobi: «Moment mal, ich muss kurz meine Gangschaltung reparieren.» Leider war dieses Unterfangen nicht von Erfolg gekrönt, und nach etwa drei Minuten war klar, aus dem coolen 21-Gang-Mountain-ich-komme-damit-überall-hin-Bike war ein Dreigang-mal-sehen-ob-ich-es-schaffe-Fahrrad geworden. Jedes Hollandrad hätte ihm einen besseren Dienst geleistet. Aber wir hatten ja nur noch etwa sieben Stunden im Gelände vor uns, und mein Angebot, ihm mein Rad zu leihen und dafür seines zu nehmen, wollte er mir entweder nicht abnehmen, oder der unbewusste Unterton in meiner Stimme machte ihm klar, dass ich als Antwort mit einem überzeugten «Nein, nein, ist nicht nötig» rechnete. Vielleicht durchschaute er aber auch nur, dass meine körperliche Fitness mit der seinen nicht vergleichbar ist, weil wir uns auf zwei völlig verschiedenen Ebenen befinden. Ich bin ja eh eher der mentale Typ.

Im Anschluss daran folgten mehrere Stunden auf wunderschönen Wegen quer durch den fränkischen Wald. Die breiten Wege, ich möchte sie mal «Straßen» nennen, waren zwar die breitesten, aber leider auch am anstrengendsten zu fahren. Der darauf liegende Splitt schluckte bestimmt 50 Prozent der Kraft, die wir durch ständiges Herabdrücken der jeweils in der Reihenfolge vorne stehenden Pedale auf den Boden übertragen wollten. Irgendwann nutzte ich den linken Seitenstreifen, auf dem deutlich weniger kleine Steine herumlagen, doch leider war der Seitenstreifen nur im Abo mit dem daneben befindlichen Gebüsch zu buchen, mit dem ich deshalb auch das eine oder andere Mal unfreiwillig Bekanntschaft machte.

Wenn man so durch die Gegend fährt, ist man hin und wieder überrascht, wie viele Wege es gibt, die nicht auf irgendwelchen Karten eingezeichnet sind, und wie viele Wege auf irgendwelchen Karten eingezeichnet sind, die es gar nicht gibt.

Irgendwann stellte sich heraus, dass die durchgezogenen Linien, die wir bei unserer Planung hauptsächlich berücksichtigt hatten, keine breiten Wege waren, sondern gewesen waren. So Anfang des Jahrhunderts. Des letzten Jahrhunderts ... Dummerweise hatte die Natur in der Zwischenzeit das Wachstum nicht eingestellt. Nein, ganz im Gegenteil, sie hatte die damals von den Menschen genutzten Wege kurzerhand zurückerobert. Wie es aussah, waren auch wir nicht in der Lage, diese Schlacht zugunsten der Menschheit zu wenden. Die Entscheidung war quasi schon gefallen, der Sieg vergeben. Aber wir wollten es nicht wahrhaben. Zuerst versuchten wir, die alten Forstwege entlangzufahren. Die Schläge, welche die dort überall herumliegenden Baumstämme und Baumstumpfreste über Rad, Gabel und Lenker auf meine Hände übertrugen, hallen heute noch in meinem Körper nach. Auch der eine oder andere Sturz vorwärts über die Lenkerstange wird wohl für immer in meiner Erinnerung haften bleiben.

Schließlich gaben wir es auf und lehnten die Räder an einen Baum, um die letzten Meter zu Fuß zu gehen. Das war wohl eine der besten Ideen während der ganzen Tour. Ob ihr es nun glaubt oder nicht: Die Evolution hat mit der Entwicklung der Beine ein wirklich gutes und adäquates Mittel erfunden, um nicht präparierte Strecken dennoch mehr oder weniger einfach überwinden zu können. Die Erfindung des Rades war in dieser Hinsicht wohl eher ein evolutionärer Rückschritt, zumindest bis auch die Erfindung des Weges hinzukam.

Allerdings gab es nicht nur Wege, die man fahren konnte, und Wege, die man nicht fahren konnte, es gab zwischendurch immer mal wieder gar KEINE Wege. Einer der Caches lag irgendwo mitten im Hang. Trotz diverser Hilfsmittel mussten wir eine ganze Weile suchen und dabei bestimmt fünf Meter in die eine und danach fünf Meter in die andere Richtung gehen. Das mag jetzt erst mal nur nach zehn Metern hin und her gehen klingen, aber am Hang macht das gerne mal einen Höhenunterschied von zehn Metern aus. Das bedeutet ganze 100 Prozent Steigung![71] Nassgeschwitzt und mit Dreck besudelt standen wir

71 Ich dachte als Kind ja immer, 100 Prozent Steigung habe nur eine senkrechte Wand. Aber die Steigung bezeichnet stets das Verhältnis von Höhendifferenz zu Streckendifferenz. Also bei zehn Metern nach vorne und zehn Metern nach oben sind das 100 Prozent. Wer schon mal versucht hat, eine 45-Prozent-Steigung bergauf zu fahren, der wird zumindest im Ansatz verstehen, wie wir geflucht haben. Zumal wir die ganze Zeit die Räder dabeihatten, um möglichst schnell weiterziehen zu können.

nach erfolgreicher Hebung des Caches vor der Wahl, entweder die kurze Strecke querfeldein oder die lange Strecke über die Wege zu nehmen. Wir überlegten lange. So fünf Sekunden, dann waren wir auch schon auf dem Weg. Querfeldein. Besser gesagt querWALDein. Bergab ging es ja noch relativ problemlos, bergauf war es dagegen eine einzige Tortur. Quälend langsam schleppten wir uns den Berg hinauf, quälend schnell zog uns das Fahrrad in Kooperation mit der Schwerkraft wieder ein Stück hinunter. Zwei Schritte vor, einer zurück. Mit der Strategie hat Napoleon erfolgreich seine Feldzüge bestritten, ob wir das auch mit dem Berg schafften, war uns leider völlig unklar.

Natürlich schafften wir es irgendwann und erreichten endlich wieder einen vernünftigen Weg. Wir sprangen auf die Sättel und fegten völlig begeistert und gleichzeitig sehr schnell den Berg hinab, um unten festzustellen, dass wir eine Abzweigung verpasst hatten und leider wieder zurück mussten. Aber diesmal brauchten wir die Räder nicht zu tragen, wir konnten sie zum Glück bergauf schieben …

Mit zunehmender Anzahl der gefundenen Caches konnten wir einen gewissen Anstieg der Müdigkeit nicht mehr verbergen, nicht vor uns selbst und schon gar nicht vor dem anderen. Das führte dann zu so rationalen Erwägungen und Fragen wie: «Machen wir eigentlich alles richtig?» – «Wollen wir diese blöde Schnitzeljagd wirklich, oder ist es ein größerer Plan, der uns gegen unseren Willen leitet?» – «Warum sollen wir die Dinger überhaupt suchen? Was ist der tiefere Sinn dabei? Soll sie doch derjenige holen, der sie auch hier hingeworfen hat!»

Die letzten beiden Fragen konnten wir nicht beantworten. Zumindest nicht ohne ein erfolgreich absolviertes Philosophiestudium oder einen Abschluss in vergleichenden Religionswissenschaften. Dafür konnten wir immerhin überlegen, ob wir alles richtig machten.

Nein.

So schnell kann man überlegen, wenn auch nur die geringste Hoffnung besteht, dadurch körperliche Anstrengung zu vermeiden. Uns wurde nämlich klar, dass wir gar nicht alle Caches heben mussten, um die Lösung herauszufinden. Da es immer nur um Pärchen ging, würde der letzte übrig gebliebene Cache logischerweise zu dem Tier gehören, das wir bis dahin nur einmal gefunden hatten. Freudetrunken ob dieser Erkenntnis stürzten wir uns erneut auf die Wegplanung, ich schlug dieses vor, machte jenen Vorschlag und warf immer wieder neue Ideen in die Runde oder vielmehr Linie.[72] Tobi antwortete nur: «Wir können auch zuerst zur Sechs fahren.» Ich machte weiter, suchte neue Argumente. Tobi antwortete nur: «Wir können auch zuerst zur Sechs fahren.» Wieder holte ich aus, entwickelte Theorien über Theorien. Tobi antwortete nur: «Wir können auch zuerst zur Sechs fahren.» Ich stieß ihn an, vielleicht war er ja hängen geblieben, und ein einfacher Druck auf die Resettaste würde ihn wieder in unsere Welt zurückholen. Aber es half alles nichts. Ich schloss kurz die Augen, dachte schicksalsergeben nach, wieso er auf dieser Reihenfolge beharrte, und stellte fest: Es war einfach die beste Alternative. Ich öffnete die Augen und sah in ein lächelndes Gesicht. Ich schluckte, holte tief Luft und sagte: «Du hast recht.»

---

72 Wenn man zwei Punkte miteinander verbindet, ergibt sich daraus eine Gerade, wenn man drei Punkte miteinander verbindet, ein Dreieck, bei vieren ist es ein Viereck. Ab hier beginnt in der Geometrie die faszinierende Eigenschaft, dass vier Punkte die erste Anzahl Punkte ist, bei der nicht alle miteinander verbunden werden können, ohne dass sich irgendwelche Linien kreuzen. Deshalb meine ich hier natürlich nur die Linien, die alle anderen Punkte einschließen.

Er freute sich, und nach einer halben Stunde, in der er auf einem Bein hüpfend, laut jauchzend durchs Dickicht gehampelt war und dabei immer wieder gerufen hatte: «Er hat mir recht gegeben, er hat mir recht gegeben!», zogen wir endlich los, die letzten Caches zu bergen.

Irgendwann hatten wir es geschafft, alle nötigen Informationen waren zusammengetragen, und es ging zum Final, zum «Lohn der Mühe». Wir fuhren mit dem Fahrrad zum Auto zurück, bockten auf, nicht ohne uns vorher mehrfach gegenseitig zu versichern, wie toll wir doch seien, und machten uns auf den direkten Weg zum Endcache. Unterwegs holten wir NICHT den fehlenden Cache, weil ein paar Waldarbeiter uns dabei so was von störten, dass wir wirklich Angst hatten, sie würden uns etwas antun. Denn wenn Franken «Timber» schreien, kann das auch wie «nimmer» klingen, und der Gefahr wollten wir uns nicht aussetzen.

Dann die letzten Meter, der Wagen war geparkt, die Fahrräder waren wieder abgeschnallt. Wir damit in den Wald gefahren, abgesessen und erneut zu Fuß die letzten Meter bis zum Ende dieses Traumes gegangen. Da war er: Wir konnten ihn sehen. Wir konnten ihn fast hören. Wir konnten ihn sogar fast riechen, hätten wir nicht selbst so schlimm gestunken und so viel Lärm beim Laufen gemacht. Dann der feierliche Moment, als wir die Hände der Tüte näherten, sie herauszogen und sie, angeekelt wegen all der Tiere, gemeinschaftlich sofort wieder fallen ließen. Die nächsten Schritte – Dose öffnen und Logbuch herausnehmen – waren klar, dass Tobi uns eintrug, schon weniger, aber ich hatte keine Kraft mehr, um mich zu wehren. Ich ließ es geschehen, abgesehen davon hat er die schönere Handschrift. Er übt wahrscheinlich zu Hause heimlich die vereinfachte Ausgangsschrift. Dann schlenderten wir langsam zu den Rädern und fuhren zum Auto.

Wir blickten zurück. Da war sie. Diese Leere. All die Dinge, auf die wir Jahre, Monate, genau genommen Wochen oder auch nur einen Tag hingearbeitet hatten, waren Vergangenheit. Sie reihten sich ein in die Geschichte der Menschheit. Die Erfindung des Rades, die ersten Schriftzeichen, Demokratie in Griechenland, die Christianisierung Europas, die Aufklärung, die Gründung des Deutschen Reiches und jetzt das Frankenmemory – gelöst von Tobi und mir. Doch wie all die anderen Ereignisse werden sie in der Erinnerung verblassen, die Menschen werden wieder über den Alltag reden, es werden sich neue Ereignisse in den Vordergrund drängen. Keiner wird sich mehr daran erinnern, bis, ja, bis Guido Knopp darüber eine Geschichtsdokumentation drehen wird.[73]

Kleiner Nachtrag: Ich hatte zwar mehr Gänge zum Fahren zur Verfügung, dafür hatte Tobi hinterher mehr Zecken am Körper. Man sieht: Gerechtigkeit siegt.

73 Zugegeben, ich habe da ein sehr deutliches Bild vor mir: Der Zuschauer steht hinter dem Auto, wir treten von der Seite heran, blicken uns über das Wagendach an, steigen ein und fahren los. Die Kamera fährt langsam nach hinten und steigt auf, wobei sie sich rückwärts über den Wald bewegt. Während man das Auto im trüben nachmittäglichen Licht am Horizont verschwinden sieht, taucht unten am Bildrand der ganze Frankenmemory-Wald auf. Großartige Musik begleitet das Szenario, und am Schluss sieht man einen Stern am Himmel, der kurz aufblinkt und danach mit dem ganzen Bild dunkel wird.

Mit das Schönste beim Cachen ist, dass man dabei alles um sich herum vergessen kann. Man taucht ein in eine neue Welt, man lässt sich tragen und geleiten von den Dingen, die einem begegnen. Manchmal ist es der Geist eines alten Gebäudes oder eines größeren Geländes. Oft wird die Geschichte einer Burg in der Cachebeschreibung mitgeliefert, und ich sehe dann förmlich die alten Ritter und Recken vor mir, wie sie sich durch das Burgtor kämpfen, den Innenhof überwinden, die Mauern erklimmen und die Fahne ihres Sieges hissen. Oft auch dann, wenn nur noch ein paar vereinzelte Steine vom endgültigen Schleifen der Burg zeugen.

Aber ich kann mich auch selbst in einen Fantasierausch versetzen. Zum Beispiel, wenn ich alleine cachen gehe. Das mag zwar auf den ersten Blick ziemlich einsam erscheinen, aber wenn man das mal gemacht hat und einige Stunden ohne Begleitung durch den Wald gelaufen ist, die Vögel hat zwitschern hören und merkt, wie viel eigentlich so in der Natur los ist, dann weiß man: Das stimmt!

Deshalb versuche ich immer, mir selbst ein wenig Unterhaltung zu verschaffen. Am schönsten ist es, unterwegs ein Hörspiel oder ein Hörbuch im Ohr zu haben, was außerdem den Vorteil hat, dass man all die Naturgeräusche nicht hören muss. Wer will das schon? Rauschende Blätter, wehender Wind über einer herbstlichen Blumenwiese, plätschernde Bäche, die sachte ans Ufer schlagenden Wellen eines Sees, der Ruf eines Kauzes, die A 3 direkt auf der anderen Seite des Waldweges.

Davon abgesehen war es eine ganz besondere Erfahrung, einen Cache zu suchen, der in der Gegend lag, die genau zu der

Geschichte im Ohr passte. So war es bei *Die Nebel von Avalon* und dem «Schluchten-Cache». Der Roman von Marion Zimmer Bradley ist eher schwerer Tobak. Ich habe mal versucht, das Buch zu lesen, und ich bin kläglich gescheitert. Es ist eine Mi-

schung aus Fantasy- und historischem Roman. Immer schön ein Kapitel lang das eine und ein Kapitel lang das andere Thema. Die Unerträglichkeit des Fantasyteils bewog mich irgendwann dazu, nur noch den historischen Teil zu lesen. Leider verwoben sich die Geschichten innerhalb kürzester Zeit so stark ineinander, dass ich beim Lesen zwar ganz schön Strecke gemacht habe, aber dabei selbst auf der Strecke geblieben bin. Es geht die ganze Zeit um Mittelalter, Wälder, Nebel und Auen.

Jetzt, ein paar Jahre später, habe ich mir den Roman als Hörbuch gekauft[74] und einen Moment abgewartet, in dem ich Zeit hatte, in dem ich entspannt war, während dem ich mich nicht wehren konnte. Was lag da näher als ein schöner Cache im herbstlichen Wald? Während mir Anna und Katharina Thalbach schön brav mit ihren sonoren Stimmen die Geschichte von Morgain und ihrem schweren Gang durchs Leben vorlasen, machte ich mich auf den Weg, den Cache zu heben. Der Einstieg war wieder einmal schön einfach: Erst mal parken, und auf der Rückseite eines Schildes entdeckte ich auch gleich die Einstiegskoordinaten. Jetzt nichts wie los in Richtung Schlucht Nummer eins. Gleichzeitig machte sich Morgain auf, um das Leben von Artus zu verändern. Ich erreichte die Schlucht etwa zu dem Zeitpunkt, als Lancelot sich Artus verpflichtet hatte. Wir fingen an zu suchen – ich den nächsten Hinweis, Morgain die Liebe

74 Eine echt abgefahrene Erfindung: Man kann Tonaufnahmen auch kaufen. Ganz normal, im Geschäft oder online. Total legal. Da bekommt man auch mal was, wenn der Schulhof abgeschlossen ist.

Lancelots. Während ich ständig die GPS-Daten kontrollierte, übernahm Artus das Schwert Excalibur.

Da sich schon die erste Station als äußerst schwierig herausstellte, war diese Suche mit sehr viel Mühe verbunden. Da hatte Artus es deutlich leichter. Ich rannte also den rechten Hügel hoch, fand nichts, rannte zurück und den linken Hügel hoch und fand auch da nichts. Dann der Schock: Lancelot war vom Pferd gestürzt und schwer verletzt. Ich hielt inne, voller Konzentration war ich auf einmal am Hofe des Königs. Würde Lancelot es schaffen? Ja, denn Morgain kam vorbei und wollte mit einem Heilkraut die Wunde versorgen. Allerdings hatte sie es nicht griffbereit, es musste erst geholt werden. Ich fand noch immer nichts und vermutete, der Cache war auf der Insel Avalon im Nebel versteckt, ich würde Morgain um Hilfe bitten müssen. Da, jemand brachte die Kräuter. Lancelot war gerettet, und ich wendete mich wieder meiner schicksalsgegebenen Aufgabe, dem Cache, zu. Morgain kümmerte sich derweil um Lancelot. Sie war erfolgreich – ich nicht. Sie paarten sich. Nicht aus Liebe, nicht aus Lust, nein, weil es so vorherbestimmt war. Auch ich befand mich inzwischen in der Horizontalen: Ich robbte durch den Morast, zum x-ten Male den Berg hinauf und wieder hinunter. Beide ritten in den Sonnenuntergang, ich dagegen lag alleine im schattigen Laub des Würzburger Waldes. Während Morgain und Lancelot ihr Leben weiterlebten, blieb meines stehen. Und während der Herbstwind die letzten Blätter auf mein Haupt niedersinken ließ, sah ich sie im Nebel des ausklingenden Tages verschwinden.

Warum konnte es das Schicksal nicht auch mit mir gut meinen? Ich ging zurück zum Wagen, setzte mich hinein und akzeptierte meine Niederlage. Ja, dieser Cache war stärker, es war mir nicht bestimmt, ihn zu heben, aber ich würde wiederkommen. Während meine Seele von einem Strahl Hoffnung beschienen wurde und ich wieder glauben konnte, dass dieses Leben selbst für mich weitergehen würde, wendete sich auch für Morgain und Lancelot das Blatt. Das Schicksal stand nun auf meiner Seite und ließ die beiden im Schatten weiterleben. Wie sehr einen das Leben doch in kürzester Zeit von der einen auf die andere Seite werfen kann. Ein ständiges Hin und Her. Am Morgen hätte ich nie gedacht, dass der Tag noch eine solche Wendung nehmen könnte.

Dabei hatte alles eigentlich ganz gut angefangen: Ich machte mich frohen Mutes auf den Weg zum ersten Cache des Tages. Der war nicht nur leicht zu heben, sondern hatte sogar etwas mit Literatur zu tun: die «klassische Schweinfurter Litera-Tour». Von Station zu Station wird man mit einem Gedicht konfrontiert, das ein ortsansässiger Literat geschrieben hat und das sich in das Gedächtnis eines jeden Cachers einbrennen soll. Das funktionierte bei mir leider nicht wirklich. *Die Nebel von Avalon* waren gerade im faden Licht des Morgens erschienen und bedurften meiner vollen Konzentration. Das Schöne daran war: Auch da verband mein Gehirn ganz bestimmte Ereignisse miteinander. Als Morgain die Insel verließ, war ich genau in der Senke, wo ein kleiner Bach aus dem Boden kommt. Als Igrain erfuhr, dass sie mit Uther den Großkönig teilen sollte, schlug ich mich gerade vom Weg aus links ins Gebüsch. Dass die Station eigentlich rechts davon lag, bemerkte ich genau an der Stelle, wo Gorlois auftauchte, um Uther aus dem Weg zu räumen, und die Schrammen bekam ich just in dem Moment, als ich vom Baum abrutschte. Welcher Idiot hatte den dämlichen Hinweis auch in 2,10 Meter Höhe ins Geäst gehängt?

Die nächsten Stunden waren schön, aber deutlich ereignisloser und bestimmt von ständiger Spannung und Entspannung durch die Geschichte, die konstant in mein Ohr träufelte.

Noch schöner ist es, zu zweit cachen zu gehen, und am schönsten ist es, wenn man einer Geschichte folgt, die sich der Owner ausgedacht hat. Einer der unterhaltsamsten Caches, was das betrifft, ist der Nachtcache «Der Muggler».

Er spielt, ja, man muss sagen «spielt», in den Wäldern nahe Hilden. Dichte Bäume, enge Pfade und breite Wege sorgen für ausreichend Abwechslung. Schon in der Cachebeschreibung wird die Tür zu einer fremden Welt aufgemacht, denn da heißt es: **«Es begab sich im Jahre des Herrn MMVI, da der grausame Tyrann Kain M. Fang, vom Volke auch ‹der Muggler› gerufen, seiner Herrschaft enthoben wurde und sich mit dem Schatz des Königreichs, bestehend aus den gesamten Steuereinnahmen des Landes, auf die Flucht begab.»**

Die erste Aufgabe versetzte Tobi und mich direkt in die Rolle eines Ritters auf der Suche nach dem Schloss des Landesfürsten. Letzten Endes war es nur ein Klettergerüst auf dem Spielplatz, aber trotzdem sehr schön beschrieben: Wir sollten zur Pech-Rutsche (Rutschbahn), zum Drachenfängernetz (Kletternetz), zur eisernen Lanze (Rutschstange) und zum Freiertreppchen (Kletterleiter). Es ist völlig faszinierend, wenn man beim Lesen der Beschreibung nicht die geringste Ahnung hat, wo man landen wird, doch steht man erst an Ort und Stelle, wird man sofort Teil des Spiels. Wir lösten die Aufgaben und machten uns weiter auf den Weg. Es ging immer tiefer in den Wald und auch in die Geschichte hinein. Auf Rappen, wenn auch auf denen des Schusters, ritten wir wie gefordert gen Landesgrenze. Dort sollten wir ein Stück des Muggler-Mantels ausfindig machen.

Wir stiegen von unseren Rössern und kämpften uns durchs Gestrüpp. Dorniges Geäst durchstach unsere Gewänder, ritzte uns winzige Risse in die Haut. Wir blieben dennoch tapfer, hangelten uns unter der Brücke hindurch und überquerten das reißende Gewässer. Der Verzweiflung nahe, gaben wir fast auf, als mir ein Stück geschmeidiges Tuch entgegenschien. Der Hinweis war gefunden, die Aufgabe gelöst, doch die Nacht hatte noch andere Herausforderungen für uns zurechtgelegt.

Nun suchten wir die Wohnstatt der Herrin vom See. Welch

holde Maid dort zugegen war, blieb uns verschlossen, nur die Richtung sollten wir bestimmen, um den rechten Weg zu dem unsrigen zu machen. Diesem folgend, verließen wir das geschützte Land. Mit tapferen Herzen stellten wir uns dem Unbekannten, von Angesicht zu Angesicht. Die Landschaft, ein einziges unheimliches Dunkel, konnte uns nichts anhaben, denn unsere Gemüter brannten vor Eifer. Von Glühwürmchen geleitet, gingen wir weiter, um ein paar Irrwische um Rat zu fragen. Dieser fiel bei weitem überraschender aus, als wir uns das in unserer Fantasie jemals hätten ausmalen können. Wir schritten weiter und ließen die Tiere des Waldes, wie geraten, links und rechts liegen. Die nächtliche Kälte durchdrang unsere Kleidung, und unsere muskelgestählten Körper wurden auf das äußerste beansprucht, als wir der Koboldame ihr Wissen abtrotzten. Doch unser Geist reichte leider nicht aus, um mit dem ihren mitzuhalten.

Erst sehr viel später und sehr viel weiter, also so nach gut fünf Minuten und einigen hundert Metern, klärte sich der Nebel um unsere Gedanken und ließ sie wieder ihre altgewohnten Wege einschlagen. Die Lösung lag nun wie ein erblühter Blumenstrauß offen in unseren Händen, und unsere ermatteten Körper setzen ihr Reise fort. Nach einer Lichtung und einem Wald stellten wir uns dem letzten Kampf. Das war vielleicht ein Hin und Her, er ließ uns nicht so einfach von dannen ziehen, nein, er wehrte sich, aber unseren vereinten Kräften konnte er nicht länger standhalten, erst knickte er ein, dann lag er vollends am Boden. Wir siegten und konnten endlich den Schatz heben.

Danach kehrten wir erfolgreich zurück, und noch in ferner

Zukunft werden ganze Generationen von Kämpfern Lieder über dieses Abenteuer singen, um sich Mut zu machen und auf den Kampf einzustimmen. Es werden Berge, Täler und Flüsse nach uns benannt werden. Kinder werden unsere Namen tragen. Und Frauen werden ihren Männern vorhalten, dass man das Leben auch so wie wir meistern kann.

WENN DAS SCHICKSAL STÄRKER IST

Grundsätzlich sollte man sich immer sagen, dass Versagen ein fester und völlig normaler Bestandteil des Lebens ist. Da wir Cacher ein ganz besonderes Leben führen, ist das Versagen folglich für uns ein ganz besonderer Bestandteil des Lebens. Und selbst wenn man mehrfach hintereinander mit diesem besonderen Bestandteil konfrontiert wird, empfiehlt es sich, nicht gleich den Kopf in den Sand zu stecken,[75] sondern sich tapfer seinen Optimismus zu erhalten.

---

75 Dieses Verhalten wird ja den Straußenvögeln zugeschrieben. Dass dem in Wirklichkeit nicht so ist, muss eigentlich nicht mehr erklärt werden, zumal das regelmäßige Weiteratmen, wenn der Mund von Sand umgeben ist, offensichtlich eine der Gesundheit nicht zuträgliche Konzentration von Kleinststeinen in den Atmungsorganen zur Folge hat. Woher dieses Gerücht stammt, weiß ich leider nicht, wahrscheinlich ist es entstanden, weil der Strauß sich bei Gefahr einfach flach auf den Boden legt und das Ganze wegen der leicht unebenen Oberfläche von Steppen dann aussieht, als hätte er den Kopf im Boden vergraben. Irgendwie können Strauße nicht sonderlich helle sein, ja, ich möchte sogar sagen, sie gehören eher zu den dummen Tieren. Ich war mal auf einer Straußenfarm, und dort ist mir aufgefallen, dass die Einzäunungen keine spitzen, sondern abgerundete Ecken haben. Das liegt daran, dass der Strauß schneller rennt, als er denken kann. Er würde also schon im Zaun hängen, noch bevor er bemerkt oder gar verstanden hat, dass der Zaun in einem rechten Winkel weitergeht. Auch die Frage, ob etwas passiert, wenn man über den Zaun klettert, konnte mir ein Experte anschaulich beantworten: «Das Tier wird auf Sie zurennen und etwa vier Meter vor Ihnen

Tobi und ich, wir können das sehr gut, sonst hätten wir wohl kaum so lange überlebt. Einmal zum Beispiel wollten wir den Mittelpunkt Europas aufsuchen. Er lag an der A 61, mal wieder auf halber Strecke zu einem Auftrittsort, und wir hatten uns überlegt, ihn unterwegs schnell zu heben. Der Cache hatte nur zwei Stationen, es sollte also recht schnell gehen. Das Besondere an diesem Cache war, dass wir vorher ein paar Fragen zu Europa beantworten mussten. Allerdings wollten wir das erst im Auto erledigen, schließlich sind wir politisch interessierte Europäer mit einer anständigen Allgemeinbildung – das sollte also kein Problem sein. Wieso sollten wir uns schon vorab zu Hause damit beschäftigen?

Wir wollten die Startkoordinaten dieses Multicaches mit dem Navigationssystem unseres Autos anfahren. Dafür mussten wir natürlich erst mal eine Straße in der Nähe der Koordinaten finden.

Da ich keine Zahlen direkt eingeben kann, wollte Tobi das mit seinem GPS-Gerät erledigen. Er startete es, und während das Gerät erst einmal versuchte, seine aktuelle Position zu ermitteln, beschäftigte er sich schon mal mit den Fragen.

Es war lange still, dann hauchte er ein: «Die sind aber ganz schön schwer …»

Ich entgegnete: «Ach was, stell dich nicht so an!»

Daraufhin fragte er: «Okay, wie viele Forint bekommt man in Ungarn für 100 Filler?»

Ich konnte zwar mit der Hauptstadt von Ungarn kontern, aber ansonsten musste ich mich jetzt wirklich auf den Verkehr

in die Luft springen. Anschließend wird es auf Ihrem Brustkorb landen und so lange darauf herumtrampeln, bis Sie tot sind. Wahrscheinlich sogar länger, denn das Tier ist in der Beziehung nicht kleinlich.»

konzentrieren. Zudem ärgerte ich mich darüber, dass ich wieder mal alles alleine machen musste.

Zum Glück hatten wir das komplette Hightech-Equipment dabei: Laptop und UMTS-Karte, und schon war Tobi im Internet. Sehr viel später kam er wieder zurück, sah etwas zerzaust aus und war wohl irgendwie erfolglos gewesen. Dafür wusste er jetzt, dass die durchschnittliche Gesamtwasserentnahme pro Kopf in Ungarn bei etwa 550 Kubikmetern pro Jahr lag oder bei 1500 Litern pro Tag, was ungefähr dem doppelten der Werte von Polen, Rumänien oder Tschechien entsprach und leicht über dem Verbrauch in Deutschland mit 500 Kubikmetern pro Person und Jahr lag.

In der Zwischenzeit war sein GPS-Empfänger nicht untätig gewesen und hatte seine und damit bis auf eineinhalb Meter auch meine Position gefunden und die Entfernung zum Startpunkt angegeben: 1,5 Kilometer. Das war zu schön, um wahr zu sein, wären wir nicht just in diesem Augenblick an der Ausfahrt vorbeigerauscht. Die Zeit schien für einen Moment stehenzubleiben, und während dieser große blaue Pfeil mit den weißen Buchstaben fast schon Schlieren ziehend an unserer Seitenscheibe vorbeizog und wir die Köpfe langsam drehten, während ein langgezogenes «Sssssscccccchhhhhheeeeiiiiißßßeeeee» unseren Mündern entfuhr, stockte vor uns der Verkehr, und wir wären fast, ja FAST, in das Stauende hineingefahren. Aber kein Problem, die nächste Ausfahrt kam bestimmt, und genau so war es – nach 14 Kilometern …

Wir nutzten die Zeit so gut es ging und versuchten weitere Fragen zu lösen. **«An welchem Fluss (deutsche Schreibweise) liegt die polnische Stadt Grudziadz? Gesucht ist die Anzahl der Buchstaben!»**, oder: **«Aus wie vielen Inseln besteht die Repu-**

blik Malta? (Bitte nur die großen ab drei Quadratkilometer zählen.)»

Wir hatten keine Ahnung und versuchten uns im Internet einen Überblick zu verschaffen. Leider gelang es uns nicht, weil wir uns genau auf den 14 Kilometern der Autobahn befanden, die zur netzfreien Zone gehören, was in der Werbung immer ganz unten hinter dem kleinen Sternchen steht. Irgendwann schafften wir es dann doch. Nicht dass wir die Fragen beantwortet oder dass wir ein Netz gefunden hätten. Wir waren von der Autobahn runter … Und wir waren frohen Mutes, denn allmählich näherten wir uns unserem Ziel, dem Mittelpunkt Europas. Zwar nicht mehr von oben, denn das lag ja schon lange hinter uns, sondern von unten.[76] Obwohl mir klar war, dass wir letztendlich ebendiesen Mittelpunkt suchten, wunderte ich mich, warum Tobi auf einmal so böse guckte. Ich hatte doch gar nichts gemacht, außer stark gebremst. Dabei war er wohl mit dem Gesicht zwischen Windschutzscheibe, Laptop und Armaturenbrett gelangt und war zur Bewegungslosigkeit verdammt.

Aber ich hatte das tun müssen, denn wir waren genau dort vorbeigefahren, wo wir hinwollten. Ein großer Metallbogen mit Sternen und einem stilisierten «EU» zeigte den Ort, den es eigentlich erst noch zu suchen galt. Tobi würgte sich ein «Re-

76 Okay, hier einen schönen Gruß an Herrn Schumann, meinen Erdkundelehrer, der neben all den anderen Sachen, die uns nicht interessierten, auch Folgendes zu uns gesagt hat: «Oben ist der Himmel, und unten ist die Erde.» Danke fürs Gespräch, wir Schüler waren da schon weiter, wir konnten inzwischen sogar in einem Atlas oben und unten unterscheiden, schließlich hatten wir auch Deutsch, und da lernten wir die Ausrichtung einzelner Buchstaben und konnten deshalb auf die Ausrichtung eines ganzen Dokumentes schließen. Dennoch, für Herrn Schumann: Wir kamen jetzt von Süden.

spekt» heraus, und ich befreite ihn dafür aus seiner misslichen Lage. Wir waren uns sicher, dass der Cache hier irgendwo liegen musste. Also stiegen wir aus und durchkämmten das Gelände. Wir liefen um das Denkmal herum, durchsuchten die schön angelegten kleinen Blumenbeete, schauten unter den Bänken nach und hoben die Steine beiseite, die die Straße begrenzten. Währenddessen wunderten wir uns noch über den Cache-Owner.

«Warum hat er eine so offensichtliche Stelle gewählt?», fragte Tobi.

«Wie?»

«Ich meine, wenn er uns zum Mittelpunkt Europas führen will und das Ganze auch noch, huihuihui, spannend sein soll, warum ist das dann so ein großes Denkmal?»

«Keine Ahnung!»

«Wir kommen auch noch direkt daran vorbei, wenn wir auf dem Weg zum Startpunkt sind.»

«Na ja, vielleicht, also, nun ja, denk mal nach, es kann doch sein, also wirklich, manchmal …», versuchte ich ihn zu überzeugen.

Wir sprachen weiter darüber, und so verging die Zeit, und wir suchten noch immer. Langsam wurden wir leiser, bis wir schließlich ganz verstummten. Wir beschlossen, noch einmal die Cachebeschreibung zu lesen. Wir gingen zum Auto, und ich las vor: «Das Denkmal zu diesem Punkt liegt übrigens an einem ganz anderen Ort, wo es verkehrsgünstig besser zu erreichen ist.»

Tja, gut. Lesen. Warum auch! Ist ja ein Hobby, da darf man auch Spaß haben, und das Denkmal sah wirklich toll aus, auch wenn der eigentliche Punkt, an den man denken sollte, ganz woanders lag. Wir setzten uns ins Auto und beschlossen, die Fragen, die noch immer unbeantwortet waren, jetzt endlich mal ernsthaft zu lösen. Vielleicht waren sie ja doch nötig. Zu jeder Frage bekam man einen Wert, dem man einen Buchstaben zuordnen sollte. Schließlich sollten wir zu N 50 ° 31.cde; O 07 ° 35.hik. Außerdem hatten wir hier endlich ein Netz und somit eine Internetverbindung, und eine Pause nach der anstrengenden Sucherei war auch nicht zu verachten.

Während wir suchten und sich die Seiten Pixel für Pixel aufbauten, weil wir zwar ein Netz hatten, aber von dem Wort «Balken» hier nicht wirklich die Rede sein kann, warf ich noch einen Blick auf die ausgedruckte Cachebeschreibung. Plötzlich sprang mir ein Satz ins Auge, den wir bisher wohl übersehen hatten: **«Wer den Artikel gelesen hat, kann sich vielleicht noch an die Koordinaten erinnern, dann spart ihr euch die Fragen ...»** Artikel, Zeitung ...

Ich las Tobi den Satz vor. Wir blickten uns an, nickten, beugten die Köpfe über den Laptop, hämmerten die Suchanfrage über den Artikel zum Nabel der EU in die Suchmaschine ein, und schwups, fünf Minuten später hatten wir das Ergebnis. Klare, in Zahlen formulierte Koordinaten. Das war er, der Mittelpunkt der Erde, über den die Zeitung berichtet hatte. Sofort gaben wir sie ins GPS-Gerät ein und waren auch schon unterwegs. Von einem Wanderparkplatz etwa drei Kilometer weiter ging es dann los. Über die Hauptstraße gelangten wir direkt in den Wald, wo wir einen Forstweg einschlugen. Während wir so durch den lichten Wald spazierten und die frische Luft genossen, wunderten wir uns erneut über den Cacheleger: Warum hatte er die Fragen gestellt, wenn man die Koordinaten auch direkt finden konnte? Wieso verriet er das auch noch? Warum stand da: **«Die Fragen e, f und h sollten auf jeden Fall beantwortet werden.»** Wir ahnten es beide, wollten uns aber keine Blöße vor dem anderen geben und beschallten den Wald mit einem lauten, künstlichen Lachen. Allmählich näherten wir uns dem Ziel. Genau genommen näherten wir uns zwei verschiedenen Zielen, da Tobis und mein

Gerät zwei 100 Meter voneinander entfernt liegende Punkte als Ziel angaben.

Wie immer war ich es wieder, der die Station finden musste.

Ich rief laut in den Wald hinein: «HIER!»

Er antwortete: «JA, ich bin HIER!»

«NEIN!», rief ich. «HIER!»

«WIESO?», kam es zurück. «ICH BIN HIER!»

«NEIN!»

«DOCH!»

«ICH HAB IHN!»

Stille.

Es hörte sich an wie ein aus dem Nebel auftauchendes Motorboot, als er mit einem lauten «Waaaaaas?» aus weiter Entfernung durch das Unterholz auf mich zustürmte. Die Ungläubigkeit in seiner Miene kann wohl nur ein Cacher verstehen, der wie er auch jetzt noch daran zweifelte, dass ich wieder mal fündig geworden war. Ich lächelte nur und schwieg. Er hatte eben nur ein Garmin und ich ein Magellan … Aber als guter Cacher hat man ja eine soziale Ader, deshalb informierte ich ihn auch über den Fund.

Diese Station war sehr schön gemacht: Irgendwie hatte der Owner es geschafft, mitten im Wald ein Loch in einen Baumstumpf zu bohren, gleichzeitig aber den oberen Teil als Deckel zu erhalten. Ich habe das in der Zwischenzeit mehrfach nachzumachen versucht, es aber nie geschafft. Allerdings musste ich meine Experimente einstellen, als das Umweltamt der Stadt Bonn damit drohte, mich zu verhaften, falls ich auch noch die andere Rheinseite entwaldete.

An diesem Holzdeckel war eine Filmdose befestigt, und darin eingerollt lag der Zettel mit den Koordinaten des Finals. Irgendwo bei 57° 32. deg. Ui, da waren sie. Diese Buchstaben deg. Wir erinnerten uns dunkel daran, dass sie etwas mit der

Cachebeschreibung zu tun hatten. Die Erinnerung frischte langsam auf, und uns fiel ein, dass sie durch Werte ersetzt werden sollten, die sich aus den Fragen ergaben. Sofort war uns wieder präsent, dass wir diese Fragen nie beantwortet hatten, und es war sonnenklar, dass wir auf jeden Fall dem anderen die Schuld geben mussten.

«Du …», setzten wir beide an, schwiegen jedoch gleich wieder. Wir hatten ein gemeinsames Ziel und würden die Sache gemeinsam durchstehen. Ernst blickten wir uns an. Tobi zog mit unglaublicher Gelassenheit die Cachebeschreibung aus der Hosentasche. Ich war emotional völlig überfordert ob dieses wahnsinnigen Einfalls, die Beschreibung mit in den Wald zu nehmen, das machten wir sonst eigentlich nur dann, wenn wir sie letztendlich nicht brauchten. Mir entfleuchte ein «Toll!», mehr Komplimente wollte ich ihm dann doch nicht machen.

Jetzt hatten wir sie vor uns. Die Fragen. Sie waren für uns böhmische Dörfer. Mehr noch, denn wir wussten nicht einmal, was der Ausdruck «böhmische Dörfer» bedeutet.[77] Wir blickten auf den Zettel. Wie sollten wir jetzt um alles in der Welt ohne Internet die Lösungen herausfinden? Wer weiß schon, welches

77 In der Zwischenzeit weiß ich es: Die Redensart stammt ursprünglich aus der Donaumonarchie Österreich-Ungarn, zu der auch das Königreich Böhmen gehörte. Die Dörfer dort waren sehr weit voneinander entfernt gelegen und hatten für die Deutschsprachigen sehr unverständliche Namen. Alles Unverständliche wurde somit zum «böhmischen Dorf». In Böhmen selbst sprach man dagegen vom «spanischen Dorf». Im Englischen heißt es: «It's Greek to me!» Im Polnischen sagt man dazu: «Chinszczyzna» oder «Siedziec, jak na tureckim kazaniu». Was das heißt, keine Ahnung, das ist ein böhmisches Dorf für mich.

Der Mittelpunkt Europas, ich hocke knapp daneben, am Telefon Chrissi, die nicht weiterhelfen kann

Gebirge eine natürliche Grenze zwischen Tschechien und der Slowakei bildet? Ich rief Chrissi an, die Freundin, die damals schon das GPS-Gerät falsch herum gehalten hatte, sodass wir die Suche bei Einbruch der Dunkelheit abbrechen mussten. Vielleicht war es auch bei Einbruch des Winters … keine Ahnung. Doch sie war nicht da oder hielt auch das Telefon falsch herum. Wer weiß das schon.

Wir wurden nervös. Jetzt blieb nur noch jemand übrig, der Literatur und vergleichende Sprachwissenschaften studiert hatte und deshalb zwangsweise beim Fernsehen gelandet war. Wir riefen Renate an, und die hatte eine wirklich abgefahrene Idee: Sie benutzte ein Lexikon. Das sind diese dicken, schweren Dinger, die man zum Staubsammeln in Regale stellt. Den Staub entfernt man eigentlich nur dann, wenn Gäste kommen, damit es so aussieht, als hätte man in den Wälzern auch ab und an mal geblättert. Dabei ist zu beachten, dass man nicht alle Bücher gleichzeitig reinigt, damit möglichst ein unregelmäßiges Schmutzmuster entsteht. Alles andere würde sofort auffallen. Dass so etwas wie dieses Lexikon überhaupt funktioniert, noch dazu in Zeiten von Wikipedia, in denen Informationen in Bruchteilen von Nanosekunden veralten, überraschte mich völlig. In der Zeit, in der mein Rechner normalerweise das Bios startet, Windows hochfährt, die Firewall installiert, den Virusscanner aktiviert, die neuesten Updates herunterlädt, hatte sie herausgefunden, wie viele Länder eine gemeinsame Grenze mit der Slowakei haben.

Wir hatten also endlich unsere Lösungswörter und mussten jetzt nur noch Buchstaben zählen, voneinander abziehen, etwas addieren und all die kleinen Neckereien anstellen, mit denen Cacheleger so versuchen, die Sucher aufzuhalten, aber letztendlich nur Zeit schinden können. Dann wussten wir: 118 Meter in 54 °. Wir stapften los. Quer durch den Wald, ohne einen Weg, der unseren Schritten Sicherheit verheißen hätte. 100 Meter, 60 Meter, 40 Meter, 20 Meter, zehn Me… Uahh, ein Abgrund! Direkt vor uns ein Steinbruch. Der sah aus, als wäre da noch der eine oder andere Stein gebrochen worden, NACHDEM der Cache gelegt worden war. Tobi zog die Cachebeschreibung aus seiner Hosentasche. Ein schneller Blick in die Logs, um zu sehen, ob ein anderer Cacher irgendwelche Hinweise hinterlassen hatte. Doch da stand überall so was wie: **«Gut gefunden»**, **«leicht»** oder **«kein Problem»**. Der letzte Fund war allerdings von Mitte Februar, und jetzt war es Ende April.[78] Damals lag hier Schnee, jetzt war alles voller Schiefertafeln. Da die berechneten Koor-

---

78 In der Zwischenzeit wurde der Cache wieder gefunden. Allerdings musste er jetzt komplett geschlossen werden, da sich aufgrund der EU-Osterweiterung der Nabel verschoben hat.

dinaten nicht genau in der Luft liegen konnten und sich auch nicht sonst wo mitten in dem in Betrieb befindlichen Steinbruch befinden sollten, gingen wir um den Steilhang herum. Wir fingen an zu suchen, vielleicht hatten wir ja nur ein Problem mit der Ungenauigkeit, aber es dauerte nicht lange, höchstens zehn oder 20 Sekunden, da fiel alle Hoffnung von uns ab. Sie prallte auf den Boden, rollte seitlich weg und stürzte, zur völligen Hoffnungslosigkeit mutiert, die Steilwand hinunter.

Vor sehr kurzer Zeit hatten hier, direkt neben dem Steilhang, im lichten Tannenwald Menschen, ich neige sogar dazu, zu sagen: Jugendliche, gelagert. Falls hier ein Cache gelegen hätte, sie hätten ihn garantiert gefunden und vernichtet. Bäume waren abgeschlagen und daraus ein zwei Etagen hohes Doppelbett gebaut worden. Die Kohle auf der Feuerstelle war noch frisch, die übrig gebliebenen Würstchen haben Tobi gut geschmeckt.

Wir waren völlig niedergeschlagen. Da hatten wir uns mal wieder einen Weg durch unwegsames Gelände gebahnt, und dann kamen wir an einen Ort, der für Waldverhältnisse zu den dichtbesiedeltsten Gegenden Deutschlands gehört. Der Petersplatz in Rom bei der Papstwahl war dagegen sicher eine wüste, einsame Öde. Wir setzten uns an das erkaltete Lagerfeuer. Schweigend. Plötzlich hatte Tobi eine Eingebung: Es könnte doch sein, dass der eine Wert, den wir errechnet hatten, falsch war. Um es kurz zu machen:[79] Statt 100 wären es 200 Meter in die entsprechende Richtung gewesen.

---

79 Um es lang zu machen: Die Aufgabe hieß: **«Welche Zeitverschiebung gegenüber der MEZ hat Litauen?»** Da in dem einen Land mit MEZ mit Sicherheit Sommerzeit war, während sie in Litauen aber nur vielleicht vorhanden war, ergaben sich zwei verschiedene Werte, die folglich zu zwei verschiedenen Ergebnissen führten.

Wir packten unsere Sachen. Tobi kaute zu Ende, und es ging wieder los, weitere 100 Meter durch den Wald. Den Steinbruch hatten wir hinter uns, einen Weg gekreuzt, jetzt nur noch 14 Meter querfeldein, und schon würden wir fündig werden. Wir gingen zu einem kleinen Bach, über den wir springen mussten. Die zwei oder drei Meter waren sicher kein Problem, und auf der anderen Seite wartete weicher Waldboden. Ein kleiner, in den Bach ragender Ast würde als Sprungbrett genügen, um die nötigen Zentimeter zu gewinnen, die uns vielleicht fehlten. Ich nahm Anlauf, peilte den kleinen Ast an, sprang ab und landete auf der anderen Seite. Noch während ich voller Stolz dachte: «Yeah! Das war cool, ich hab's echt drauf», begann mein rechter Fuß im Morast zu versinken. Rasch verlagerte ich das Gewicht, um den Schuh wieder herauszubekommen, aber mehr, als dass die andere Seite meines Körpers ebenfalls durch undurchdringliches feuchtes Erdreich dem Erdmittelpunkt entgegenstrebte, passierte nicht.

Ich wollte mich gerade umdrehen, um Tobi ein warnendes «NEIN!» entgegenzurufen, da war er auch schon in der Luft. Er würde mich voll umrennen, ich würde mit dem ganzen Körper auf dem Boden liegen, und wenn ich das Bewusstsein verlor, würde es mir wie ein Segen erscheinen. Aber damit hatte ich nicht gerechnet: Während mir die paar Zentimeter einen praktischen, wenn auch unnötigen Streckengewinn erbracht hatten, war das für ihn völlig egal. Er ist zwar größer als ich, war vielleicht auch mal gejoggt, als das Ganze noch Dauerlauf hieß, hat aber einfach viel mehr Angst vor Wasser. Während der Flugphase muss er allerdings bemerkt haben, dass er außerdem Höhenangst hat. Entsetzt stellte er fest, dass er sich ganze 35 Zentimeter über der Erdoberfläche befand, brach mitten im Flug seine parabelförmige Bewegung ab, stürzte der Erde entgegen, konnte sich gerade noch mit beiden Füßen, den Händen und dem Kopf und allem anderen, was man so hat, auf dem Bachgrund abstützen, stolperte an mir vorbei, verschwand kurzzeitig bis zu den Knien, dann etwas länger komplett vom Erdboden, um zehn Meter weiter mit einem lauten «Uahhhhh!» aus dem Morast

aufzutauchen und auf festem Boden zum Stehen zu kommen. Hechelnd feierte er seinen zweiten Geburtstag, fiel weinend vor Freude auf die Knie und fing an, die umstehenden Pflanzen anzubeten.

Ich versank derweil Stück für Stück weiter im Boden. Als die Bilder meines Lebens wie in einem Film vor meinem geistigen Auge vorüberzogen, bemerkte er meine missliche Lage und rettete mich heldenhaft. Er rief: «Dort isses trocken, hier, meine Hand.» Ohne ihn hätte ich das nie geschafft. Dank seines leicht verzögerten Eingreifens konnte ich wenigstens noch den Vorspann zum Film meines Lebens sehen und erkennen, wer dort eine wichtige Rolle spielte. Tobi war übrigens nicht dabei.

Wir ließen uns von solch simplen Problemen nicht abhalten, sondern suchten eifrig weiter, wenngleich, wie nicht anders zu erwarten, ohne Erfolg. Sofort war klar: In einer solchen Umgebung KONNTE der Cache gar nicht liegen, ohne nach spätestens fünf Minuten abzusinken, um kurz darauf zu einem Stück Braunkohle zu werden.

Wir nahmen einen Umweg in Kauf, um wieder zurück zum Auto zu gelangen. Gedemütigt, das Gesicht dem Boden entgegengewandt, schlichen wir wie zwei geprügelte Hunde dahin. Noch einmal vorbei am Steinbruch und an der Lagerstätte der Jugendlichen. Wir waren total fertig. Jeder murmelte irgendetwas Unverständliches vor sich hin: «Das kann nicht sein!» – «Wir waren soo nah dran!» – «Mist!» und «Verdammt!» waren die Worte, die jeweils in anderen Kombinationen in unseren Sätzen vorkamen. Schweigend stiegen wir dann in den Wagen, ich startete den Motor, und wir fuhren weiter meinem Auftritt entgegen. Die Sonne strahlte uns durch die fliegenverschmierte Windschutzscheibe an. Und während sich das gesamte Lichtspektrum dieses feurigen Himmelskörpers in den bereits angetrockneten Innereien und Chitinresten der Insekten brach, keimte Hoffnung in uns auf. Heute Nacht wartete ein weiterer Schatz auf uns, und der, ja, der würde uns zum Sieg verhelfen, was uns über die ganze Cacherwelt triumphieren ließe!

Genau so war es. Also fast. Zumindest war es Nacht, als wir den Cache anpeilten. Wie immer beginnt die allgemeine Anfangsbeschreibung dieses Erlebnisses mit den Worten «Eigentlich war es ein einfacher Cache …»

Okay, los geht's: Eigentlich war es ein einfacher Cache mit sechs Stationen. Für alle waren die Koordinaten angegeben, wir konnten uns die Reihenfolge also selbst aussuchen. Überall waren Reflektoren zu finden, an denen Buchstaben angebracht waren, denen man Zahlen zuordnen sollte. Zum Beispiel G = 7. Später ging es dann zu 50 ° 33.FGE, dort sollte der Final liegen. In den Logs lasen wir die verschiedenen Hinweise, dass die erste Station und damit F wohl recht schwer, aber doch irgendwie zu knacken sei. Da wir natürlich ganz besondere Cacher waren, sollte das für uns kein Problem sein. Wir hatten uns den Cache bereits vorher ausgesucht. Auch er lag ganz in der Nähe der Autobahn. In einem Areal von 300 mal 300 Metern waren die Stages zu finden.

Nachdem die Arbeit beendet war und wir sämtliche Auftritts- und Technikutensilien wieder in den Wagen gepackt hatten, waren wir bereit. Auf dem direkten Weg fuhren wir zum angegebenen Parkplatz. Der war tatsächlich leicht zu finden, und wir stellten uns direkt neben der Straße halb ins Gebüsch, gleich bei einem Forstweg, der von der beleuchteten Straße in den Wald hineinführte. Jetzt nur noch kurz die Taschenlampen gecheckt, den Klappspaten[80] geschultert und auf in den Wald. Wir hatten höchstens 200 Meter bis zur ersten Station zu gehen, doch der Wald lag fernab jeder Siedlung, und es war alles ziemlich einsam. Nach etwa fünf Metern blieben wir stehen. Nicht bewusst.

Es passierte vielmehr einfach so. Erst verlangsamte der eine seinen Schritt, danach nahm der andere etwas Tempo aus der Bewegung, wir gingen hier etwas ruhiger, hielten da inne. Und plötzlich standen wir. Mitten im Wald, ganz alleine, nur WIR und DIE ANGST.

Es war genau wie jedes Mal. Und jedes Mal wollten wir uns von neuem genau dieser Angst aussetzen. Vielleicht würden wir uns ja irgendwann an sie gewöhnen. Aber jedes Mal verfluchten wir uns genau dafür, dass wir uns dieser Angst aussetzen wollten. Und wie immer war es wieder einmal zu spät zum Umkehren.

«Hast du auch Angst?», kam es mit einem leisen Flüstern von links.

«NNNNNja», kam es noch etwas leiser von mir.

Plötzlich ein Knacken auf der linken Seite, und wir schraken hoch. Die innere Anspannung war gelöst, die Angst zwar geblieben, aber wir gingen weiter. Schritt für Schritt sangen wir laute Lieder. «Wir haben keine Angst, LALALALA, wovor auch LALALA? Vielleicht vor Rehen, LALALA. Aber die haben mehr Angst vor uns, LALALA. Hoffen wir nur, dass die das wissen, LALALA.»

80 Irgendwann habe ich mal so einen Klappspaten geschenkt bekommen. So richtig mit kleiner Tasche und einer Vorrichtung, um ihn an den Gürtel zu schnallen. Das macht unheimlich Eindruck. Es war ein Werbegeschenk, aber die Werbung war irgendwann abgeblättert, und es machte einen noch viel unheimlicheren Eindruck. Ich muss zugeben, dass ich den Klappspaten noch nie benutzt habe, außer um Eindruck zu machen.

Wieder und wieder überlegten wir, welche abgefahrenen, eiskalten Menschen das sein müssen, die diesen Nachtcache alleine heben. Wer sterben will, hat bestimmt andere Möglichkeiten. Und wer den Kick sucht, kann doch auch U-Bahn-surfen, das ist bei weitem nicht so gefährlich. Außerdem muss der Körper dabei nur ein Zehntel so viel Adrenalin produzieren.

Endlich waren wir an der ersten Station angekommen, einer Wegkreuzung. Noch nicht ganz, aber für uns ausreichend mitten im Wald. Wir mussten stehen bleiben, um den ersten Reflektor zu suchen, aber das führte nur dazu, dass wir wieder Angst bekamen. Singen ging auch nicht mehr, denn wir mussten uns ja auf die Koordinaten und die Suche konzentrieren, zumal auch die Genauigkeit mit 20 Metern Abweichung erschreckend schlecht war. Während wir uns so ängstigten und nebenbei suchten, wurden wir plötzlich eines Holzstoßes gewahr, eines dieser Dinger, auf denen Väter ihre Kinder balancieren lassen, um anschließend selbst nochmal hinaufzudürfen, ohne dass die Ehefrau sagt: «Jetzt hör doch endlich mit diesen Spielereien auf!» Wir hatten keine Kinder dabei, auch keine Ehefrauen, aber tierisch Schiss, und deshalb waren wir sofort oben. Die Angst war mit einem Schlag verschwunden, sie streifte am Boden um die toten Stämme herum und griff hin und wieder mit ihren kalten Tatzen nach uns, um doch irgendwie in unsere Körper zu gelangen.

Dort oben saßen wir dann erst mal und leuchteten ein bisschen in den Wald hinein, einerseits hoffend, dass wir den Reflektor fanden, um endlich weitergehen zu können, andererseits hoffend, dass wir den Reflektor nicht fanden, um nicht weitergehen zu müssen. Um jedweden Hohn und jedwede Spannung aus der Geschichte zu nehmen, sei hier schon mal gesagt: Wir hatten auch dieses Mal die Cachebeschreibung mit. Deshalb hatten wir gerade hier, bei Station 1, die geringste Hoffnung, fündig zu werden. Zumal wir auch feststellten, dass der Haufen Holzstämme 30 Meter von den eigentlichen Stationskoordinaten entfernt lag. Wir saßen also ein bisschen herum und lauschten, und das, was wir hörten, trug nicht wirklich dazu bei, dass wir uns wohler fühlten. Rascheln, Knacken, abbrechende Äste, ein Rauschen hier, ein Rasseln da. Aber irgendwann siegte natürlich der Cacher in uns über den rational denkenden, verschiedene Situationen analytisch betrachtenden und dann objektive Urteile fällenden Menschen. Kurz: den Schisser.

Wir machten uns auf den Weg, fest entschlossen, alle anderen Stationen zu finden, um dann noch einmal zurückzukehren und mit der hinzugewonnenen Erfahrung endlich erfolgreich zu sein. Kaum waren wir wieder auf ebener Erde, kroch uns dieses kalte Kribbeln den Rücken hinauf. Während wir hin und her geworfen waren zwischen lautem Reden, um die wildesten aller Wildtiere zu vertreiben, und leisem Schleichen, um auch jede herannahende Gefahr früh genug hören zu können, strebten wir der nächsten Station zu. Auch hier hatten wir wieder mit einer Ungenauigkeit von 50 oder mehr Metern zu kämpfen. Dank einer topografischen Karte auf dem Display meines GPS-Gerätes kamen wir dennoch relativ zielsicher voran.

Nach ein paar Schritten wurde ich hoffnungsvoller. «Weißt du, wie wir die Angst besiegen können?», wandte ich mich an Tobi.

«Ja, ein anderes Hobby suchen», sagte er.

«Nein, ich meine: Weißt du, wie wir die Angst besiegen können, ohne uns ein anderes Hobby suchen zu müssen?»

«Ja, tagsüber cachen gehen!»

«Nein, ich meine: Weißt du, wie wir die Angst besiegen können, ohne uns ein anderes Hobby suchen oder tagsüber cachen gehen zu müssen?»

«Ja, wir werfen Brotkrumen[81] in den Wald, um die Wildschweine milde zu stimmen!»

«Nein, ich meine: Weißt du, wie wir die Angst besiegen können, ohne uns ein anderes Hobby suchen oder tagsüber cachen gehen oder Brotkrumen in den Wald werfen zu müssen, um die Wildschweine milde zu stimmen?»

«Ja, wir nehmen einen Frischling als Geisel und verlangen freies Geleit durch den Wald!»

«Nein, ich meine: Weißt du, wie wir die Angst besiegen können, ohne uns ein anderes Hobby suchen oder tagsüber cachen gehen oder Brotkrumen in den Wald werfen zu müssen, um die Wildschweine milde zu stimmen, und auch ohne einen Frischling als Geisel nehmen zu müssen, um freies Geleit durch den Wald zu erpressen?»

«Nein, aber wir sind angekommen!»

Das war gut. Wir hatten die nächste Station erreicht. Wieder eine Wegkreuzung. Wie die ganze Zeit schon, hatten wir auch hier ungenauen Empfang, aber zumindest waren die Forstwege auf unseren GPS-Geräten angezeigt, und wir wussten daher, dass wir genau richtig waren. Wir blickten uns um und entdeckten zuerst einmal wieder einen Stapel Holzstämme ganz in der Nähe. Den merkten wir uns, nur für den Fall, dass wir fliehen mussten. Nun leuchteten wir durch den Wald. Wie Suchscheinwerfer durchschnitten unsere Taschenlampen das Dunkel, und plötzlich wurde der Lichtstrahl reflektiert. Weit, weit, weit, weit, weit im Wald. Etwa zehn Meter. Viel zu weit weg vom sicheren Weg. Das bedeutete zehn Meter durch vermintes Gelände, über-

81 Hier stand vorher «Brotstücke». Ein Widerspruch zu dem später erscheinenden Text. Ich habe mich dann in einem demokratischen Prozess auf einer Lesung in Darmstadt mit dem Publikum auf «Krumen» geeinigt.

all konnten Frischlinge lauern und eine sie schützende Bache uns als Gegner wahrnehmen und angreifen. Doch bekanntlich stirbt die Hoffnung zuletzt. Wir stellten uns an den Rand des Weges, blickten Richtung Reflektor und versuchten jede Bewe-

gung wahrzunehmen, die auf der Strecke Weg–Reflektor zu erkennen war.

Nichts passierte. Wir holten tief Luft und sagten: «Buh!»

Nichts passierte. Wir schauten uns an.

Als eingespieltes Team wussten wir, was zu tun war. Wir nickten uns noch einmal kurz zu. Dann holten wir erneut tief Luft und – rannten los. Äste schlugen uns ins Gesicht, Wurzeln zerbrachen unter unseren Schritten, Laub stieb durch die Gegend, doch wir schafften es. Buchstabe gesehen, Zahl gemerkt und wieder auf den Weg, quer über die Kreuzung und rauf auf den Holzstapel. Jetzt wurde erst mal kollektiv ausgeatmet. Wir tauschten uns über die gesammelten Erfahrungen aus und wollten dann den Wert aufschreiben, den wir gefunden hatten. Wir waren sprachlos, denn wir hatten uns überraschenderweise die gleiche Zahl gemerkt und fühlten uns großartig. Dann ging es weiter.

Nach 60 oder 70 Metern erinnerte ich mich unseres abgebrochenen Gespräches und sagte: «Weißt du, wie wir die Angst besiegen können, ohne uns ein anderes Hobby suchen oder tagsüber cachen gehen oder Brotkrumen in den Wald werfen zu müssen, um die Wildschweine milde zu stimmen, und auch ohne einen Frischling als Geisel nehmen zu müssen, um freies Geleit durch den Wald zu erpressen …»

«Sag es einfach!»

«Was?»

«Sag einfach, wie wir die Angst besiegen können, ohne uns ein anderes Hobby suchen oder tagsüber cachen gehen oder Brotkrumen in den Wald werfen zu müssen, um die Wildschweine milde zu stimmen, und auch ohne einen Frischling als Geisel nehmen zu müssen, um freies Geleit durch den Wald zu erpressen.»

«Ach so: Stöcke!»

Diese Idee ist mir irgendwann mal am Nordseestrand gekommen, als ich, ganz, ganz, ganz weit weg von irgendwelchen Wildschweinen, auf einer Wiese gesehen habe, wie ein Vogel auf dem Boden herumgetrommelt hat. Er imitierte den Regen, und die im Boden lebenden Würmer dachten: Gleich gibt's nasse Gänge. Um nicht zu ertrinken, krochen sie nach oben und wurden gefressen. Quasi wie wenn man vor einem argentinischem Rinderbullen steht, «Muh!» ruft und einem ein gut durchgebratenes Stück Hüfte direkt in den Mund springt.

Da Regenwürmer quasi das Gegenteil von Wildschweinen sind, weil sie sozusagen das Komplementärtier darstellen, nahm ich an, beim Stockschlagen könnten die Tiere wegrennen, weil sie alleine sein wollten und eher der Flucht zugetan seien. Tobi verstand es leider nicht sofort, daher musste ich es ihm wohl nochmal erklären. Ich nahm einen Stock und schlug damit auf einen am Boden liegenden Baumstamm. Es gab einen durchdringenden Schlag – durch den Stock, durch meine Hand, durch meinen Arm, durch meinen ganzen Körper. Ich ließ den Stock fallen und vibrierte bestimmt noch 150 Meter lang inner- und äußerlich weiter. Als sich mein Körper wieder beruhigt hatte (wir hatten inzwischen die nächste Station gefunden und den Wert notiert), fragte ich: «Und?»

Tobi sagte: «Toll!»

Klar konnte er sich in so einer angespannten Situation emotional nicht völlig öffnen. Es hätte wahrscheinlich sein gesamtes chemisches Gleichgewicht im Gefühlszentrum einschließlich des Hypothalamus durcheinandergebracht. Aber ein wenig mehr hatte ich schon erwartet. Hatte er es vielleicht immer noch nicht verstanden?

«Also, wir schlagen gegen die Bäume, die Tiere hören uns und hauen ab, weil sie Fluchttiere sind und alleine sein wollen», setzte ich zu einer Erklärung an.

«Wenndemeins.»

Gewohnt, Verantwortung auch schon mal gegen den Willen der Betroffenen zu übernehmen, interpretierte ich das als eine zustimmende Äußerung und machte munter weiter. Nach einer Weile lernte ich die guten von den bösen Baumstämmen zu unterscheiden, also die festen von den losen, die den Schlag als Vibration an den Stock zurückgaben. Dann wurde es zwar laut, aber für mich nicht ganz so unangenehm. So kamen wir zu Station 4 – wieder eine Kreuzung. Wieder ein Reflektor tief im Wald. Dank meines Ich-schlage-gegen-Bäume-und-vertreibe-alle-wilden-Tiere-Tricks war es natürlich kein Problem, den Weg frei zu machen. Ich trat an den Wegesrand und schlug erneut gegen irgendwas. Der Lärm von fliehenden Tieren ließ uns das Blut in den Adern gefrieren. Wir duckten uns ob der Gefahr, in der wir uns befanden, und ich riss Tobi zu Boden. Die Verletzungen, die er sich dabei zuzog, halten dem Vergleich mit jedem Kriegsversehrten stand, und er wird sie sicher auch seinen Kindern und Kindeskindern zeigen, die sie wiederum ihren Kindern und Kindeskindern auf den selbstverständlich sofort angefertigten Beweisaufnahmen präsentieren können.

Nachdem sich die Lebensgefahr verzogen hatte, also die Taube weggeflogen war, konnten wir sicher zum Reflektor hinübergehen. Wir zitterten so sehr, dass der Boden die ganze Zeit raschelte und mit Sicherheit kein Tier unsere Nähe suchte. Die Erdbebenwarte des Taunus-Observatoriums rund 30 Kilometer entfernt verzeichnete garantiert einen messbaren Ausschlag auf ihren Seismografen. Langsam beruhigten wir uns. Der Wert war notiert, die Schnitzeljagd konnte weitergehen.

Noch während wir uns nicht ganz im Klaren darüber waren, wie lange unsere Körper diese Belastung noch durchhalten würden, näherten wir uns einer Kreuzung. Hier trafen wir auf einen breiten Weg, an den sich eine große Wiese anschloss, sodass ein ausreichend großer Trennstreifen zwischen uns und der Gefahr vorhanden war. Das Ganze wirkte sehr beruhigend. Wir entspannten uns, der Blutdruck rutschte wieder unter den gewohnten systolischen Wert von 210, und auch in den Herzschlag kehrte Ruhe ein. Wir fingen an, die Tour richtig zu genießen. Wir bemerkten, der Mond war aufgegangen, die goldnen Sternlein prangten am Himmel hell und klar. Wir blickten uns um, und der Wald stand schwarz und schwieg, und aus den Wiesen stieg der weiße Nebel wunderbar.

Die Stationen 5 und 6 fanden wir problemlos. Wie auf Drogen schwebten wir erleichtert und angstfrei über den Kies und wissen im Nachhinein auch nicht mehr ganz genau, wie und wo wir sie entdeckt haben. Ja, sogar der Empfang wurde besser, wir hatten wieder unsere gewohnten sechs bis zwölf Meter Abweichung. Dann der Schock: Wenn wir zu Station 1 zurückgehen wollten, um den noch fehlenden Wert F zu ermitteln, blieb uns keine Wahl. Ab vom Weg des Glücks, hinein in den Wald des Grauens. Noch von guter Restlaune benebelt, bogen wir den nächsten Weg ab, zurück in den Wald. Die Bäume ragten rechts und links von uns wie dunkle Schattenmonster auf. Das Grauen wurde sichtbar. Erneut verlangsamten wir aus Angst unsere Schritte, um sie gleich darauf, ebenfalls aus Angst, wieder zu beschleunigen. Wenn nicht der Empfang weiterhin so gut gewesen wäre, hätten wir geglaubt, eben nur einen Traum erlebt zu haben.

Ich leuchtete in den Wald – und da sah ich sie. Direkt vor mir, keine zehn Meter entfernt: zwei leuchtende Punkte. Sie waren direkt über der Erde, sie waren direkt nebeneinander, und sie bewegten sich. Wir erstarrten. Ich konnte nur noch ein «Dsntir» («Da ist ein Tier», mit zusammengebissenen Zähnen und vor Schreck starrer Zunge) herausquetschen. Tobi konnte nur: «Dsntir» («Da ist ein Tier», mit zusammengebissener Ohrmuschel und vor Schreck starrem Trommelfell) verstehen.

Uns war klar, dass jetzt alles aus war. Wildschweine haben für ihre Jungtiere eine Art Nest oder Bau. Da liegen dann die Frischlinge drin, von den Eltern beschützt. Das Muttertier bleibt bei den Kleinen, bereit für den Frontalangriff, der Eber versteckt sich irgendwo im Wald und ist für den Hinterhalt zuständig. Tobi und ich gaben uns geschlagen. Wir blieben starr auf dem Weg stehen, hielten uns an den Händen und sagten uns, wie lieb wir uns doch eigentlich hätten und dass das alles nicht so gemeint gewesen sei. Wir weinten, ohne Tränen zu vergießen. So harrten wir des Angriffs.

Der kam dann auch, und zwar genauso überraschend, wie wir ihn erwartet hatten, nur doch wieder irgendwie anders. Das Tier sprang auf, wir schlossen die Augen, hörten Schritte … die sich entfernten. Wir öffnete die Lider und sahen es – das Reh. Davor hatten wir Angst gehabt? Pah! Wir lachten laut, waren vor Erleichterung wie beschwingt, gingen scherzend weiter. Eines war klar: Das mit dem Liebhaben war totaler Quatsch gewesen, zumindest von meiner Seite, und ich sagte Tobi, er möchte doch jetzt bitte meine Hand loslassen.

An unserer Ausgangskoordinate angekommen, mussten wir noch eine ganze Weile suchen, was ziemlich frustrierend war. Wir liefen aus wirklich jeder Richtung auf die Koordinaten zu, um auch ja keine Ausrichtung des Reflektors zu übersehen. Wir leuchteten jedes Blatt von beiden Seiten an, wir liefen querfeldein und querfeldaus, wir überlegten sogar, aus einem Flugzeug abzuspringen, um die Suche von oben anzugehen, damit sie erfolgverheißender war. Aber wir blieben erfolglos. Enttäuscht setzten wir uns auf unseren schon lieb gewonnenen Holzstapel.

Ein wenig war es wie nach Hause kommen. Tobi kramte noch einmal die Cachebeschreibung hervor, und wir lasen die Logbucheinträge der anderen Cacher. Da, einer schrieb, dass er diese Station auch nicht gefunden habe, aber durch einen logischen Schluss weitergekommen sei. Einen logischen Schuss? Logisch, hier war Schluss, aber das konnte er nicht gemeint haben. Wir machten uns an die Analyse der Gesamtsituation: Eigentlich fehlte uns nur die letzte Ziffer des Ostwertes. Bei festem Nordwert musste sich die richtige Koordinate irgendwo zwischen 0 yy° yy.yy0 und 0 yy° yy.yy9 befinden. Das war eine gerade Linie von ungefähr 100 Metern. Die müssten wir im Grunde nur abschreiten und dabei mit den Taschenlampen herumleuchten. Genau das machten wir auch.

Die Begeisterung und Vorfreude hatten unsere Ängste vollständig verdrängt, zumal wir in der Zwischenzeit jede Ecke kannten, schließlich hatten wir jede Baumwurzel schon mal gesehen und konnten jedes Geräusch mit Frequenzmuster einordnen. Außerdem hatten wir Glück. Wir waren keine fünf Minuten auf der Linie entlanggelaufen, da strahlte es uns aus dem Wald entgegen. Wir waren hellauf begeistert, rannten hin, berührten den Reflektor wie eine Götzenstatue. JA, es war wirklich möglich, ohne F hierherzugelangen. Schon fingen wir an zu suchen, wir gruben den Boden um, entwurzelten Bäume, versetzten Berge. Bei einer dieser Aktionen fiel mein Blick mehr zufällig als absichtlich von unten auf den Reflektor. Da war doch was. Ein Deckel. Der Reflektor war eine Filmdose. Angstvoll öffnete ich die Dose, und ein Zettel mit neuen Koordinaten fiel heraus.

Offenbar waren wir noch immer nicht am Ziel. Dabei stand das gar nicht in der Beschreibung, und auch keiner der anderen Cacher hatte davon berichtet: Wir hatten ein weiteres Problem vor uns. Nur war es diesmal größer. Denn bei den Koordinaten waren bestimmte Stellen nur mit Buchstaben versehen. Bloß stand F diesmal nicht an letzter, sondern an DRITTletzter Stelle. Sollten wir nach dem gleichen Verfahren vorgehen wie eben, ergäbe das eine Strecke von fast 1,5 Kilometern. Von unserer jetzigen Position auf F zu schließen war aufgrund des erneut schlechten Empfanges unmöglich. Wir brachen zusammen, erst mental, und als die Gefühle endlich unsere Beine erreichten, auch noch körperlich. Zweimal durch den Wald gerannt, und jedes Mal erfolglos – so etwas hinterlässt an jedem Körper Spuren.

Das konnte, nein das durfte nicht wahr sein. Das zweite Erlebnis dieser Art an einem Tag.

Wie viel erträgt eigentlich der menschliche Geist, bevor er sich dem Wahnsinn hingibt? Da startet man mit so viel Hoffnung und so viel Zuversicht in dieses Abenteuer, und am Ende bleibt einem nichts als ein zersplittertes Gemüt, eine zerborstene Seele. Die Einzelstücke liegen auf dem ganzen Weg verteilt, denn von Station 1 bis 6 verliert man überall ein bisschen was. Nur leider merkt man es erst, wenn man am Ende danach sucht, weil man es letztlich doch dringend braucht.

Wir schleppten uns mal wieder zum Auto. Doch schon als wir im sicheren Wagen saßen, den dunklen Wald hinter uns, und das Schnurren der sechs Zylinder uns ein Gefühl der Sicherheit vermittelte, wussten wir: JA, WIR KOMMEN WIEDER. Dann ist Station 1 reif, und wir werden den Cache zur Strecke bringen. Wir waren uns einig, fuhren los und fassten uns dabei an den Händen.

NACH-VORWORT[82]

Nicht selten in der Geschichte der Literatur ist es vorgekommen, dass eine Monografie eines großen Meisters durch die Worte eines ebenso großen Meisters seines Faches eingeleitet wurde, um den geneigten Leser auf das Werk, die Kompetenz und die Eloquenz des Autors einzustimmen.

Nichts davon ist hier der Fall. Weder möchte ich mich selbst für einen wahren Meister des geschriebenen Wortes oder des Tupperdosensuchens ausgeben, noch steht dieses Vorwort vermutlich dort, wo man es vermutet, nämlich am Anfang dieses Kompendiums. Die Fähigkeiten des Verfassers stelle ich selbstverständlich nicht in Abrede; befinde ich mich doch im Verhältnis einer wirtschaftlichen Abhängigkeit. Ich arbeite für ihn.

Als mich B. H. ermunterte, einige Zeilen zu diesem Buch beizusteuern, war ich mir der Ehre durchaus bewusst. Allerdings bin ich Realist und rechnete eher mit der Bitte, die Fußnoten neu durchzunummerieren, als dem einzigen mir vergönnten literarischen Vermächtnis.

Als ambitionierter Amateurfotograf versuchte ich bereits möglichst viele meiner Bilder zu dieser Veröffentlichung beizusteuern. Dabei galt die Prämisse: Natürlich, spontan und laienhaft sollten sie aussehen. Dazu fühlte ich mich befähigt. Von dem Titelfoto stammt immerhin noch der rechte Zeigefinger von mir. Der Rest ist wahrscheinlich von amphetaminabhängigen Photoshopjunkies aus diversen Datenbanken neu gene-

---

82 Hier noch ein Nachwort von Tobi. Er hat es leider mit dem Vorwort verwechselt. So ist das auch beim Cachen, er meint oft, er hätte den Cache VOR mir gefunden, meint aber NACH mir.

riert worden. Somit war für mich relativ schnell klar, dass ich wohl eher nicht den neuen Pirelli-Kalender des Geocachings abgelichtet hatte. Obwohl das mir zur Verfügung stehende Modell zumindest oberhalb der Augenbrauen recht viel Haut zu zeigen bereit war.

Abgesehen davon, dass B. H. und ich berufsbedingt jede Raststätte dieser Republik am Geruch erkennen können, haben wir mittlerweile einen tieferen Sinn in diesen Reisen gefunden, neben dem Beruf versteht sich. Uns verbindet, ebenfalls neben dem Beruf natürlich, die Liebe zu Natur, Technik und schottischen Fastfoodketten. Um diesen Leidenschaften, möglichst im Zusammenhang mit dem Beruf natürlich, zu frönen, haben wir das optimale Hobby entdeckt: Geocachen. Endlich haben mehr oder weniger erwachsene Menschen wieder einen Grund, zu allen Tages- und Nachtzeiten querfeldein durch die schönsten Wälder zu streifen und dabei nicht auf eher pazifistisch veranlagte Wildschweine und Rebhühner schießen zu müssen.

Allerdings lässt sich nicht leugnen, dass sich die Vorlieben für duftende Nadelwälder und putzig piepende Mikroprozessoren teilweise widersprechen. So beobachte ich beispielsweise an Herrn H. die Tendenz, unter Zeitdruck jede noch so unscheinbare Höhenlinie auf dem GPS-Display als legal befahrbare Straße zu deuten. Diese fragwürdige Auslegung wird selbst nach dem Passieren relativ eindeutiger Waldbeschilderungen nicht hinterfragt. «Parkplatz» bedeutet in dem Fall der letzte noch zu befahrende Punkt mit dem geringsten Abstand zum Ziel (Luftlinie), an dem man entweder gerade noch wenden kann oder höchstens drei Kilometer im Rückwärtsgang über Wurzelwerk zurückfahren muss. Diese aus forstwirtschaftlicher Sicht unmoralischen Fehltritte möchte ich IHM natürlich wieder abgewöhnen! Ein weiteres Problem besteht darin, dass der Zeitdruck in der Regel aus einer berufsbedingt terminlichen Verpflichtung entsteht. Will heißen, wir müssen zu einer bestimmten Zeit in einem bestimmten Theater sein.

Die üblichen gegenseitigen Argumente – Er: «Du wirst ja wohl mal mit einer Viertelstunde weniger auskommen, deine Kollegen schaffen den Soundcheck auch immer viel schneller.» Ich: «Du bist der Chef, befiehl mir gefälligst, erst noch diesen verdammten Cache zu finden» – führen meist zu einer kalkulierbaren Verspätung von mindestens einer Stunde. Diese gilt es dann vor allen anderen beteiligten Parteien zu rechtfertigen. Ich befürchte, die Standardausrede von The Brain Bernhard – «Wir stehen im Stau und kommen eine Stunde später an. Bereitet schon mal alles vor!» – haben die Informierten allerhöchstens ein einziges Mal geglaubt. Verlangen wir doch von ihnen, das telefonisch inszenierte Szenario MEGASTAU mit dem zwangsläufig ebenfalls telefonisch übermittelten massiven Vogelgezwitscher, kreischenden Kettensägen zufällig anwesender Waldarbeiter und sonorem Blätterrauschen mental in Verbindung zu bringen. Stehen wir dann mit unseren Bergstiefeln völlig schlammverkrustet und fürchterlich schwitzend im Theater, hilft es mir meistens, mich auf die extravaganten Allüren des Künstlers zu berufen, die mal wieder mein pünktliches Erscheinen zur Arbeit verhindert haben. Ihm würde wohl nur eine noch bessere Ausrede helfen.

Sobald Menschen versuchen, mit ihrem Umfeld nur noch über Bluetooth, WLAN und Co. zu kommunizieren, obwohl es ein einfaches Gespräch wahrscheinlich auch täte, darf man sie liebevoll als «Techi» bezeichnen.

In jenen Momenten, in denen B. H. im Fond des geländegängigen Cachemobils gerade mittels Google Earth per UMTS die nächste Location anpeilt, gleichzeitig die Daten mittels USB in seinen GPS-Empfänger überträgt, während er seiner Frau eine

Gute-Nacht-Wir-fahren-ins-Hotel-und-nicht-mehr-in-den-Wald-SMS schreibt, dabei die Cachebeschreibung zwecks Paperless-Cachens im PDA zwischenspeichert, kann die Kommunikation schon mal ein wenig holprig verlaufen. Meistens werden

die Antworten auf meine Fragen hinter einem grummelnden «Ich hab's gleich ...» getarnt. Ich finde sie nur nie.

Einen Techi und speziell diesen, von dem hier die Rede ist, zeichnet ganz pragmatisch Folgendes aus: Beim Verlassen seines Automobils entlädt er automatisch eine stattliche Anzahl von Netzteilen, Kabeln und sonstigen vor Elektrosmog nur so strotzenden Geräten auf die Fahrbahn. Sympathischerweise handelt es sich bei dieser Form des Techis um einen klassischen «Benutzer», der Verschleißerscheinungen bei regelmäßiger Benutzung billigend in Kauf nimmt. Die Geräte werden zwar ob ihrer Funktionen gepriesen, aber wie jeder andere Toaster oder Eierkocher genutzt. So fällt schon mal der Laptop auf die Straße, der GPS-Empfänger in den Fluss oder muss das PDA in letzter Sekunde aus einer monströsen Anzahl leerer Burger-Packungen vor der sicheren Entsorgung bewahrt werden. Unbewusst mag sicher auch eine Rolle spielen, dass jedes versehentlich oder durch den vorherrschenden Lebenszyklus bedingt zerstörte Gerät durch ein neueres, moderneres und besseres ersetzt werden kann. Wie soll man auch sonst die horrenden Ausgaben rechtfertigen? Die Liste der Geräte, die ich im Auftrag eines gewissen B. H. in Flüssen versenkt, in Wildschweinfutter verwandelt und von einem ganzen Bataillon ausrangierter NVA-Panzer habe überrollen lassen, findet sich aus Gründen der Übersichtlichkeit im Anhang E bis Q.

An dieser Stelle möchte ich mich übrigens ausdrücklich bei B. H.s Frau entschuldigen, dass ich zum Teil dieses Systems geworden bin. Ausdrücklich bedanken möchte ich mich dagegen bei den Entwicklern von Garmin, Magellan und Co. Schließlich habe ich so eine Möglichkeit gefunden, ihre neuesten Erfindungen regelmäßig kostenlos testen zu können.

Getreu dem Motto *The empty battery is the limit* rüsten wir munter weiter auf. Hightech macht nämlich Spaß. Und solange unsere Energiewirtschaft noch in der Lage ist, in großen Stückzahlen Ersatzakkus, Batterien und selbst die konfusesten Netzteile für Zwölf-Volt-Zigarettenanzünderanschlüsse zu produzieren, lässt der Tag auf sich warten, an dem ich den Bollerwagen mit Autobatterien und Dieselaggregaten durch den Wald ziehen muss.

Mittlerweile sehe ich auch die Bemerkungen einiger Neider – «Kleine Menschen brauchen große Geländewagen als longitudinale Maximierung ihres in Relation unterrepräsentierten männlichen Primärgeschlechtsmerkmals» kritischer als früher. Im vorliegenden Fall sind nämlich mindestens vier Fünftel der 280 PS des Hoëcker'schen Vehikels für die Stromversorgung diverser Geräte verplant. Das restliche Fünftel ist mit dem Transport der Ersatzakkus beschäftigt. Ökonomische Fortbewegung spielt da eine eher untergeordnete Rolle. Und was die ökologischen Aspekte betrifft, die setzen wir wiederum auf die Liste der moralisch widersprüchlichen Bedenken, die es noch zu bearbeiten gilt.

Ich möchte hier aber nicht ausschließlich auf die problematischen Momente unseres gemeinsam ausgeübten Hobbys eingehen. Es gibt nämlich durchaus auch noch ein paar positive. Entweder finde ich das finale Cachebehältnis, oder ich lasse es IHN finden und belohne mich mit dem anschließend stattfindenden Schauspiel.

Unbeschreiblich ist vor allem B. H.s Blick, wenn er wieder mal meint, den Cache zuerst gesichtet zu haben, mir aber die Chance lässt, in einem Umkreis von ca. 20 vorgegebenen Zentimetern selbst mein Glück zu versuchen. In der Regel erwartet mich dann ein Grinsen, das Gerhard Schröder bei der berühmten Elefantenrunde nach seiner vermeintlichen Wiederwahl nur zu gerne hätte aufsetzen wollen. Nach außen wirkt es dabei eher … süß.

Man stelle sich das Ganze mal bildlich vor. Da steht ES vor einem. Der kleine Körper zittert vor Erregung und Stolz. Die Fäustchen fuchteln wild in der Luft herum. Die Äuglein sind weit aufgerissen. Die Mundwinkel treffen sich auf der nach hinten verlängerten Stirn. Dieser Ausdruck ist mir nur selten in Programmzeitschriften und Werbeanzeigen begegnet. Ich halte ihn also für authentisch. Insgeheim erfreue ich mich an dieser ergreifenden Emotion. Ich stochere dann – fürs Protokoll, versteht sich – ein wenig in der Gegend herum, um mit einer gespielten Mischung aus Zorn und Erstaunen ebenfalls das gesuchte Stück Tupperware unter der obligatorischen Wurzel zu entdecken. Das ist dann unsere kleine Zurück-zur-Natur-aber-bitte-mit-Allradantrieb-und-mindestens-280-PS-Turbolader-Romantik.

Zum Schluss dieses Vorworts bleibt mir nur noch, dem Leser zu wünschen, er möge viel Spaß und Wissensbereicherung bei der Lektüre (gehabt) haben!

Der Tobi

LEXIKON

Account [*äkaunt*]
Auf den verschiedenen Webplattformen muss man sich zunächst einen Account einrichten, das heißt mit Benutzernamen, Passwort und E-Mail-Adresse eine besondere Zugangsberechtigung zu den zugangsbeschränkten Inhalten wie Koordinaten erlangen. Ist meist umsonst.

Autobahncache [*autoba:nkäsch*]
Liegt in, an oder in der Nähe einer Raststätte, eines Park- oder Rastplatzes oder einer Ausfahrt. Besonders geeignet zum Pausieren auf langen Strecken oder um ohnehin schon lange Fahrzeiten noch ein wenig auszudehnen.

Barometrischer Höhenmesser [*barometrischär höenmässär*]
Misst die Höhe über Normalnull mit Hilfe des Luftdrucks. Muss ständig kalibriert werden und ist eigentlich eher nervig, weil man ihn zum Cachen sowieso nie braucht. Dafür aber zum Wandern, allerdings ist das bei mir nur dreimal im Jahr der Fall. Gehört bei guten Cachegeräten zur Ausstattung dazu, außerdem kann man damit ganz gut angeben.

Bookmark list [*bukmaaklist*]
Ein besonderes Feature für Premium-Mitglieder auf geocaching.com. Hier kann man sich spezielle Listen mit außergewöhnlichen Caches zusammenstellen. Die schönsten, die schwersten, die bayerischsten. Alles ist möglich und für andere Cacher öffentlich zugänglich.

Cache [*käsch*]
Wörtlich übersetzt: verstecktes Lager. So bezeichnet man jede Form von zu findendem Objekt, ob nun Dose, Punkt oder Motiv. Manchmal ist es auch die Suchaufgabe als Ganzes.

Cache in, trash out [*käsch in, träsch aut*]
Ökologische Variante des Cachens. Wenn man auf der Suche nach dem Cache in den Wald «hinein»geht, sollte man eine Plastiktüte mitnehmen. Unterwegs aufgefundener Müll wird kurzerhand eingesammelt und mit aus dem Wald «heraus»genommen. Leider ist oft nicht zu unterscheiden, ob man hinterher den Cache oder die Mülltüte oder aber den Müll oder die Trades in der Hand hat.

Cash [*käsch*]
Geld, hat gar nichts mit Cachen zu tun, aber weil es so ähnlich klingt, verschreibt man sich da gerne mal.

Coins [*koins*]
Münzen, die genauso funktionieren wie → Travelbugs. Nur hängen daran nicht noch irgendwelche Plaketten, sondern die Münzen selbst sind die Plaketten. Sie wirken sehr viel hochwertiger, und es hängen auch keine Stofftiere daran. Folglich sind sie deutlich hygienischer. Auch besitzen sie einen höheren Sammelwert für Cacher, weil sie, einmal in der Statistik erschienen, mit einem eigenen Logo versehen sind, damit man sofort sieht, welche Coins bereits gefunden wurden.

Download [*daunloud*]
Das Gegenteil von → Upload. Eine im Internet befindliche Datei wird auf den eigenen Rechner zur Weiterbenutzung «herunter»geladen. Die Bezeichnung des Internets als «oben» und des Nutzers als «unten» zeigt sehr deutlich, wie die Rangverteilung in der digitalen Welt von den Usern gesehen wird.

Drive-in [*draif in*]
Der schnelle Cache für unterwegs: hinfahren, anhalten, aussteigen, finden, weiterfahren. Dauert meist so zehn bis 20 Minuten.

Final [*fainell*]
Die Dose herself. Also der letzte Ort, der, einmal gefunden, den Cache zu einem erfolgreichen Erlebnis macht. Der Final kann aber auch zum Fluch werden, wenn ausgerechnet er selbst nach 34 ein-

zelnen Stationen und zweieinhalb Stunden Suche unauffindbar bleibt.

First find [*först faind*]

Quasi der erste Gegner des Caches. Eine besondere Herausforderung für jeden Cacher, denn es geht um Geschwindigkeit. Ein jeder will da möglichst schnell hin und der Erste sein, setzt sich aber gleichzeitig dem Risiko aus, den noch nicht perfekt ausgelegten Cache nicht erfolgreich zu heben.

Garmin [*gamin*]

Ein Hersteller für GPS-Geräte.

Google [*gu:gel*]

Keine Ahnung, sucht doch mal unter google.de.

Google Earth [*gu:gel örs*]

Ein kostenloses Webangebot von Google, bei dem man sich die Satelliten- und Luftbildaufnahmen einer bestimmten Region ansehen kann. Mit einem minimalen technischen Trick, einem sogenannten Kmz.-File, dessen Erklärung hier zu weit führen würde, kann man sich eine bestimmte Anzahl von Caches in diesem Bildschirmausschnitt anzeigen lassen. Dann hat man schon mal einen groben Überblick, ob sich in dem ausgewählten Gebiet ein Cache befindet. Aber Achtung, Obacht, attention, attenzione, be careful: Die Cachekoordinaten sind bei dieser Ansicht leicht verändert. Also bitte immer auch die jeweilige Seite ansehen und die Daten nochmal neu bei Google Earth eingeben.

GPS [*tschi pi äss*]

Abkürzung für: Global Positioning System. Generell jedes Positionierungssystem, das global angewendet werden kann. Zurzeit trifft das eigentlich nur auf das NAVSTAR-GPS des amerikanischen Militärs zu, weil alle anderen Systeme (GLONASS russisch, Compass chinesisch, MTSAT japanisch) noch keine oder nicht genügend Satelliten oben im Weltraum haben.

Harry Potter [*hä:rri po:tter*]

Kleiner, schüchterner Junge aus England, der von seinen Stiefeltern unter einer Treppe einquartiert wird. Da er leider nicht in der Lage ist, das Sorgentelefon anzurufen, und zudem die soziale Kontrolle in der Stadt unterdurchschnittlich organisiert ist, rettet sich das arme Kind in Wahnvorstellungen und fängt an, sich für einen Zauberer zu halten. Da ihm in seiner Fantasiewelt ständige Gefahr droht und wichtige Bezugspersonen durch Tod verlustig gehen, sollte er dringend medikamentös behandelt und psychologisch betreut werden.

Hint [*hint*]

Hinweis. Jede Form von Hilfe, sei es jetzt eine exakte Beschreibung oder so etwas wie «Schau nach oben, ich werd dich loben». Dieses Beispiel wäre übrigens nicht nur billig gereimt, sondern zudem gar keine Hilfe, weil man sowieso ständig nach oben schaut.

Jäger [*jäga*]

Natürlicher Feind eines jeden Cachers. Und der Wildschweine.

Jeeps [*tschieps*]

Autos, die geländetauglich sind. Gibt es auch als spezielle TB-Ausprägung, sind dann aber wesentlich kleiner, schwächer motorisiert und weniger geländegängig.

Kompass [*kommpass*]

Zeigt an, wo Norden ist. Außerdem ist der Rundumblick in 360 Grad eingeteilt (weil rundum ja etwas mit Kreis zu tun hat). Wird zum Peilen gebraucht.

Logbuch [*logbuch*]

Sowohl ein reales, gebundenes und später in losen Blättern vorliegendes als auch ein auf der Webseite virtuell vorhandenes Modul, in dem jeder Cacher sein Sucherlebnis dokumentieren kann. Auf der Webseite finden sich meist mehr Einträge als in dem im Cache befindlichen Pendant, weil der Eintrag «Habe ihn nicht gefunden» ja wohl völliger Schwachsinn ist.

Loggen [*loggen*]

Das Eintragen eines Fundes oder Nichtfundes auf der Webseite oder das Eintragen eines Fundes und nicht des Nichtfundes im Logbuch, das sich direkt beim Cache befindet.

Lost Places [*lost pläises*]

In Vergessenheit geratene Orte, die es sich zu besuchen lohnt. So entdeckt man unter anderem alte militärische Anlagen, stillgelegte Fabrikgelände oder das Geburtshaus der Frau, die Theodor Fontane als Vorlage für Effi Briest gedient hat.

Magellan [*magela:n*]

Ein anderer Hersteller für GPS-Geräte.

Micro [*mikro*]

Kleiner Cache. Die Filmdose ist hierfür das gängigste Objekt der Versteckergilde.

Muggles [*maggels oder muggels*]

Bei Harry Potter heißen die Nichtzauberer so, bei uns Cachern die Nichtcacher. Sie werden generell als minderbemittelt, benachteiligt, manchmal sogar als gefährlich angesehen. Also im Grunde wie bei den Skifahrern die Snowboarder, wie bei den Opernsängern das Orchester, wie bei den Mietern die Vermieter.

Multicache [*multikäsch*]

Cache, der über eine oder mehrere Stationen geht, bevor man den Final erreicht.

Nachtcache [*nachtkäsch*]

Cache, der vor allem und eigentlich überhaupt nur nachts gefunden werden kann, weil die optischen Hilfsmittel nur dann zu sehen sind, etwa Reflektoren oder blinkende Lichter.

Owner [*ouner*]

Die Gemeinde der Cacheleger (Owner) bildet das Fundament des Cachens, sonst hätten wir anderen ja nichts zu finden. Somit ist der Owner als ein Mitglied dieser Gemeinde quasi ein Stück Beton, auf dessen Schultern ein Teil der Cacherwelt ruht. Ihm ist mit Hochachtung und Respekt zu begegnen, bisweilen sind ihm sogar Bewunderung oder Verehrung entgegenzubringen. In manchen Fällen ist aber durchaus auch mal eine Beschimpfung, Beleidigung oder Missachtung angebracht.

Paperless cachen [*päiperläss käschen*]

Das papierlose Cachen erfreut sich immer größerer Beliebtheit. Hier werden mitnichten zellulosehaltige Papierbogen mitgenommen, sondern alle wichtigen Daten werden auf einem handelsüblichen Handheld-Gerät mitgeführt. In Extremfällen handelt es sich dabei um einen Laptop, an den ein GPS-Gerät angeschlossen ist. Mit Hilfe von Google Earth, entweder über Internet, GPS oder UMTS, kann man sich die aktuelle Position des Caches anzeigen lassen. Übrigens: Es klappt.

Post [*poust*]

Eintrag, meist in einem Forum. Beispielsatz: «Wie ich schon in meinem vorherigen POST geschrieben habe, gilt auch hier ...»

Post [*post*]

Ehemals staatliches, inzwischen privatwirtschaftlich agierendes Dienstleistungsunternehmen zur Beförderung von Briefen und Paketeinheiten. Hat mit Cachen überhaupt gar nichts zu tun.

Premium Member [*primium mämba*]

Cacherelite. Hat sich durch Geld einen besonderen Status erworben und auf geocaching.com dadurch die Möglichkeit, viele Zusatzfunktionen zu nutzen.

Regular [*rägiula*]

Eine Cachegröße. Bezeichnet die ganz normale Zwei-Brotscheiben-erst-übereinander-gelegt-dann-halbiert-und-die-Hälften-neben-einander-gelegt-Box.

Reviewer [*rifiuär*]

Leute, die einen gelegten Cache freigeben. Auf geocaching.de sind das aus mir unbekannten Gründen bestimmte Menschen, die kontrollieren, ob der Cache den jeweiligen Bestimmungen der Plattform genügt. navicache.com und opencaching.com haben keine Reviewer, und es funktioniert trotzdem.

Richtungspfeil [*rischtungsfail*]
Pfeil, der die Richtung zum Cache angibt. Dabei handelt es sich allerdings um die Angabe der Luftlinie, weshalb er manchmal eine große, oft aber gar keine Hilfe darstellt.

RTFM [*ar-ti-eff-em*]
Abkürzung für «Read the Fucking Manual». Oft nach Anfängerfragen zum Gebrauch eines Gerätes im Internet, insbesondere in Foren zu finden, die in ihrem Begrüßungstext schon Sätze stehen haben wie: «Fragt alles, was euch interessiert, wir helfen gerne.»

Schornsteinfeger [*schornschtainfegär*]
Traditionell in Schwarz gekleideter Reinigungsangestellter für Feuerheizstellenentlüftungsanlagen. Kommt einmal im Jahr vorbei, um die Abgasabführung und Immissionsschutzmessung der Gas-/Ölfeuerstätten durchzuführen. Hat mit Cachen jetzt zwar nichts zu tun, aber der Erinnerungszettel liegt zufällig gerade neben mir.

Shouten [*schauten*]
Das ständige und ununterbrochene Großschreiben in E-Mails, Foren oder Chaträumen. DAS KANN EINEM TOTAL AUF DIE NERVEN GEHEN, WEIL MAN EIGENTLICH GAR NICHTS LESEN KANN. SEHR GEEIGNET FÜR SCHÜLER DER KLASSE EINS, WENN EINE LERNMETHODE ANGEWENDET WIRD, DIE ZUERST DIE GROSSBUCHSTABEN LEHRT.

Spoiler [*schpoilea*]
Hinweis in der Cachebeschreibung in Wort oder Bild. Teilweise beabsichtigt, dann wieder verschlüsselt oder aber versehentlich im Logeintrag, dann übrigens total gemein.

Station [*schtazion; stäischän*]
Jeder einzelne Punkt eines Multicaches, an dem eine Aufgabe erfüllt werden muss. Sei es nun suchen, rechnen, zählen oder was auch immer. Natürlich kann es auch da wieder Streit geben, ob der Final denn nun die letzte Station ist oder nicht, ebenso ob der Parkplatz die erste Station oder nicht ist.

Stats [*schtatz*]
Kurzform für «Statistik». Das Element, welches das Cachen zu einer Sportart macht. Man kann sich mit anderen vergleichen und vor allem in Deutschland herrlich darüber streiten, ob das überhaupt sinnvoll ist und welcher Cache denn nun wie und wenn, dann wo wie von wem warum gewertet werden sollte.

Telefonjoker [*täläfontschoka*]
Ein gerade bei Rätselcaches sehr beliebter und guter Freund, den man mal kurz anrufen kann, um zu erfahren, mit welcher Lösung er denn an die Logfreigabe gekommen ist.

Thread [*triiiiiit; ssrät*]
Thema in einem Forum, zum Beispiel: «Einloggen klappt nicht» oder «Was tun? Cache mitgenommen, TB vergraben» oder «Hat einer Tobi gesehen?»

Topografische Karte [*topografische kachte*]
Auf einem Stück Papier oder einer digitalen Grafik auf dem Display des GPS-Gerätes befindliche Darstellung der Umgebung mit Höhenlinien, Nutzungsflächen sowie (im Gegensatz zu Übersichts- oder Straßenkarte) kleinen Wegen, Pfaden und Bächen.

Traditional [*trädischenell*]
Ganz einfacher Cache. Koordinaten raussuchen, hingehen, suchen, fertig. Die Schwierigkeiten liegen bei diesem Cache weniger im Herausfinden der Koordinaten, sondern eher in der praktischen Umsetzung der beiden Verben «gehen» und «suchen».

Travelbug [*träwellback*]
Kleine silberne Plastikplakette. Zertifiziert und mit einer Nummer versehen, ist sie nicht zu verwechseln und hat eine Einmaligkeit angenommen, die einem Fingerabdruck gleichkommt. Da der Unterschied eigentlich nur in der Zertifizierung besteht, ansonsten aber jede Plakette gleich aussieht, hängt jeder Owner etwas daran. Vom einfachen Plastik- oder Gummianhänger über Stofftiere bis hin zu großen Metallplatten ist so ziemlich alles möglich.

Upload [*aploud*]
Das Gegenteil von → Download, eine auf der eigenen Festplatte befindliche Datei wird ins Internet «hoch»geladen. Fürs Cachen braucht man diesen Vorgang eigentlich nur für Aufgaben wie: «Mach mal ein Foto davon und lade es hoch.» Dafür aber für viele andere Bilder, die ein wenig den Eindruck des Cacheabenteuers dokumentieren soll, den der «Uploader» mitgebracht und auf Festplatte gebannt hat.

Virtueller Cache [*wi:rtue:ller käsch*]
Ein Cache, bei dem am Ende der Suche keine Dose, sondern ein materiell nicht greifbares Irgendwas auf einen wartet. Und sei es nur die Antwort auf eine Frage oder ein Foto.

Webcam [*webkämm*]
Eine irgendwo befindliche Kamera ist dergestalt mit dem Internet verbunden, dass ein von dieser Kamera gemachtes Bild über eine Webseite von einem die Webseite aufrufenden Menschen gesehen und manchmal sogar gespeichert werden kann. Oft sehr schlechte Qualität, gelegentlich auch extrem schlechte Qualität.

Wildschweine [*wiltschwaine*]
Die Säbelzahntiger des Cachers.

Zecken [*zeken*]
Kleine Spinnentiere, die nicht beißen, sondern stechen. Einer ihrer beiden Zähne ist zum Betäuben, der andere zum Saugen ausgebildet. Sollte man eines dieser Tierchen an seinem Körper finden, nicht in Hysterie verfallen, man stirbt nicht sofort.

Caches im Überlick					
Name	Region	Größe	Art	Waypoint bei geocaching.com	Typ
Drache von Sanssouci	Potsdam	Regular	Multi	GCHT83	Sehens-würdigk
Schluchten Cache	Würzburg				Wald
Klassische Schweinfurter Litera-Tour	Schweinfurt	Regular	Multi	GCJVXT	Wald
Mittellandkanal	Braunschweig	Micro	Traditional	GCKM94	Abente
Primda view	Primda (CZ)	Regular	Traditional	GCMFGV	Wald
Beleuchtete Wiese	Leipzig	Micro	Traditional	GCMRDZ	Quicky
Ü-Eier-Grab (Nähe A2) – begraben, mal wieder	Ostwestfalen-Lippe	Regular	Traditional	GCJTWF	Quicky
Wasserstraßenkreuz Magdeburg – Die Trogbrücke	Magdeburg	Regular	Traditional	GCTHK1	Sehens-würdigk
By the river	Spittal (A)	Small	Traditional	GCG8BP	Spazier-gang
NORDSEEKÜSTE	Niederrhein/ Xanten	Small	Multi	GCN32E	Spazier-gang
Moylands letztes Schloss-gespenst	Niederrhein/ Kreis Kleve	Micro	Multi	GCPJDP	Spazier-gang
Melbtal	Bonn	Regular	Multi	GCMCH6	Wald
SpyCam		unknown	Webcam	GCB750	Zu Haus
Enigma #1		Regular	unknown	GC448A	Speziel
Wernhers Memorial Cache	Brandenburg	Regular	Multi	GCGNFW	Sehens-würdigk
Borgwards Erbe (LPC)	Landkreis Verden	Regular	Multi	GCPKOT	Nacht
The wall of columns – night cache!	Ruhrgebiet	Regular	Multi	GCRANF	Nacht
mul@night	Bergisches Land	Regular	Multi	GCHPZK	Nacht
Elfenhain	Erfurt	Regular	Multi	GCNZPT	Wald
DREIGABEL	Erfurt	Regular	Multi	GCJ52X	Quicky
STEIGERSTUMPEN	Erfurt	Regular	Traditional	GCHTMZ	Quicky
Drive-In Erfurt	Erfurt	Regular	Traditional	GCR3XQ	Quicky
Geisterstunde im Tannenwald	Leipzig	Regular	Multi	GCNJEQ	Nacht
Sunset Rock	Taunus	Regular	Multi	GCG355	Wald
Diewodaso-Cache	Rhein-Main	Regular	Multi	GCKM3H	Nacht
Vergessene Gedenkstätten	Leipzig	Regular	Multi	GCQYYH	Sehens-würdigk
Happy Halloween	Berlin	Regular	Traditional	GCH00B	Nacht
Duschhauben-Blues	Rhein-Main	Regular	Multi	GCNK5N	Nacht
Schlumpfenland (Nachtcache)	Bonn	Regular	Multi	GCXE7D	Nacht
Der alte Mann vom Maltatal	Kärnten (A)	Foto	Multi		Wander
Frankenmemory	Schweinfurt	Regular (16)	Traditional (16)	GCP5M9	Wander

Standard					Persönliche Wertung von 1-10				
geocaching.com	opencaching.de	navicaching.com	Difficulty von 1-5	Terrain von 1-5	Zeit in Stunden	Natur	Stadt	Lernfaktor	Spassfaktor
X			1,5	2,5	2	3	3	7	6
X					?	8	1	1	8
X			3	3,5	3	9	1	3	8
X			1,5	2,5	1	3	2	2	6
X			2,5	2,5	1,5	8	1	1	7
X	X		1	1,5	0,2	2	5	1	3
X			1	1	0,5	3	6	1	2
X			1,5	1,5	0,5	3	6	5	5
X	X		1	1,5	1	4	2	1	6
X	X	X	3,5	1,5	?	4	6	1	?
X	X	X	2	1	0,5	3	3	1	5
X	X	X	2	2,5	2	8	2	1	8
X	X		2	1	0,5	1	1	1	7
X		X	5	3	2160			10	10
X			2	2	1	7	2	8	9
X			2	2,5	1	7	3	6	8
X			2,5	4	2	7	4	3	9
X	X		2	1,5	0,75	7	1	1	8
X	X		2,5	1	1	5	3	1	6
X	X	X	2	1	1	4	4	1	7
X	X	X	2	1	0,5	6	3	1	7
X	X		1	1	0,25	3	4	1	3
X			2,5	2	1	7	2	1	10
X			2,5	3	2,5	7	1	1	8
X			1,5	1	3	9	1	1	8
X			2	1,5	1	2	6	7	4
X			1,5	2	1	5	2	1	6
X			2,5	2,5	2	5	4	1	7
X			3	3	2	7	3	2	10
	X	X	1,5	4,5	8	10	1	1	10
X			2	2	12	10	1	2	10

DANKSAGUNG

300 Am Schluss möchte ich noch meinen Dank ausdrücken:

zunächst Petra Hermanns, die mich auf ein Buchprojekt festgenagelt und die ganze Zeit begleitet hat;

meiner Agentur 7Punkt7 mit Fritz Ebeling und Renate Dittmann, die meine Bühnentermine immer so legen, dass zwischendurch und währenddessen genug Zeit zum Cachen bleibt;

Frau Laugwitz, die verzweifelt über meinen ersten Entwürfen gesessen und sich darüber gewundert hat, wie man auch mit moderner Bürosoftware so viele Fehler machen kann, dass die Rechtschreibkontrolle irgendwann kapituliert (kurzer Nebengruß an alle meine Deutschlehrer Zwiebler, Muthny, Lange, nein DR. Lange und Herr Kilpert: Ihr habt es nicht verhindern können!), und die mit blutenden Augen das Manuskript durchgesehen und so viele noch offene Fragen gestellt hat, dass ich den Text jetzt selbst lesen muss, um zu wissen, worum es geht;

Frau Troni, die den Text in 256%iger Vergrößerung durchkorrigiert hat, um ihre Wahrnehmung nicht mit zu vielen Fehleindrücken auf einmal zu überlasten. Das Problem war nicht ihre Wahrnehmung, sondern die Menge meiner Fehler;

Tobias Zimmermann, der mich meistens als Techniker und als Cacherfreund begleitet und der einen Großteil der Fotos geschossen hat, während ich leidend in Erdhaufen herumgewühlt habe;

Michael Keller, der mit mir in dieses Hobby eingestiegen ist und ebenfalls einen Teil der Fotos geschossen hat;

mir, der ich alle übrigen Fotos geschossen habe;

Christiane Zander und Oliver Bröker, die sich mal durchgelesen haben, was ich da geschrieben habe, um mir anschließend zu sagen, dass sie es sich mal durchgelesen haben und jetzt wissen, was ich da eigentlich geschrieben habe;

Herbert Feuerstein, dessen Bücher mir in unkreativen Zeiten immer wieder ein Ansporn waren, weiterzumachen, auch wenn ich nie ein so guter Autor sein werde wie er, und der nach Einsicht in eine sehr frühe Version dieses Buches sicher war, dass er, sollte er sich jemals langweilen und eine Beschäftigung suchen, mit absoluter Gewissheit NIEMALS cachen gehen würde;

und zum Schluss meiner Familie, insbesondere meiner Frau, dem größten Schatz, den ich je gefunden habe.

Bernhard Hoëcker & Tobias Zimmermann
Meilenweit für kein Kamel
Eine ungewöhnliche Reise vom Allgäu in den Orient

Das Ziel: Amman. Der Siegpreis: ein Kamel. Die Strecke: Nebenrouten, Staubpisten, Pampa. Ein Abenteuerbericht voll witziger Begebenheiten, absurdem Wissen und skurriler Impressionen. rororo 62639

Reisen ist, wenn man trotzdem lacht

Dietmar Bittrich
1000 Orte, die man knicken kann

Man muss nicht in New York gewesen sein. Auch nicht in Rio, auf den Seychellen oder in Prag. Mit frechem Charme erzählt Dietmar Bittrich, welche Highlights man ganz entspannt streichen kann – und anschließend trotzdem fachkundig darüber redet. rororo 62626

Bruno Ziauddin
Curry-Connection
Wie ich zu fünf Tanten, 34 Cousins und einem neuen Namen kam

Bruno Ziauddin begibt sich auf eine Reise, die sich als die absurdeste, schönste, aufreibendste und berührendste seines Lebens herausstellen soll. Eine ebenso kluge wie komische Spurensuche in Zeiten der Globalisierung. rororo 62548

S 103/1

Weitere Informationen in der Rowohlt Revue *oder unter* www.rororo.de

MIX
Papier aus verantwortungsvollen Quellen
FSC® C083411

Das für dieses Buch verwendete Papier ist FSC®-zertifiziert.